卷七

虎雏·阿黑小史

沈从文◎著

长江出版传媒
长江文艺出版社

图书在版编目（CIP）数据

虎雏·阿黑小史 / 沈从文著. -- 武汉 : 长江文艺出版社，2014.9（2021.10 重印）
（沈从文小说全集·卷七）
ISBN 978-7-5354-7430-8

Ⅰ. ①虎… Ⅱ. ①沈… Ⅲ. ①短篇小说－小说集－中国－现代 Ⅳ. ①I246.7

中国版本图书馆 CIP 数据核字(2014)第 147596 号

策　　划：尹志勇
责任编辑：毛　娟　刘程程　刘兰青　　　　责任校对：毛　娟
封面设计：力志设计·王志强　　　　　　　责任印制：邱　莉　王光兴

出版：长江出版传媒　长江文艺出版社
地址：武汉市雄楚大街 268 号　　　邮编：430070
发行：长江文艺出版社
电话：027—87679360
http://www.cjlap.com
印刷：三河市百盛印装有限公司

开本：640 毫米×970 毫米　1/16　　　印张：20.75
版次：2014 年 9 月第 1 版　　　　2021 年 10 月第 3 次印刷
字数：267 千字

定价：58.00 元

目录

凤子

一个女剧员的生活

《一个女剧员的生活》曾发表于1930年10月~1931年5月《现代学生》第1卷第1~6期，署名沈从文。1931年8月由上海大东书局初版。

原目：《一　后台》、《二　家》、《三　一个配角》、《四　新的一幕》、《五　大家皆在分上练习一件事情》、《六　配角》、《七　一个新角》、《八　配角做的事》、《九　一个不合理的败仗》。

现据大东书局初版编入。

一个女剧员的生活

一　后　台

办了许多的交涉，ＸＸ名剧，居然可以从大方剧团在光明戏院上演了。

ＸＸ没有开始时，一个短剧正在开始，场中八百个座位满是看客，包厢座上人也满了，楼上座人也满了。因为今天所演的是ＸＸ的名剧，且在大方剧团以外，还加入了许多其他学校团体演剧人才，所以预料到的空前成就，在没有结果以前，还不知道，但从观众情形上看来，已经就很能够使剧团中人乐观了。这时正在开始一个短短谐剧，是为在ＸＸ演过独幕剧自杀以后的插话而有的，群众拍手欢笑的声音，振动了瓦屋，使台上扮丑角的某君无法继续说话。另外一个女角，则因为还是初次上台，从这种热烈赞美上，心中异常快乐，且带着一点惊眩，把自己故意矜持起来，忘了应当接下的说词。于是下面为这自然的呆像，更觉得开心，就有许多人笑得流出眼泪，许多人大声呼叫，显然的，是剧本上演员所给观众趣味，已经太过分了。

导演人是一个瘦个儿身材的人，是剧艺运动著名的人物，从事演剧已经有十三年了。今晚上的排演，大家的希望，就是从ＸＸ名剧上给观众一种的做人指示，一点精神的粮食，一付补药，所以这导演忙了半月，布置一切，精神物质皆完全牺牲到这一个剧本上。如今看到ＸＸ还没有上演，全堂观众为了一个浅显的社会讽刺剧，疯狂的拍掌，热心的欢迎，把这指导人气坏了。他从这事上看出今天台上即或不至于完全失败，但仍然是失败了。台下的观众，还是从南京影戏院溜出的观众，这一群人所要的只是开心，花了钱，没有几个有趣味的故事，回头出场时是要埋怨不该来到这里的。没有使他们取乐的诨科，他们坐两点钟会借着头痛这一类名称，未终场就先行溜走。来到这里的一群观众若不是走错了路，显然这失败又一定不能免了，就非常气闷的在幕后走来走去。

外面的抚掌声音使他烦恼，他到后走到地下化妆室去，在第七号门前，用指头很粗暴的扣着门，还没有得到内面的答应以前，就推开了那门撞进去了。这里是他朋友陈白的房中，就是谐剧收场以后开始上演 X X 时的主角。这时这主角正在对着镜子，用一种颜色敷到脸上去，旁边坐得有本剧女主角萝女士。这女子穿了出场时的粗布工人衣服，把头发向后梳去，初初看来恰如一个年青男子。导演望到与平时小姐风度完全两样的萝女士，动人的朴素装扮，默默的点着头，似乎是为了别人正在询问他一句话，他承认了这话那么样子。导演进去以前两个人正为一件事情争持，因为多了一个人，两人就不再说及了。

因为这两个年青人在一处时总是欢喜争辩，士平先生就问："又在说什么了？"陈白说："练习台词。"导演士平就笑，不大相信这台词是用得着在台上说的问题。

"士平先生，今天他们成功了，年青人坐满了戏场，我听宋君说，到后还有许多人来，因为非看不可，宁愿意花钱站两个钟头，照规矩宋君不答应，他们还几几乎打起来了！"这是萝女士说的话语。言语在这年青人口中，变成一种清新悦耳快乐的调子，这调子使导演士平先生在心上起着小小骚乱，又欢喜又忧郁，站到房中游目四瞩，俨然要找到一个根据地才好开口。

"是的，差不多打起来了！"那个导演到后走到男角身后去，一面为男角陈白帮助他作一件事情；一面说，"有八百人！这八百个同志，是来看我们的戏，从各处学校各处地方走来的。对于今天的观众，我们都应当非常满意了。可是你们不听到外面这时的拍掌声音吗？我真是生气了。他们就只要两个人上台去相对说点笑话，扮个鬼脸，也能够很满意回去的。他们来到这里坐两点钟，先得有一个谐剧使他们精神暴长起来，时间只要十分，或者二十分，有了这打哈哈机会，到后才能沉闷的看完我们主要所演的戏。我听到他们这时的拍掌，我觉得今天是又失败了！”

“这是你的意思。你不适宜于这样悲观。在趣剧上拍掌的观众未尝不能在悲剧上流泪，一切还是看我们自己！”

他说，“是的，”像是想到他的导演责任，应当对于演员这话，加以同意才算尽职那种神气，又连说“是的，是的。”把话说完，两人互相望望，沉默了。

陈白这时可以说话了。这是一个在平时有自信力的男子，他像已经到了台上，用着动人的优美姿势站了起来。“我们不能期望这些人过高。对于他们，能够花了钱，能够在这时候坐到院子里安静的看，我们就应当对这些人致谢了。我们在这时节，并没有什么理由，可以把一切进出电影院以看卓别麟受难为乐事的年青人趣味换一个方向。我们单是演剧太不够。上一些日子，X X X 的戏不是在完全失败以外，还有欠上一笔债这件事么？X X 的刊物还只能印两千，我们的观众如今已经就有八百，这应当是很好的事情了。我是乐观的，士平先生，我即或看到你这忧愁样子，我仍然也是乐观的。”

“我何尝不能乐观？我知道并不比你为少。可是我听到那掌声仍然使我要忍受不了。我几几乎生气，要叫司幕的黄小姐闭幕了。我并不觉得 X X 的趣剧是那么无价值，可是我总觉不出 X X 趣剧那么有价值。”

“趣味的标准是因人不同的。我们常是太疏忽了观众的程度，珍重剧本的完全，所以我们才有去年在 X X 地方的失败。以后我主张俯就观众的多数，不知道……”

萝女士把话止住了，“你这意见顶糟。”

“为什么？”

“你说为什么？你以为这样一来就可以得多数，是不是？”

“我并不以为这是取得多数的方法，不过我们若果要使工作在效率上找得出什么结果，在观众兴味上注点意也不是有害的主张。”

“我以为是能够在趣剧上发笑的人也能在悲剧上流泪，这是我说过的话。一切失败成就都是我们本身，不是观众！我心想，在伦敦的大剧场，也仍然是有人在趣剧上发笑不止的。我相信谁都不欢迎无意义的东西，但谁也不会拒绝这无意义的东西在台上出现。因为这是戏场，是戏场，不明白么，这原是戏场！”

“我懂了，是戏场，正因为这样，我们的高尚理想也得穿上一件有趣的衣裳，这是我的意思！”

“你是说大家都浅薄不是？我以为不穿也行，但也让那些衣裳由别的机会别的人穿出来，士平先生以为怎么样？”

士平先生本来有话可说，但这时却不发表什么意见，因为萝女士的意见同自己意见一样，他点了头。可是他相信这两个人说话都有理由，却未必走到台上以后，还能给那本戏成就得比谐剧还大。因为观众的趣味不行，并没有使这两个人十分失望，这事在一个导演地位上来说，他也不应当再说什么话使台上英雄气馁了。他这时仿佛才明白自己的牢骚是一种错误，是年青人在刺激上不好的反应，很不相宜了，他为自己的性情发笑。过了一会，他想说，“大家对于你的美丽是一致倾倒的，”可是并不说出口。

他把门开了一点，就听到又有一种鼓掌声音，摇动着这剧场。他笑了。

“陈白，收拾好了，我们上去。”

“他们在快乐！”陈白说着。

“天气这样热，为什么不快乐一点？”女的有意与男的为难似的也说着。

三个人从化装室走出时，因为在甬道上，那一个美观的白磁灯在楼梯口，美丽与和谐的光线，起了“真是太奢侈了”这种同样感想。

陈白走在前面，手扶着闪光的铜栏干不动了。“这样地方，我们来演我们为思想斗争的问题戏，我觉得是我们的错误。”

“正因为这样好地方被别人占据，我们才要来演我们的戏！因为演我们的戏才有机会把这样地方收为我们所有，这不是很明显的事么？”

“我总觉得不相称。”

“要慢慢的习惯。先是觉得不相称，到后就好了。为什么你一个男子总是承认一切的分野，命定，……”

女角萝话没有说完，从上端跑来了一个人，一个配角，艺术专科演剧班的二年级学生，导演士平问他：“完了么？”

那学生望到女角萝的装束，一面很无趣的做成幽默的回答：“趣剧是不会完的。”说了又像为自己的话双关俏皮，在这美人面前感到害羞，就想要走。

“我们真是糟糕，自杀那么深刻，没有一个人感动，这一幕这样浅薄，大家那样欢迎。”导演士平这话像是同那学生说的，又像为自己而说，学生也看得出这意思了，就不做声，过后又觉得不做声是不对了，就赶忙追认几个“是”字。

大家还站到那梯级前不动。女角萝接续了她要说而不说完的话。

“这剧场将来有一天是应当属于我们的。我相信由我们来管理比别的任何人还相称。我们一定要有这样剧场许多，才能使我们的戏剧运动发达。我们并且能借到这剧场供给他们观众的一切东西，即或是发笑，也总比在别人手上别的绅士剧团一定要多！”

“一定要多！正是！可是——”陈白不说下去，因为有一个学生在这里的原故，才忍住了。

“我们要演许多戏，士平先生以为怎么样？”

导演士平笑，那笑意思像是说明了一句话，“这是做梦”这意思在女角萝即刻也看出了，就问他，“士平先生，你以为这是一个梦么？”

“是梦，可是合理的梦，是你们年青人能够做的。”

“我倒以为最合理。为什么我们就比别人坏许多？为什么我们演剧就不适宜于用这样一个堂皇富丽的剧场？刚才同陈白说，化装室分开，在中国任何地方还没有这样设备，他像害羞样子，真是可怜。他不说话，但比说话还要使人难受，就是他那神气总以为我们到这里来演戏是一种奢侈事情。他宁愿意在ＸＸ借煤油灯演易卜生的《野鸭》，同伯纳萧的《武力与人生》。他以为那是对的，因为这样就安心了。这理由，我可说不出，不过总不外是先服从了一切习惯所成的种种，我相信他要这样主张，还以为为得是良心，因为他自己放在谦卑方面去他就舒适，这是怪可笑的也极通常的男子们的理知，——我还不知要用什么字为相宜呢。哈哈……”

“哈哈哈!”

大家全笑了。

陈白又像在台上背戏的激动样子了，这年纪二十四岁，有一个动人身体动人脸貌的角色，手抓着铜栏，摇着那高贵的头，表示这言语的异议。他为了一种男子的虚荣而否认着。

“萝小姐，你今天是穿上了工人衣服，没有到台上以前，所以就有机会来嘲笑我了。但你用的字并不错，那些就算是男子的理知，或者更刻薄一点，可以说是男子的聪敏。可是许多女人在生活界限上，凭这理知处置自己到原有位置上，是比男子更多的。”

“你说许多，这是什么意思呢?你并不能指出是谁，我却知道你是这样。”

“你相信你比我更能否认一切习惯么?”

“为什么我不应当相信自己可以这样呢?”

“士平先生懂这个，女人总是说能够相信自己，其实女人照例就只能服从习惯。关于这一点，普希金提到过，其他一个什么剧本也似乎提到过。不过她们照例言语同衣饰一样，总极力去求比本身为美观，这或者也是时髦咧。我是觉得我承认习惯，因为我是个学科学的人，我能在因果中找结论的。”

“可是，你的结论是我们只应当永远到肮脏地方演剧，同时能不怕肮脏来剧场的观众，或习于肮脏来剧场的观众，不是同志就是应超度者，这样一来你就满意了，成功了。你这诗人的梦，离科学却远得很，自己还不承认么?”

“穿工人衣服不一定就算是做工，所以你的话并不能代表你完全处。”陈白的话暗指到另外一件事上去，这话只有两人能够明白，听到这个话后的女角萝，领会到这话的意思，沉默了。

她望了陈白一眼，像是说，“我要你看出我的完全，”就先走上去了。导演士平先生，对陈白做了一个奇怪的笑脸，他懂得到最后那自不说出的话，他说：“你是输了理由赢了感情的人，所以我不觉得你是对的。要是问我的地位，我还是站在她那一边。”

陈白笑着，说：“我让你们站在她那一边，因为我这一边有我一个人也够了。”说完了他就在心上估计到女人的一切，因为对女角萝的爱情，这年青男子是放在自信中维持下来的。

两个人皆互相会心的笑着，使那个配角学生莫名其妙，只好回头走了。

导演士平同陈白，走到后台幕背，发现了女角萝独坐在一个假造机器边旁，低头若有所思，陈白赶忙走过去，傍着她，现着亲切的男子的媚态，想用笑话把事情缓和过来，“你莫生气吧，士平先生刚才说过是同你站在一块的，我如今显然是孤立无援了。”

女角萝就摇头，骄傲的笑着，骄傲的说：“我可以永远孤立，也不要人站在一个主张下面。”

男角陈白心中说：“这话还是为了今天穿得是工人衣服，如果不是这样，情形或者要不同了一点。”

女角萝见陈白没有说话，就以为用话把男子窘倒，自己所取的手段是对了，神气更加骄傲了一点。

事情的确是这样的，因为在平常，男角陈白也是没有今天那么在一种尊贵地位上，自信感情可以得到胜利的。这两个人是正在恋爱着，过着年青人羡慕的日子，互相以个性征服敌人，互相又在一种追逐中拒绝到那必然的接近。两人差不多每一天都有机会在言语上争持生气，因为学到近代人的习气，生了气，到稍过一阵，就又可以和好如初，所以在地下室时导演士平先生说的话，使陈白十分快乐。理由说输了，但仍然如平常一样，用他那做男子的习惯，上到戏台背后，又傍在萝一处了。

站了一会两人皆不做声，这美男子陈白照演剧姿势，拿了女子的手想放到嘴边去，萝稍稍把手一挣，就脱开了，于是他略带忧愁的顾盼各处，且在心上嘲弄到自己的行为。这时许多搬取布景道具的人来往不息，另外一个女角发现了女角萝，走了过来。

这时女角萝正在扮着一种愤怒神情，默诵那女工受审的一幕戏。

“你那样子太……”她一时找不到恰当的字，她就笑了。

“为什么太……”

“我说你不像工人。”

“工人难道有样子么？”

“为什么工人就没有工人身分？”

“可是我们是演剧，不得不在群众中抓出一个模范榜样来，你想想，一个被枪毙的女工人，难道不应当像我这样子……”

“可是，被枪毙的工人，不同的第一是知识，第二是机会，神气是无关的。”

“我信你的话，我把神气做俗一点，”她站到那木制假纺纱机横轴上，一面表演着一种不大受教育女子的动作，一面说话，“我这样，我倒以为像极我见到过的一位女工人！”

“你还要改。”

“还要改！这是士平先生的意见！……可是依照你，因为你同她们熟，这样，对了吗？”

陈白的男角位置是一个技师。这时这技师正停在一个假锅炉旁望到这两个女子扮演，感到十分趣味。他看到女角萝对于别人意见的虚心接受，记起这人独对自己就总不相下，从这些事上另外有一种可玩味的幽玄的意义。先是看到两人争持，到后又看到女人容让，自己像从这另外女人把她征服一事上，就报了一种小小的仇，所以等到两人在模仿一种女子动作时，他又说话了。他喊另外那个女子作郁小姐。

“郁小姐，你对于今天剧本有什么意见没有？”

“我不明白你说什么。”

“我说你觉得萝——”

还没有把话说完，萝从那机械上面，轻捷的取着跳跃姿势落下，拉着郁的手走到幕边人多处去了。望到这少女苗条优美的背影，男角陈白感觉到这时两人扮演的是一剧“恋爱之战争。”

导演士平抹着汗从那个通到前台的小门处走来，见到陈白一人在此，就问他“萝小姐往什么地方去了？”萝听到这声音，又走回来了。她仍然又重新爬到那现地方去坐下，好像是多了一个人就不怕。陈白见了那样子，她因为才从那边过来，听到有人讨论到ＸＸ第一幕的事，就问士平先生，是不是第一幕要那几个警察，因为大家正讨论到这件事情，若是要警察，当假扮的警察从台下跃上去干涉演讲时，是不是会引起维持剧场的警察干涉？并且这样做戏，当假警察跃上戏台殴打演讲工人时，观众知道了不成其为戏，观众不知道又难免混乱了全场秩序，所以大家皆觉得先前不注意到这点，临时有点为难了。

士平说："我同巡警说好了，我们的假巡警仍然从下面上去。只要他们真巡警不生误会，观众在这事上小有混乱是容易解决的。这样小小意外混乱或者正可以把全剧生动起来，因为这一个剧本是维持在'动'的一点上。"

这时从地下室又另外来了两个男子，是应当在第一幕出场作为被殴打的工人，在衣袋里用胶皮套子装上吸满了红色液体的海绵，其中一个一面走来一面正在处置他的"夹袋。"导演士平见到了，同那个人说："密司忒吴，警察方面我已经交涉好了，他们仍然从台下走来，到了上面，你们揪打时小心一点。这第一幕一定非常生动，因为我告给我们的巡警，先同那真巡警站在一块，到时就从那方面走过来。今天我们的观众秩序不及上次演争斗为好，可是完全是年青人，完全是学生，萝小姐说的大致不错，会在趣剧上打哈哈的也一定能在悲剧上流泪，今天这戏第一幕的混乱是必须的。可惜我们找不出代替手枪发声的东西，我主张买金钱炮，他好像把钱喝杏仁茶去了，说是各处找到了还买不出。我们应当要一点大声音，譬如……好，好，好，我想起来了，我要ＸＸ去买几个电灯泡来。要他在后面掷，就像枪声了。有血，有声音，有……"

面前有一个配角，匆匆的从南端跑到地下室去，导演见到了，就赶过去拉着那学生，"喊ＸＸ来，赶快一点。"虽然这样说过，又像还不放心样子，这个人自己即刻走到地下室找人去了。

在那里，陈白问那个行将被殴打的角色，血是用什么东西做的代替。听到说是药水，陈白就笑了。"这个怎么行？应当用真血，猪血或鸡血，不是很方便么？"

另外一个工人装扮的角色，对于这个提议，表示不能接受，在一旁低低的冷笑。这一面是这个人对于主角的轻视，一面还有另外意思在内。这也是一个ＸＸ剧学院的学生，有着一副用功过度的大学生的苍白色脸庞，配上一个硕长躯干，平素很少说话，在女人面前时，则总显着一种矜持神气。这人自从随了ＸＸ剧团演剧以来，三个月中暗暗地即对ＸＸ一剧主角的萝怀着一种热情，因为有种种原因，自己在一个卑贱地位上只能保持到沉默，所以毫不为谁所觉到的。但在团体方面，陈白与女角萝的名字，为众人习惯连在一处提及的已经有了多日，这就是说他们的恋爱已到成了公开的事实。因为这理由，这大学生对于陈白抱了一种敌忾，也就很久了。照着规矩ＸＸ男主角，应为陈白扮演，萝所扮演女工之一，又即是与技师恋爱，所以在全剧组织上其他工人应为此事愤怒．这时节这男子就已经把所扮的角色身分，装置在自己的灵魂上了。

陈白还在说到关于一切血的事情，听到闭幕的哨子已经发声，几个人才匆匆的向前台走去。

这时大幕已经垂下，外面还零碎的有拍掌声音可以听到。许多人都在前台做事情，搬移一切原有布景，重新布置工场的门外情形。导演士平各处走动，像一头长颈花鹿，供给指挥的学生们很有几个侏儒，常常从他那肩胛下冲过去时，如逃阵的兵卒一样显出可笑的姿态。

两个装扮工人的学生，在布置还未妥当以前，就站到那应当留下的位置上，并且重新去检察身旁夹袋的假血，女角萝因为应当在工人被巡警殴打时候才与另外几个女工出场，所其这时就站在一角看热闹。男角陈白傍到她站了一会，正要说话，又为前台主任请他牵了一根绳子走到另一端去，所以不大高兴的做着这事，一面望到女角萝这一面，年青女人的柔软健康的美，激发到这男子的性欲，动摇到这男子的灵魂。

许多装扮巡警的也在台上走动，一面演习上台扭打姿势，一面笑着。

台上稀乱八糟，身穿各样衣服的演员们，皆毫无阶级的散乱走动，一个律师同一个厂长，正在帮同抬扛大幅背景，一个女工人又正在为资本家女儿整理头上美丽的卷发，另外一个工人却神气泰然坐到边旁一个沙发上，同一个扮演过谐剧中公爵的角色谈天。一切是混杂不分的，一切调子皆与平常世界不同。导演士平各处走动，看到这个情形心中很觉得好笑，但还是皱着眉头。他的头已忙昏了，还没有吃过晚饭！

忙了一会，秩序已经弄好了一点，巡警走了，律师走了，一切人都隐藏到景后去，公爵好奇似的从幕角露出一个头来，台下观众就有人一面大声喊叫公爵一面拍掌，导演士平走过去，一把拉着这公爵，拖到后面去了。

哨子吹出急剧的音，剧场灯光全熄了，两个工人站到预定的木台上，取演讲姿势，面前围了一群人，约二十五个，还没有启幕，面孔都露出笑容，因为许多角色还是初次上台来充第一次配角的男女。女角萝本来已到一旁去了，见到一个听讲女工神气不好，又赶忙走出来为纠正那不恰当的姿态。

第二次哨子响过后，台前大绒幕拉开了，灯光处开始把光配和，映照到台上的木堆上面两个工人用油修饰过的脸孔与下面装扮群众的一些人的神气。

女角萝还一时不及出场，走到较远僻一点的一堆东西方面去坐下了，陈白跟到过来，露出一种亲昵，这亲昵在平时是必须的东西，而且陈白是自觉用这个武器战胜过一切女子的。这时情形却引起了女角萝的心上不安，感到不快。

“萝，还没有轮到我们，我们坐一会。”

“可是也还有没有轮到你技师同女工坐在一块儿的时候！”说了这话，女人就想，“我为什么要说这空话，今天像是这个人特别使我不快乐。”

陈白说：“女工是恋爱技师的。”说了，看了女角萝让出了一点地方了，就坐下去，心中想，“不知道为什么忽然不高兴了，一定是为一句话伤了她的自尊心，女子照例是在这方面注意的。”

过了一会，听到前面演戏的工人，那个苍白脸学生高声的演讲，陈白想说话，就说：“这个人倒像当真可以做工人运动。”

女角萝记着了“穿工人衣不一定就能做工”那句话，讽刺的说道：“谁都不能像你扮技师那样相称。”

“你这意思是说我像资本家的奴隶，还是……”

“我不是说你像……”

“那我是快乐的，因为我只要不像站在资本家一面的人，我是快乐的。”

“不必快乐吧，”她意思是“不像一个奴隶也并不能证明女工ＸＸ会爱你！”

男角陈白也想到这点了，特意固持的说：“我找不出不快乐的理由。”

“但是，假若，……”

陈白勉强的笑了：“不必说，我懂你意思。”

“我想那样聪明的人也不会不懂。”

“你还是不忘记报复，好像意思说：你看不起我女人，你以为你同我好是自然的事，那吗，我就偏偏不爱你，且要你感到难过……是不是这样子打算？”

“我知道你自己是顶得意你的聪明的。你正在自己欣喜自己懂女人。你很满意你这一项学问。”

陈白心想：“或者是这样的，一个男子无论如何比女子总高明一点。”

因为陈白没有把话答应下去，女角萝就猜想自己的话射中了这男子的心，很痛快的笑了，且同时对于过去一点报复的心也没有了，就抓了陈白的手放到自己另一只手上来，表示这事情已经和平解决了。但这行为却使陈白感到不满，他故意使女角萝难堪，走去了。女角萝喊着：“陈白，陈白，转来，不然你莫悔。”听到这个话的他，本来不叫他也要转来的，但听到话后，像是又听出了女子有照例用某种意义来威胁的意味，为了保持男子的尊严与个性，索性装成不曾听到，走过导演士平所站立处去了。

女角萝见到陈白没有回头，就用话安慰到自己：“我要你看你自己会悔的事情。”她的自信比男子还大，当她想到将因任性这一类原因，使陈白痛苦，且能激起这男子虚荣与欲望，显出狼狈样子时，她把这时陈白的行为原谅了。

一个学生走过来，怯怯的喊这女角：“萝小姐！”喊了，像是还打谅说一句话，因喉咙为爱情所扼，就装成自然，要想走过去。女角萝懂得到这学生是愿意得到一个机会来谈两句话的，一眼就看清楚了对面人的灵魂最深地方。她为了一种猜想感到趣味，她从这年青学生方面得到一些所要的东西，而这东西却又万万不是相熟太久的陈白所能供给，就特别的和气了。她说："密司特王你忙！"

虽然一面说着"忙"又说着"不忙"，可是这年青人心上是忙乱着不知所答的。

女角萝仍然看得这情形极其分明，就说："不忙，你坐坐吧。"当那学生带着一点惶恐，坐到那堆道具上时，女角萝想，"男子就是这样可怜，好笑。"

那学生无话可说，在心上计划："我同她说什么？"

照着一个男子的身分，一种愚蠢的本能，这学生总不忘记另一个人，就说："陈白先生很有趣。"

女角萝说："为什么你们都要同我谈到陈白。"心中就想，"这事你为什么要管为什么不忘记他，我是明白的。"

这人红了脸，一面是知道自己失了言，一面是为到这话语还容得有两面意义；"这是笑我愚蠢还是奖励我向前？"为这原因，这人胡涂了，就憨憨的望到女角萝笑。且说，"他们都以为陈白是……"当女角萝不让这话说下，就为把这意思补充，说，"以为我爱他"时，学生显出窘极羞极的神气。又过了一会，就人不知所措的动了动膝头。

"不要太放肆了，愚蠢的人。"女角萝打算着，站起身走了，她知道这种行为要如何激动到这学生青年人的血。她约略又感觉到这种影响及人，是自己一种天赋的财源，也仍然在这行为上有一点儿惆怅。男子一到这些事情上就有蠢呆样子出现，她讨厌这事了，就不再注意这男子，忙走到前面去，看看还有多少时候她才出场。

到前面去时，就又听到那个苍白脸学生扮的角色，大声的说话，非常激昂。她记到这个人平常是从不多说话的，只有这个人似乎没有为她的美所拘束过，不知如何忽然觉得这人似乎很可爱了。这思想的一瞬就过去了，她觉得自己这是一个可笑的抽象，一点有危险性的放肆。仿佛为了要救济这个过失，她把陈白找到，站在陈白身旁不动了。

二 家

女角萝是这样一个人。一个孤儿，小小的时节就由外祖母所养大，到后便随到一个舅父在北京读书，生活在中产阶级的家庭里，受过完全的教育。因为在北京时受时代的影响，这女人便同许多年青女子一样，在学校中养成了演剧的习惯。同时因为生活环境，她有自主的气概，在学校，围绕在面前的总是一群年青男子，为了适应于这女人一切生活的安全与方便，按照女子自私的天赋，这女人把机警就学到了。她懂得一切事情很多，却似乎更能注意到男子的行为。她有点儿天生的骄傲，这骄傲因智慧的生长，融和到世故中，所以平常来往的人皆看不出。她虽具有一个透明理知，因这理知常常不免轻视一切，可是少女的热情也并不缺少。自从离开了北京学校到上海以后，她就住到舅父的家里。舅父恰恰与导演士平先生相识，到后不久她就成为ＸＸ剧团的要角，同一些年青人以演剧过着日子了。

陈白是ＸＸ戏剧学校的教授，是导演士平多年来合作的一个人。这人从演剧经验上学到了许多对于女人的礼貌，又从别的事上学得了许多男子的美德。他认识过许多女人，却在女人中选了又选，按照一个体面男子所有的谨慎处，总是把最好的一个放在手边，又另外同那些不十分中意的女子保持一种最好友谊的亲切。他自己以为这样可以得到许多女子的欢喜，却因此总没有一个女子变成他的唯一情人。过了一些日子，看看一些女人通通从别一个热情的追求中，随到别人走去了，一些新来女子代替了那些从前的人，这美男子就仍然在那原有的地位上，过着并不觉得颓唐的日子。他对于他自己的处置总是非常满意，因为一点天赋的长处，一个美男子的必需种种，在他全不缺少。因为有这美德，所以这个人，就矜持起来，在新的日子中用理知同骄傲很快乐的生活下去。看到一个熟人，同什么人已经定下了契约，来告给他时，自信力极强的男子，自然在心上小小受了打击，感到一点怅惘，一种虚荣的损失，对于自己平时行为稍稍追悔。可是，过一会儿，他就想到一种发笑的机会了，“这样女子是只配同这样男子在一处过活的！”他就笑了。他为自己打算得很好，难受总不会长久占据到自己的心中。“她还懂事，知道尽别人爱她，就嫁给别人，这是好女子。”他把这女子这样嘲笑一会，就又同找别的女子谈话喝茶去了。

不过，这样男子是也不可厚非的。这男子还属于ＸＸ。他要革命，ＸＸ并不能拒绝一个这样男子加入，同样正如ＸＸ不能拒绝另外一些女子加入一样。他做事能干，演戏热心，工作并不比谁懒惰。他有时也很慷慨，能把一些钱用到别人做不了的事上去，只要这事情使他快乐。他有一种侠气，就是看到了不合理的事情，总要去干。一切行为虽都是为的一点自私，一点虚荣，但比起一些即或用虚荣也激不起来的人时，这个人是可爱了很多的。

在士平先生家，这个有傲骨同年青人的血的陈白，遇到了同样也有相似个性的女角萝。第一次晤面时，两人皆在心上作一种打算：“这是一个对手，要小心一点。”果然，第二次两人就照到心上的计划，谈了半天。他们谈到一切事情，互相似乎故意学得年青爽利一点；非常的坦白，毫无遮拦的讨论，因为按照习惯要这样才算是直率，但同时两个人是明知道一些坦白的话，说去说来只使人更加胡涂的。不过两人皆不缺少一种吸引对方的外表，两人皆得屈服到这外表上，所以第三次见面，谈了又谈，互相仿佛非常理解，两人就成为最好的朋友了。

女角萝的风貌比灵魂容易为ＸＸ剧团的一切年轻人认识，因为照例年青人的眼睛是光亮的。自从女角萝一到了大方剧团，一切人皆不用了。原有的女子，在一种小小妒意下过着日子，她们本来不是一道的，这时也忽然亲热起来了。青年男子呢，人人皆有一种野心，同时这些人又为这野心害着羞，把欲望隐藏到衣服底下，人人全是那么处置到自己。这些人，平时对于服饰原是注意的，到后来更极注意，就是因为那野心躲藏的原故。

看到这些情景，陈白同女角萝都知道。不过陈白是因为知道这事情，为了别的男子妒嫉，为了报女子的仇，为了虚荣，为了别的同虚荣不甚相远的一些理由，这男子，做出十分钟情样子，成为女角萝的友谊保护人了。女角萝则很聪明的注意到别人，以及注意到陈白的外表，谈话的趣味，所以在众人注目下，也十分自然的作着陈白的爱人了。可是因为各人在心上都还是有一种偏见，这偏见或者就是两人在谈话中太缺少了节制。因为都太聪明了，一到谈话时，两人都想坦白，又总是觉得对方坦白得好笑，有时还会觉得那是胡涂，而自己又只好同样胡涂，因此这两人实际上还是只能保持到一种较亲切的友谊。不过两人似乎皆因为了旁人，故意仿佛接近了一点，因此这恋爱不承认也不行了。

在大方剧团士平先生的指导下，两个人合演了很有几个剧本，这些剧本自然都是入时的，新鲜而又合乎潮流的。陈白在戏上得到了空前的成功，因为那漂亮身材同漂亮嗓子，一说到问题上的激昂奋发情形，许多年青人都觉得陈白不坏，很有一个名角的风度。至于女角萝，也是同样得到了成功，而又因为本身是女子，所以更受年青人欢迎的。在上海地方大家是都看厌了影戏，另外文明戏又不屑于去看，大家都懂艺术，懂美，年青学生都订过一份良友杂志，有思想的都看过许多小说新书，因此多情美貌的萝，名字不久便为各处学校的口号了。大家都欢喜讨论到这女人应当属谁，大家都悬想在导演士平先生与陈白两人中有一个是女角萝的情人。大家全是那么按照到所知道的一点点事实，即或是有思想的青年，闲着无事，也还是把这个事拿来讨论的。因为政治的沉闷，年轻人原是那么无聊寂寞，那么须要说话，萝便成为一时代的焦点了。

使年青人欢喜，从各处地方买了票来到光明剧场看ＸＸ，为得是看女角萝的动人表演，女角萝自己是很清楚的。所以当导演士平先生生着气，说是观众不行时，她提出了抗议。其实这一点，导演士平先生知道也许比起女角萝还要多。他明白女角的力量，因为这中年人，每次每次看到她在装扮下显出另外一种女人风度时，就总免不了一点炫目，女角萝的力量，在他个人本身方面就生了一点影响。不过这人是一个绅士，一个懂人情世故太多，变成了非常谨慎的人，他为了安全，就在一个做叔父的情形下，好好的安顿到自己，所以从极其敏感的女角萝那一面看来，是也料不到士平先生会爱她的。

ＸＸ的戏演过后，第二天，萝正在所住舅父家中客厅里，阅读日报所载昨天演戏的记录。一个与士平相熟的记者，极其夸张的写下了一篇动人的文章，对于ＸＸ剧本与主角的成就，观众的情形，无不详细记入。这记者并且在附题上，对于巡警真假不分混乱了全场的事情，用着特殊惊人的字样，“巡警竟跃上台上去殴打台上角色！”一切全是费话，一切都近于夸张失实，看到这个，她笑了又笑，到后真是要生气了。但接着展开了那一张印有昨日ＸＸ名剧主角相片的画报，看到自己那种明艳照人而又不失其为英雄的小影，看到士平先生指挥情形，看到陈白，看到那用红色液汁涂到脸上去的剧艺科学生，昨天的纷乱，重新在眼底现出，她记起台下拍掌声音，记起台下浓浓的空气，记起自己在第三幕时捏了手枪向厂长作欲放姿势，陈白听到枪声跑来情形，她又重新笑了。她看到自己很美丽动人的照相，看了许久，没有离开。

舅父是一个老日本留学生，年纪已经有了四十四岁，因为所学是经济，现在正是海关作一个职员，这时正预备要去办公，走到客厅中来取皮包。

“萝，昨天你的戏演得怎么样？”

“失败了。士平先生满脸是汗，也不能使观众安静一点。”这女子在舅父面前故意这样说着，把画报放到一旁去。

这绅士不即离开客厅，说：“那么人是很多了。”

“满了座。下星期四还要演一场，舅父你再去看看好不好？”

“我怕坐那两点钟。我想你一定比上次我看到的好。你太会演戏了，又这样美，你是不是出了三次场？”

“可是在第三次我是已经被人枪毙，抬起来游街的。”

“为什么要演这样戏？”

女角萝听到这个问话，以为是舅父同往日一样，又在挑战了，就说：“除了这戏没有别的可演。”

“你同士平先生在一处，近来思想也越不同了。”

“是不好，还是好？”这女子望到绅士，神气又骄又似乎很认真。

那中年绅士笑着不答，看到报纸已经来了，就取了报纸看，看那演剧纪录，先是站到不动，到后，微笑着，坐在一个沙发上去了。

女角萝在舅父面前是早就有了说话习惯的。她看到舅父的生活，感到一种敌视，这敌视若不是为了中年人的秩序生活而引起的反响，就不知从何而起的。她常常故意来同这中年绅士为难，因为有这样一个舅父，她才觉得她是有新思想的人物。她从一些书上，以及所接触的新言行上，找到了一种做人的道德标准，又从舅父这方面，找到了一个辩论攻击的对象。她每每同舅父辩论，一面就在心中嘲弄怜惜这个中年绅士，总以为舅父是可怜悯的。有时她还抱着了一种度世救人伟大的理想，才来同舅父谈文学政治与恋爱，望着舅父摇摆那有教养的头颅，望着那种为固持所形成的微笑，就更加激起了要挽回这绅士新生的欲望。这中年舅父，有时为通融这骄傲而美丽的唯一甥女起见，说了几句调和的话时，她看得出这是舅父有意的作为，却仍然自信这作为也是自己的努力的结果，才能有这点成绩，使他妥协屈服。

为了这时又动了要感化舅舅的愿心，想了一会找着说话的开端，她说："舅父，你还说你是老革命党，为什么就这样……"

那中年人把报纸略略移开一点："你是说我太顽固了，是不是……你看到这纸上的记载没有？他们说你是唯一的好角。他们这样称赞你，我真快乐。"

因为先前的话被舅父支吾到另一件事上去了，女人感到不平。舅父是最欢喜狡遁的，虽然她是欢喜称赞的人，这时可不行！她要在革命题目上说话！她的心是革命的，她的血是革命的。她把声音提高了一点："我说舅父不行。你这样不行。"

"要怎么样才行？"

"你想你年轻时做些什么事情？"

"年青时胡涂一点，做胡涂事。"

"就算是胡涂，要改过来，要重新年青，重新做人，舅父是知道的！"

"改！明天改吧，后天又改吧，这就是年青！重新做人，你要我去上台为你当配角，还是要我去做别的？"

"你当按到你能力去做，使国家才能向上。士平先生年纪不是同你差不多吗？你看他多负责，多可尊敬。舅父，我觉得你那……”

“又是现的，不要说了。士平先生是学戏剧的人，他就做他的艺术运动，舅舅学经济，难道也应当去导演一个戏本么？”

“学经济何尝不可以革命。”

“怎么办？我听你提出问题来。”

“ＸＸＸ也是学经济的人。”

“ＸＸＸ写小说，不错，这是天才，我看你们做戏做运动都要靠一点儿天才。”

“你说到一边去了，故意这样。”

“那你要怎么讲？试告我，舅舅怎么去做一个新人，我当真是也想同你们一样年青一点的，舅舅很愿意学学。”

女角萝想了一会，不做声了。因为平时就只觉得舅父不及士平先生可尊敬，可是除了演戏耐烦以外，士平先生还有什么与舅父不同，要她说来也很为难。若是说舅舅不应当一个人住这样一栋房子，那么自己住到这里也不该，可是这房子实在也似乎比其他地方便利清静许多。若说是舅父不读书，那么这更无理由了，因为这中年人对于关税问题，是国内有数的研究者。（若说舅父不应有绅士习气，则这人也不像比一个缺少绅士礼貌的人有什么更不好。）总而言之，她不满意的，不过是舅父的中年人的守秩序重理知生活态度，与自己对照起来不相称。另外没有什么可言了。因为无话可说，她偷看了一下绅士舅父的脸，舅父仍然阅看报纸等候回答，从容不迫。这中年人虽然是一个完全绅士，可是中国绅士的拘迂完全没有。一切都可以同这甥女谈及，生活与男女，只要甥女欢喜，都毫无忌讳可言，这绅士，实在已经是一个难得的绅士了。

这时想不出什么具体话可言的女角萝，有点害臊，有点生气，因为即或没有什么可说，舅父安详的态度，总给年青人起了一种反感。她见到舅父又在笑了，舅父把画报拿去，看了又看，望到自己甥女工人装束的扮相，觉得很有趣味，半晌还不放手，萝就说：“舅舅你学经济，你知道他们纱厂如何虐待女工没有？”问这个话，仿佛就窘倒了这个中年人，所以说过后自己觉得快乐了，见到舅不作声就又说：“我为你们害羞，为绅士学者害羞，因为知道许多书，却一点不知道书以外是什么天地！权威在一切有身分人手上，从无一个人注意到那些肮脏人类。我听人说，他们的生活，如何的痛苦，如何的不像人，坐在机器边做十六点钟工，三角钱一天，黄脸瘦脸每一个人都有一种病，肺病死了一个又是一个，……这些那些过了一些悲惨日子都死了，从无一个人为说一句话，从无一个人注意到他们，我以为这应当是你们的羞辱！你们能够帮忙说话都不说话，你们那种安详我以为是可羞的！”

那中年人还是保持到长者身分，温和而平静，微微的含笑，一面听着一面点头。对于这种年轻人的简单责备，他很觉得有趣的。他其所以无从动怒，一则是自己的见解不同，二则还是因为说这个话的是自己同胞姐姐的一个女儿，看到从小孩变成大人，同时还那么美丽纯洁。他以为这是一种很好的见解，就因为这见解是出于自己的一个甥女口中，一个女子这么年纪，仅仅知道人生一点点，能够说出这种天真烂漫同时也是理直气壮的话，实在也很动人。他一面自然有时候也在心上稍稍惊讶过，因为想不到甥女这自信力与热忱，会从那个柔懦无能的姐姐身边培养出来。他看了看画报上相片，又看看坐在那里神气旺盛的甥女样子，为一种青春的清晨的美所骚乱，望到那神气，忖想得出在这问题上，年轻人还有无数的话要说，就取了一个父亲对待小孩子的态度，惊讶似的说道：

“你从什么地方听到这些事情？”

他不说从什么地方会明白这些，她把问题搁在绅士头上：“我只问，舅父应不应当知道这种人类可羞的事情？”

这中年男子，心中想就，“人类可羞的事情难道只是这一点？”但他却答得很好：“我是也害羞的，因为知道得比你还多。中国的，世界的，都知道一点，不过事情是比害羞还要紧一点的，就是这个是全部经济组织改造问题，而且这也是已经转入国际的问题，不是做慈善事业的赈济可以了事，也不是你们演戏那么，资本家就会如戏上的觉悟与消灭！”

“若是大家起来说话，不会慢慢的转好吗？”

“说话，是的！一个文学家，他是在一个感想上可以解决一种问题，一个社会问题研究者，他怎么能单靠到发挥一点感想，就算是尽职？”

“那你是以为感想是空事了。”

“不是空事。文学或戏剧都不是空事。不过他们只能提出问题来使多数注意，别的什么也不能作。并且解决问题也照例不是那多数的群众做得到的。”

“我顶反对舅父这个话。解决问题是专门人才的事，可是为巩固制度习惯利益而培养成就的专门人才，他们能做出什么为群众打算的事，我可不大相信？”

“你这惑疑精神建设到什么理由上？”

“我看舅父就是他们的一个敌人！”

“你自己呢？”

这个话使女角萝喑哑了，低下头去害羞了。她想说，“我是同志，”但说不出口。这个纯粹小有产阶级的小姐，她沉默了一会，才故意使强调子说：“我自然要为他们去牺牲。”绅士听到这个话莞尔而笑了，他说：“能够这样子是好的。因为年轻，凡是年轻，一切行为总是可爱的，我并不顽固以为那是胡涂，我承认那个不坏。你怎么样牺牲？是演戏还是别的？”

做着任性的样子，她说：“我觉得什么是为她们有益，我就去做那种事。”

“演戏也不错。”

“是呀，我要演许多戏，我相信好戏都能变成一种力量，放到年青人心上去，掀动那些软弱的血同软弱的灵魂。”

绅士想：“想这力量不是戏剧，是你的青春。”

女角萝不说什么了，也想：“一个顽固的人，是常常用似是而非的理知保护到自己安全的。”但是，另外又不得不想到，“舅父是对的，人到中年了，理知透明，在任何情形下总能有更好的解释为自己生活辩护。”

议论上显然如其他时节一样，还是舅父胜利，表面上，则仍然是舅父到后表示了投降，说了一些文学改造思想的乐观的话像哄小孩子，于是舅父办公去了。绅士走后女角萝重新拿起画报来看了一会，觉得无聊，想到一个熟人家去找一个女友，正想去打一个电话，问问什么时候可以去，到话机边时，铃子却急剧的响了。

拿了耳机问："找谁？"

"……"在那一边不知说了些什么话。

"你找谁？这是吴宅。……是的，是吴宅。……是的，我就是萝！"

"……"那边的人说了许久许久。

"我要到别处去。"

"……"

"也好，我就等你。"

"……"

"怎么，为什么又不来了？"

"……"

"我说也好，难道就说错了吗？"

"……"

"不来也没有什么要紧。你不欢喜来我也不勉强你。天气使你脾气坏得很，你莫非发烧了。昨天睡得不好吗？今天不上课，士平先生也不在学校了么？我本来还想来找你同士平先生，到我这里来吃中饭，既然生了气，就不要来也好。……你不看到报纸么？我这里才……怎么，生谁的气？好，我听得出你意思，算了吧。"

像是生了气，不愿再听那一边传来的话，拍的把耳机挂上，过一刻，忽然又把它拿到手上，听了一会，线已经断了，就重新挂上，痴痴的站立到电话旁有好一会。

想到了什么事情，忽然又发笑了，仍然走到原有一个地位上坐下，还仍然打算到那种事情。本来预备为另外一个打电话，这时又不想出门了。走到窗子边去望望外面那片小小的草地，时间是五月初旬，草地四角的玉兰花早过去了，白丁香也过去了。一株怯弱瘦长的石榴，挤在墙角，在树尖一个枝子上缀上了一朵红花。另外夹墙的十姊妹花，零零落落的还有一些残余没有谢尽。在窗边，有四盆天竹，新从花圃买来的，一个用人正在重新搬移位置。时间还只八点钟，因为外面早上太阳似乎尚不过烈，萝便走出到草坪去看用人做事情。

太阳虽已经出了好一会，早上的草地还带着湿气。有些地方草上露珠还闪着五色的光，一个白燕之类的小雀，挂在用人所住那小屋里啾啾唧唧的叫着。远远的什么地方，也听到一个雀子的声音。

在草地上走了一会儿的萝，想到还是要打一个电话，就在草地上叫喊正在二楼揩抹窗户的娘姨，为叫五八八四，X X 学校，陈白先生说话。娘姨不到一会儿就站到那门口边了，说得是北方口音。

“陈先生出门啦。”

“再叫张公馆，找四小姐，说我问她，什么时候可以到我这里来。我是无事可作的，若是她在家，或者我过她那儿去。”

因为电话接通了，说是就可以去，萝走到楼上卧室去换鞋子，把鞋子换过后，拿了夹子，正想出门，到了楼下客厅，就听到娘姨在后门同一个人说话，声音很熟。娘姨拿了名片进来，知道是陈白了，说请进来，一会儿这美貌男子就来到客厅中了。

他们没有握手，没有说话，等娘姨去拿取烟茶时，两人对望着，陈白就笑说：“生我的气！”

萝也笑了：“是谁生气？我是……”

早上特别美了一点，这男子这样估计到对面的萝，本来已经坐下了，就重新站起来，想走到萝身边去，娘姨却推了小小有轮子的长方茶几在那门边出现了。陈白就做着要报看的样子，拿了报重新到自己位置上去，望到萝笑。

今天的陈白是一切极其体面的。薄佛兰绒洋服作成浅灰颜色，脸上画着青春的弧号，站起身时矫矫不群，坐下去时又有一种特殊动人风度。望到陈白的萝，心里为一些事所牵制，有一点纠纷不清。她要娘姨又把电话再叫一次，叫张公馆找四小姐说话，娘姨还不明白是为什么意思，萝就自己走到客厅后面去了。陈白听到电话中的言语，知道她要出去，又听到说有客来到不去了，就把刚才在路上时所过虑到的一切问题放下了。等到萝回来时，他就用一种不大诚实也不完全虚伪的态度同萝说：

“既然约好了别人，我们就一同出门也好，为什么又告别人不去？”

“你这话是多说的。”

“我是实在这样想的。”

“你来了，我去做什么？”这样说过话的萝，望到陈白脸上有一种光辉，她明白这男子如何得到了刚才一句话，培养到他自信，心中就想，“你用说谎把自己变成有礼貌懂事，又听着别人的谎语快乐起来，真是聪明不凡。”

陈白说：“我只怕你生气，所以赶来认罪。”把话说着，心里只想“这一定不好生气了。”

像是看得清楚陈白的不诚实处，萝说：“认罪，或者认错，是男子的——”

“是男子的虚伪处，但毫无可疑的是任何女子皆用得着它。女子没有这个，生存就多悲愤，具歇斯的里亚病状，”这个话虽在陈白口中，却并没有说出。他只说：“这是男子很经过一些计划找出唯一的武器！”

萝不承认的做了一个娇笑。她说出了她要说的话。“这是男子的谦卑，因为谦卑是男子对女人唯一的最好的手段。”

“好像是那样的，但如像你这样人……”

“我不是那种浅薄的人，用得着男子的谦卑，作为生活的食粮。”

“为什么你就在别人说出口以前，先对自己来作一个不公平的估价？我想说出你是不受这抚熨，因为你是不平凡的。但你却先争辩样子，说不是浅薄的人，你这一申明，我倒为难了。”

“为难吗？我看你在任何事情上都不至于为难。”这也是嘲笑也是实情，意思反面是，“只有一个女子，她的柔情，要顾全一切，才会为难。”陈白是明白这意义的。因为这是对于他的间接的一句奖语，身为男子的他，应在女子面前稍稍谦虚一点，才合乎身分，他就选择那最恰当的话语说下去。

他说了，她又照样打算着说下去，说话的态度，比昨晚上演戏时稍稍不同了一点。两人都觉得因这言语，到了一个新的境界里去了。

两个人今天客气了一点，是因为两人皆很清楚，若不虚伪，这昨晚上友谊的裂痕就补不来了。两人到后看看，都明白是平安了，就都放了心，再谈下去，谈到一切的事情，谈到文学，谈到老年与少年。谈到演戏，就拿了当天时报画报作为主题，继续说了大半天，因为两人的相皆登载到上面。

到后陈白走了，萝觉得今天比往天幸福了许多。也觉得这是空的，也觉得自己仍然还在演戏。天气有点闷热，人才会有这样许多空想，为了禁止这情感的扩张，她弹了一会钢琴，看了一会书，又为一个北京朋友写了一封信。

舅父回家午饭时，带了士平先生一块儿回来。士平先生一见到萝就问："看到报上记载的没有？"

"岂止看到，看到还要生气！"

"这是为什么？"

"太说谎了。"

"一个记者说谎是法律许可的。并且说到你的成绩，也是大家公认的。"

"我知道，这因为我是女子，那些男子对女人的话，除了赞美我不明白还有什么别的可说？"

"但也不一定，XXX是也那么美貌被人骂过的。"

"那因为是她一定使男子失了望。"

"你难道有过相反情形么？"

"对我这样称扬，总是有一点不好用意。"

"自己虚心！"

"为什么是虚心呢？因为我是女子，我知道男子对于女子所感到的意味！"

"就是这点理由吗，那是不够！"

士平先生今天来也像要挑战了，萝就用着奇怪神气瞅到这瘦长子导演不说话，心中想道："别的理由我还不曾见到。"但她不想说下去了，因为话一说到这些上面，又成为空调的固执，而且自己也显然要失败了。

舅父是不说话的。等到看看萝不说话了，就同士平先生谈近来的政治纠纷，这一点萝是没有分的。但一个是舅父，一个是那么相熟的长辈，她的口还不至于十分疲倦，她就搀进去发挥了许多意见，都是不大有根据却又大胆而聪明的意见，使士平先生同舅父两人都望到她笑。她并没有因为这点理由就不说话，她要说的都说到了。她嘲笑一切做官作吏的人，轻视一切政客，辱骂一切权势，她非常认真的指摘到她所知道所见到的一部分社会情形。她痛恨战争，用了许多动人的字句，增加到他说这个问题时的助力。她知道一切并不多，但说到的却并不少。

她的行为是带一点儿任性的，这种情形若只单是同士平先生在一块却不会发生，因为要太客气一点。这时没有人同她作一种辩驳，她的话题越说越使自己兴奋，舅父的长者风度，更恼到这小小灵魂。

“舅父，你以为怎么样？”

“我以为你是对的。说的话很动听，理由也好，我赞成你。”

“这是你把我当小孩子说的谎话。”

“我当真赞成！即或你自己以为是一个大人，我是也不反对的。”

“我不要你赞成！你是同我永远不同意的，我看得很清白。”

“为什么一定要这样说？问问士平先生，是不是这样？我说话，你以为我是为统治者张目，我沉默了，你又以为我在轻视你。不过我实在同你说，你知道的是太少了一点。你只知道罪恶的实况，却并不知道成立这罪恶的理由。你的意见都是根据你自己一点体会而来的，你站到另一个观点上去时，你恐怕还没有轻易像舅父那样承认你自己的主张！”

“你这是说我完全胡闹！”

“不是胡闹，是年轻，太纯洁，太……”

“一定是说太单纯。我懂到舅父要说的话。你不说我也懂得到。你说了，用的是别的字言，我也仍然听得这个意思。舅父我不同你争持，我走了。”

她实在是说够了，装做生气样子，离开了客厅，却并不离开这个温暖的小巢，她上到楼上自己卧室里去了，要到把午饭摆好时，才下楼来吃饭。

两个中年人在萝上楼以后，就谈到这女孩子一切将来的问题。

绅士只稍稍知道一点在演戏中同陈白两人要好的情形，却不十分完全知道那内容。士平把他们关系以及平时争持爱好完全说到了，听了这个消息的绅士，摇了一下那个尊贵的头。

“这一定是有趣的。这孩子早上还才说到我老了，不行了，要重新年青才是，那么，我也来学年青人胡涂天真的恋爱，就算做人么？这个小小脑子里，不知从什么地方来得这样多见解，她在努力使我年青这一点上，真还同我争吵了好一会。哈哈，这一时代是有趣味的时代，有这样女子！士平，我们是赶不上这时代了。”

这导演听到说“我们”，心里有点不服，纠正似的说：“为什么这样说我们？若是要赶，没有追不上！”

“那你就追上去，我祝福老友一切一切的……”

“我可是不能为你的原故才显英雄本色。”

“就算是为了你的老友也不坏。”

“你看吧。”

“我等着，我还很想知道那方向。”

“慢慢的自然会知道。”

到后两人忘形的笑着，因为这笑声，使在楼上的萝又下楼来了。

“说什么？我听到你们笑！”萝向士平先生望着，却要舅父回答。

绅士就说：“不是笑，是吵着。”

“我以为年青人同老年人才会有所争持。”

“当真的争持，是只有两个在同样年龄上的人才会有的。”

“舅父的话是又含得有一点理由，意思就是在我面前没有讨论价值。”

“我不是也同你争辩过问题么？”

“那是舅父先一句话又说错了。”

绅士把眉毛一扬，做出一个诙谐样子，且略把舌头伸出了一下，“嘿，你真利害。这说话本领可不小。舅父此后真要退避逃遁了。”

萝见到这情形，放肆的笑了，她仿佛完全胜利了，舅父的神气使她感觉快乐。她为了表示在士平先生面前的谦卑态度，才说：

“那因为舅父，我才学得了这样放肆，也因为是士平先生，我才学得了这样口才。”

士平先生笑着把手摇动，也有点儿滑稽，他说：“我是不会使你学到同家庭作战的，老朋友他信得过我。”

绅士说：“我相信士平告她一定是另外一些的，就是告给她打我。”

说过这笑话，接着就一面按桌上的悬铃，一面喊人把饭摆出来，且望到士平先生那瘦瘦的马脸，觉得老朋友非常有趣。

吃过饭，绅士问士平先生，怎么过这个下午。没有什么可说的他，意思以为若果是主人不赶客，就留到这里不动。绅士问萝要不要出去，萝说天气热不想出去，不让士平先生走去，留他在这里谈戏剧也好。

“我是要办公去了，你不要出去，士平不要走，我回来三个人再过 X X 花园去玩。”

“舅父你办公去，仍然坐到你那写字楼边做半天事好了，士平先生不会告我怎么样反对你的，请你放心。”

“我倒不什么不放心。我预备敌你们两个！”

这绅士，到时就又机器一样的坐了自己小牛牌小汽车走了。看到舅父走后，站到廊下的萝，才叹了一口气，走回客厅里来。她为这绅士的准确守时，像这样叹息机会太多了。她有点儿莫名其妙的忧郁，当到舅父面前时，还可像一个小孩子一样，肆无所忌的来同舅父有所争论，但另一时却想到舅父是寂寞的人了。

当夜里，那绅士正在三楼小书房吃烟时，萝来了。萝与舅父谈话，说到士平先生。舅父问她士平先生说了些什么话。萝说：

“他似乎也很寂寞，这个人今天同我说到许多的话。”

舅父听到这个微微的吃了点惊，像是想起了什么事情，有所憬悟，稍过了一会，忽然问萝：

“我听说那个陈白爱你，你是不是也爱他？”

“舅父为什么要做这种问答？”

“这是我关心你的事情，难道这些事情就不能让舅父知道吗？”

“舅父是自然得知道的，只是问得不好。应当说，你们爱到怎么样了呢？因为舅父是原本知道这件事情的。”

“就照你这样问，同我说说也好。我愿意明白你在你自己这件事情上，有了些什么好计划。我还不大同你谈到这些事，你说你的见解，给舅父听！”

“他愿意我嫁他。”

“这没有什么不合理。”

“可是这是他的意见，这个人爱我是为了他自己。”

“这也是自然的事！”

“自然，爱都应当为自己，可是，我看他却为虚荣才爱我！”

“……”舅父要说什么，似乎认为不说还好，所以又咽下去了。

萝心想：“舅父对这件事总是奇怪，因为他不明白年青男子，更不明白年青女人。”

忽然舅父又说：“萝，你愿不愿意嫁他？”

“这样爱我的人我还不愿意吗？”

“我听人说你同陈白很要好，虽然这是个人的私事，我不应当搀加多少意见，不过我多知道一点，是很高兴的，所以我要你告我。”

“舅父现在我让你知道了吧，我不同陈白结婚，因为好像大家都爱我。”

“你若是爱陈白，那么大家爱你，这一点理由也不会使你拒绝结婚，因为大家爱你决不是拒绝另一个人的理由！”

“舅父我倒以为这是唯一理由。我应当让每个人都可以在我身上有一种不相当的欲望，都不缺少一点野心，因这样大家才能努力使世界变好一点。”

“怪思想！”

“一点都不奇怪！我不能尽一个为虚荣而爱我的人把我占有，因为我是人，我应当为多数而生存，不能为独自一个人供养与快乐的东西！”

“我不同你说了，你学的是诡辩。恐怕你是会到这诡辩上吃亏的。自然你也可以用这个，把自己永远安置在顺利情形中，可是我真奇怪你为什么会这样打算？”

“我说我爱陈白，舅父一定就快乐了，也原谅我诡辩了。我知道，陈白是那么使年老人欢喜，又如何使年青人佩服的，为什么？因为他是一个戏子！他演戏太多，又天生一个动人的相貌，所以许多有女儿的，为了自私计算，总愿意自己做这人的亲戚。女人呢，又都是为陈白外貌所诱，没有不愿意……可是我不欢喜他，我太明白这个男子了，他爱我的方法用错了，他以为女人全是那么愚蠢。”

“你的议论太多了。”

“因为在舅父面前，我学习一切。”

“可是舅父是沉默的。”

“是！是！虽然沉默，舅父是比别人能够听我的道理的。”

“唉，你这道理真多，今天舅父也听够了，你去了吧。”

走到门边，萝忽然又回身转来，站到门边不动了。

“为什么？”

“舅父，我告你，若是士平先生问到我爱谁，你说我爱陈白。”

舅父笑了起来：“我不懂这意思！说明白点，你先不是说过，不能让一人独占吗？为什么又使一些人知道你是被人独占？”

“我要舅父这样说总不会错。”说完，走去了。

听到匆匆的下楼梯脚步的声音，绅士想起来了：“士平先生一定要学年青人做呆事，为这有纤细神经的少女隐约觉到了。”这想象使绅士生出了一点忧愁，然而当计算到这里时，他却笑了又笑的。

三　一个配角

在 X X 楼上，为了演剧事 X X 剧团于今天聚餐，到会的人数约有五十，士平先生作主席。人数到足后，主席起立报告上次演剧的成绩，以及各界对此的注意。说完了时，又提到下次排演的剧本，应当如何分组进行各种计划。坐在陈白身旁的萝，没有同陈白说话，却望到士平先生，心想起前一些日子在舅父家中所谈的话。

一个女子的神经，在许多事情上显出非常迟钝，同时是又能在另外一种事情上显出非常敏感的。萝是在男子行为估计上感到自己欢喜的一个人。她这种在男子行为上创作估计的趣味，在北平时就养成了。她看清楚一切了，知道自己怎么样去做，就可以使那出于男子的笑话更明白清楚，她就不为自己设想做去。她懂得到这些事都不免有一点儿危险，可是这小小危险她总得冒一下。在舅父面前，她养成了女子用言语解释一切的能力，但在众人广座中却多是沉默如害羞女子。她知道这样处置对于自己更有利益，也知道这样，才能使那些年青人的血沸腾起来，她能够把自己的口噤闭起来，于是一切男子们，在演剧时任何一个脚本上都是配角的青年们，也都各在心上怀着一种野心，以为导演士平先生不许自己作一次戏上的主角，或者萝将许可自己作一次恋爱主角了。男子们的事她都懂得到，不懂的她也这样猜想得到，她就在这些上面作成每一个日子的意义。

她这时不说话，望到士平先生。士平先生说完时，大家拍着手掌，她也照例拍了一阵。一个扮谐剧小丑的角色，到这时言语神情还仍然有小丑的风度，站起来提议要请女主角萝演说一下，大家不约而同的鼓了一会掌，因为这提议很合众人的兴致。

萝心想："这一群东西，要我说话，也像看戏一样，还欢迎咧。"想起自然有点不耐烦，把眼睛在长长的一列席上，扫过一阵，看得出每个人的情趣所在。她站起来一会儿，又重复坐下了。

全座的手掌又拍着了。士平先生含笑的望到这一面来。

"随便说说，高兴没有？"

"……"摇摇头。她一面就想："我就这样让这些男子笑我好一点。因为一说话，不知不觉要骂到这些穿衣吃肉的东西。我笑他们，骂他们，怜悯他们，不过反而使这些东西更愚蠢。"

另外一个女子，正因为有一种私心，很不乐意萝的出众行为，就提议说请陈白先生演说，看大家怎么样，最先应和这个提议的是座上十一个女子，另外就是几个想讨好女人的学生，大家一赞成，到后陈白笑迷迷的站起来了。

"最先大家请我们剧团这位皇后说话，不高兴说，才轮到我。我要说的，想必一定也是大家心上的意见，就是这次排演ＸＸ，所得的盛誉，应当为两个人平分，一个是士平先生，一个是萝小姐……"

大家鼓掌，陈白各处一望，知道话说得好，可是有点疏忽了，就等候掌声略平时，又说："我的话没有说完！我将说，若果没有我，没有各位同学同志，士平先生是不能够照到他的计划做去，萝小姐的天才也毫无用处！所以群众应感谢的是他们两人，这两人却应当感谢我们，大家以为怎么样？"

掌声又起了，如暴风来临，卷走了许多人的不快。陈白的话是同人的外表一样聪明的，萝轻轻的说道："陈白你好聪明，可是你这话真是空话。"

这男子，也轻轻的说道："话无有不是空的，看人说，看时候说。"

萝很不平的样子："你以为你看清楚我欢喜你说的话了么？"

陈白分辩："大家都并不生气，这就难得了。"

"可是我用不着你当到人面前对我献媚。为你计，莫使那些女人恨你，你也不应当说这种蠢话。"

"我会自己挽救自己，你不见到她们快乐么？"

女的就哼了一声，不表示这话是对的，也不否认是不对的。

陈白说："我说错了，我应当尽他们恨我，却能使我更爱你。"

萝说："你的打算是不错的，最合乎一个聪明人的技巧。"

"你太会用字了？你说技巧，是指我说谎而言，还是——"

"自己应当比别人更清楚一点！"

这时陈白正用力切割一片面包，听到这里时手微微发抖，但这个体面青年绅士，仍然极力保持到他绅士的身分，他轻轻的放下那把刀，瞅着萝，做出多情无奈的神气。"我求你莫太苛刻，"他这个话并没有说出口来，只蕴蓄到他那绅士态度中。他以为萝会在这小小的反省中体会得出他的意见。他是等待原谅的，需要原谅的，因为这个人自信有使人原谅的各种理由。

女的像是没有注意到这情形，又说："一个聪明人能够得人欢喜，却——"她意思是虽使人欢喜也不一定使人爱他。陈白并不听清楚这话，他还是有他的哲学。照到他的哲学，这时是沉默一下，他就沉默了。他等候机会，等候散会时邀萝到一个地方去玩。他一切原谅到她，因为他自己觉得自己是一个男子，对于有一点任性的女子，当然有些地方是应当原谅的。他是在爱萝，爱情中牺牲成见是一个最要紧的条件，他就做到了，所以他一切乐观，并不消沉。

上过了一次汤，主席又从那主位上站起来了，一个长长的颈子，一个长长的头，把一双微带近视的眼望到萝，很有趣的把眉一扬，这个外貌虽不美观却有绅士风度的人物，他重新来提议，要萝说几句感想。他的样子是那么正经，而言语又是那么得体，萝不能再拒绝了。

在掌声中这女子站起来了，说话清朗像敲钟，到一切人的心上，都起着各样悦耳的反响。她那先是略见矜持的儿女态度，仿佛说明了她的身分的高贵。她旋即非常谦卑的说到自己如何无能，又说到此后大家应当努力的方向，说完了，各处望望，缓缓的坐回原位。各人皆为这声音和谐所醉了。女人们心中都有所惭恧，用拍掌遮掩了自己的弱点。青年男子一齐皆望到萝这一方来，想喝一杯酒同祝这女人的长寿。陈白明白这个胜利，在这时，他有一种虚荣照耀到心上，他故意把身子倾近身侧的萝，把一个小小高脚玻璃杯接近唇边，“敬祝我们的皇后多福。”萝瞅着陈白行为，心中小有不怿。

陈白呷了一口酒，就说，“话说得真是动人。”

“你以为我是演戏吗?”

“我以为你是天才，不拘演戏或别的事，总是那么使人觉得美妙倾心。”

萝稍稍觉得自己为这个话所征服了，就也呷了一口酒。

陈白又说：“士平先生是第一个承认你是天才的。”这个话说的不甚得体，把先前一句话所造成的局面又毁去了。这时萝正想到另外一些事情，她忽然觉得陈白是有酸意的疑心到她了。一个女子在这方面失去了男人信托时，依照了物理的公律，对于男子的反抗总是取最优姿势，就是故意去和那使自己被诬的男子接近，作为小小报复的。她这时把杯子拿到手上，做出有意使陈白难堪那种神气，同上手一点的主席士平先生，遥遥的照杯，喝了一点红酒。

坐在一旁的陈白虽在干笑，萝却猜得出这笑里隐藏得是什么成分。她就故意问，“陈白，你快乐呀!”

那人非自然的点点头：“我为什么不快乐?你以为男子都是像

女子一样，按照她所见到的使她欢喜或忧愁吗?”

萝说：“能够像你这样做男子自然很可佩服。”

“但我不要别人佩服。”

“我当然知道你这意思。”

“因为你是聪明女子。”

“大致还不十分聪明吧，你太过奖了。”

“……”

“……”

吃过咖啡，散席了，有两个与萝较好的女子，包围到这个被人目为皇后的人，坐在一个屏风后谈话去了。陈白则同士平先生，与另外出版组几个学生，商量印刷下一次排演的戏券同广告。一些成对的青年男女学生，坐到一角上去，都在低声低气的谈论萝同陈白的爱情，仿佛只有这话是唯一的可说的情话。另外还有一些男女，各人散坐到各个地方，吃饱了，遵照一个肚子有了食物的青年人习惯，来与朋友说到吃饭穿衣女人文学各样事情，都说得有条有理。这些人思想自然都是激进的，人是漂亮的，血是热的，可是，头脑也就免不了是糊涂的。大家看世界都蒙蒙眬眬，因这蒙蒙眬眬，各人就各以生活的偏见，非常健康的到这世界上来过日子了。各人也都有一种悲哀，或者为女人的白眼，或者为金钱的白眼，因为刺激，说话把本来性格也失去了。这其中还有几个孤芳自赏的男子，白白的脸儿，长长的头发，为了补充自己艺术家外观起见，照习气在白的衬衫上配上一个极大的黑色的领结（或者这领结又是朱红颜色），领结为风所吹动，这种男子忧郁如一个失恋的君子，又或者骄傲如一个官吏，一人独来独往的，在那大厅中柔软的地毯上来回走着。几个最能同情而又不大敢在人前放纵的艺术学校一年级女生，就在心上暗暗的让这动人的优雅男子印象，摇撼到自己的芳心，且默记剧本上的故事，到有些地方似乎是与自己心情相合的时候，就在众人不注意的情形中，把身体显出的姿式改正了一下。

到后有人起身走了。有人望到壁上的大钟，赶到北京戏院看《党人魂》的时间到了，就三五不等的离了这聚餐地方。女人们有朋友的被邀去看电影吃冰，没有朋友的也走回学校去了，那个在前一次装扮工人的苍白脸男子，还等待什么神气，一个人坐到一角看报。把小组会议结束了以后的士平先生看看许多人都走了，就到出纳处去知会本天的用费，回来时，走到屏风处去看萝，陈白也跟着走过来。因为先前萝是同士平先生一同来的，士平先生就问萝说：

“回去还是要到别的地方去玩?”

陈白却代替萝说：“她答应了我到太和旅馆看日本人的摄影展览会。”

萝因为在士平先生面前，她有一种权利存在，她表示她自己趣味是陈白不能占有的，这时对陈白的话加以否认了。她说：“士平先生，我不想去看那个日本画，我要回去。”

“当真吗?”

“我不愿意来说谎话糟蹋时间。”

陈白脸上觉得稍稍有点发烧，但仍然极力镇静到自己，“我陪你去。”萝不加思索就答应：“也好。”陈白从语气上有了点不平，又改口说：“我不能陪你去。”这个话伤了萝的心，就默了一会儿，向士平先生说：“士平先生，你无事情作，就同我家中去坐坐，我们昨天谈到那个故事还没有完，舅父的酒是等待你去才会开瓶的。”

士平先生望到陈白不做声，心想“这是小孩子故意报复。”就说：“陈白，你不陪萝去，这是什么意思。”

陈白走开了一点，有一个人不快乐的神气：“她并不要我去!”

看到陈白这样子，萝在心上有了打算：“陈白你这样，我就做一个事使你难堪。”她同另外几个女子点点头，就走到放衣帽处去为士平先生拿帽子。陈白看得一切很清白，且知道这是故意为使他难堪而有的动作，他也走过去拿帽子，预备走路。这男子是在任何情形下皆不觉得失败的，他看到他们下楼去了，看到那个忧郁的学生，还似乎在看一张报纸，非常用心，忘了离开这大厅，就过去望望。“密司特周，转学校去还是要到别处去?”

那学生看到今天萝是同士平先生在一处走去的，这时陈白来同他说话，在平时所有因某一种威胁而起的恶劣情绪少了一点。陈白是他的教授，所以忙站起来一面整顿自己衣服一面说：“我要回去，我要回去。”

“莫回学校去，我们两个人到太和馆看画去，好不好？”

“好。”这样答应着，这人似乎又即刻对自己所说的话有所惑疑了，就望到站在面前健美整齐的陈白，作着一种不知意思所在的微笑。

陈白懂到一点点这人忧郁的理由，忽然发生了一种同情，这种同情是平时所没有的，就拉着这年青学生的手一定要同他去玩一阵。到后，又看到那另个女生要走的样子，就说：“小姐们，同志们，一起看画去，一起看画去。”女子们互相望了一会，像是都承认这个事情不能拒绝也无拒绝的理由了，就不约而同的说：“好。”

一共到太和馆去的他们有六个人。看了一会日本人的西洋画，几个人又被陈白邀到一家附近咖啡馆去吃冰。陈白走到电话处打了一个电话，问士平先生回了学校没有，从电话中知道士平先生还不回学校，陈白有一点点不快乐，与学生们分了手后，就赶到萝所住的地方去了。

过一礼拜后，ＸＸ剧团又在光明剧场排演了一个士平先生的创作剧本，名叫《王夫人的悲剧》，主角仍然是女角萝。因为这个剧本须要两个男角作陪衬，陈白是其中一个，另外一个由陈白挑选了那苍白脸的周姓学生充当。在排演期间，陈白从一些旁观中，含着秘密似的侦察到萝的一切，至于萝，则因为那配角默默的不大说话，就常常带了一点好奇、一点挑拨的意味，去与这怯弱的男子接近，在一处练习剧情上的言语与动作。有时在陈白面前，为了特意要激恼这自私男子，为了要使他受一种虐待，且似乎看得出是陈白应当得到的虐待，也会故意把女子所有的温情给予那周姓男子过。其实则这女人完全没有想到这危险游戏，所种下的根是另一面的爆发，她在这一件事上，稍稍把她的聪明误用了。

当这剧本正式上演以前，在预演上就得到了极好的成绩，那周姓学生，不知为什么原故更沉默了，士平先生没有明白这理由，到后方始稍稍注意到他，就问他，为什么这样不快乐。这学生红着脸一句话不说，走了开去，到后又像害怕导演士平对于他的行为有所疑心样子，把这一角另外换一人，所以又写信到士平先生处去，释解这忧郁只是身体不大健康的原因，毫无其他理由。士平先生是对于年青人心情懂得很多的，他相信这个人的诚实，且觉得这个人对于表演艺术与语言天才，都不是其他脚色所赶得上，故特别同他说了许多努力整顿自己的话，使这学生对于士平先生，多了一种信托，只想有机会时，就在这中年人面前来披心沥腹述说一切。

把戏演过后，这学生同士平先生似乎特别熟了，每每走到士平先生房中来时，常见到萝在这里，就非常拘束的坐到一旁，听萝同士平先生谈话。有时独与士平先生在一处，谈到萝同陈白的要好，这年青人露着羡慕可怜的样子，总是这样带点固执的调子，说："他们都说陈白要订婚了，他们都这样说。"

士平先生听到这个话很有许多次数了，有时只是微笑不答，有时检察了对方一下，就也似乎固执的说："这是一定的，这是一定的。"

苍白脸学生听到这个话，就显着稍稍狼狈了一点，沉默不再言语了。或者再过一会，忽然又这样说："他们都说萝好。"听的就问："谁说？"于是又好像不知所答的默然不语了。

在士平先生心中，有对于这学生十分同情的怀抱。

四 新的一幕

X X 剧团与 X X 戏剧学校有一种谣言发生，是关于陈白与萝恋爱的事。这谣言如一般故事一样，在一些年轻人口中，正如生着小小的翅翼，不久就为许多人所知道了。谣言的来源是有一个学生，夜里到 X X 公园去，当夜天上无月光，这人各处走动，到了一个土山上，听到山下背阴处萝的声音，同一个人像在争持一种问题，非常兴奋。到后这学生转到园门外边去等候，就见到陈白同萝一同走出，一出门，萝跳上一部街车一句话不说，车就拖走了，陈白非常颓唐样子，在门外徘徊了一阵，又一个人走进公园去了。大家把这件事安置到心上，再去观察他们俩人的生活，谣言不久就由事实为证明了。

两个人不知为什么原因，把那友谊上的裂痕显到行为表面上以后，那沉默成性不常与人言语的周姓学生，似乎是最后才知道的一个。他听到这个消息，心上起了一种空漠的感想，又像是这消息应当使自己欢喜一点，但实在他却在这消息上更忧郁了。这是一个最会在沉默里检察自己的年轻人，他把这事情，联合到自己的生活上作了许多打算，看不出有快乐的道理。当时他走到士平先生住处去，没有遇到士平先生，返回自己宿舍时就站到廊下看蜻蜓飞。这时已经是六月中旬了，再过一阵因为暑假将使许多人回家，也将使他自己难过。萝常常来到学校，不外有两种理由，其一是因为练习演戏，其一却是拜访士平先生与陈白，暑期天热戏是不会排演了，到了暑假陈白一定要离开这里，士平先生或者也要到一个地方去避暑，所有一点好机会都失去了。这时这大学生，听到了这新的消息，他心里想，“我的灾难是到了。我头上落下了一样东西，我一定逃不去的。我要死了，倘若机会使我死得方便，我将为这件事死了。”他非常悲哀，不能自持，一个同学不知道为什么事情，就来问这个人，有些什么事用得着他，他可以去做。这大学生只是摇头，等到同学走后，他望到窗间的一个女角萝扮演ＸＸ的照片，就哭了。

陈白同萝是早听到了这谣言的。为了自尊的原因，陈白对于这事自然有点难过。他曾想过了用各样方法，去挽救那种由于言语造成的过失。对于萝，他自己觉得已让步得很多了，可是都无法恢复过去另一时的情形。他知道自己是失败了，却仍不缺少一个绅士的做人态度，当到一切人的面前，从不现出忧戚的颜色。另一面他又照着身分，因此在其他女人得到了一种同情的收入。他先是觉得这件事为人知道了，是他一点耻辱，一点不利于己的过失，过一会，却另有所会心，以为这事对于自己也仍然很有利益了。

萝并不像陈白这样子。她原是一个女人。女人对于恋爱，有一种习惯的贪婪，虽说她同许多女人一样，是在不变的热情中感到厌烦了男子的一个人。她曾有意把陈白的印象贬价估计过，还在男女间故意找寻过友谊的罅隙，极力使之阔大，引为快乐，她曾嘲弄过这恋爱。可是，她在并不否认这恋爱是在习惯上成为离不了的嗜好的。她习惯那相互间的勾心斗角，她习惯那隐藏在客气中的真实，她玩弄自己的心情，又玩弄这使自己忽而聪明忽而愚蠢的旁人一笑一颦。她因为把那一个女人不应当明白的男子种种坏处完全明白，所以她就在一种任性行为下把生活毁了。

当她在有一次同陈白为一种问题争持不下时，看到陈白生气走去了，心里就觉得有一种缺陷，非想法补充不可。那学生看到公园中的两人斗气情形，却就是由于萝的好意，在那天把陈白邀去讲和，结果却更失败，因此她也就只有尽这谣言变成事实，不把责任放在自己身上来图补救了。

因为这友谊分裂了，她感到一点儿沮丧，可是她知道处置自己更好的方法，是学校仍然应当继续过去，戏仍然应当继续学习，同时表面的交谊也仍然应当继续维持。她一切都照这计划做去，她使别人无从在这件事情有把谣言扩张的机会，同时又使陈白知道他的行为并不使她苦恼。她逞强做人，待一切人更和气了一点，使一切人皆变成自己的朋友，却同时便成了陈白的敌人。

萝的处置毫无错处，陈白到后是屈服了，认错了，投降了。但因此一来，她更看不起这个男子了。她并不把这胜利得到以后就恢复了过去的尽陈白独占的友谊，她知道陈白一面屈服一面还是在他那男子的自得情形中生活，貌作热情却毫无真心的进取，因此她故意作出许多机会，使 X X 学校皆知道萝并不是陈白独占的人。

因这原故，有一个晚上，那个苍白脸儿周姓三年级学生，走到士平先生住处做出使士平先生惊讶的故事来了。

当他直言无隐的把爱着萝的事情告给士平先生时，士平先生虽说一面勉持镇静说着“这也非常自然”的话，平定到这学生的心，可是自己终不免为一种纠纷显出努力的神气。他让这学生把所有要说的话说完，他知道这学生是非常相信他能够在这事上有所帮忙，所以才来倾诉这不可告人的隐衷的。他知道这学生的意思以后，仍然用言语鼓励这匍伏到自己脚下的可怜的年青人。

他做了一点伪绅士样子，作为不甚知道陈白与萝的事情，就同那学生说，“好像陈白同她有了一种关系，你不是知道了么？”

那学生说：“我所知道的是陈白得不了她。”

那个先生心中就想：“陈白都得不了她，你自己有把握做到这事情么？”

因为士平先生没有把话说出，那学生也觉得自己的不济了，就接到说："我也知道我是无分的一个人。我没有陈白的好处。凡是使一个女人倾心的种种我都没有。我的愿心只适宜于同先生说及，因为先生知道人类在某种情形下，有无可奈何的烦乱，苦恼到灵魂同肉体。我并不想这件事有尽她明白的必要，我只是拿来同先生说说。我要走了，因为我忍受不了，我不是伟大的人，我只能做到这一点为止。我因为爱她，变成更柔弱更不成男子了。我每天想到：我怎么样？我应当怎么样去为这个全人牺牲，还是为我自己打算幸福？我想不出结果！我纵可以在黑暗里把我灵魂放大，装作英雄，可是一在太阳下见到了她，我的一切勇敢又毫无用处了。我为什么要这样子？我不明白，……"

说到后来这青年就小孩子一样在士平先生面前哭了。士平先生没有话可以说，就尽这个人哭了一会，自己抽了一支烟，仿佛想从烟雾中把自己隐藏起来。这学生是那么相信士平先生敬仰士平先生的，把士平先生当成母亲一样毫不隐瞒的倾诉了心上的一切，末了还这样放肆的哭！事情非常显然的，就是这年轻人完全不知道萝为什么同陈白分裂的理由，如果知道一点点，这时就不会这样信仰士平先生了。若果他知道萝同陈白的分裂，即是同士平先生的接近，则这学生知道这情形以后，将悔恨自己的愚蠢，即刻就要自杀了。

士平先生没有作声，望到这学生又愚暗又天真的脸无话可说。等到学生把眼泪擦去，做着小孩子的样子发笑了时，士平先生就轻轻的叹着气，很忧愁的说道：

"密司特周，我很懂得你的意思，我当为你尽点力，想法使萝同你做一个朋友。你应当强硬一点，因为这样软弱对于自己毫无益处。爱情是我们生活一部分的事情，却不是全部分的事情。事实或者可以使你快乐，但想象总只能使你苦恼。你的身体不甚健康，对于许多事容易悲观，这一点，你是因为身体的弱点，变成不能抵抗这件事所给你的担负，因而沉在悲哀里去了。你要在这事情上多用点理知。只有理知可以救济我们感情上的溃决。我听到你说及的话，都很使我感动，因为人事上的纠纷我知道的多了一点，我待说这时代是要我们革命的时代，不应当为恋爱来糟蹋感情，这话说得全是谎话。不过，当真的，若果思想革命向新的方向走去，男女关系能够在各种形式中存在，爱的范围也比较现在这一个时代为宽阔，我相信我一定还能帮你许多忙。你这时要我为你做什么？是不是要我去把这事情告给萝？”

听到士平先生说的话，这年轻人泪眼婆娑的摇了一下头，用着伤心到了极点的人的神气，说，“我不希望这样。”

“那要怎么样？”

“我无论什么希望都没有，我没有敢要求什么，我也并不需要什么，我现在把这件事同先生说到，我似乎就很快乐了。”

“我希望你能够这样。有什么难处时只管同我来说，我当为你解决。”

“我非常感谢先生。在先生面前，我不知不觉就要放肆了。我很惭愧。”

“不必这样。我愿意你听我的话，不要使幻想和忧愁啮伤你的心。人活到世界上是比这个还复杂一点的，应当有勇气去承受一切，不适宜一个人在房中想象一切。我很担心你的身体，你是不是要吃一点药？”

年轻学生又摇摇头，苦笑了一次，走去了。

听到那寂寞鞋声，缓缓的响过甬道，转过西院的长廊下去了，士平先生想到这年轻人所说的一些话，心中觉得不大快乐。他本来先是预备翻译一个供给学生们试演用的短剧，这时也不能再做这件事了。

他想到这件事就是一个剧本的本事，也是一个最好的创作，他记起一个日本人的小说来了，山田花袋的绵被，就在同样意义下苦了那身作教授的某某君。他算幸福的，是并不像把自己放在一旁，来看两个信托他的男女恋爱。但这件事在另一时，如果这信托先生的大学生，知道了自己错误，做先生的能处之安然没有？如果知道所申诉的话，所说及的那女子，即是先生所恋的女人，这学生的痛悔心情，做先生的应不应负一点疚？他有点追悔，是在当时为什么能尽这学生把话说完，说话时他并不去制止，说过后他也不告过那学生什么话，觉得似乎做了一种欺骗事情，不能找寻为自己辩护的理由。

另一个地方，这时的萝正接到一个陈白的信，读了一会，满纸的忏悔，也仍然满纸是男子对于女人的谎话。因为信上的话越写得完全，萝就越不相信，看了一会信，心上有点懊恼，把信撕碎了。她沉默的坐在自己房中打量一切。

这人近来似乎稍稍不同往日了。从舅父方面看来，萝有点变了。舅父把这个说及，作为取笑资料时，萝总没有做声。舅父问，这是为什么？答也不大愿意，只悄悄的溜走了。这样情形使舅父看来，舅父虽然一面笑着一面总有一点儿忧愁。

舅父从士平先生方面，知道了陈白与萝的关系，为了一些小事恶化了。他以为一定就是为这一个理由，使萝感到日子难过，就劝她不要再到ＸＸ学校去，且说如果不想再在上海住，就回北平去住一阵。这绅士用的还是那安详的绅士头脑，为甥女打算一切，平时辞辩风发的萝，却失去了勇气，同舅父谈到另外一件事了。

士平先生近来较多来到这绅士家中，因为演戏或是谈谈别的，萝与士平先生在一处，这舅父见到总觉得很快乐。士平先生常常在这绅士家中吃晚饭，三个人说话的多少，在平时第一应当为萝，其次是士平先生，最末才轮到绅士。但近来却总是绅士说话特别多。萝忽然变成沉静少言语的女子了，绅士知道了这是陈白的事，影响到了这女子的性格，他仍然如往日一样，还是常常尽萝有机会来攻击他。萝没有什么兴致说话，成天在心上打算什么问题，只士平先生来时才稍稍好了一点，他就每天要士平先生过来用晚饭。吃过饭了，三人有时坐了自己那辆小汽车到公园去散步，又或者到别处去玩，士平先生似乎也稍稍不同了往日一点。

在士平先生走后，这绅士舅父，为了娱悦自己也娱悦萝，常常拿了多年老友士平先生当作话题，说及许多关于这人的故事。有时故意夸张了一点，说到这人如何在年轻时节拘谨，如何把爱人死去以后，转为社会改良运动的人物，如何为艺术运动，牺牲金钱同时间。这样那样皆谈到了，听到这些话语的萝，或者不作声，或者只轻轻在喉中嗡了一声，像是并不欢喜这个话有继续下去的必要。到这些时节，舅父就故意的说士平先生还似乎年轻，一定在戏剧学校方面也爱过什么女子，不然不会那么变化。舅父的意思，只是为使讨论的人得到一种新的问题，新的趣味，毫无别的意义。萝在这些情形下，就有点皱眉、忧郁而带一点孩气，要质问舅父。

“为什么你疑心到这样事上去？”

舅父也似乎是小孩子了，显着顽固的神气，说：“为什么吗？我正要知他为什么使我疑心！”

“舅父……”

“怎么又不说了？”

萝就苦笑了一会，“没有，没有。我想起的是别一件事情，所以……”

“什么别样事情？”

“别样就是别样！我不是要你同情才能够活下去的人。”

舅父到这种时节，才好好的估计了对方一下，看看话应当如何说下去才对。望到略带怒容而又勉强笑着的萝的神气，这绅士不再说话了。没有话可说，心中就想，“狮子发怒，是因为失了它的伴侣！”他为自己这巧妙的估想，在脸上荡漾着笑容。他还想，“年青的人，在恋爱上受点打击，可以变成谦虚一点持重一点。”

萝在这样情形下，只应当可怜舅父的愚昧，而且嘲笑这绅士，才合乎这聪明女子的本能。可是现在却只能为自己打算去了。她听到舅父所说及的话，心中非常难受，隐忍到心上没有显示出来。她为自己的处境叹息，正如士平先生在那周姓学生面前一样情景。人家无意说出的话语，恰恰变成触着自己伤处的利器，本来是在某一方便时期，她就想尽舅父知道这事情内容，可是因为舅父那种态度，反而使萝不能不瞒着这绅士下去了。

她想：“这时知道了这个，他一定为愤怒破坏了他生活上的平衡。即或完全不是值得愤怒的事，这出乎意外的消息，也是一定要打倒这绅士的。他一定非常不快乐！一定把对于士平先生十年来的友谊也破裂了！一定还要做出一些别的事情来！”

她想象舅父知道了这事一分钟间那种狼狈情形，就把在舅父面前坦白的自诉的勇气完全失去了。

可是这事情隐瞒得能有多久？

陈白的来信时，舅父正坐在屋前草地上数天星子，因为是听到有人在下面等候回信，又听到萝要娘姨说没有回信，等了一会，就要娘姨去问萝小姐，若是没有睡，可不可以下楼来坐坐。先是回说正在写一封信，没有下楼，到后又恐怕舅父不乐，不久也就坐到草坪里一个藤椅上喝冰开水了。舅父找不出最先开口的机会，只说天上的大星很美。萝知道舅父的心情，正在适间那封信上，就说：

“舅父，陈白来了个信。”

“我知道的，怎么说？”

“一个男子，在这些事情上，如何说谎自圆其说，我以为舅父比我知道当较多。”

“你意思是不是指舅父也是男子？”

“不是的。舅父无论如何也想得出。”

“我怎么会知道，你不是说舅父已经腐化了吗？陈白是聪明人，做的事总比我所想象的，还要漂亮一点。”

“实在是的。越漂亮也就越是虚伪。”

“你总说别人虚伪，我有点不平。”

“舅父不知道当然可以不平！”

“我知道呀！你们年青人好时是糖，坏时是毒药。”

“……”

“要说什么？”

“我想知道年老人又怎么样？”

“年老人，像我同士平先生这样年纪的人，是只知道人都是应当亲切一点，无论如何都不至于不原谅人的。”

“那我真是幸福了，有一个舅父，又有一个士平先生。”

“可是我们原谅你，你也要原谅别人，你是不是在回陈白的信？若是写回信，我希望你学宽宏一点。在容让中才有爱情可言。”

“我做不到，因为我不是老太婆有慈善心肠！”

“你不是很爱他吗？”

“谁说？我并不爱他，也不要他爱我。我同他好是过去的事，我看穿了，我学了许多乖，不上这个人的当了。”

“可是你样子不是很痛苦么？我还同士平先生说，要他为你把陈白找来，你这时又说看穿了，明了懂了，我还不知道你说些什么小孩子话。在这些事上任性，好像就是你唯一的权利。我以为你这样做人，未免太苦，很不是事。”

“舅父同士平先生说些什么？”

“就说要他为你设法，使陈白同你的友谊恢复。”

“他怎么说？”

“他说了许多。”

“说许多什么话？”

“说另外一件事，说你将来当怎么样努力，说 X X 剧团当怎么样发展，说关于他戏剧运动的若干长远计划，说了有半天。我看这个人，好像为了主义不大相同，自从你同陈白决裂后，他同陈白也有点隔膜误会了。”

“舅父！”

“他袒护你却攻击到陈白，话虽不说，我是看得出的。”

“舅父，你那眼睛看到的真是可怜。”

“谢谢你的慈悲。颟顸的头脑，还有自己甥女可怜，我是快乐的。”

“我不可怜你，我可怜士平先生。”

“他也应当谢谢你。”

“我不是以为我比你们聪明一点。”

“那是为什么？”

萝不再说了。因为若是再说，必得考虑一下说出以后的结果，应当成什么样子。她这时把自己的脸隐藏到椅背阴影里，不让客厅前廊下的灯光照到自己的颜色。她在黑暗里，却望得很清楚舅父的脸上。她心想，舅父还是这样稳定安详，但只要一句话，就可以见到这绅士惊讶万分跳起来的样子。她这时对于舅父的缺少想象力的中年人心情，感到有点嘲笑了。她想得出当舅父把这些话同士平先生说及时，士平先生支吾其辞的情形。士平先生当一面敷衍到这绅士的，一面就有现在此时她的心情，全是为了可怜这绅士，反而不能不说到另外一种事，把本题岔开了。可是这样欺骗舅父，到后来也仍然要知道的，即或是难堪，舅父到底还是舅父。并且她是不是必须要这样瞒着舅父，想去想来都似乎没有什么道理。她正想就是这样告给这个人，舅父先说话了。舅父说：

“萝，你明年去法国读书，为什么又变了计？”

“谁说到我变计？”

“士平先生。”

“他另外不同舅父说到我的什么话吗？”

“你以为他说你坏话吗？你放心，他是在我面前称赞你太多了，若果我们不是老朋友，我真疑心他是在爱你了。”

“舅父，你的猜想不错。”

萝的话本来是一句认真的招供，只要舅父再问一句或沉默一会，萝就再也不能忍受，一定要在舅父面前报告一切了。可是这绅士与萝用说惯了带着一点儿玩笑的谈锋，这时还以为是萝又讥讽了自己，就改正了自己先前的话，说：“我可是并不疑心你会同他好。”

萝就又坚实的说：“舅父，先是对的，这疑心可错了。”

“本来是错的，因为你们自然是很好的，他是你最好的导演。你是他最好的演员，做戏剧运动，我是相信会有一点儿成绩的。”

“舅父，我倒欢喜士平先生！”

“他也并没有使我恨他的理由。”

“可是有点不同。”

“这样也好。”

“我爱他。”

“那是更好的。”

“舅父，我说得是真话，他也爱我。”

绅士听到这个话，以为这是萝平时的习惯，就纵声的笑了。笑了很久，喝了一口水，咳着笑着，不住的点头。他想检察一下萝的脸色却没有做到；心想，“你这小孩子什么话都可以由口里说出，可是什么事都做不去，真是一个夸大的人物。”他很欢喜自己所作的估计，按照理知，判断一切，准确而又实在，毫无错误。他不说话，以为萝一定还有更有趣味的富于孩子气的话说出，果然萝又说话了。

萝说："我告舅父，舅父还不相信。"

舅父忍着笑，故意装作神气俨然地说："我并不说我惑疑！"其实他还是当成笑话在那里同甥女讨论，因为她说的话不大合乎理知。

萝看看情形，又悔恨自己的失策了。她到这时觉得倒是不要告诉舅父真情实事为方便了。因为事情完全不是舅父所相信，舅父也从不会疑心到这事上来，所以她有点悔恨自己冒失，处置事情不对了。过了一忽看看舅父还不说话，心中计划挽救这局面，仍复回到从前生活上去，就变了意识，找出了解脱的话语。

"舅父，我谎你，你就信了！"

"舅父不是小孩子，才不信你！"

"若是不信，我将来恐怕当真要做出一点证据来的。"

"好，这一切都是你的权利和自由，舅父并不在此等属于个人的私事上表示顽固。我问你正经话，你告给了我学法文，怎么又不学了？"

"我在学。"

"陈白法文是不错的，我听士平先生说到过。这人读书演剧都并不坏，又热心，又热情，我倒欢喜这种人。"

"那舅父就去认识，邀到家中来住一阵也很好。"

"若是你高兴，我为什么不能这样作一个人？"

"舅父可以同他做朋友，领领这人的教，再来下一切判断。"

"我不判断人的好坏，因为照例这件事只有少数的人才有这种勇气。"

"完全不是勇气。"

"你意思是说'明白''理解'这一类字，是不是？一个年青女人是永远不会理解年青男子的。男子也是这样，极力去求理解，仍然还是错误。相爱是包含在误会中，反目也还是这个道理。越客气越把所满意的一面，世故的一面，好的那一面，表现出来，就越得人欢心，两个男女相爱，越隐藏自己弱点隐藏得巧妙，他就越使对方的人倾心。"

因为舅父的说教，使萝忍笑不住，舅父就问：

"话不承认么？这是舅父的真理！"

萝说："承认的，这是舅父的真理，当然只是舅父适用这真理了。"

"你也适用。"

"完全不适用。"

"那告给我一点你的意见。"

"我没有意见可言，我爱谁，就爱他；感觉到不好了，就不爱他。我是不用哲学来支配生活的。我用感觉来支配自己。"

"一个年青人自然可以这样说。任性，冒险，赌博一样同人恋爱，就是年轻人的生活观。这样也好，因为胡涂一点，就觉得活到这世界上多有一些使人惊讶的事情见到，自己也可以做出一些使别人惊讶的行为。"

"舅父不是说过任何事在中年人方面，都失去炫目的光色了吗？"

"可是比舅父年轻的人多哩。"

"那舅父是不会为什么事惊讶了。"

"很不容易。"

萝站了起来，走到舅父身边，在那椅背后伏下身去，在舅父耳边轻轻的说了两句话，就飞快的走进屋中去了，这绅士先是不动，听到萝的跑去，忽然跳起来了。

"萝，萝，我问你，我问你，……"

萝听到了，也没有回答，走上了楼，把门一关，躺到床上闭了眼睛去想刚才一瞬间的一切事情。她为一种惶恐，一种欢喜，混合的情绪所动摇，估计到舅父这时的心情，就在床上滚着。稍过一阵听到有人轻轻的扣门，她知道是舅父，却不答应。等了一会，舅父就柔声的说："萝，萝，我要问你一些话！"舅父的声音虽然仍旧保持了平日的温柔与慈爱，但她明白这中年人心上的狼狈。她笑着，高声的说：

"舅父，我要睡了，明天我们再谈，我还有许多话，也要同舅父说！"

舅父顽固的说："应当就同舅父说！"

房中就问："为什么？"

“为了舅父要明白这件事。”

房中那个又说：“要明白的已经明白了。”

门外那个还是顽固的说：“还有许多不明白。”

“我不想再谈这些了。”

门外没有声音了，听到向前楼走去的声音。听到按铃。听到娘姨上楼又听到下楼。沉静了一些时候，躺在床上的萝，听到比邻一宅一个波兰籍的人家奏琴，站起来到窗边去立了一会，慢慢的把自己的狂热失去了。慢慢的想起一切当前的事实来了。她猜想舅父一定是非常可怜的坐在那灯边，灵魂为这个新消息所苦恼。她猜想舅父明天见到士平先生时一定也极其狼狈。她猜想种种事情，又好笑又觉有点惭愧。她业已无从追悔挽救这件事了。在三人中间，她再也不能见到舅父那绅士安详态度了。

到十二点了，她第三次开了门看看前楼，灯光还是没有熄灭，还从那门上小窗看得出舅父没有休息的样子，打量了一会，就走到前面去。站到门外边听听里面有什么声响。到后，轻轻的敲着门，里面舅父像是沉在非常忧郁的境界里去，没有做声。又等了一下，舅父来开门了，外貌仍然极其沉定，握着萝的手，要萝坐到桌边去。到了房中，萝才看出舅父是在抄写什么，就问：

“舅父为什么还不睡？”

“我做点别的事情。”

“明天不是还有时间么？”

“不过晚上风凉清静。”

两人说了许多话，都没有提到先前那一件事上去。到后把话说尽了，萝不知要从什么话上继续下去。舅父低低的忧郁而沉重的说道：

“萝，你同我说的话是真的了！”

萝低着头避开了灯光，也低低的答应，说：“是真的。”

两人又没有话可说了。

绅士像在萝的话中找寻一些证据，又在自己的话中找寻证据，因为直到这时似乎他才完全相信这事情的真实。他把这事实在脑内转着，要说什么似的又说不出口，就叹了一回气，摇摇头，把视线移到火炉台上一个小小相架方面去了。

萝显着十分软弱的样子，说："舅父，我知道你为这件事会十分难过。"

舅父忽然得到说话勇气了，一面矫情的笑着，一面说："我不难过，我不难过。"过一阵，又说，"我真想不到，我真想不到。"

看到舅父的神气，萝忽然哭了。本来想极力忍耐也忍不下去了，她心想："不论是我被士平先生爱了，或是舅父无理取闹的不平，仍然全是我的错处。"想到这个时心里有点酸楚，在绅士面前，非常悲哀的哭了。

舅父看到这个，并不说话，开始把两只手交换的捏着，发着格格的声音。他慢慢的在卧室中走来走去，像是心中十分焦躁，他尽萝在那里独自哭泣流泪，却没有注意的样子，只是来回走动。

萝到后抬起了头。"舅父，你生我的气了！"

"我生气吗？你以为舅父生气了吗？这事应当我来生气吗？哈哈，小孩子，你把舅父当成顽固的人看待，完全错了。"

"我明白这事情是使你难过的，所以我并不打算就这样告给你。"

"难过也不会很久，这是你的事，你做的私事，我也不应当有意见。"

"我不知道要怎么样同舅父解释这经过。"

"用不着解释，既然熟人，相爱了，何须乎还要解释。人生就是这样，一切都是凑巧，无意中这样，无意中又那样，在一个年轻人的世界里，不适用舅父的逻辑的新事情正多得很，我正在嘲笑我自己的颟顸！"

舅父坐下了，望着泪眼未干的萝，"告给我，什么时候结婚，说定了没有？舅父在这事上还要尽一点力，士平先生的经济状况我是知道的。"

萝摇头不做声，心中还是酸楚。

"既然爱了，难道不打算结婚么？"

"毫没有那种梦想。不过是熟一点亲切一点，我是不能在那些事上着想的。"

“年轻人是自然不想这些的。但士平先生不提到这点吗？”

“他只是爱我！他是没有敢在爱我以外求什么的！”

舅父就笑了：“这老孩子，还是这样子！无怪乎他总不同我提及，他还害羞！”

“……”

“不要为他辩护，舅父说实在话，这时有点恨他！”

“舅父恨他也是他所料及的。”

“可是不要以为舅父是一个自私的人，我要你们同我商量，我要帮助这个为我所恨的人，因为他能把我这个好甥女得到！”

“舅父！不会永久得到的。我这样感觉，不会永久！因为我在任何情形下还是我自己所有的人，我有这个权利。”

“你的学说建筑到孩子脾气上。”

“并不是孩子脾气。我不能尽一个人爱我把我完全占有。”

“你这个话，像是为了安慰中年的舅父而说的，好像这样一说，就不至于使舅父此后寂寞了。”

“永不是，永不是。”

“我知道你的见解是真实的感觉，但想象终究应当为事实所毁。”

“决不会的。我还这样想到，任何人也不能占有我比现在舅父那么多。”

“说新鲜话！别人以为你是疯子了！”

“我尽别人说去。我要舅父明白我，舅父就一定对我的行为能原谅了。”

“我从无不原谅你的事！”

“舅父若不原谅，我是不幸福的。”

“我愿意能为你尽一点力使你更幸福。”

萝站起来猛然抱到了舅父的颈项，在舅父颊边吻了一下，跑回自己房中去了。

这绅士，仿佛快乐了一点，仿佛在先一点钟以前还觉得很勉强的事，到现在已看得极其自然了。他为了这件事把纠纷除去了，就坐在原有位置上想这古怪甥女的性情，以及因这性情将来的种种，他看到较远的一方，想到较远的一方，到后还是叹气，眼睛也潮润了。

当他站起身来想要着手把鞋子脱去时，自言自语的说："这世界古怪，这世界古怪。"到后又望到那个火炉台上的小小相架了，那是萝的母亲年青时节在日本所照的一个相片，这妇人是因为生产萝的原因，在产后半年虚弱的死去了。

五　大家皆在分上练习一件事情

萝在夜里做了一个希奇的梦，梦到陈白不知怎么样又同自己和好了，士平先生却革命去了。醒来时，头还发昏，躺在床上，从纱帐内望出去，天气似乎还早。慢慢的想起这梦的前因后果，慢慢的记起了昨晚上同舅父谈到的一切问题，这女人还仍然以为是一个梦。

她心想："我当真爱士平先生吗？士平先生当真离不了我吗？因为互相了解一点，容让一点，也就接近了一点，但因此就必得住在一处成为生活的累赘，这就是人生吗？"

接着，这女子，在心上转了念头："人生是什么？舅父的烦恼，士平先生的体贴，自己的美，合在一起，各以自己的嗜好，顺着自己的私心，选择习惯的生活，或在习惯上追寻新的生活，一些人又在这新的情形下烦恼，另一些人就在这新的变动中心跳红脸，另一些日子，带来的，就是平凡，平凡，一千个无数个平凡。……"

她笑了。她在枕上转动着那美丽的小小的头，柔软的短发，散乱的散乱在白的枕头上。她睁着那含情带娇的大眼，望到帐顶，做着对面是一个陌生男子的情形，勇敢的逼着那男子，似乎见到这男子害羞避开了的种种情形，她为自己青春的魅力所迷了。她把一双净白柔和的手臂举起，望到自己那长长的手指，以及小小贝壳一样的指甲，匀匀的缀在指上，手臂关节因微腴而起的小小的凹处同柔和的线，都使她有一种小小惊讶，这一双手到后是落在胸上了，压着，用了一点力，便听到心上生命的跳动，身上健康而清新的血液，在管子里各处流动，似乎有一种极荒谬的憧憬，轻轻的摇撼到青春女子的灵魂。

似乎缺少了什么必需的东西，是最近才发现的，这东西恍惚不定的在眼前旋转着，不能凝目正视，她把眼皮合上了。她低低的叹着气，轻轻的唤着，答着，不久又迷胡的睡去了。

醒来时，还躺在大而柔软的铜床上，尽其自然在脑中把一切事情与一切人物的印象，随意拼合拢来，用作陶冶自己性灵的好游戏。娘姨轻轻的推着门，在那门边现出一个头颅，看看小姐已经起了床没有。萝就在床上问：

“娘姨，什么时候了？”

“八点。”

“先生呢？”

“早就办事去了。”

“报来了吗？”

“来了。”

“拿来我看。”

娘姨走了，萝也起来了，披着一个薄薄的丝质短褂，走到廊下去，坐在一个椅子上，让早风吹身，看到远处 X X 路建筑新屋工程处的一切景致。

绅士昨晚上，到后来仍然是能够好好的睡眠的。早上照例醒来时，问用人知道萝还没有起床，他想得到萝晚上一定没有睡眠，就很怜悯这年轻人，且像是自己昨天已经说了什么不甚得体的话，有点给这女孩难过了，带着忏悔的意思，他打量大清早到士平先生处告给这老友一切。他知道这事士平先生一时不会同他谈到，他知道这事情两人都还得要他同情，要他帮忙，他为了一种责任，这从朋友从长亲而生的责任观念，支配到这绅士感情，他不让萝知道，就要出门到士平先生处去了。

照常的把脸洗过，又对着镜子理了一会头发同胡子，按照一个中年绅士的独身好洁癖习，处置到自己很满意以后，他就坐了自己那个小汽车，到 X X 学校找士平先生。在路上，一面计划这话应当如何说出口，一面迎受着早上的凉风，绅士的心胸廓然无滓，非常快乐。

士平先生是为了那周姓学生耽搁了一些睡眠的。照习惯他起来的很早，一起身来就在住处前面小小亭园中草地上散步，或者练习一种瑞典式的呼吸运动。这人的事业，似乎是完全与海关服务在经济问题财政问题上消磨日子的绅士两样，但生活上的保守秩序以及其余，却完全是一型的。他在草场上散步，就一面走动一面计划剧本同剧场的改良。他在运用身体时总不休息到脑子，所以即或是起居如何守时，这个人总仍然是瘦而不肥。

来到这学校找士平先生的绅士，到了学校，忽然又不想提起那件事了。他像萝一样，以为这事说出来并不对于大家有益，他临时变更了计划，在草坪上晤及士平先生时，士平先生正在那藤花架下作深呼吸，士平先生也没有为客人找取椅子请坐。两人就一同站在那花架下。

士平先生说："你早得很，有什么事吗？"

"就因为天气好，早上凉快得很，又还不是办事时节，所以我想到你这里来看看。"

"怎么不邀她来？"

"还不起身，晚上同我说了一些话，大约有半晚睡不着，所以这时节还在做梦。"绅士说过了，就注意到士平先生，检察了一下是不是这话使听者出奇。士平先生似乎明白这狡计，很庄重的略略的见出笑容。

绅士想："你以为我不知道。"因为这样心上有点不平，就要说一点不适宜于说出口的话了，但他仍然极力忍耐到，看看士平先生要不要这时来开诚布公谈判一切。到后士平先生果然开了口，他说：

"萝似乎近来不同了一点。"

"我看不出别的理由，一定是！"

两个老朋友于是互相皆为这个话所吓着了。互相的对望，皆似乎明白这话还是保留一些日子好一点，士平先生就请绅士到廊下去坐。

坐下来，两人谈别的事情。谈金本位制度利弊，谈海关税率比例，绅士以为这个并不是士平先生所熟习的，把话又移到戏剧运动上来。他们谈日本的戏，谈俄国的戏，士平先生也觉得这不是绅士要明白的问题。可是除了这事无话可谈，就仍然谈下去没有改变方法。

绅士到后走了，本来是应当到海关办公，忽然又回到自己家里去了。回家时在客厅外廊下见到萝看报。这绅士带着小小惶恐，像是做了一件不可告人的不名誉事那个样子，走到萝身边去，萝也为昨天的事有所不安，见到舅父来了，就低下了头，轻轻的说：

"舅父，你不是办公去了么？"

"我到士平先生处去了。"

萝略显得一点惊慌，抬起了头："怎么，到ＸＸ学校了吗？"

"到过了。"

"舅父！"

"我是预备去说那个事的。"

"这时去说，不过使你们两个人受那不必受的窘罢了。"

"我也想到这个，所以并不提起。"

"当真没有提及吗？"

"说不出口，本来是我打算同士平先生说清楚了，我想只要是老朋友同甥女用得我帮忙地方，我好设法去尽力帮点忙。"

"可是我心里想，舅父莫理这事，就算是帮忙了。"

"你说的也很对，我因为也看到了这一点，本来在路上有许多话预备说的，见了他都不说了。"

"那么我感谢舅父！"

"要感谢就感谢，可是舅父做的事并不是为要你感谢而做。舅父是自私，求自己安宁，这样子装扮下去。"

"舅父为什么生我的气？我是看得出的，舅父不快乐，因为我把舅父的一点理想毁灭了。我想我做了错事，自己做的错事本不必悔，可是为舅父的心情上健康着想，我是应当悔恨我处置这事情的不当的。"

萝说到这里，偷偷的望了一下舅父，舅父眼睛红了，萝就忙说："舅父若是恨我，就打我一顿，像小时候摔破了碗碟应当受罚一样，我不会哭，因为我如今是大人了。"

绅士只把头摇摇，显出勉强的苦笑。"你摔坏的是舅父的心，不是打一两下的罪过！"

"但总是无意识做的事，此后我小心一点好了。"

“此后小心，说得好！”

到后两人都笑了，但都像不能如昨天那种有趣味了。在平时，随便的说说，即使常常把舅父陷到难为情的情形上去，舅父总仍然是安安稳稳，在自己生活态度上，保持到一种坦然泰然的沉静。有时舅父也用话把这要强使气的萝窘倒，可是，在舅父面前，因为是从小就眼看到长大的长辈，把理由说输了，生着气来挽救自己的愚顽，一定得舅父认错这样事也有过。但现在是全毁了。一切再也不会存在，一切都因为昨晚那可怕的言语，把两人之间划上一道深沟，心与心自然的接近再也无从做到了。两人从此是更客气了一点，一举一动皆存了一种容让的心，一说话都把眼睛望到对方；但是两人又皆知道这小心谨慎丝毫无补于事实。可怕的事从此将继续下去有若干日，萝是不明白的。什么时候舅父能恢复过去的自然，萝也是不知道的。什么时候能够使士平先生仍然来到这家中，一面同舅父谈大问题，一面来谈男女事，且隐隐袒护到女子那一面，舅父则正因为身边有一个顽皮的甥女，故意来同老友反驳，这事情，永远也不能再见到了。

“莫追悼既往，且打量你那未来！”未来是些什么？未来是舅父的寂寞，是自己的厌倦，是衰老，是病，是社会的混乱。在平时，萝是以未来的光明期待到国家同本身的。她嘲笑过那些追念往昔的人，她痛骂过那些不敢正眼凝视生活的男子，她不欢喜那些吟诗哀叹的男女青年，她最神往一个勇敢而冒险的新生。可是这时她做些什么？她怎么去强壮，怎么去欢迎新来的日子？她将如何去接受新的不习惯的生活，毫无把握可言，她这时来怜悯自己了，因为自己在生活上看不到一些她所料得到的结论，且像许多她所不愿想不能想的事，自从一同舅父昨晚说及那事以后，就在生活上取了包围形势，困着自己的思想了。她在无可自解时，就想这一定是梦，一定是幻景，才如此使人胡涂，头脑昏乱，分解不清。

舅父是理知的，理知到这时，就是把自己更冷静起来，细细的安排安排，细细的打算。他想处置这事使大家皆幸福一点，单是为了两人幸福，忘掉了自己，他是不干的。单为自己，不顾及别人，他也是不干的。在各方面找完全，所以预备同士平先生说的暂时莫说，到这时，办公的时间已到，他不能再在家中久耽搁时间，他又同萝说话了。

“萝，请先相信舅父的意思是好意，完全是为大家着想，若是士平先生来时，你且莫谈到我们昨晚说过的事。我把话说了，能答应我没有?”

“我不大懂呢?”

“为什么不懂?你应当让舅父去想一阵，匀出一点时间思索一下，看看这事情，现在舅父所处的地位，是很可怜的地位。”

“若是说谎是必须的事，我照到舅父意见做去。”

“说谎一定是必须的。你若会说谎，我们眼前就不至于这样狼狈了。”

“我知道了，答应舅父了。”

“答应了是好的。你不必说谎，但请你暂且莫同他谈到我已经知道这件事。这也并不完全是为舅父，也是为你。”

“我明白的。对于舅父因这事所引起的烦乱，全是我的过错。”

“你的过错吗?你这样勇于自责，可是对事情有什么补救?”

萝不作答，心里想的是：“我能补救，就是我告你我并不想嫁他，也从不曾想到过。”

舅父见到萝没有话说了，自己就觉得把话苛责到萝是不应当的残酷行为，预备走出去，这时士平先生却在客厅门出现了。士平先生见到了绅士，似乎有点忸怩，绅士也似乎心上不安，两人握了手，绅士就喊萝：

“萝，萝，士平先生来了，……”他还想说，“你陪到他坐，我要去办公去了。”可是话不说下去，他把老友让到廊下，一面很细心的望到这两个人的行为，一面自己把身体也投到一个藤椅里去了。

萝把头抬起，望了士平先生一会，又望了舅父一会，感到一种趣味，两个绅士的假扮正经懵懂的神气，使她忍不下去，忽然笑出声来了。

这两个人心上想些什么，打算些什么，萝是完全知道的。她知道舅父的秘密，也知道士平先生的秘密，她看到面前是两个喜剧的角色。

因为那两个人都不及说话，她就说：

“舅父，你忘记你的时间了，你难道还要同士平先生谈戏吗？”

这绅士作为才悟到钟点那件事，去开始注意壁上的挂钟。于是说：“士平你到这里谈谈，你们是不是又要演戏了？我的时间到了，我要去了。萝，我告你，记到把我要你做的事做下去，我下午就可以同你商量……”

萝说：“舅父你就不要办公，打电话去请半天假，怎么样？”

士平先生说：“我也就要走，我是来问问你愿不愿同密司特周——我们那个三年级学生演 X X X 。”这是借故提及的假话，萝心中明白，因为士平先生明明白白是以为绅士已经上了办公室，所以来此的。

舅父又说：“你们谈谈，我的时间是金子，我要走了。中年绅士，落伍的人，这是我的甥女给她舅父下的按语，时间是……”这仍然是假话，萝也知道的，因为舅父实在不大愿就走，单独留下这个人到这屋中。

士平先生好像特别多疑，今天要避嫌了，就更坚决的说道：“我们一起吧，你把车子带我到爱多亚路，我要到 X X 大学找一个人。”

萝就说：“士平先生，你说周要同我演 X X X ，那个人不是上次演过 X X 的工人，白脸长身的年青人吗？”

“就是他。”士平先生不甚自然的答应着，因为说得完全是谎话，心中很觉得好笑。

萝因为起了一个新的想象，就说：“这个人还不错，演戏热心，样子也诚实可爱，不像另外那几个密司特金，密司特尤，密司特吴。那几个风流自赏的小生，是陈白所得意的门生，还听说要加入什么 X X ，倒是多情的人！大致同密司文，密司杨，已经都在恋爱了，因为都是自作多情的人。”

士平先生听到这话，微微皱了一下眉毛：“你觉得那个人诚实可爱吗？

萝估计了一下士平先生，知道这人的情感为她的话所伤了，一面是为了舅父还在旁边不走，就故意说：“是的，我倒很欢喜他。”

舅父在一旁听着，心中匿笑，故意责备似的说道：“萝，你的口是太会唱歌了，但一点不适于说话。”

这话显然是舅父为袒护到士平先生而言，萝望到这个说谎的绅士的体面衣服，心中不平，带一点娇嗔问：“舅父，什么口适宜于说话？”

“你唱歌的天才我是承认的，你说话的天才我也不否认，只是说话原用不了天才，士平先生以为如何？”

士平先生说：“这是一定的。可是用言语的锋刃，随意的砍杀，原是年青人的权利。”

绅士说：“这个话我不大同意，若说有棱的言语是他们的权利，那毫无问题，我们这样年纪的人，就只有义务了。”

“舅父的义务倒恐怕是别的。”

绅士听到这话，对萝很严正的估了一眼。先是说要走要走，现在电话也不打，自然而然坐到那里不动了。“我也还有权利，不一定全是义务！”

士平先生显着一点忧郁神色，萝以为是士平先生为妒嫉所伤。她最恨男子这一点脾气，她同陈白分手，也就多少有这样一点理由，所以望到士平先生的样子，她感到一种残酷的快乐。她按照自己的天赋，服从女子役使男子的本能，记起士平先生说的“年青人用有锋刃言语，随意伤害别人原是一种权利，”她把士平先生所不乐于听的话还是故意继续下去。她没有望到士平先生那一方，只把脸向到窗外说道：

“士平先生，你不是说那个很漂亮的学生要想我同他演 X X X 吗？我明天问他去。”

“你要去问他就去问他，不过我已经告他，你怕不什么有空闲时间了。”

“我有时间，我一定要同他演 X X X 。”

那绅士听到这个话很觉得好笑。他想看看这个人言语的胜负所属。他在往天疏忽了这个，今天却用了一种新的趣味来接近了。他装做看报的样子，把眼睛低下去望到当天报纸，听士平先生说些什么话，作为对抗萝的工具。

因为士平先生不做声，于是萝又开了口：“我要演×××，没有配角我也要演，不然我下次再不演戏了。我要演×××那个女角，嘲弄她那个自私的情人。我要去爱一个使他们看不起的人，污辱他们，尽那些自私自利的人尊严扫地。我将学到那主角说：喂，你瞧，我同你所看不起的人接吻！他是这样下贱的，但他有这样一个完全的身体，有这样健康的手臂，美丽的头，尊贵而又俨然的仪容，同时，位置却是做你们的用人。他没有灵魂，我就爱他的身体。我要灵魂有什么用处？灵魂在你们身上，是一种装饰。你们说谎，使你们显得高尚完全。你们做卑下的事情，却用了最高尚的理由。这就是你们灵魂的用处。为了羞辱你们，我才去爱那你们所瞧不上眼的人。……”她用着正在扮演女角的神气，走来走去，骄傲而又美丽，用着最好的姿势，说着最好的口白，在那廊下自由不拘的表演一切。

士平先生极力把狼狈掩藏起来，用着一个导演者的冷静态度，在萝休息到一个椅子上时，鼓了一会儿巴掌，说：“很不错，你可以做成很动人的样子给人感动。”

“我不单做成样子，我自己将来也要当真这样去生活的。”

“那一定使你舅父同那爱你的人难堪。”

“自然的，那戏的后一场不是说：你见到我这样，你装做笑容，想从这从容不迫尊贵绅士态度中挽救你的失败。但我清清楚楚知道我做的事要像钉子一样，紧紧的钉到你的心上，成为致命的创伤……吗？”

士平先生说：“你的言语是珠玉。”

萝看得出自己的胜利，得意的笑着：“我是一演到这些脚色，就像当真站在我面前的是那爱我而为我所恨的男子！”

士平先生沉默了，有一点小小纠纷了。这中年人，平时的理知，支配一个大剧团的一切，非常自如，一到爱情上，人就变成愚蠢痴呆了。这时知道萝是在那里使着才气凌虐自己，本来可以付之一笑的事，却无论如何不能在同样从容中有所应对了。他要仍然装成往日稳定也不可能，他一面笑着一面望到萝发光的脸同发光的眸子，有一种成人的忧郁说不出话来了。

绅士在一旁像是代替士平先生受了一点窘，看到那情形，心中设想："这恐怕又不可靠了，一个女子，一个年纪轻轻而又不缺少人事机警的女子，用言语与行为掘成的井，是能够使一个有定力的男子跌下去时也爬不起来的。士平先生是一定又要跌下去的。这是一个不幸的命运。"

他在言语上增加了一点讽刺成分："老朋友，你当导演是不容易驾驭这学生的。"

士平先生用同意义回敬了绅士，说道："是的，我知道不容易。你呢，家中有天才，做家长也不甚容易！"

"可是狮子也有家养的，这是谁说的话？我记得是像上次我看你们那个戏上的话。那角色说，狮子也有家养的，一定是这样一句话。"

萝说："下面意思是说家养的狮子并不缺狮子的一切外貌。这个话并不专是讥讽到女子，男子也有分！"

舅父说："还有下文，你们都疏忽了。那下文是我应当为续好的，就是：也会吼，也会攫拿作势，但绝不是山中的狮子！看惯了，我是不怕我家这小狮子的。"

萝不承认这个话有趣："舅父的话是以为我就只能说不能行。"

"并不是这样。我是说一个演戏太多的人，他的态度常常要成为他所常常扮演角色的态度，但这个却无害于事。"

"舅父同士平先生俨然站在一块了，这大约是同病相怜。"

"今天你又占了优势了！"

"舅父是不是还想说，因为你是女子，所以让你一点呢？"

士平先生不知为什么，却问起绅士上不上办公处的话来了。绅士说不去也行，但士平先生却说要走了。因为绅士见到士平先生要走，就仍然要去办公，要士平先生坐他的车一同到法界再下车。两个人一会儿就走了。两个人出门时，送到门外车旁的萝，见到舅父似乎快乐得很，士平先生却沉默如有心事，就故意使舅父听到的神气，很亲昵的说："士平先生，我下午来学校找你。"舅父望了萝一眼，萝就大声的笑，用着跳跃姿势，跑进屋里去了。

两个老朋友各人皆在这少女闪忽不定行为上，保留一种不甚舒服的印象。两个人都不想提到这事情，极力隐忍下去，车子在平坦的马路用二五哩的速度驶行，过了ＸＸ路，过了ＸＸ路，士平先生要把车停顿一下，说是想到ＸＸ大学去找一个朋友。等到绅士把车开走后，这个人便慢慢沿着马路一旁走去，走了一会，觉得有点热了，又把衣服脱下来拿在手上，还是一直走去。

士平先生的理知，在一种新的纠纷上弄胡涂了。他知道许多事情，经过许多事情，也打量过许多事情，可是一点不适用到这恋爱上。他的执重外表因这一来是更显得执重了一点，可是这种勉强处别的人注意不到，自己却要对于自己加以无慈悲的嘲笑了。他怜悯那学生，他自己的行为却并不比那学生更聪明。他在剧本创作上写了无数悲剧与社会问题戏剧，能够在文章上说出大量动人感情的言语，却不能用那些言语来对付面前的萝，绅士想到的“女子用热情掘好的井，跌进去了的人总不容易直立。”他也照样感觉到了。

他忽然看到自己的前面是灰色，看到自己是小丑，无端悲哀起来了。

六　配　角

因为得到一点士平先生的鼓励，那苍白脸的三年级大学生，似乎得了许多勇气，许多光明，生活忽然感到开展，见出炫目的美，灵魂为怜悯与同情所培养，这人从悲哀里爬出，在希望上苏生了。

他觉得只有士平先生，知道他这个无望无助的爱，是如何高尚的爱。他觉得只有士平先生，能明了他的为人。他信仰士平先生，也感谢士平先生，自从同士平先生谈过话后，第二天就在一个私有记事本上写了许多壮观的话语。他以为他从此就活了，他以为从此他要做一个人，而且也能做一个人了。凡是这个神经衰弱的人，平时因自己想象使他软弱，使他在一种近于催眠的情形下，忽然强健坚实起来是很容易的，从所信仰的人一方面，取得了一点信仰，他仍然是继续过着他那想象的生活，如不是遇到事实的礁石，则他就仿佛非常幸福了。

这大学生记到士平先生所说的话，第二天，大清早爬起来，做他第一次的晨操，站在那宿舍外边花圃里，想到一切还略略有点害羞。他知道士平先生是起来得很早的，他想经花圃过士平先生那个小院落去，在那边同士平先生谈谈，并且问问他，应当练习某种运动，才合乎身体的需要。走到了角门，看到绅士正在那里同士平先生谈话，因为不认识这个人，就不敢再过去，仍然退回来了。他站在宿舍前吸着早上清新的空气，舞着手臂，又模仿所见到的步兵走路方法，来回的走，其余早起的学生，认识到他的，见到这先前没有的行为，就问他：

“周，怎么样，习体操吗？”

听到这个问话，他好像被人发现了心上秘密，更极害羞了，不能作什么回答，只点点头。同学就说：

“这个不行，谁告你这样运动？”

“我看到士平先生每天这样操练。”

“士平先生越操越瘦！你应当学八段锦！”

“好吧，就学八段锦。你高兴教我没有？”

“等一会儿我们来学习吧！”

那同学到盥洗室去了，这白脸学生，站在一个花畦前看莺草十字形的花，开得十分美丽。因为这带露含颦的花草，想起看朱湘的诗，就又忘了自己定下的规矩，仍然拿了一本《草莽集》，搬了一个小凳子，坐到花畦边来读诗了。

到了下午两点左右时，萝来到了士平先生住处。士平先生上课去了，她就翻看到一些画册，在那房中等候下来。那周姓学生，因为还想同士平先生谈谈别的问题，来找寻士平先生，在那里见到了萝。这个人脸上发着烧，心儿跳着，不知要如何说话，就想回头走去。

萝见这学生一来又走了，想起士平先生说演戏的话，就喊他：

“密司特周，是不是找士平先生？”

“是的。我不知道他上课去了。”

“就要回来了，你可以等等他。”

“我可以，我可以，”一面结结巴巴的说着，一面回身来到房中，也不敢再举眼去望萝，就背了身看壁上的一幅画，似乎这幅画是最新才挂到壁上，而又能引起他的十分兴味。

萝心想，“这样一个人真是可怜。”她记到士平先生提起他要同她演ＸＸＸ，还不知道她愿不愿意，就说：“密司特周，士平先生早上同我说你那事情，没有什么不可。”

这学生，听到这个话，以为士平先生已经同萝把昨晚的事都向萝说过了，现在又听到萝温和而平静的把这话提出，全身的血皆为这件事激动了。他忙回过头来，望着萝，舌子如打了结，声音带着抖问：“士平先生说过了吗？”

萝望到这情形还不甚明白，以为是这个怯弱学生在女子面前当然的激动。她一面欣赏这人的弱点，一面说：“是的，他说你要求我同你演ＸＸＸ，是不是？”

这学生完全胡涂了，为什么说演ＸＸＸ他一点不清楚。他不好说没有这事。他以为这一定是士平先生一种计划，这计划就是使他同萝更熟一点，他心中为感激的原因要哭了。可是为什么士平先生要说演ＸＸＸ？他望到萝的脸，不知如何措词，补充他要说及的一切。他的心发抖，口也发抖，到后是又只有回头过去看画去了。一面看画一面他就想：“她知道了，她明白了，我一切都完了，我什么都无希望了。”可是虽然这样打算，他是知道事实完全与这个不同的。他隐约看得到他的幸福，看到同情，看到恋爱，看到死亡，——这个人，他总想他是一切无分，应当在爱中把自己牺牲，就算做了一回人的。一个胡涂思想在这年轻人心上扩张放大，他以为这可以死了。他不能说这是欢喜还是忧愁，没有回到宿舍以前，他就只能这样胡涂过着这一分钟两分钟的日子。他想逃走，又想跪到萝身边去，自然全是做不到的事。

萝因为面前的人是这样无用的人，她看到热情使这年轻人软弱如奴如婢，在她心上有一种蛮性的满足。她征服了这个人，虽然，有一点瞧不上眼的意味，可是却不能不以为这是自己一点意外的权利。许多卑湿沼地方，在一个富人看来，原是不值什么钱的，可是却从无一个富人放弃他的无用地方。她也这样子把这被征服的人加以注意和同情了，她想应当有一种恩惠，使这年青人略略习惯于那种羁勒，就同这人来商量演剧事情。

她问他对于ＸＸＸ有什么意见，他说了一些空话，言语不甚连贯，思想也极混乱。她又问他，是不是对于那个戏中的女角同情。这年轻人就憨憨的笑，怯怯的低下头去，做出心神不定的样子，迫促而且焦躁，所答全非所问。她极其豪放的笑言，使他在拘谨中如一只受窘的鼠。这些情形在萝眼中看来，皆有另外一种动人的风格存在。她玩味着，欣赏着，毫无本身危险的自觉。不但是不以为这是一件危险的事情，她且故意使这火把向年轻人心上燃着，她用温情助长了这燃烧。她厌倦了其他的恋爱，这新的游戏，使她发生新的兴味了。

士平先生匆匆的走来了，看到两个人正在房中，那学生见到了士平先生，露出又感激又害羞的神气，忙站了起来，与萝离远了一点。萝此时，本来是到此补救早上在舅父处所成的过失，可不料新的过失，又在无意中造成了。

萝说："士平先生，我已经同密司特周说到演ＸＸＸ了。"

士平先生很不自然的一面笑着一面放下书本，走到写字桌边去。"你们演来一定非常之好。若是预备在下次月际戏上出演，就应当开始练习了。"

那学生在士平先生面前，无论何时总是见得拘束，听到谈演戏了，就说："谁扮绅士？"

萝无心的说，"扮绅士容易，那是配角。"

士平先生就有意的说："配角自然是容易找寻，你们去试演好了。"

萝从这话上，听得出士平先生的心上愤怒。她知道士平先生是为了一些不甚得体的情绪所烦恼，她有点儿忏悔的意思，就问士平先生，同舅父早间在什么地方分手。士平先生说："我在ＸＸ路上下车，还走了一阵，想起许多人事好笑。"

这个话使那年青人以为所指得是自己，脸上即刻发起烧来。萝又以为这话完全是在妒嫉情形下，说到她和那学生了，心上就很不快乐。士平先生则为自己这句话生了感慨，因为他极力在找寻平时的理知，却只发现了苦闷，和各种不能与理知同时存在的悒郁。

萝过了一阵，说道："人事若是完全看得是好笑，这人就是超人，倒很可佩服！”

“是的，就是明知好笑也仍然有严重的感觉，所以人都是蠢人。”

“可是蠢一点也无妨，太聪明了，是全无用处的。做一切事都是依赖到一点胡涂。用自己起花的眼睛，看一切世界，蒙蒙眬眬，生活的趣味就浓了。要革命，还仍然是大家对那件事蒙蒙眬眬，不甚知道好歹，不甚明白利害，胡涂的做去，到后就成功了。一个眼睛纤毫必见的人，他是什么也做不去的。他喝水，看到水中全是小虫，他吃面包，又看到许多霉点。走到外面去，并排走路的多数是害肺痨病人，住到家里，他还梦到人家所梦不到的种种。他什么都聪明，他什么都不幸福了。”

因为话是像说到那个年轻学生头上去了，他承认他的胡涂是一种艺术。他说：“我同意萝这个话。我有时很像清楚，看得周围一切非常分明，我实在苦恼。若果胡涂了一点，一切原有使我苦恼的，就当真又变成幸福了。在将来若是我还能选择我自己的东西，虽然我无理由拒绝苦恼，却愿意拿那胡涂。”

士平先生觉得这学生又好笑又可怜。这学生昨晚上还那么无望无助使生活找不到边际，但一天以来，因为一种无意中的误会，因为一点凑巧，却即刻把灵魂高举，仿佛就抓到了生活的中心，为这真正的胡涂，他对于这学生原来的一点同情完全失去了。他觉得萝也是可怜的，这女子在她那任性行为上，把自己的感情蹂躏了一番，又来找寻自慰的题材，用言语的锋刃刺倒旁人，她就非常快乐了。她想象她因为青春的美，就有了用自己的美去蹂躏旁人感情的权利，因为这一点原故她这时竟让这年轻人来爱她了。她要苦别人作为自己快乐的根据，找了别的女子不会做的事情，她这时正在心中好笑。士平先生带着一点儿讥讽说：“萝，你是为你的聪明而感到幸福的。”

萝反向着士平先生：“那么，士平先生因聪明而苦恼了。为什么不胡涂一点？为什么一定要这样认真？为什么把那些不知道的也去设法知道，本来不能知道的又强以为知道，就在这上面去受苦受难？”

“这是做人！”

“可是这样做人，是自己选择的没有？”

“你以为是应当选择，或者说，还有机会选择，是不是？”

“我可是选择我自己所要的。”

“还是照到机会分配下来的拿去，在机会以外，人是通通不会有选择的。不但是生活事业，就是朋友、爱情，有些人自以为是选择下来去做，其实他还是取那放在手边最方便的一件。”

“我否认这理论。”

“一句话若是空空洞洞的理论，自然可以否认。若是事实，那否认，是应当在别人或自己生活上找出证据才对的。”

“士平先生，我要给你证据看的，你等候一些日子就是了。”萝说着这个时，用得是同平常抗议声音，那大学生听到，忍不住笑出声了。

士平先生本来不想把话再说下去了，因为看到那大学生在误会中更加放肆，本来先见到这人拘谨为可笑可怜，这时见到这人不再拘谨，反而使士平先生不甚快乐了。“他以为我是在为他努力，虽无一句话可说，那神气，倒是在感激中有帮我忙的意思。他以为说的证据就是爱他。这小子真是在胡涂中得到他的幸福了。”士平先生一面这样想及一面就说：“密司特周，你是一定也觉得可以选择你所需要的，是不是？”

那大学生略略见得有点忸怩，喉咙为爱情所扼，女人声气一般答道：“我与萝小姐同意。”

“很好的，很对的，你也相信你是选择你所要的，就居然得到了！”士平先生声音有一种嘲笑意味，他还想说：“你的话是选择了而说的，你的事却是完全误会的。”可是那学生对于他露出的感激颜色，以及那信仰谦卑样子，仍然把士平先生缓和了，强硬不去了。他只好说：“你能信仰你自己的能力，这就是非常幸福的事！”

萝因为不知道他们两人昨天那一次谈话，所以这时同这学生表示亲近，不过是一种虚荣所指使而作的任性行为。为了故意激动士平先生，她所以才说要同周姓学生演戏。为了士平先生的愤怒，对于这愤怒作一度报复，她才说她能够选她所要的东西。不过到后来，看到那学生有一点放纵，还说出了蠢话，士平先生有放弃所有权利意思，她又不大愿意了。她于是把话说到属于自己家中舅父方面去，使学生感觉到于己无分，学生到后就不得不走了。

学生走后，萝带着一点忧愁，向士平先生望着，低低的说道："不要生我的气，我是游戏！"

士平先生把萝的手握着，也似乎为一种悒郁所包围，又稍稍显得这问题疲倦了自己心情的样子："我能生你的气吗？你不是分明知道我说的演ＸＸＸ原是谎话，为什么你这时又来同他谈及？他是在一种误会情形中转到一个不幸上去了，他以为你爱他了！以为你尽他爱你了！你愿意在这误会上生活，我不能说什么也不必说什么。我这时只说明白，尽你做那自己所愿意做的事。"

萝有点儿觉得胡涂："为什么同他这样谈谈话就会有这吓人误解？"

"你不是说过，男子在男女事情上都极浅薄吗？"

"可是这是个忧郁的人。"

"你是说，凡是这种人，都非常知分知足，是不是？"

"我想来应当这样，因为他并不像自作多情的人。"

"完全错误！他昨天晚上，到我这里来，说了许多话，他说如何在爱你，如何知道自己无分。他并不料到你同我的关系，他信托我是他唯一帮忙的人。他说只要把这事告给了我就很快乐了。我能说什么？我除了可怜这个人，什么也不好说出口。我告他，此后我当设法使萝同你做一个朋友。我当尽我所能尽的力，帮助你一下，你也应当好好的生活下去。我当真是这样作到了。这个人得到了我的话，恰恰来这里见到了你，以为你是已经听我学过一切，你说演ＸＸＸ，他一定激动得不能自制。他在一种误会中感谢你也感谢我，他从这误会上得去快乐和忧愁，还以为是自己选取的东西。我并不生气，我却因这事觉得大家都很愚蠢。你是在这事上也因为误会了我的意思，以为我是一个度量窄狭的人。在恋爱上度量窄狭，这也许还是一种美德，不过我是缺少这美德的。实在说，我却在这误会上心中不大快乐。他要我帮忙，信托我，我待要告诉他我的地位，但我在他那种情形前面，要说的话也都说不出口了。我还要告你这事怎么办，谁知这误会先就延长下去。你要爱他，还是不爱他，那全是你自己的事，我是不想说什么的。我若说，这个人不行，你自然会以为我有私心。我若说这个人很好，你又可以疑我是有作用的示惠于人。我不想加什么意见了，你不是说你能够选你要的东西吗？现在机会就来了。你不要以为我爱你就拘束了你，我自己是想不到我会拘束得什么人的。”

萝听到士平先生把话说完了，毫不兴奋，沉静非常，望到士平先生。“我料不到是这件事中容许了这样一个误解。我不能受爱的拘束，当然我就不会因为他那可怜情形变更了自己主张。爱不是施舍，也不是交换，所以我没有对他的义务。可是，士平先生，我现在却这样想：假如我看一切是我的权利，那我是不放弃的。我不能因为这一方面的权利却放弃那一方面的权利。我在这些事上有些近于贪多的毛病，因为这样，一切危险我是顾虑不及的。我要生活自由，我要的或不要的，我有权利放下或拿到！不拘谁想用热情或别的自私，完全占有我，那是妄想，是办不到的一件事。所以现在我来同你说，我愿意你多明白我一点。”

士平先生只用着一个大人听小孩子说话的样子，点头微笑，萝又继续的说：“周爱我，我是感到有趣的，因为我想象不到我能够使一个男子这样倾心，带着一点好奇，我此后要同他再好一点，也是当然的。可是今天的误解我可不能让他存在！我不许别人在误会中得到他不当得的幸福，因为这不当得的幸福，要变成我的责任。我尽你爱我，也是我感到这是我的权利，你一在这事上做出年轻人蠢样子，我就有点忍受不来了。你的地位现在是同他一样的，我说这个话或者伤了你的自尊心情，但如果你想得明白一点，你可以得到你的一分好处，若实在要痛苦，那你自己的事，我可不管了。”

把话说完了，萝走了，士平先生没有话说，尽这女子走去。但走到廊下以后，萝却又走回来了。她站到门边，手上拿着那个小伞：“士平先生，你这行为是使我发笑的，为什么不送我出去？”

士平先生摇摇他的长长脑袋，叹了一口气，把手摊开：“好能干的萝，你的时代生错了。因为这世界全是我们这样的男子，女人也全是为这类男子而预备的。但是你太进步了。你这样处置一切，在你方便不方便，我原不甚清楚，但是男子却要把你当恶魔的。你的聪明使你舅父也投了降。你只是任性做你欢喜做的事，你的敏锐神经作成你不可摸捉的精神。你为你自己的处世方法，一定也非常满意。可是我说你是生错了时代的，因为你这样玩弄一切，你究竟得到的是什么东西？你自然可以说，就是这样，也就得到不少东西了。是的，你得到很多人对你的倾心，你得到一切人为你苦恼的消息，你征服了一个时代的男子。还有一个中年的士平先生，他也为你倾倒，变更了人生态度，学成年轻许多了。你在这方面是所向无敌的。可是你能够永远这样下去没有？你会疲倦没有？……”

“我疲倦时，我就死了。”

“你说的话太动人了。你为你自己的话常常比别人还要激动，因这原故，你说话总是选择那纯粹的字言，有力的符号。你是艺术家。”

“你的意思以为我总永远不像你们所要的女人。男子都是一样，我知道什么是你们所中意的女子。受过中等教育，有一个窈窕的身材，有一颗温柔易惑的心，因为担心男子的妒嫉变成非常贞静，因为善于治家，处置儿女教育很好，……女子都是这样子，男子自然就幸福了。你们都怕女人自己有主张，因为这是使你们男子生活秩序崩溃的一种事情，所以即或是你，别的方面思想进步了，这一方面却仍然保留了过去做男子的态度。”

“我完全是那种态度吗？”

“不完全是，可是那种态度使你觉得习惯一点，合式一点。”

“或者是这样吧。”

“若不是这样，那这时就仍然同我到 X X 去，转到我舅父那里吃饭。”

士平先生微微笑着，说：“不，我要一个人想想，是我的错误还是别人的错误。我要弄清楚一下，因为这件事使我昏乱了。还有，我要得到我的权利，就是不让你征服。”

萝也微笑的点首，说：“这是很对的，士平先生，我们再见。”

“好，再见，再见。”

萝走了，又回身来：“士平先生，我希望你不要难受。”

士平先生就忙着跑出来，抓着了萝的手，轻轻的说："放心吧，不要用你的温柔来苦我，你的行为虽是你的权利，可是我不比那个忧郁的周，生活重心维持在你一言一语上。"

萝于是像一只燕子，从廊下消逝了。

在校外她碰到了那三年级学生，这显然是有意等候到这里，又故意作为无意中碰到的。年轻人的狡计，萝看得非常明白，那大学生想说出一些预备在心中有半天了的话。一时还不能出口，萝就说："密司特周，到什么地方去？"

"到ＸＸ想去买点东西。"

"那我们同路，我也想到ＸＸ去买一本书。"

"士平先生……"

"我同他说了许多话，他是很好的人，是不是？"

"我敬仰他。"

"是的。这种人是值得敬仰的。不过每一个人也都有值得敬仰的地方，或者是道德学问，或者是美，或者是权力，你说是不是？"

"是的。不过——"

"怎么样，你不敬仰美吗？"

"……"这男子，做着最不自然的笑容，解释了自己要说的话语。

两个人，一个是那么自然随便，一个是那么拘束努力，把话谈下来，到后公共汽车来了，两个人又上了车，到ＸＸ去了。

下午四点钟左右ＸＸ路上的百寿堂雅座内，这密司特周同萝，在一个座位上吃着冰水。

望到那每一开口微微发抖的薄薄嘴唇，望到那畏缩而又勉强做成的恣肆样子，萝觉得有些动摇。这是一个拜倒裙下的奴隶，没有骄傲，没有主张，没有丝毫自我。在一切献纳的情形下，那种惶恐的神气，那种把男性灵魂缩小又复缩小的努力，诱惑到骄傲的萝，使她有再进一点看看一切的暧昧欲望。

她说："密司特周，你不是ＸＸ吗？"

那学生，此时上的课是最新的一课，他什么话都不知道说，只是悄悄的去望坐在对面的萝，听到萝问他的话了。就匆遽的答：

“我不是，我不是。”

萝说：“为什么不加入？士平先生是的，你知道吗？你们学校有许多同学也是的。大家来使社会向前，毁去那阻碍我们人性的篱笆，打破习惯，消灭愚蠢，这是只有ＸＸ可以做到的。大家成群的集中力量来干，一切才会好。”

“萝小姐相信这是做得到的吗？”

“为什么信仰都没有？年青人没有信仰，缺少向不可知找寻追求的野心，怎么能够生活下去？”

“许多人也仍然活着过日子！”这大学生因为见到讨论的人生问题，所以胆量也大起来了。他仍然是那种怯怯的微带口吃的补充了这个话，“他们是快乐的。”

萝声音稍大了一点：“是的，那些蠢东西，穿衣吃肉读英文，过日子是舒服而又方便的。我不说到他们，因为那不是我要注意的。我是说有思想的年青人，有感觉的年青人。他们的个人主义是不许其存在的。悲观，幻灭，做伤心的诗，欢喜恋爱小说中的悲剧人物，完全是病。他们活到世界上，自己的灵魂中毒腐烂了，还间接腐烂到他身旁的人。”

“可是我不能信仰什么。”

“那你为什么还信仰演剧？”

“因为是艺术！我欢喜演戏，我欢喜它，也就信仰它。”

“可是艺术也带在那大问题里一起存在的。你欢喜演戏，却不能去到大舞台陪李桂春打筋斗。你还是信仰新的，否认旧的。为甚不去同那更新的接近一下？”

“我不想去。我什么也不想。我看过一些书，什么是应当，什么又不应当，我都懂得一点点。可是我不习惯人多的事情。我自己常常想，世界那么样热闹，好像我都无分，所以就想到死了一定好点。”

“为什么一定要死？”

“为什么一定？我不清楚。可是我并不死去，现在还是活的。我想死了或者清静一点。我厌烦一切，我受不了，没有一个人知道我这平静的外表，隐藏到一个怎样骚乱的心！”

“我知道！若是你真死了，那天下少下一个活人，多了一个蠢鬼。凡是自杀的都是愚蠢傻子。若不是愚蠢，就是害病发疯。生到这时代，从旧的时代由于一切乡村城镇制度道德培养长大的灵魂，拿来混到大都市中去与新的生活作战，苦闷是每一个人都不缺少的东西。抵抗得过这新的一切，消化它，容纳它，他就活下去，且因为对于旧的排斥与新的接近，生存的努力，将使这人灵魂与身体同样坚实起来，那是一定的。至于忍受不了的落后的分子，他不是灭亡也等于亡。并不落后，同时却只因为不习惯这点理由，不能在集群生活中为生存努力，又不能把自己容融到旧的组织里去，这样人便孤独起来，到后来忍受不了，于是便自杀了。”

“他们并不是没有高尚思想！”

“思想有什么用处？他们本身的悲剧就是想象促成的。他们思想高尚，可是实际的人生是平凡的。他们脑中全是诗的和谐与仙境的完美，可是人间却只有琐碎散文，与生活斗争。他们越不聪明越容易救药，越聪明越无用处了。”

“……”要说什么并没有说出口，因为害怕了，这大学生低下了头去，全身发抖。

萝心想：“你这有高尚理想的人，若知道爱人只是平凡的人事时，也不至于苦恼了。”

这大学生也嘲笑他自己这时的情形，自己骂自己：“我的高尚用到恋爱上无用处。”

可是他缺少勇气做一个平凡的人。他不敢提到这件事情，不敢尽萝注意到他，他又不愿有所变化。他一面感到这局面下自己的可怜，然而又非常愿意能使这和平的友谊可以继续下去。他这时觉得幸福，稍稍转过念头就又看得出自己不幸。因为萝在沉默中皱了一次眉，他疑心自己已经为萝所厌烦，于是就胡胡涂涂的打算：“我将为爱她死去的，我尽这人称我傻子，比活到受罪还好。”为什么这就同死连在一处？他是不闻不问的。

萝实在是厌烦了，因为说到做人，说到生活，她想到她自己对于人生怀着诗意去接近的失败，她想到她的行为完全是无意识行为，用美丽激动这人，又用这人激动另一人，过不久这第二人又将代替下去，使第三人从一种不意的机会站到自己的身边。她就轮回的欣赏这人生的各种姿态，那些自私、浅浮、虚伪、卑劣，一一从经验中抽出，看得非常清楚，把日子就打发走了。她过的日子，就仍然是用未来理想保留到人事上的空洞日子，她不能再游戏下去了。

这时坐在对面的大学生，有些地方看出了使她生气的笨处，她且觉得到这里来同这个谈天喝汽水是不很得当的行为了。过了一会她把钞会了，就说还有点事要回去，且说过一些日子可以到学校见到。出得百寿堂时，那学生忽然又用着那十分软弱的调子，低低的说：

“萝小姐，你许可我为你写一个信吗？”

萝说：“口上说不是很方便吗？”

“我写出来好一点。”

萝说：“好，写给我吧。”一面从皮夹子里取出一个载有通讯处小小卡片，一面为这学生估想那信上说的蠢话决不会比现在所见的神气有所不同，她本来想把手伸出去尽这人握一下，临时又不这样做了。

这学生回到ＸＸ学校时，吃过晚饭，就走到士平先生住处去，同士平先生谈话，那来意是士平先生一望而知的，但士平先生，却没有料到萝会同这个人下午在一处坐过一阵。

来到房中了，人不开口。士平先生因为有一点不大高兴，也不先就开口。这学生到后才把话说出，问士平先生的戏，问剧本，问布景同灯光。……完全说的是不必说的费话，完全虚伪的支吾，士平先生有点不耐烦了，就说：

“你今天气色像好了一点。”

这学生以为是士平先生的打趣他，这打趣却充满了一种可感的善意，他脸上有点发热，自白的时候到了，就先鼓了勇气，问士平先生：

“士平先生，你把我的话同萝小姐说过了？”

士平先生说：“还没有。”

“一定说了。”

“……”

稍稍沉默了一会儿。

“我下午同她同ＸＸ路百寿堂谈了许久。我感谢先生，不知要怎么样报答。我要照到先生的言语做人，好好的使身体与灵魂同样坚强起来，才能抵抗这一切当然的痛苦!”

“……”

“她是太聪明了！她是太懂事了！她劝我加入ＸＸ，说先生也在内，同学也多在内。我口上没有答应她，心里却承认这是应当的。”

“……”

“我以为先生至少总隐隐约约的说过一些话了，我就请她许可让我写一个信。她答应我了。她给了我一个有地址的卡片。我打量我在言语上所造成的过失，用文字来挽救，或者不至于十分惨败。”

“……”

“我爱她，使我的血燃焦了。我是无用的人，我自己原很明白。我不能在她面前像陈白先生那么随便。我觉得自己十分可怜，因为极力的挣扎，凡是从我口里说出的话，总还是不如现在到先生面前那么方便自由。我爱她，所以我胡涂得像傻小子，我是不想在先生面前来说谎的。”

“……”

“她不说话，我就又不免要想到‘死了死了’，我真是胡涂东西!”

士平先生始终不能说出什么，到这时，因为又听到提及死了死了的话，使他十分愤怒，在心上自言自语的说：“你这东西要死就早早可以死去也好，你一点不明白事情，死了原是无足轻重!”

不过到后来，这中年人到底还是中年人，他居然谎着那学生，问了学生许多话，才用一些非本意的话鼓励了这学生一番，打发他睡觉去了。

这学生到后又转到陈白房中去，隐藏了自己的近来事情，同陈白谈了一些话，他从陈白处打听了一些属于萝的事情，他一面问陈白一面还有了一点秘密的自得。陈白是无从料及这年轻人的秘密的，他把话谈了半点钟，离开了陈白，回到宿舍，电灯熄了，点上一支蜡烛，写那给萝的信。

七　一个新角

“萝，今天星期，我去同士平先生商量你的事情。”舅父说这个话时，是星期早上的七点钟。

萝正在喝茶，人坐在客厅廊下，想到另外一件事情。舅父因为见到她不做声，于是又说：

“我计算了一天，还是说明白，省得大家见面用虚伪面孔相对。我不再生士平先生的气了，我想得明白了，我不应当太过于自私。我愿意你们幸福。”

舅父说这个话时，虽然非常诚恳自然，但总不免现出一点忧郁。

萝摇摇头，把眉微皱：“舅父，不行了。”

“什么不行？”

“我不能嫁士平先生。”

“你昨天不是还说你们互相恋爱吗？”

“但恋爱同嫁是两件事。”

“没有这种理由，你不要太把这件事的幻想成分加浓了，这于你并不是幸福。”

“我不打算嫁谁！”

“你们又闹了吗？”

“并不闹过。不过这件事昨天也同他说到了。我是不许任何人对我有这无理要求的。士平先生很懂事，当然会了解我这个理由。我现在还不是嫁人的时候。将来或者要同人结婚，也说不定。可是我不会同士平先生结婚的。凡是熟人我都不欢喜，我看得出爱我的人弱点，我为了自私，我要独身下去。士平先生我不爱他了，因为先前我以为他年纪大一点，一定比陈白实在一点，可是昨天我就醒悟过来了。男子全是一样的，都要不得。”

“当真这就是你的见解吗！”

“我从不想在舅父面前用谎话来自救。”

“你为什么要告我这件事？为什么昨天说的同今天又完全不同了？”

"我是对的，因为我不隐瞒到舅父。至于舅父在这事上失望。可不是我的过失。"

舅父含着愁的眼睛，瞅到萝的脸部，觉得在这年青女子脑内活动的有种种不可解释的神秘。

他不再说什么话，因为要说的话全是无用处的废话。萝还是往日样子，活泼而又明艳，使舅父总永远有点炫目，生出惊讶。舅父为她这件事计划了许久，还以为已经在一种大量情形中，饶恕了甥女的行为，也原谅了士平先生的过失，正想应当如何在经济方面，扣出一笔钱来为这两人成立家庭费用，谁知两天以来一切情形又完全不同了。他在这事上本来不甚赞同，可是到已经决定赞同时，却听到破裂的消息，这绅士，把心上的重心失去，一种固持的思想在脑中成长，他不想再加任何主张任何意见了。

因为舅父的狼狈，萝只是好笑。每一个人的行为动机，都隐藏在自己方便的打算下，悲哀与快乐，也随了这方便与否作为转移。舅父的沉默，使萝看得出自己与舅父冲突处，是些什么事。

她见到舅父那惨然不乐的样子，不能不负一点把空气缓和过来的责任，她说："舅父，这事我要求你莫管倒好一点。你还是仍然做士平先生的老朋友，谈谈戏剧，谈谈经济，两人互相交换趣味是不错的。你不必太为我操心了，凡是我的事，我知道处置我自己！我处置得不好，这苦恼是应当在我名下存在，我处置得好，我自然就幸福！你不要太关切我了，这是无益处的。"

舅父说："是吧，我一切不管了。我尽你去，可是你也不要把你的事拿来同我说。我非这样自私不可，不然我的地位很不容易应付。"

"舅父能够不闻不问是好的。知道了，也处之泰然坦然，保持到你的绅士身分——外表与心情，都维持到安定，若能够这样，我是又愿意舅父每事都知道的。"

"我做不成你所说的完全绅士，我还是不必知道好一点。到什么时候一定要同谁订婚时，再来告我一声，就得了。"

"舅父这话说得好像伤心得很！"

"实在有一点儿伤心，但为了你的原故，我想就是这样办也好。”

“我是不想用自己的行为，烦恼到亲爱的舅父的。”

“你是这一个时代的人，行为使中年人不惯，这错处，一定不是你的错处！”

“士平先生也说到这个了。”

“当然要说到这个。因为士平先生看来虽然可以作为你们演剧运动的领袖，却仍然是同我在一个世界里一种空气中长大的人。我也算定他要失败的，他在这事上不是很苦恼过吗？”

“我不过问，也不想十分清楚，因为我不是为同情这种苦恼而生的人。”

“你怎么样同他说及？”

“我说我永远是我自己的人，不能尽谁热情或温情占去。”

“他怎么说？”

“他笑，很勉强。他使我不快乐，是那样有知识有思想的中年人，也居然保留到一种人类最愚蠢的本能。他见到我同一个学生稍稍接近了一点，就要妒嫉。他虽然极力隐忍到他这弱点，总仍然不能不在言语上态度上轻视到旁人。我因为这样，我把问题向他提出来了。我是因为不承认爱我的男子，用得着妒嫉，使我负一种条约上义务，所以同陈白分手了的。现在士平先生最不幸，又为了这点事，把我对他的幻想失去了。”

“那你此后再演戏不演？”

“为什么戏也不演了呢？恋爱同演戏完全是两件事。我为演戏而同他们去在一处，谁也不能使我难堪。还有，是我因为好奇，我要演戏，才能满足我这好奇的心。”

“萝，你的言语越说越危险了。我担心你的未来日子，我愿意你不要演剧了。”

“舅父的意思又是在为你自己打算了。”

“不是为自己，完全为你——也可以说，完全为其他的人。在这里我不得不说士平先生把你带到不幸方向上去，你慢慢变成剧本上的角色，却不再是往日的你了！”

“因为这样舅父是悲观了。”

“因为这样你成为孤立的人了。”

“我羡慕的就是孤立无援。我希望的就是独行其是。”

“你是一个英雄，可是将来一定跌在平凡的阱里。一个同习惯作战的人，到后来总是免不了粉骨碎身。”

“我不为这个所威胁。我明知用舅父生活作证，是保守得到了胜利。可是我现在应当选择那使我粉骨碎身的事，机会一来，我就非常勇敢跳下阱里去！”

“到那时你想爬起可迟了。”

“我决不这样懦怯！若是说追悔原是人类所有的一种本能，这一定是那些欢喜悲呀愁呀男女所有的本能。”

“你永不追悔吗？”

“因为我认定那是愚蠢事情。”

“人要那么聪明有什么用处？人是应当——”

“我想我应当做的是去生活。我欢喜的就是好的。我要的就去拿来，不要的我就即刻放下。舅父，我正在学做一个好人，道德，正义，都建筑在我生活态度上面。舅父不要以为我还是小孩子了，我要舅父信托我，比要别人爱我还深。因为得到舅父的信托，我才可以不受这一方面的拘束，去勇敢的做人。”

“萝，你的道白的本领是太好了。你说的使我无从反驳。你说的都是对的，我只怕这些只是你的言语，却不是你的思想。你是好像因为说过了才去做，却不是要做的才说出来。我劝你不要演剧了，不去每天演剧本，是因为你可以得到一个机会，运用你的思想比运用你的口为多一点。”

“我相信这是舅父的好意，可仍然不大适合于我的性情。我正想从言语上建设我的真理，我可以求生活同言语一致。”

“你这试验总仍然是危险的，所以我总是觉得不大好，要我说为什么不好也找不出理由，但舅父的顽固是建设到四十多年的生活经验上，这个是你很分明的。”

“舅父，我服从你了！并不是因为你的真理，是因为你的可怜。我应当使你快乐一点，这是我所感觉到的一点点对人的责任。你说的话我再去想想，若想得明白一点时，我一定还能做出使你快乐的事!”

绅士这时记起那个死去的妹子，在临嫁人时也像说过这样一类话语，二十年来的人事浮上了眼底，心中有点凄惶，不想再说什么了，过一会儿就回到自己那小小书房去了。

萝懂得舅父的心情，只要是舅父没有和她说话，她的口没有了用处时，她是就可以体会得到这绅士对于她的注意的。把舅父的意见去考虑，也是一种可能的事，但她知道考虑原是一种愚行，因为凡是事情凭了考虑去应付，不过是可以处置那件事到自己合意一点情形下去罢了。凡事合自己意时就很少同时合别一人的意。所以她认为考虑仍然近于愚蠢，答应了舅父去考虑，其实结果说什么，她在考虑以前也就知道了。

她把话太说多了，都不大有用处，这是她很懂的。她想到沉默，因为沉默便是休息。可是沉默的机会一来，她就寂寞起来了。同一切人说话时，在言语上她看出她自己是一个英雄，抵抗的无不披靡，反驳的全属失败。同一切人在一处时，她也看出她自己是一个英雄，强项的即刻柔软，骄傲的变成谦卑。但把自己安置到无人的境界里去，敌人既然没有，使她气壮神王的一切皆消失在黑暗里，她就恐惧起来了。她于是愈思索愈见得惶恐，但愿意自己十分安分的做一个平常女人，但愿同过去的眼前的离开。……这些心情同时骚扰到这人灵魂，表面上是看不出来的。为了不能那么过着与年龄不相称的反省日子，她心想，她应当是世界上热闹里活下去的人，舅父的劝告，虽一时使她冷静一点，到第二天，她仍然是往日的她，又在一种动的生活中生活了。

舅父上楼半天不下来，萝心上有点不安。舅父为这事情的变化感到难堪，萝则以为一切完全非常自然。年龄的距离使两个人显出争斗冲突，舅父在平时总是输给甥女，今天的情形，有点稍稍不同了。

萝一个人坐在楼下廊前，想到眼前的人事，总觉得好笑。舅父的好管闲事脾气，就永远使她有点难于处置。一时像是非常明白这个中年人，一时又极胡涂，因此对于舅父的行为，萝虽说一面在怜悯原谅，一面总要打算到终究还是离开这中年人好一点。她这时就想到应当如何离开舅父的计划。她想到一个人如何去独立生活。她想到如何在一群男子中过着日子，恋爱，革命，演戏，尽她所欢喜的去做，尽那新的来到身边，尽一些蠢人同聪明人都轮流的在机会中接近自己，要这样才能饱足她对于人类的好奇本能。发现一切，把握一切，又抛弃一切，她才能够对于生存有持久继续的兴味。因为一切所见所闻的生活皆不大合乎自己性情，所以每想到那些生活以外的生活时，她的心，就得到一种安顿了。

舅父的行为她又像是能够原谅的。她怜悯他，她嘲笑他，然而同时也敬重他。在这事情上她留下了永远的矛盾。这时虽计划到如何离开舅父，听到上面娘姨走下楼来。拿取牛奶，就问娘姨，先生在做什么事情。听到说舅父仍然躺在榻上看书，她才放心了。

到后她唱歌，因为她快乐了，即或知道舅父不甚高兴，她仍然唱了许久，且走到舅父书房去，问舅父答应过她的无线电收音机什么时候可以买来。

吃过了午饭，下午约三点钟时节，萝请求舅父同她到ＸＸ去买一点东西，在ＸＸ路上，见到士平先生一个人在太阳下走着，舅父把车停在路旁，士平先生于是站到车边了。萝坐在车上，喊士平先生，问他到什么地方去，并且为什么这时在这大太阳下走。

士平先生似乎毫不注意到萝的关心样子，只仿佛同绅士说：“因为要到ＸＸＸ路去开会，先应当往ＸＸ去找一个人，所以走一回，把道路也熟习一点。”

萝看到这神气，以为这是士平先生的谎话，且觉得士平先生的可怜了，就问开得是什么会。士平先生仍然望着绅士，把话说着。

“是关于演戏的发展事情，并且有从日本来的一个宗姓男子，报告一切日本新近戏剧运动的消息。”

“为什么不邀我去？”

这时士平先生才望到萝的脸说，

“你不欢喜开会，你以为开会是说空话，所以我不告给你。”

“往天不欢喜今天我可欢喜，这会应当在什么时候？”

士平先生从袋子里掏出了一个表，检察了一下，“还有四十分钟。”

“我同你在一块去，我要去看看。”

舅父说：“当真吗？”

萝说：“当真要去！舅父你坐车回去好了。我谢谢你。你若高兴，就去为我买那个盒子，不高兴，就回家去。我现在一定要跟到士平先生到会，那里一定有趣味得很。士平先生，我问你。是不是我们还应当请舅父送我们到 X X X 去，省得坐公共汽车？”

“用不着。我看看这一家的门牌，一四八，一五零。”一面说着一面摸出了一个卡片，上面有用铅笔记下的一个人通信地址。“萝，尽 X X 回去，我们走几步就要到那个朋友住处了。他还说过要我引他见见你，这是才从日本回国一个最热心艺术的人，样子平常，可是有些地方很使人觉得合意。”

萝这时已经跳下了车，舅父还没有把车开走，注意到这两个人。

“我去了，是不是？”

“舅父，你去吧，我同士平先生在一块。若是要回家吃晚饭，我回头从电话中告你。”

“好，你同士平先生去吧，你们走左边路上，好像阴凉一点。”

“好，我们过那边走，有风，真是很有趣。我们再见，舅父。”

“再见，再见。”

等到舅父把车开走后，萝才开始问士平先生：“当真开会吗？”

士平先生望着萝，点点头，不说什么，先走了两步，萝就追上前去。“朋友住多少门牌号数？”这样问着，是她还以为士平先生还在说谎的原故。

“一七五。”

“在前面很远！”

“快要到了。”

……

所要找的人不在家，却留下了字条给士平先生，说是至多三点半就可以回来，两人只好在这里等候。因为还有十分钟，士平先生坐在一个椅子上一句话不说，萝心中有点难过。她是不习惯这种情形的，所以就说：

“士平先生，你不同我说话，你一定还是记到上次那傻子的事情。若果就只那一点点理由，使你这样沉默，那你也像一小……”

“我实在是有一点儿傻相的。”

“不是，我说你有一点儿像一个小孩子。因为只有小孩子才在这些事上认真。”

“我认真些什么？”

“你对于那周姓学生放不过。”

“你完全错了。你的聪明很可惜是只能使你想到这些事情上来。我并不是小孩子，我因为你欢喜这样做人，第一天，我实在不大高兴。可是我想去想来，我觉得这只是我自己的不是，所以我就诚心的愿意那个人能够给你快乐，再也不做那愚蠢人的行为了。我沉默，我就是在为那学生设想，怎么样使你对于他兴味可以持久一点，我当然不必要你相信，可是这倒是当真的理由。”

“我信你，我就因为这一点，以为你是一个小孩子。谁需要你这慷慨？你这宽宏大量自己做来一定还感到伟大的意义，可是这牺牲除了安慰你自己心情，也是糟蹋你自己心情以外，究竟还有什么益处？我难道会感谢你？他又难道会感谢你？”

“我并不为感谢而作什么事！”

“我说到了，你不为要谁感谢而作，但求自己伟大。这还不是一样的蠢事吗？”

“那么，我应怎么样才合乎一个为你同意的男子呢？”

“应当忘记别人，只注意到我。正如我在你面前忘记别人一样，因为友谊是一个火炬，如佛经所说佛爷慈悲一样，谁要点燃自己心上的灯，都可以接一个火去，然而接去的人虽多，却并不影响到别一人的需要。”

“你的比喻是好的，可是人的生活是不能用格言作标准的，所以我以为你自己也未必守得住这信仰。”

“你不信仰真理，却信仰由人类自私造成的偏见，苦得使女人好笑。”

“你觉得好笑吗？”

“如是我还有机会在你面前说真话，你的行为使我觉得好笑的地方实在很多。”

“还有很少的是什么?”

“很少的是你可怜。”

“全无对的地方吗?”

“对什么?女人用不着你那些美德,因为这美德是你男子合意的努力造成的东西。女人只要洒脱,方便,自由,凡是男子能爱人又有给所爱的人这些那些,这才是好男子。”

“你的话今天我才听明白!”

“那是因为你往天只知道有你自己。”

“我并不是要挽救什么来说这个!”

“就为挽救我们的友谊也并不要紧?为什么你要分辩?在女人面前,是用不着分辩的。凡是要做的,尽管去做,要用的,就拿去用,不在行为上有所解释,尽女人自己来用想象猜出,男子的愚行有时也使女人欢喜。一个男子他是不应当细致小心的。若是做一件事要说明一回,似乎每一个行动都非常有理由,每一个理由都有利于己,一切行为皆合乎法律,不背人情,女子是不会欢喜的。莫里哀的剧本上有个谦卑的情人,对于自己行为每每加上一长串说明,结果只使女人的巴掌打到他的颊上,契诃夫在一篇短篇小说上也嘲笑过这种小心的男子。男子因为用小殷勤得到了女子的最初友谊,就以为占有女子也仍然用得着这一种法术,这是完全可笑的。男子这类行为不可笑,就应可怜了,因为那是愚蠢的估计!”

“还让你说下去。”

“还让我说下去也好。不过我是明白的,你们即或装成很俨然的样子,你们的耳朵还是听你们自己所说的一句话,就是:不要信她。实在你们都能够保持这信仰也是很好的,不过你们男子都以为耳朵不如眼睛,所以女人的行为使你们生气,女人的言语却毫不影响及男子丝毫。但是男子呢?行为上作了坏事,却总赖言语来挽救一切,大致是自己太爱说谎了,所以不注意到女人言语的。”

“再说下去。”

“你使我口渴,以为这是对待女子最好的方法。”

“萝,你太聪明了,我实在为你难过。你少说一点,多想一点,你的见解就不同了。”

“若果见解不过是一个抽象的说明，我是用不着你难过的。”

“我是想到过，你这样说话，究竟对于你对于人有什么用处？”

“我不是找用处来说话！”

“你是任性，抖气，……还有近于这类的理由，一说话总不能自休。”

“士平先生，我不说了，我试让你说下去。”

士平先生笑了。说了一阵，两个人皆笑了。

到后主人回来了，见到士平先生，握了手，士平先生为介绍了萝，也握了手。这人名字是宗泽，原是许久以前就听到说过了的。因为萝曾演过一本日本人的剧，便是这人所翻译的东西。人是一个瘦小萎悴的人，黑黑的脸膛，短短的眉，说话声音不大自然，这人的一切，都似乎在一个平凡人中寻找得出。但说话时有一种平常人所缺少的简朴处，望人时，也有一种精悍凌人处，这是萝一见到时就发现了。

这人同士平先生说话，像是没有十分注意到萝的神情。说到国内演剧人材的缺乏，说到对于剧本的意见，仿佛完全不知道萝是同行的人。他要说的都毫不虚饰的说出，他的意见从不因为客气而有所让步。因为时间快要到了，三个人走出了门，到附近汽车行叫了一辆汽车，到 X X 去，在车上这人谈的话仍然似乎不甚注意到萝。

萝在这人面前感到一点威胁，觉得有点不大舒服。因为一个女子正当她的年龄是迷人的青春，且过惯了受人拜倒的生活，一旦遇到一个男子完全疏忽了她的美丽时，这新的境遇是她决不能忍受的。她心想，这是一个怪脾气的人，一个无趣味的男子，一个只知道生活不讲人情的男子。她一面听到士平先生同他谈话，一面就估计这个人平时的生活事业。但照到本能所赋予的力量，她无形中在这男子面前似乎让了步，当宗泽同士平先生不说话时，她就问了许多宗泽的话，她选取一个男子抵当不了的亲切，又诚实又虚心的询问日本演剧情形。她在言语上使这短小精悍男子注了意，她又做为毫不客气的样子，说是下一次一定要请宗泽先生指点关于演了 X X 的第三幕那一场，应当用什么态度去读那一段演说。宗泽样子仍然保持到先前的沉静，萝却以为这人耳朵是注意她的言语的。

士平先生在一旁听着，只是微微的发笑，再不加上意见。他注意到宗泽，却知道萝的骄傲是受了打击的。在士平先生的眼睛中，宗泽因为无意中得到了一种胜利，使萝受了羞辱，士平先生有一种说不分明的快乐。等到下车时，因为宗泽先下去，士平先生有了机会，才轻轻的向萝说："少说一点话，不然全输给别人了！"

萝把脸红了，当士平先生在车边伸手去照扶这女子时，萝把手拂开，一跳就下车了。

X X 的会一共约二十七个人，陈白也在场，似乎因为感到有用友谊作为示威的必要，萝在宗泽面前，故意同这美男子陈白坐在一处，谈了许多不必谈的话。她一面同陈白说话一面注意到宗泽，宗泽似乎也稍稍有了一点知道，但仍然毫不见出像其他男子的窘迫，当演说时，完全是一个英雄，一个战士。

散会时，陈白因为今天萝似乎特别和平了许多，就邀请萝同士平先生与宗泽到 X X 楼去吃饭，萝没有作答，望到士平先生笑。

士平先生答应了，宗泽也答应了，萝不好意思不答应，所以四个人不久就到 X X 楼吃饭去了。吃过饭后萝要回去，问士平先生同陈白是不是就要转学校。陈白说："还想同士平先生过宗泽住处去谈谈。"萝就像一个小女孩子的样子，说：

"天气已经晚了，我要回去了，我不玩了。"

她意思以为宗泽必定要说一句话，但宗泽却不开口。士平先生看到这情形了，就说：

"若是同过宗泽先生处去谈谈我就送你到家。"

"我不去了，今天答应用电话告舅父吃晚饭也忘记了。"

"我们到那里谈一会儿就走，好不好？"陈白也这样说着，因为陈白非常愿意一个人送萝回去，这时却不便说出。

宗泽这时才说："萝小姐若是没有什么事，到那里谈谈也好。"

萝带着一点恼懊，望到士平先生，似乎因为士平先生毫不对于她有所帮助，使她为了难，她就要陈白送她回去，说回头再到宗泽先生家也不要紧。陈白欢喜极了，就同士平先生说了两句话，伴同萝走去了。

等到两人走去了时，士平先生望到这两个人的去处，低低叹了一声气，回过头来问宗泽说："宗泽，我们走！"两人上了第一路的公共汽车后，宗泽忽然发问："他们结婚了吗?"士平先生说："除了在戏上配演以外，两个人性格是说不来的。"宗泽听到这话后，就不再说什么了。

在路上，士平先生见到宗泽沉默如佛，想知道萝的印象，在这男子心上保留到什么姿态，就问他："萝这个人还好不好?"宗泽摇头不答，且冷笑了一会。

这人神情的冷落，表示出不可摸捉灵魂的深，使士平先生想起萝在这人面前的拘束处了。他似乎看到了未来的事情，似乎看到陈白与苍白脸大学生，都同自己一样的命运，三个人是全不及宗泽的。他心中想，天地间事情是有凑巧的，悲剧同喜剧的不同，差别处也不过是一句话同一件小事，在凑巧上有所变化罢了。

他在宗泽家中时，就又说了许多关于萝的事情。陈白却来了电话，说恐怕不能再过宗泽家中来了，因为萝的舅父留到他谈话，若是士平先生要回去，也不必等候了。

士平先生因为这个电话，影响到心中，有一点不平，就不知不觉同宗泽谈到萝的舅父是如何有趣味的一个人，邀约了宗泽改天到绅士家去谈谈，宗泽却答应了。

八　配角做的事

X X 学校三年级大学生周，把信写了又写，还缺少勇气发去。这个为爱情所融化的人，每一次把自己所写的信拿来读及时，总是全身发抖，兴奋到难于支持。他不知道这事情怎么样就可以办得好一点。他不知道他这信究竟应当如何措词。他在那一切用不着留心的文法上，修改了一次又一次，总是好像还是不大完全，搁下来缺少发去的勇气。

他想到应当去同士平先生处谈谈，把信请求士平先生过目一看，还得请求这可信托的人酌斟一下字句，可是没有做到。

他想亲自去递这封信，以便用言语去补足所要说及的一切，他又不敢。

他想到许多利害，越想便越觉得害怕起来，什么事也不作，一天就又过去了。

他的信一共写得有许多封了，还没有一封为萝见到。

把信写来自己一看，第一封是太热情了，没有用处，他留下了。第二封又太不热情了，恐怕萝见到不大明白，也留下了，第三封……

有一天的下午，萝到ＸＸ学校去，见到了这周姓学生，这人一见到她就红着脸飞跑了，萝在心上还觉得很好笑。

萝是到士平先生处的，同士平先生谈了一会宗泽的性情，陈白也来了，陈白这人聪明有余却缺乏想象，他因为见到萝脾气比较好了一点，就忘了自己的身分，说到许多人的故事。他说宗泽如何爱过他的堂姊，又说过事情在东京如何为中国学生所注意。他又说到别人的各种事情，把萝这几天来对他一点友谊都在无形中浪费了，萝想说："蠢东西。别人的坏处并不能证明你自己的完全！"陈白没有明白，所以这骄矜自得的人，又在自己所掘的阱边跳下去了。

士平先生好像看得出陈白的聪明失败处，在陈白说及宗泽时，就为宗泽说了许多好话。萝听到这个，且注意到士平先生的神情，士平先生的善意从萝眼中看来仍然是一种不得体的行为。"为什么只说别人，却忘了你自己？"士平先生没有注意到这点，所以也失败了。

一个只知道有自己的人来了，先是在窗下，怯怯的望了半天，听到里面的说笑，不敢进来又舍不得走去，到后为士平先生见到了。

"周，怎么样？进来坐呀！"

陈白也说："周，你来，我同你说……"

这男子，贼一样溜进来了。望到壁的空处，脸上发烧。

萝和士平先生都知道这个人的心事。陈白因为对于这人还不甚明白，就说："密司特周，他们在大方戏院的演剧批评上，说你有表演情人的天才，这个文章看见了没有？"

"……"他只望到陈白苦笑，意思像是要求陈白不要这样虐待他。

"是悲剧的能手，好像Ｘ报记者也说到过。"

那学生抗议似的说："不，他们说陈白先生是天才！"

陈白望到萝："那是演戏，因为演戏的天才并不恰于实用，萝以为怎么样？"

萝说："许多人自己倒相信自己是聪明人。"

"我可缺少这种勇气。可是我相信你是值得自己有这自信的。"

萝说："陈白，你的口是一支桨，当划的时候才划，对于你有益一点。"

陈白说："既然是桨，我以为只要划动总能够向前。"

萝笑了，心想："外表那么整齐，一说话就显得可怜的浅陋了。"

士平先生这时开口了，说："我们的戏演得不坏，可是萝你好像感到疲倦了。"

"我当真疲倦了，因为从剧上也不容易找出一个懂事的人。"

陈白同士平先生，皆知道这句话思意所指，是"人事上不愉快的角色更多。"两个人在这话上都发了笑。但周姓学生，却听到这个话全身发了抖，因为他记得同萝演 X X X 时，萝在剧本角色身分上，曾说过"只有你是不讨厌的人。"他想要说一句话打动萝的爱情，他想要知道萝这时的心事，因为他曾在早上把一封写给萝的信冒昧付邮了，现在正想知道这结果！

他想了一会，才找出一句自己以为非常得体的话来说道：

"萝小姐，我把 X X X 的临死时那台词也忘记了。"这话的意思，就是说，"你当告我那消息，在我死去以前。"

萝望到这又狡猾又老实的人非常难受："这样简单的设计，可笑的图谋，就是男子在恋爱中做出的事情！这对于一个女子有什么用处？这呆子，忘记了口原只是吃水果接吻用的东西，见到陈白能言善辩，以为每一个人的口也都有说谎的权利，所以应当喑哑却做不到，想把蠢话充实自己，却为蠢话所埋葬了。"她自己在心上把这话说过了，她好笑，因为这话并不为第二个人听到。

士平先生也明白这个男子的失策处了，把话移了方向，问这学生是不是做得有文章。这学生这时不大高兴同士平先生来讨论这些事情，只是摇头，并且说："我什么也不想做，什么也不能做，近来简直不像生活……"

陈白取笑似的问："密司特周，为什么通通不干了呢？"

这学生因为陈白的问话，含得有恶意，无法对抗，就作为曾听到的神气，把脸转到萝的那一方去，做了一个忧愁的表情。

萝说："陈白，密司特周是不是同密司郁是两个好朋友？"

陈白说："应当很好的，两个人都是那么年青，那么体面，可是我听说密司郁下学期要回家去了，不知密司特周知道是为什么意思没有？"

士平先生说："周，你为什么不把你的暴徒一剧写成？"

萝说："赶快写成我们就可以试演一次。"

那学生向萝看着，慢慢的低下头去了："士平先生，你知道我近来的情形！"

士平先生听到这个话，是要他帮忙的意思，他不好再把话说下去了，他只说："密司特周，人事是复杂得很的，你神经衰弱，所以受不了波折。"说过后，又向萝说道："萝，你是快乐的！"

萝知道士平先生的意思所在，她不能不否认："我并不快乐，士平先生！我常常觉得生活到这世界上很好笑，因为大家都像为一只不可见的手拖来拖去。人都是不自主的，即或是每一个人皆想要做自己的事，并不缺少私心，可是私心一到人事上，就为利害打算变成另外一件东西了。"

士平先生说："你的话同前次论调有了矛盾，不记得了吧。"

"记得之至。可是为什么一定要记到许久以前的事情？"

"你不能今天这样明天又那样。"

"谁能加上这限制？"

"自己应当加上去，因为才见得出忠实。"

"让这限制在女子同一些浅薄的男子生活上生出一种影响也好，我并不反对别人的事。"

"你自己用不着吗？"

"我用不着。"

陈白加上了点意见，说："因为图方便起见，矛盾是聪明人必需要的。"

萝说："不是这样！我是因为不图在你们方面这样男子得那方便，才每日每时都在矛盾中躲避！"

士平先生为这句话得意的笑了。他另外有所会心，望到陈白。

因为这几天来陈白在萝友谊方面，又似乎取了进步样子，使士平先生不免小小不怿。他几天来都不曾听到萝的锋芒四逼的言语了，这时却见到陈白躺下而且沉默了，他不作声，且看陈白还有什么手段可以恢复那心上的损失。陈白貌如平时，用一个有教养有身分的人微笑的态度，把自己援救出来了。他对到士平先生笑：

“士平先生，好利害！”

士平先生说：“风是只吹那白杨的。”他意思所在，以为这句话嘲笑到陈白，却只有萝能够懂它。果然萝也笑了。她愿意士平先生明白陈白是一败涂地了的。因为昨天在舅父家中，在宗泽的面前，陈白乘到一个不意而来的机会，得到了些于分不当的便利。士平先生那时看得分明，这时节，所以一定要士平先生见到，她才快乐。还有她要在那个周姓学生面前，使那怯懦的男子血燃烧起来，也必需使陈白受点窘。她这时却同那学生来说话了，她把一个戏剧作为讨论理由，尽这怯弱的心慢慢的接近到自己身边来，她一面欣赏到这男子为情欲而胡涂的姿态，一面又激动到士平先生。

为什么要激动士平先生？那是无理而又必需的游戏。因为这三天来萝皆同到这几个人在一处，萝在宗泽面前的沉默，是士平先生所知道的。士平先生的安详，说明了这人的恶意。他没有一句话嘲笑到萝，可是那沉默，却更明确的在解释到“一切皆知”的意思。

这一点她恨了士平先生，要报复才能快意。因为陈白为人虽然又骄傲又虚伪，如一只孔雀，可是他只知道炫耀自己，却不甚注意旁人。士平先生的谦虚里有理知的眼睛，看到的是人的一切丑处坏处，她的骄傲使她在士平先生受了损失，所以她在这时特别同那学生亲近。

这学生，在萝身上做的梦，是人类所不许可的夸张好梦。因为他早上给萝的信，以为已经为萝见到了，这时的萝就是为了答复那个信所施的行为。他想到一些荒唐事情，就全身颤栗不止。

到后，萝觉得把这几个男子各人分上应得的灾难和幸福已做到，她走了。她回到家里去时，见到宗泽坐在客厅里，想到先一时的事情，不觉脸红了。宗泽正拿着她一个照相在手里看得出神，还不知道萝已回家。

萝站在门边：“宗泽先生，对不起，我到ＸＸ学校去了。”

宗泽回过头来时手还没有把那个相放下，也不觉得难过，却说："这相照得真美，我看痴了，不知道萝小姐回来了。"

"来多久了吗？"

"大约有一点钟了。我特意来看你，因为你好像有使人不能离开你的力量。"

"当真吗？"

"你自己也早就相信这力量了。"

萝觉得有点不大好意思了："我实在缺少这自信。"

宗泽说："不应当缺少这自信。美是值得骄傲的，因为时间并不长久。"

"世间也还有比美更可贵的东西。"

"那是当然的。不过世界上并没有同样的美，所以一个人若是知道了自己的好处，却在浪费情形中糟蹋了它，那是罪过。"

…………

萝一面同宗泽说话，一面把从各处寄来的信裁看，北京两封，广东一封，本埠陈白一封，那周姓学生一封。先是不知道这信是谁寄来的，裁开后才明白就是那大学生的信，上面说了许多空话。许多越说越见胡涂的话，充满了忧郁，杂乱无章的引证了若干典故，又总是蒙眬不清。把信看过了，这被那学生在信上有五个不闻称呼的萝，欲笑也笑不下去。宗泽好像是不注意到这个的，竟似乎完全没有见到。萝心想，我应当要你注意一下，就把信递过去，说道：

"宗泽先生你看年青人做的事情。我真是为这种人难过。"

把信略略一看，就似乎完全明白了内容的宗泽，仍然是没有笑容。只静静的说："这是自然的，男子多数就在自己这类行为上做出蠢事。"

"你以为是蠢事吗？"萝虽然这样抗议，却又像是仅仅为得说这个话的也是男子的原故，不然是不会这说的。

"当然，也有些女人是承认这个并不是蠢事的！或者多数女人就正要这东西！不过现在的你，我却知道决不会以为他是聪明，这是我看得出的。"

"宗泽先生，你估计是不对的。"

“也许会有错误，就因为你是个好高的人，只为我说过了，才偏要去同情他。”

“……”萝没有话可说了，就笑着，表示这个话说中了。

宗泽又拿起那个信来，看那上面的典故，轻轻的读着。萝就代为解释的样子说道：

“全是读书太多了，一点不知道人情。”

“这不是知不知道的问题。”

“那你说是什么？”

“蠢的永远是蠢的，正如一块石头永远是石头一样。”

“宗泽先生，你这话我不大同意！”

“我们说话原本不是求人同意而说的。”

“可是我也这样说过了的。”

“那一定是的，因为说话是代表各人兴味。我相信有时你是用得着这一句话的。因为同你接近的人，都是善于说话的人。”

“你是说用这句话表示自己趣味的独在不是？”

“是挽救自己的错误！”

“那你也承认有错误了。”

“那是没有办法的。因为在你面前，一切人皆不免失去他的人格上的重心，所不同的，不过是这人教养年龄种种不同，所以程度也两样罢了。”

“宗泽先生，我想你这句话是一句笑话。”

“你并不以为是笑话。便听到我说这个，这时节即或以为是笑话，过后也仍然能够使你快乐。”

“我听过许多人的阿谀了。”

“你以为一个女人听过许多人的奉承，就会拒绝一句新的阿谀么？”

萝只把头摇晃，一时找不出话否认，她心想，“这是厉害的诡辩，又单纯，又深入，在这些人面前，装哑子倒有利益。”所以到后就干笑，让宗泽先生说话。

宗泽也沉默了。这个人，他知道萝是怯于在言语上有所争斗的，他过了一会，就问萝，预备什么时候离开这里到法国去。

萝说："法国我也不想去，这里我也不愿留。"

"你是厌倦了生活才说这个话。"

"包围到我身边的全是平常，琐碎，世故，虚伪，使我如何不厌倦?"

"但是你也欢喜从这种生活中，吸取你所需要的人生。"

"欢喜，欢喜，你以为你对我作的估计是很不错的，是不是?"

"不是。我并不估计过谁。我只观察，用言语说明我所见而已。"

"你以为我是平常任性使气的女子。"

"不是。"

"你以为我缺少男子的殷勤就不快乐。"

"不是。"

"你以为我……"

"疑心多，怎么会不厌倦生活?"

"宗泽先生，男子的疑心是比女子更大的!"

"但是男子他会自解。"

"这是聪明处。"

"可是若果这称赞中缺少恶意，我想我是无分受这称赞的。"

"你觉得你不同别的男子，是不是?"

"我自己是早就觉得了的，现在我倒想问你哩。"

"你比他们单纯一点。"

"这个批评是不错的。我就是因为单纯，做人感觉到许多方便。"

"可是也看人来。"

"可是在你面前，我看得出我的单纯很合用!"

"你能够这样清楚运用你的理知，真是可佩服的人。"

"有些人受人敬佩是并不快乐的，因为照例这是有一点儿讥笑意思。"

"也是的，我就不欢喜人对我加上不相称的尊敬。"

"但你是因为先知道了隐藏在尊敬后面，有阴谋存在的原故，你才拒绝它。"

“那你呢？不是一样么？”

“男子不会与女人一样，你分别得很清楚。昨晚上令舅父也谈到这个了。我有许多地方与令舅意见相合。我知道你是欢喜同舅父争持的，那因为一种习惯，却并不是主张。”

“舅父的见解若同宗泽先生完全相同，那我觉得是好笑的。”

“你的意见要改的。即或有意坚持，也不适用。”

“我不知道宗泽先生指的是革命还是别的意见？”

“革命吗？什么是革命？你以为陈白是革命吗？士平先生也是革命吗？……”

“我并不说这个话。可是舅父总还是绅士，不如他们……”

“这是你自己也缺少自信的话，因为你不愿意在这些人心情上综合分析一下，却不缺少兴味，把每一个人思想行为按照自己趣味分派到前进或落后方面去。你自己，则更少这勇气检察自己。”

“你是舅父一党了。”

“因为你舅父说你的长处同短处极对。”

…………

绅士回来了，见到宗泽很表示欢迎。三个人把话继续谈下去，宗泽在绅士面前又如在士平先生等面前一样，对于萝，仿佛离得很远很远了。

当晚上，萝与舅父谈话，宗泽先生的为人，是舅父有兴味谈到的一件事，萝告给舅父，说宗泽先生是舅父一党时，舅父似乎非常快乐。

萝回到卧室灯下，预备回一个信给那周姓学生，不知为甚原因，写了许久也没有把信写好。她只记起宗泽先生的一些言语，而这些言语，平时又像全是为自己生活一种工具，只有在那人面前时，才被他把这工具夺去，使自己显得空虚的。她检察她自己，为什么在此人面前始终是软弱的理由，才知道是这人并不像一般人的爱她，所以在被凌逼情形下，她是已经看到自己败在这人面前了。

九　一个不合理的败仗

宗泽在早上写来了一个信，是专人送来的，萝接到这个信时，还没有把信裁开，看到外面写的一个宗字，手就微微发抖。她似乎就知道这信里有些事情，是崭新的事情。她且不即看这个信的内容，先来从想象上找出宗泽留在印象里的一切。但没有结果，即刻她就嘲笑自己的错了。信是那么薄薄的，几几乎只有半张信笺写成的东西，她因此把信裁开了。信是不出所料的，里面有这样一些话。

萝，我爱了你。一切话是空的，一切话皆有人同你说到，所以我不必再说。

当我觉得我爱了你时，我就想，我应当告你，我不怕唐突你，且应当说：“我觉得你得嫁我。”因为这事情如此下去，是你和我的幸福。

你若把我当成其他男子一般，我后天就要走了。

你笑过说是莽汉的宗泽

真是一个希奇的信！信中还是那么单纯，那么粗卤到不近人情！可是第一次把信看过后，萝好像还不甚明白这意思，又重新看过一次，仍然不明白，到后她又看了一次。他要她嫁他，而且说得那样简单，比其他任何男子都勇迈直前。看过了这信好几次，先是大笑，再过一会，她沉在思索里去了。来信的一种不可抵抗的力，同这人留给萝的印象混合在一处，变成更逼人的情形了。

怎么回这个人的信呢？对面的男子是那么一个男子，完全不同别的男子性情相似，平时把热情蕴蓄在冷静里，到时又毫不显得柔弱畏缩，平素来最善于在男子弱点上把男子嘲笑的萝，到这时，才知道男子也有难于对付的时候了。信是什么费话也不说，一个空字也不写，就说到一件士平先生永远不敢提出，陈白也怕谈到的问题上来的。她并不爱他，可是他那言语逼得她不能说出口了。她自从一见到他，就似乎为这男子的一种魔力所征服，她强力振作也总是逃不了这个人了。她平时极其骄傲，在一切男子面前，她都有一种权利，使一切人皆低眉敛目。她在男子中，永远皆像有一种为天所赋给的特权，选择她所要的种种，却同时用近于恩惠的情形同那些人接近。可是从这个人方面她得到了些什么呢？先是冷淡如陌生，话也不欲多说，凡是一个男子在热情中必然的种种愚暗行为都没有见到。只三天，四天，却忽然提出了这问题！

她想到许多事情，许多人的脸孔同行为都在印象上一一复活起来。

她记起几日来所受的委屈，她想到这时是复仇的时候了。

她回了信，说得非常简单，说：

宗泽先生，你的希望失败了。要走你明天就可以走了吧。

她把信即刻就派人送到附近邮筒里去，事情做过后，她像是放心了，就躺到床上睡了。

…………

晚上陈白到宗泽处去，却看到萝在宗泽客厅里。陈白心中明白，力持镇静，做了一个微笑，望到萝，轻轻的说：

“萝，风吹了白杨以后，想不到走到这里来了。”

萝对陈白脸上搜索了一会，忽然说道：

“陈白，我告你一件事情，我明天要同一个人订婚了。”

陈白望到宗泽：“宗泽，你知道这个人是谁？”

宗泽说：“你当然知道是我，还故意装什么痴？”

陈白就极不自然的打着哈哈，走去握宗泽的手，且走到萝身边去，大声的笑着：“好极了，好极了，真是想不到的好事！”

萝摆脱了陈白，走到宗泽身边去，轻轻的说：“我说过知道他要这样，就真是这样！”两个人就也同样的笑了。

…………

“士平先生同那周姓学生，听到这消息时，怎么样？”陈白一面走进 X X 学校的校门时，一面就这样打算。他极狼狈出了宗泽的住处，渐渐的恢复了自己的本来意识，他这时却为了带着这消息，给士平先生，因为想到士平先生的神气发笑了。

——完——

虎雏

《虎雏》1932年1月由新中国书局初版。

原目：《中年》、《三三》、《虎雏》、《医生》、《黔小景》。

《三三》见第9卷《短篇选》。

其余诸篇据新中国书局初版本编入。

中　年

因为在北京ＸＸ大学里办事的一个朋友，来信寄给久蹴在上海的我，那来信上说的是：

> ……快来吧，你这个疑心重不知自爱的人，别担心到了北京会有什么不吉利事情。你来看看我们如何过日子，这就很可以给你开心了！你不高兴注意我们俗人，我为你预备得有一个好地方，去俗人同熟人都很远，白天同你作伴的是芦苇，晚上陪你谈话的是蛤蟆，还有……你别让我这学科学的人，为了形容一个住处还来费力描写，这天气本还不必令人出汗，可是我因为写这个信，手心已全是汗了。……你来吧，莫要我再写信好了！

我虽被上海方面人说到“很从容”的留在上海过日子，实际上人并不从容，我的表面生活沉静，心上却十分暴躁。因为任何人皆只见到我一个倦于生存的外表，所以任何人皆不知道我的心如何跳跃。久留在上海，我在糊涂中，也许终会做出一些朋友们认为很糊涂的事情。所以北京一方面来信要我去，上海一方面熟人就劝我走。都以为不妨到北京看看，到后另一个朋友且为我把钱筹好，把一切全预备好了。

因此我坐了两整天的火车，同一个据说是将军的人物，在一个车箱里谈了两整天的空话。车到了正阳门后，从正阳门站下车，白白的太阳还仍然像四年前我所见到的太阳，我跳上一辆多灰的洋车，这洋车向大车过处烟尘骤起的前门拱洞跑去。第四天，我就来到前次给我写信的那个朋友为我预备的空屋里住下了。

朋友夏君把我款待到这个幽僻无人的地方，真使我十分满意。这地方虽为学校安置了许多办事教书人，邻近我住处的却很少。他们住的是闹热地方，我这里，却同旁的屋子相去很远，独立在这宽大花园一角的。

我住的是一个亭子，这亭子据说原从圆明园搬移来的，刻镂极精细的白石亭基，古怪的撑柱横梁，可以使人想象到一些已成为精灵了的故事人物。亭子太大了，故已用白木板壁隔离成两间，我住的是左边的一间，右边却没有人。

亭子外边的景色，诚如朋友所说，是十分美的。芦苇同蛤蟆都在我眼底耳边，不久即完全熟习了。每到黄昏时，我把晚饭吃过后，就爬到亭子外栏杆上去，抱膝看天上的云，并且不久我就知道有两只灰鹤每天照例的休息地方，我知道我屋顶承簷柱上空隙处，有许多麻雀蹲到上面休息，我知道一个小小的黑影在空中晃过时，不是燕子却是一只蝙蝠。

芦苇在我面前展开，这时看来便如一个湖，风过时，偃伏成细碎而长条的波浪。我不是诗人，望到这个照例是无话可说的。亭子前面有一段缺少芦苇处，全是种有细秧的水田，日里只能见到白腹青羽的燕子，掠水贴地飞去，到了晚上，许多藏在芦苇里的水鸡，皆追逐出来了。朦胧里望到这些黑色小小东西的游戏，这几天又正是真珠梅开放的时节，坐在栏杆上的我，隐约嗅到花香，常常一坐下来就很久很久。

到这个地方来我的确安静多了。上海我住的是地当法租界电车总厂的要道，每日从早到晚我耳朵里都是隆隆的车声，作事总作不好，性情就变成特别容易生气的人了。这几日，上海大致更热了，如果我还留在上海，窗上的西晒使房子像一个甑子，我的文章一定是写不出的。如今我到了这里，每天总能很安静的作我所要作的事情，朋友来看望我时，见到我桌上的成绩，都觉得十分高兴。有时我们坐到栏杆上去谈天，谈到两人平生所经历的地方，谈到六月时清风的可爱，这亭子，实在就是园中一个最好迎受晚凉的亭子，朋友的科学态度，给我的印象，同到这亭子给我的浪漫情绪相纠结，我照例是要发笑的。这地方，使我的确安静多了。

不过，因为这地方是个幽僻无人的地方，我将在我的分上，见到一些关于年青男女觉得极新鲜的事情。这些事情到这里的二十天内，在黄昏里我一共就见过了五次。有两次我看到人家在我常坐的栏杆上接吻。有两次我看到一对人并肩坐在那栏杆上，或者已接过吻了，或者正在等候方便接吻。另外一次我看到一个女人，傍着在那里哭泣。那照例是我初从外边回来，又照例是这些年青人知道我不会在房里，才有这种事情发生的。到后我还是重新跑去，远远的跑到亭子背后松树编成的排道里去了。我将在那里散步，看黄昏里包围的天地，估计到两个人已应当分手时我才敢回去。

回去时，望到刚才有人坐处，我常常只能作苦笑，来到这里的女人，也许就正是一个生来最丑的女人，但同男子来到这无人地方，恰恰在这黄昏里，能够伴着所爱悦的人，默默的，把这一个微抖的嘴唇，贴到那一个微抖的嘴唇上去，两人什么也不说，只默默的拥抱，又默默的离开，这些事，是人生的诗。即或这女子同男子是两个如何卑俗的灵魂，他们到这里来所作的事情，还是像一首诗的。

想起这些情形时，我很觉得软弱了。因为我不是那种读诗的人，我的性情，我的习惯，都不能如一个老人那么冲澹温和，这“人生的诗”有时是很恼怒到我的。诗句已消失了，人已不见了，依约里有时还闻到一种余香，在无风的黄昏里散布。我有点难受了，便躺到床上去。可是不久我仍然又起来了。我仍然出去，坐到适间年青女人所坐处，静静的遐想一切，到后便使我笑起来了。一个中年人的情怀，心情上的小小罪孽，那不消说是常常存在意识里，而又常常要作一些希奇的估计，免不了使自己看来也很惊讶的。

我遇到这些时节，坐到那里常常比平时更久，忘了我晚上工作的时间，也忘了我其他事情。

因为这类事，并不为朋友所知道，所以朋友来时，有时带了一个新的同学过来，总问我：“在这里是不是觉得寂寞，觉得吓怕？”我照例将说：“这里不是使人寂寞的地方，我也并不觉得可怕。我是一个见过许多日头月亮的人，所以你们受不了的我总能忍受下去。”我说到这样话时，朋友听到的意义，却并不同我自己听到的意义一样，因为我这里还包含有一种秘密，这些能够明白“定性分析”或“社会学”或“英国国会之制度”一类学问的年青人，全不知道我这秘密的。

天气渐渐热了，在房中做事，也不大方便了，有时我便移了桌椅出去，茶壶茶杯同墨水瓶之类也得带出去。早上同下午，既不会有人来玩，我都觉得在外面做事，一面望到微风里的芦苇偃伏，一面写些什么时，比枯坐房中尽盘旋到一个故事为方便多了。有时我过ＸＸ去了，听差忘了为我把一切东西搬进屋里去，回来时，茶壶照例常常是干了的。在去ＸＸ学校的大路上，我总可以碰到一些ＸＸ大学的女人，我想象到我茶壶中的茶最后一滴干在谁个口里时，我便仿佛得到了说不分明的东西。也许用我的茶杯喝茶的人，正是那几个成天在园子里收拾花木的粗人，但我曾听到朋友说过，他有一个女同学，喝过亭子里的苦茶。我以为一定不止一个。在我处照料茶水的听差，见到我喝水好像特别喝得多，总得说“天气很热”。我从没有说那茶不是我一个人喝尽的，因为我不愿意他去洗那杯子。

让我从记事册里，检查一下日子，这一天是不是二十七。正是那一天，西山的日头沉到山后背去了，远望西山只剩一抹紫，天上填满了夜云，屋里的灯应当发光了，我因为想起一个可纪念的朋友，心中有点烦乱。晚饭业已吃过了，不知如何心上觉得十分狼狈。平常时节我在这样情形，正同一般故事上常常提到的中年人一样，我是要故意虐待我自己，勉强来工作的。寂寞了，我就作事，我有许多许多文章，就那么写成印好分散到国内各处去了。但另外一时节，心上纷乱了，我一件小事也作不下去，即呆在桌边也觉得无益，就各处跑去。我的住处外边是通西山的大道，历史上很有点名气的圆明园遗址又在附近不远，我毫无目的向任何方向走去，也不至于迷途。西郊附近的地方既是一片平原，当地小村落人家的狗又从不随便咬人，走夜路没有土匪也没有野狼，故我无目的底走了许久，有时不知不觉走了极远的路，到后觉得不行了，才向一个附近人家雇了一匹小驴回家，回到住处时，大门大致已掩上多时了。

那时我既不能作事，也不打量出去，只好躺在床上，静静的思索一切。从窗口望到外边黄昏的景色，望到为黄昏所侵蚀的亭子上纵横木梁，仿佛有些精灵在我身边。我想起一切人事哀乐的分野。

记起另一时在一个朋友家里吃酒，主人多喝了一杯，稍稍觉得过量了，这朋友拉了我的手，大声的教训我，告我说，他的未婚妻说过我是“永远寂寞的男子”，且说“即或同一个人做一些不规矩的事情，也仍然要想到另外一个事上去，而显得当前行为无聊的。”这人到后结了婚又离婚，那“一言中的”的女子，如今又嫁了一个人了。在我记忆里，却长有这样一个逗人动心的温暖的感觉。那女人的一句话成了我忧郁生活的粮食，我重复念到这一句话时，心中激动的十分厉害。这中年衰弱的心，不为当前生活而注意，却尽在想象中得失里而盘旋。但是，虽想到那些生命的过去，眼前使我心跳的事还是很多！

我的住处的屋外水阁，原是平常时节 X X 学生谈话最好的一处，绕屋的长廊，铺得是极整齐的方砖，这时节长廊一带的真珠梅，开放得正是十分动人，黄昏里，照例常有即或是从脚步声音同微微的气息里也知道是年轻的女人们，伴着她姊妹朋友，来到这地方。她们从窗外过身时，隐约苗条的身影，以及她们的笑谑，她们的低声谈话，都给我一种动摇，搅起我心上一些暖昧的不端庄的欲望。这些声音渐渐的远了，投在我心上所起的微波，也渐渐的平静了，注目到窗外的黄昏，我似乎得到了什么同时也失掉了什么。有时这些年青人立在我的窗外，坐到我作事的椅子上去，轻轻的谈着一切儿女们事情，或只适宜于两个人商量到的事情，在这情形下，我便重新记起了我朋友那个太太说及的一句话，我很沉郁，但我还仍然不惊动这些不速之客，仍然凝视到窗外的黄昏。我很羡慕这个黄昏里的一切，本来这黄昏，应当是一个能领略黄昏的人所占有的，但那时节我仿佛与黄昏无分。一只蝙蝠或一只蝶类，在我的纱窗上作声，听到窗外人为了小小惊讶说出的笑话，本来以为房里没有人的她们，其中一个正要回去了，就常常说，“好像有人在偷听我们的话，我们应当走了”的话时，我心中总十分感动。到后人就当真走了，我那时，很愿意打谁一掌，又仿佛被人打了一掌。

在给一个朋友的信里，我曾经说过那种意思的话：这世界有一些人在“生活”里“存在”，有一些人又在“想象”里“生活”。我自然应属于后面的一种人。坐到水阁前椅子上或栏杆上，与最知心的朋友，捏着手挨着身子，消受这平静美丽的黄昏的人走去了，我一个人便到适间有女人所在处，慢慢的散步来回的走着，把自己分成两个人，谈论到一切问题。我把那最美的词辩给我想象里的另一个人，我自己说的话，总是虽诚实却并不十分聪明的话。到后“我们”就坐下了，“我们”在黄昏里终于沉默了。到那时，我眼睛湿了。我向虚空微笑，向虚空点头，向虚空伸出瘦瘦的手儿，什么也没有捏到。一个大水鸟之类，振动翅膀在我头上飞过去，即刻又消失了，抬起头来搜寻那声音时，才知道天上已有了许多小小星子，正如比喻中女人的眼睛，凝视到我，也不害羞，也不旁瞬。

我这时躺在床上并不爬起，另一个日子里的黄昏使我出神。

已经夜了，应当使灯发亮了，我还得把一个短短的文章趁到夜里灯下来写完，好明早便可寄发出去。但我并不注意这件事，也不打量出去。我躺在床上，听到园外大路上有大车过身，慢慢的，钝重而闷人的，转动到那两个轮子，我想了好一会保留在我记忆里一切形象的马匹，那些马匹仿佛是我朋友一样，我们有一种真实的友谊。

这塌车到后远去了，于是听到廊的一端有人说话的声音。于是听到有两个人走路脚步的声音，这声音，由于习惯虽还隔得很远，我就明白是一对年青男女了。我知道他们所取的路线，一定要经过我的窗下。我算定他们见到这地方的僻静，要由于男子的提议，稍稍耽搁一会。这两人将在无意中为我带来一点喜悦，同时也带来一点忧愁。

长廊到了我的窗下，因为一个水阁的位置，忽然宽阔展开了。这两人不久就从窗下过身，到了水阁前面，那男的一个，如我可想象的神气，温柔的说：

“不要走了，到这里坐坐吧。”

女的轻轻的说：“这里有人住。”

虽这样说两人似乎仍然停下了。

两人似乎就并肩立在栏杆前面，眺望园中的暮景，沉默了很久时间。

到后什么话也不说，大约女的先走了，男的也跟着走去了。听到声音去远以后，我想爬起来在窗边望望。本来还打算到外面去坐坐，忽然又觉得这样一来便触着了别人的忌讳，也即刻中止了。

过了一会，听到又有了第二种脚步声音，在廊下方砖上响着，从声音上我知道这是一个男子的脚步。原来这是我的朋友，这人到了窗下，想从纱窗里瞧望里面，看我是不是留在房里。因为无灯望不分明，就试着问我在不在里面。问了两声我还是静静的躺在床上，默不作答，这朋友到后就又向回路上走去了。

我正觉得我作的事不甚得体，想起来去追回那个朋友，又听到廊下另一端有了声音。我明白是先前那两个人。大约先一时因为恐怕我在房中，所以走到长廊尽头小亭子坐下，到后见到这里有人喊问，也不见屋中有人答应，以为我一定不在住处，所以又同女人来到窗外水阁前面了。

我听到这两个人坐到栏杆上，那个女的把鞋后跟敲着柱子，剥剥的响着。坐了许久，才听到男的说话，男的说了，女的也说，他们似乎在讨论到另一个人另一回事。

说些什么话我先还没有听得清楚，但久了一点，我才知道他们是讨论他们自己，也正如一般人那么在不甚习熟的情人面前，因为谁也没有即刻敢放肆的用那个微抖的嘴唇贴近另一个嘴唇的勇气，所以他们使用一些两人皆知道是废话的言语，支持到这当前不变的形式。他们把言语稍稍加重一点时，我便听到男的说，他自己近来“重了三磅”，女的说医生劝她“吃盐”。这分明全是空话，两人皆非常明白，因为这暮色笼罩一切，这平静美丽的黄昏，不是说盐说肉的时节！到后两人果然沉默了。再过了一会儿时节，我仿佛就听到有些声音，仿佛两人之间有了些小小争持。

这两人之间，一定发生了一种沉默的战争，譬如一只手想悄悄的搂着一样东西，那另外一只手便抗拒着，一个头想渐渐的并拢到那一个头，头也可以扭着偏着。或者这战争不是一只手的事，各人将使用两只手，各人皆脸儿发烧心儿急跳。

我打量爬起来看看，自然是办不到的，只躺在床上，猜想这战争的结局。我想到女的一定退到柱旁去，先是用手抵拒到一件新的事情，到后手便在意料以内情形下失败了，到后那男的两手，占领了应占领的地方，把女人的腰如一根带子围定，两张灼热的口搜寻到后便合拢去了。这估计，使我全身发抖，然而事实却正如我所估计，我听到嘴唇分离的声音，听到女的轻轻的一个叹息，听到那男子作每一个男子在这情形皆得作到的说明。那男子说：

“ＸＸ，我先是站在天堂的门边，如今又到过天堂的里面了。”

女的似乎什么也没有说的，只数着自己心儿的跳跃。或者她想起的是这一个天堂的事，或者她还想起另外一个她自己也还不曾到过的天堂。

男的又说：“我幸福得想哭了，信我说的话，我保留到这个平生最美的印象，一定同我生命一样长，一样久。”

女的说：“我不相信，你们的口能欺侮人也能谎人。”

“我向你赌咒。我可以……”

“照例又都会赌咒发誓！”

重新起了战争，两人默默的，在我想象里所估计的情形下沉默了。大致长久的拥抱中，一只手的形势，是不是甘于维持在既得的现状下，我是不甚明白的。我猜想那些有教育的人，为了“好奇”，在一种方便中，他一定要用手旅行到一个新的地方去。他一定为一些新的发现所惊奇，也正如那个女子为了一些新的行为而害羞一样。仍然是手与手的抵拒，仍然是抵拒而投降了，我重复听到那个女子低低的一声叹息。

只仿佛听到男子说：“我手如今镀了金。”

我的心，我的一切官觉，皆为这一个分量沉重的事情而压迫着。

人事的雷雨过去以后，我到后听到两人低低的笑了。

ＸＸ学校的大钟响了几下，两人沉默的从长廊走去了，我数着那个女子的鞋底声音，我似乎跟着他们出了□园的大门，我似乎在路旁的电灯下，望到一个秀美苍白的脸子。我似乎听到那个女子在心上计算到自己的行为，把自己的身子，紧傍着那另一个男子。

好久好久我才爬起身来，开了门走出去，傍着那亭柱，站了半天不动。望到深蓝的天空，嵌满了小小星子，我似乎读了一首以人生作题材的诗，这诗的内容，保留到我记忆里，永远不能消失，也永远使我想到这诗的某一章，在脸上作着苦笑。

第二天，听差扫地时，拿了一条小小绸巾来，问是不是我掉下的。我说不是，听差便说一定是昨天女先生们玩时掉下的了，便预备拿回去，但我又把听差叫回来，告他手巾是我的。

听差好像看透了我心上的事，又好像以为正因为他猜准了我的心事，怕我生他的气，故告给我这手巾是在廊下拾起的。他见我不作声，俨然我的墨水瓶即刻就要抛掷到他头上去了，就忙把手巾放到桌上，忙退出去了。

望到手巾好像如露水湿透了的样子，我说："你倒一点水来吧，我有用处。"

水来后，本为预备把这手巾洗洗，到后却又想起了什么事情，不愿意洗了。

朋友□君来谈天，当笑话似的，说我黄昏时节，如到外边去跑跑，则这个地方，会有年青人赏识它的幽僻无人，作一些新鲜事情。我记到昨天的事，同另外那一条收藏在箱子里的手巾，我不愿理会我那个朋友的疯话，只坐到栏杆上去，要朋友告我这时芦苇里树林里有多少种鸟声。

我心想，这个五月结束，六月还刚开始！过了一会，忽然问朋友，到暑假时，是不是有许多年青男女学生都得回去，朋友大致这时正在考虑到一种黄昏里叫得动人的雀儿，想明白这鸣声同它的性生活有何等关系，所以就回答我说：

"凡是大声的叫，如杜鹃播谷一类，它的伴侣一定同它隔得很远。"

我说："我问你的是人，不是鸟。"

朋友还是不明白，就说："人自然不同。人并不叫，因为比鸟进步多了。"

听到朋友这答非所问的错误处，我只能皱了眉头望那博学朋友，什么话也不说了。

朋友走后我躺到床上去，等候黄昏的重来，黄昏终于又悄悄的来了。

上海关心到我生活的人，来信问，是不是人到了北京好一点？回信却说，很愿意再回上海。

廿年六月廿一写于北京西郊十月改于青岛

本篇发表于《新月》第3卷第10期（原刊未标明出版时间）。署名沈从文。这是作者以《中年》为篇名的作品之一。

虎　雏

我那个做军官的六弟上年到上海时，带来了一个勤务兵，见面之下就同我十分谈得来，因为我从他口上打听出了多少事情，全是我想明白终无法可以明白的。六弟到南京去同政府接洽事情时，就把他丢在我的住处。这小兵使我十分中意，我到外边去玩玩时，也常常带他一起去，人家不知道的，都以为这就是我的弟弟，有些人还说他很像我的样子。我不拘把他带到什么地方去，见到的人总觉得这小兵不坏。其实这小孩真是体面得出众的。一副微黑的长长的脸孔，一条直直的鼻子，一对秀气中含威风的眉毛，两个大而灵活的眼睛，都生得非常合式，比我六弟品貌还出色。

这小兵乖巧得很，气派又极伟大，他还认识一些字，能够看《建国大纲》，能够看《三国演义》。我的六弟到南京把事办完要回湖南军队里去销差时，我就带开玩笑似的说：

“军官，咱们俩商量一下，把你这个年轻的当差的留下给我，我来培养他，他会成就一些事业。你瞧他那样子，是还值得好好儿来料理一下的！”

六弟先不大明白我的意思，就说我不应当用一个副兵，因为多一个人就多一种累赘。并且他知道我脾气不好，今天欢喜的自然很有趣味，明天遇到不高兴时，送这小子回湘可不容易。

他不知道我意思是要留他的副兵在上海读书的，所以说我不应当多一个累赘。

我说：“我不配用一个副兵，是不是？我不是要他穿军服，我又不是军官，用不着这排场！我要他穿的是学校的制服，使他读点书。”我还说及“倘若机会使这小子傍到一个好学堂，我敢断定他将来的成就比我们弟兄高明。我以为我所估计的绝不会有什么差错，因为这小兵决不会永远做小兵的。可是我又见过许多人，机会只许他当一个兵，他就一辈子当兵，也无法翻身。如今我意思就在另外给这小兵一种机会，使他在一个好运气里，得到他适当的发展。我认为我是这小兵的温室。”

我的六弟听到了我这种意见，他觉得十分好笑，大声的笑着。

“你在害他!”他很认真的样子说：“你以为那是培养他，其中还有你一番好意值得感谢，你以为他读十年书就可以成一个名人，这真是做梦！你一定问过他了，他当然答应你说这是很好的。这个人不止是外表可以使你满意，他的另外一方面做人处，也自然可以逗你欢喜。可是你试当真把他关到学校里去看看，你就可以明白一个作了一阵勤务兵到野蛮地方长大的人，是不是还可以读书了。你这时告他读书是一件好事，同时你又引他去见那些大学教授以及那些名人，你口上即不说这是读书的结果，他仍然知道这些人因为读书才那么舒服尊贵的。我听到他告我，你把他带到那些绅士的家中去，坐在软椅上，大家很亲热和气的谈着话，又到学校去，看看那些大学生，走路昂昂作态，仿佛家养的公鸡，穿的衣服又有各种样子，他实在也很羡慕。但是他正像你看军人一样，就只看到表面。你不是常常还说想去当兵吗？好，你何妨去试试？我介绍你到一个队伍里去试试，看看我们的生活，是不是如你所想象的美，以及旁人所说及的坏。你欢喜谈到，你去详细生活一阵好了。等你到了那里拖一月两月，你才明白我们现在的队伍，是些什么生活。平常人用自己物质爱憎与自己道德观念作标准，批评到与他们生活完全不同的军人，没有一个人说得较对。你是退伍的人，十年来什么也变迁了，你如今再去看看，你就不会再写那种从容疏放的军人生活回忆了。战争使人类的灵魂野蛮粗糙，你能说这句话却并不懂他的意思。”

我原来同我六弟说的，是把他的小兵留下来读书的事，谁知平时说话不多的他，就有了那么多空话可说。他的话中意思，有笑我是书生的神气。我因为那时正很有一点自信，以为环境可以变更任何人性，且有点觉得六弟的话近于武断了。我问他当了兵的人就不适宜于进一个学校去的理由，是些什么事，有些什么例子。

六弟说：“二哥，我知道你话里意思有你自己。你正在想用你自己作辩护，以为一个兵士并不较之一个学生为更无希望。因为你是一个兵士。你莫多心，我不是想取笑你，你不是很有些地方觉得出众吗？也不只是你自己觉得如此，你自己或许还明白你不会做一个好军人，也不会成一个好艺术家。（你自己还承认过不能做一个好公民，你原是很有自知之明！）人家不知道你时，人家却异口同声称赞过你！你在这情形下虽没有什么得意，可是你却有了一种不甚正确的见解，以为一个兵士同一个平常人有同样的灵魂这一件事情。我要纠正这个，你这是完全错误了的。平常人除了读过几本书学得一些礼貌和虚伪外，什么也不会明白，他当然不会理解这类事情。但是你不应当那么糊涂。这完全是两种世界两种阶级，把它牵强混合起来，并不是一个公平的道理！你只会做梦，打算一篇文章如何下手，却不能估计一件事情。”

“你不要说我什么，我不承认的。”我自然得分辩，不能为一个军官说输。“我过去同你说到过了，我在你们生活里，不按到一个地方好好儿的习惯，好好儿的当一个下级军官，慢慢的再图上进，已经算是落伍了的军人。再到后来，逃到另外一个方向上来，又仍然不能服从规矩，于目下的习俗谋妥协，现在成为不文不武的人，自然还是落伍。我自己失败，我明白是我的性格所成，我有一个诗人的气质，却是一个军人的派头，所以到军队人家嫌我懦弱，好胡思乱想，想那些远处，打算那些空事情，分析那些同我在一处的人的性情，同他们身分不合。到读书人里头，人家又嫌我粗率，做事麻胡[1]，行为简单得怕人，与他们身分仍然不合。在两方面皆得不到好处，因此毫无长进，对生活且觉得毫无意义。这是因为我的体质方面的弱点，那当然是毫无办法的。至于这小副兵，我倒不相信他仍然像我这样子。”

“你不希望他像你，你以为他可以像谁？还有就是他当然也不会像你。他若当真同你一样，是一个只会做梦不求实际，只会想象不要生活的人，他这时跟了我回去，机会只许他当兵，他将来还自然会做一个诗人。因为一个人的气质虽由于环境造成，他还是将因为另外一种气质反抗他的环境，可以另外走出一条道路。若是他自己不觉到要读书，正如其他人一样，许多人从大学校出来，还是做不出什么事业来。”

“我不同你说这种道理，我只觉得与其把这小子当兵，不如拿来读书，他是家中舍弃了的人，把他留在这里，送到我们熟人办的那个ＸＸ中学校去，又不花钱，又不费事，这事何乐不为。”

我的六弟好像就无话可说了，问我ＸＸ中学要几年毕业。我说，还不是同别的中学一个样子，六年就可以毕业吗？六弟又笑了，摇着那个有军人风的脑袋。

“六年毕业，你们看来很短，是不是？因为你说你写小说至少也要写十年才有希望，你们看日子都是这样随便，这一点就证明你不是军人，若是军人，他将只能说六个月的。六年的时间，你不过使这小子从一个平常中学卒业，出了学校找一个小事做，还得熟人来介绍，到书铺去当校对，资格还发生问题。可是在我们那边，你知道六年的时间，会使世界变成什么样子没有？一个学生在六年内还只有到大学的资格，一个兵士在六年内却可以升到团长，这个事比较起来，相差得可太远了。生长在上海，家里父兄靠了外国商人供养，做一点小小事情，慢慢的向上爬去，十年八年因为业务上谨慎，得到了外国资本家的信托，把生活举起，机会一来就可以发财，儿子在大学毕业，就又到洋行去做写字，这是上海洋奴的人生观。另外不作外国商人的奴隶，不作官，宁愿用自己所学去教书，自然也还有人。但是你若没有依傍，到什么地方去找书教。你一个中学校出身的人，除了小学还可以教什么书？本地小学教员比兵士收入不会超过一倍，一个稍有作为的兵士，对于生活改变的机会，却比一个小学教员多十倍；若是这两件事平平的放在一处，你意思选择什么？”

我说：“你意思以为六年内你的副兵可以做一个军官，是不是？”

“我的意思只以为他不宜读书。因为你还不宜于同读书人在一处谋生活，他自然更不适当了。”

我还想对于这件事有所争论，六弟却明白我的意思，他就抢着说：“你若认为你是对的，我尽你试验一下，尽事实来使你得到一个真理。”

本来听了他说的一些话，我把这小子改造的趣味已经减去一半了，但这时好像故意要同这一位军官闹气似的，我说：“把他交给我再说。我要他从国内最好的一个大学毕业，才算是我的主张成功。”

六弟笑着，“你要这样麻烦你自己，我也不好意思坚持了。”

我们算是把事情商量定局了，六弟三天即将回返湖南，等他走后我就预备为这未来的学士，找朋友补习数学和一切必需学问，我自己还预备每天花一点钟来教他国文，花一点钟替他改正卷子。那时是十月，两月后我算定他就可以到 X X 中学去读书了。我觉得我在这小兵身上，当真会做出一分事业来，因为这一块原料是使人不能否认可以治成一件值价的东西的。

我另外又单独的和这个小兵谈及，问他是不是愿意不回去，就留在这里读书，他欢喜的样子是我描摹不来的。他告我不愿意做将军，愿意做一个有知识的平民。他还就题发挥了一些意见，我认为意见虽不高明，气概却极难得的。到后我把我们的谈话同六弟说及，六弟总是觉得好笑，我以为这是六弟军人顽固自信的脾气，所以不愿意同他分辩什么。

过了三天，三天中这小副兵真像我的最好的兄弟，我真不大相信有那么聪颖懂事的人。他那种识大体处，不拘为什么人看到时，我相信都得找几句话来加以赞美才会觉得不辜负这小子。

我不管六弟样子怎么冷落，却不去看他那颜色，只顾为我的小友打算一切。我六弟给过了我一百块钱，我那时在另外一个地方，又正得到几十块钱稿费，一时没有用去，我就带了他到街上去，为他看应用东西。我们又到另一处去看中了一张小床，在别的店铺又看中其他许多东西。他说他不欢喜穿长衣，那个太累赘了一点，我就为他定了一套短短黑呢中山服，制了一件粗毛呢大衣。他说小孩子穿方头皮鞋合式一点，我就为他定制了一双方头皮鞋。我们各处看了半天，估计一切制备齐全，所有钱已用去一半，我还好像不够的样子，倒是他说不应当那么用钱，我们两个人才转回住处。我预备把他收拾得像一个王子，因为他值得那么注意。我预备此后要使他天才同年龄一齐发展，心里想到了这小子二十岁时，一定就成为世界上一个理想中的完人。他一定会音乐和图画，不擅长的也一定极其理解。他一定对于文学有极深的趣味，对于科学又有极完全的知识。他一定坚毅诚实，又一定健康高尚。他不拘做什么事都不怕失败，在女人方面，他的成功也必然如其他生活一样。他的品貌与他的德行相称，使同他接近的人都觉得十分爱敬。……

不要笑我，我原是一个极善于在一个小事情上做梦的人，那个头顶牛奶心想二十年后成家立业的人是我所心折的一个知己，我小时听到这样一个故事，听人说到他的牛奶泼在地上时，大半天还是为他惆怅。如今我的梦，自然已经早为另一件事破灭了。可是当时我自己是忘记了我的奢侈夸大想象的，我在那个小兵身上做了二十年梦，我还把二十年后的梦境也放肆的经验到了。我想到这小子由于我的力量，成就了一个世界上最完全最可爱的男子，还因为我的帮助，得到一个恰恰与他身分相称的女子作伴，我在这一对男女身边，由于他人的幸福，居然能够极其从容的活到这世界上。那时我应当已经有了五十多岁，我感到生活的完全，因为那是我的一件事业，一种成功。

到后只差一天六弟就要回转湖南销差去了，我们三人到一个照相馆里去拍了一个照相。把相照过后，我们三人就到ＸＸ戏院去看戏，那时时候还不到，故就转到ＸＸ园里去玩。在园里树林子中落叶上走着，走到一株白杨树边，就问我的小朋友，爬不爬得上去，他说爬得上去。走了一会，又到一株合抱大枫树边，问这个爬不爬得上去，他又说爬得上去。一面走就一面这样说话，他的回答全很使我满意。六弟却独在前面走着，我明白他觉得我们的谈话是很好笑的。到后听到枪声，知道那边正有人打靶，六弟很高兴的走过去，我们也跟了过去，远远的看那些人伏在一堵土堆后面，向那大土堆的白色目标射击，我问他是不是放过枪，这小子只向着六弟笑，不敢回答。

我说："不许说谎，是不是亲自打过？"

“打过一次。”

“打过什么？”

这小子又向着六弟微笑，不敢回答。

六弟就说：“不好意思说了吗？二哥你看起他那样子老实温和，才真是小土匪！为他的事我们到ＸＸ差一点儿出了命案。这样小小的人，一拳也经不起，到ＸＸ去还要同别的人打架，把我手枪偷出去，预备同人家拼命，若不是气运，差一点就把一个岳云学生肚子打通了。到汉口时我检查枪，问他为什么少了一颗子弹，他才告我在长沙同一个人打架用了的。我问他为什么敢拿枪去打人，他说人家骂了他丑话，又打不过别人，所以想一枪打死那个人。”

六弟觉得无味的事，我却觉得更有趣味，我揪着那小子的短头发，使他脸望着我，不好躲避，我就说，“你真是英雄，有胆量。我想问你，那个人比你大多少？怎么就会想打死他？”

“他大我三岁，是岳云中学的学生，我同参谋在长沙住在ＸＸ，六月里我成天同一个军事班的学生去湘河洗澡，在河里洗澡，他因为泅水比我慢了一点，和他的同学，用长沙话骂我屁股比别人的白，我空手打不过他，所以我想打死了他。”

“那以后怎么又不打死他？”

“打了一枪不中，子弹揹了膛，我怕他们捉我，所以就走脱了。”

六弟说：“这种性情只好去当土匪，半年就可以做大王。”

我说：“我不承认你这句话。他的胆量使他可以做大王，也就可以使他做别的伟大事业。你小时也是这样的。同人到外边去打架胡闹，被人用铁拳星打破了头，流满了一脸的血，说是不许哭，你就不哭，你所以现在做军官，也不失为一个好军人。若是像我那么不中用，小时候被人欺侮了，不能报仇，就坐在草地上去想，怎么样就学会了剑仙使剑的方法，飞剑去杀那个仇人，或者想自己如何做了官，派家将揪着仇人到衙门来打他一千板屁股，出出这一口气。单是这样空想，有什么用处？一个人越善于空想，也就越近于无用，我就是一个最好的榜样。”

六弟说：“那你的脾气也不是不好的脾气，你就是因为这种天赋的弱点，成就了你另外一个天赋的长处。若是成天都想摸了手枪出去打人，你还有什么创作可写。”

“但是你也知道多少文章就是多少委屈。”

“好，我汉口那把手枪就送给你，要他为你收着，从此有什么被人欺侮的事，就要这个小英雄去替你报仇好了。”

六弟说得我们大家都笑了。我向小兵说，假若有一把手枪，将来我讨厌什么人时，要你为我去打死他们，敢不敢去动手？他望了我笑着，略略有点害羞，毅然的说“敢。”我很相信他的话，他那态度是诚恳天真，使人不能不相信的。

我自然是用不着这样一个镖客喔！因为始终我就没有一个仇人值得去打一枪。有些人见我十分沉静，不大谈长道短，间或在别的事上造我一点谣言，正如走到街上被不相识的狗叫了一阵的样子，原因是我不大理会他们，若是稍稍给他们一点好处，也就不至于吃惊受吓了。又有些自己以为读了很多书的人，他不明白我，看我不起，那也是平常的事。至于女人都不欢喜我，其实就是我把逗女人高兴的地方都太疏忽了一点，若我觉得是一种仇恨，那报仇的方法，倒还得另外打算，更用不着镖客的手枪了。

不过我身边有了那么一个勇敢如小狮子的伙伴，我一定从此也要强干一点，这是我顶得意的。我的气质即或不能许我行为强梁，我的想象却一定因为身边的小伴，可以野蛮放肆一点。他的气概给了我一种气力，这气力是永远还能存在而不容易消灭的。

那天我们看的电影是《神童传》，说一个孤儿如何奋斗成就一生事业。

第二天，六弟就动身回湖南去了。因六弟坐飞机去，我们送他到飞机场，六弟见我那种高兴的神气，不好意思说什么扫兴的话批评到小兵，他当到小兵告我，若是觉得不能带他过日子时，就送到南京师部办事处去，因为那边常有人回湖南，他就仍然可以回去。六弟那副坚决冷静的样子，使我感到十分不平，我就说：

“我等到你后来看他的成就，希望你不要再用你的军官身分看待他！”

“那自然是好的。你自信能成就他，恐怕的是他不能由你的造就。你就留下他过几个月看看吧。”

我纠正他的前面一句话大声的说：“过几年。”

六弟忙说：“好，过几年，一件事你能过几年不变，我自然也高兴极了。”

时间已到，六弟坐到飞机客座里去，不一会这飞机就开走了，我们待飞机完全不见时方回家来。回来时我总记到六弟那种与我意见截然相反的神气，觉得非常不平，以为六弟真是一个军人，看事情都简单得怕人，自信成见极深，有些地方真似乎顽固得很。我因为六弟说的话放在心上，便觉得更想耐烦来整顿我这个小兵，我也就想用事实来打破六弟的成见，我以为三年后暑假带这小兵回乡时，将让一切人为我处理这小孩子的成绩惊讶不已。

六弟走后我们预定的新生活便开始了，看看小兵的样子，许多地方聪明处还超过了我的估计，读书写字都极其高兴，过了四天，数学教员也找到了，教数学的还是一个大学教授！这大教授一到我处，见到这小兵正在读书，他就十分满意，他说：“这小朋友我很爱他，真是一个笑话。”我说：“那就妙极了，他正在预备考ＸＸ中学，你大教授权且来尽义务充一个小学教员，教他乘法除法同分数吧。”这大教授当时毫不迟疑就答应了。

许多朋友都知道我家中有一个小天才的事情了，凡是来到我住处玩的，总到亭子间小朋友处去谈谈。同了他玩过一点钟的，无一人不觉得他可爱，无一人不觉得这小子将来成就会超过自己。我的朋友音乐家ＸＸ，就主张这小朋友学提琴，他愿意每天从公共租界极北跑来教他。我的朋友诗人ＸＸ，又觉得这小孩应当成一个诗人。还有一个工程学教授宋先生，他的意见却劝我送小孩子到一个极严格的中学校去，将来卒业若升入北洋大学时，则他愿意帮助他三年学费。还有一个律师，一个很风趣的人，他说，“为了你将来所有作品版税问题，你得让他成一个有名的律师，才有生活保障。”

大家都愿意这小朋友成为自己的同志，且因这个原故，他们各个还向我解释过许多理由。为什么我的熟人都那么欢喜这小兵，当时我还不大明白，现在才清楚，那全是这小兵有一个迷人的外表。这小兵，确实是太体面一点了。我的自信，我的梦，也就全是为那个外表所骗而成的!

这小兵进步是很快的，一切都似乎比我预料得还顺利一点，我看到我的计画，在别人方面的成功，感到十分快乐。为了要出其不意使六弟大吃一惊，目前却不将消息告给六弟。为这小兵读书的原因，本来生活不大遵守秩序的我，也渐渐找出秩序来了。我对于生活本来没有趣味，为了他的进步，我像做父亲的人在佳子弟面前，也觉得生活还值得努力了。

每天我在我房中做事情，他也在他那间小房中做事情，到吃饭时就一同往隔壁一个外国妇人开的俄菜馆吃牛肉汤同牛排。清早上有时到ＸＸ花园去玩，有时就在马路沿走走。晚上饭后应当休息一会儿时节，不是我为他学西北绥远包头的故事，就是学东北的故事。有时由他说，则他可以告我近年来随同六弟到各处剿匪的事情，他用一种诚实动人的湘西人土话，说到六弟的胆量。说到六弟的马。说到在什么河边滩上用盒子枪打匪，他如何伏在一堆石子后面，如何船上失了火，如何满河的红光。又说到在什么洞里，搜索残匪，用烟子薰洞，结果得到每只有三斤多重的白老鼠一共有十七只，这鼠皮近来还留在参谋家里。又说到名字叫作“三五八”的一个苗匪大王，如何勇敢重交情，不随意抢劫本乡人。凡事由于这小兵说来，搀入他自己的观念，仿佛在这些故事的重述上，见到一个小小的灵魂，放着一种奇异的光，我在这类情形中，照例总是沉默到一种幽杳的思考里，什么话也没有可说。因这小朋友观念、感想、兴味的对照，我才觉得我已经像一个老人：再不能同他一个样子了。这小兵的人格，使我在反省中十分忧郁，我在他这种年龄上时，却除了逃学胡闹或和了一些小流氓蹲在土地上掷骰子赌博以外，什么也不知道注意的。到后我便和他取了同样的步骤，在军队里做小兵，极荒唐的接近了人生。但我的放荡的积习，使我在作书记时，只有一件单汗衣，因为自己一洗以后即刻落下了行雨，到下楼吃饭时还没有干，不好意思赤膊到楼下去同副官们吃饭，我就饿过一顿饭。如今这小兵，却俨然用不着人照料也能够站起来成一个人。因为小兵的人格，想起我的过去，以及为过去积习影响到的现在，我不免感觉到十分难过。

日子从容的过去，一会儿就有了一个月，小兵同我住在一处，一切都习惯了，有时我没有出门，要他到什么地方去看看信，也居然做得很好。有时数学教员不能来，他就自己到先生那里去。时间一久，有些性质在我先时看来，认为是太粗鲁了一点的，到后也都没有了。

有一天，我得到我的六弟由长沙来的一个信，信上说着：

> ……二哥，你的计画成功了没有？你的兴味还如先前那样浓厚没有？照我的猜想，你一定是早已觉得失败了。我同你说到过的，“几个月”你会觉得厌烦，你却说“几年”也不厌烦，我知道你这是一句激出来的话，你从我的冷静里，看出我不相信你能始终其事，你样子是非常生气的。可是你到这时一定意见稍稍不同了。我说这个时，我知道，你为了骄傲，为了故意否认我的见解，你将仍然能够很耐烦的管教我们的小兵，你一定不愿意你做的事失败。但是，明明白白这对你却是很苦的，如今已经快到两个月了，你实在已经够受了，当初小孩子的劣点以及不适宜于读书的根性，倘若当初是因为他那迷人的美使你原谅疏忽，到如今，他一定使你渐渐的讨厌了。
>
> ……我希望你不要太麻烦自己。你莫同我争执，莫因拥护你那做诗人的见解，在失败以后还不愿意认账。我知道你的脾气，因为我们为这件事讨论过一阵，所以你这时还不愿意把小兵送回来，也不告我关于你们的近状。可是我明白，你是要在这小子身上创造一种人格，你以为由于你的照料，由于你的教育，可以使他成一个好人。但是这是一种夸大的梦，永远无从实现的。你可以影响一些人，使一些人信仰你，服从你，这个我并不否认的。但你并不能使那个小兵成好人。你同他在一处，在他是不相宜的，在你也极不相宜。我这时说这个话时也许仍然还早了一点，可是我比你懂那个小兵，他跟了我两年，我知道他是什么材料。他最好还是回来，明年我当送他到军官预备学校去，这小子顶好的气运，就是在军队中受一种最严格的训练，他才有用处，才有希望。

……你不要以为我说的话近于武断，我其实毫无偏见。现在有个同事王营长到南京来，他一定还得到上海来看看你，你莫反对我这诚实的提议，还是把小兵交给那个王同事带回去。两个月来我知道你为他用了很多的钱，这是小事，最使我难过的，还是你在这个小兵身上，关于精神方面损失得很多，将来出了什么事，一定更有给你烦恼处。

……你觉得自信并不因这一次事情的失败而减去，我同你说一句笑话，你还是想法子结婚。自己的小孩，或者可以由自己意思改造，或者等我明年结婚后，有了小孩，半岁左右就送给你，由你来教养培植。我很相信你对小孩教育的认真，一定可以使小孩子健康和聪敏，但一个有了民族积习稍长一点的孩子，同你在一块，会发生许多纠纷。

…………

六弟的信还是那么军人气度，总以为我是失败了，而在斗气情形下勉强同他的小兵过日子的。尤其他说到那个“民族”积习，使我很觉得不平。我很不舒服，所以还想若果姓王的过两天来找寻我时，我将不会见他。

过了三天，我同小兵出外到一个朋友家中去，看从法国寄回来的雕刻照片，返身时，二房东说有一个军官找我，坐了一会留下一个字条就走了。看那个字条，才知道来的就是姓王的，先是六弟只说同事王营长，如今才知道六弟这个同事，却是我十多年前的同学。我同他在本乡军士技术班做学生时，两个人成天皆从家中各扛了一根竹子，预备到学校去练习撑篙跳，我们两个人年纪都极小，每天穿灰衣着草鞋扛了两根竹子在街上乱撞，出城时，守城兵总开玩笑叫我们做小猴子，故意拦阻说是小孩子不许扛竹子进出，恐怕戳坏他人的眼睛。这王军官非常狡猾，就故意把竹子横到城门边，大声的嚷着说是守城兵抢了他的撑篙跳的杆儿。想不到这人如今居然做营长了。

为了我还想去看看我这个同学，追问他撑篙跳进步了多少，还想问他，是不是还用得着一根腰带捆着身上，到沙里去翻筋斗。一面我还想带了小兵给他看看，等他回去见到六弟时，使六弟无话可说，故当天晚上，我们在大中华饭店就见面了。

见到后一谈，我们提到那竹子的事情，王军官说：

“二爷，你那个本领如今倒精细许多了，你瞧你把一丈长的竹子，缩短到五寸，成天拿了他在纸上画，真亏你！”

我说：“你那一根呢？”

他说：“我的吗？也缩短了，可是缩短成两尺长的一枝笛子。我近来倒很会吹笛子。”

我明白他说的意思，因为这人脸上瘦瘦白白的，我已猜到他是吃大烟了。我笑着装作不甚明白的神气，“吹笛子倒不坏，我们小时都只想偷道士的笛子吹，可是到手了也仍然发不成声音来。”

军官以为我愚騃，领会不到他所指的笛子是什么东西，就极其好笑。“不要说笛子吧，吹上了瘾真是讨厌的事！”

我说：“你难道会吃烟了吗？”

“这算奇怪的事吗？这有什么会不会？这个比我们俩在沙坑前跳三尺六容易多了。不过这些事倒是让人一着较好，所以我还在可有可无之间，好像唱戏的客串，算不得脚色。”

“那么，我们那一班学撑篙跳的同学，都把那竹子截短了。”

“自然也有用不着这一手的，不过习惯实在不大好，许多拿笔的也拿‘枪’，无从编遣。”

说到这里我们记起了那个小兵了，他正站在窗边望街，王军官说：

“小鬼头，你样子真全变了，你参谋怕你在上海捣乱，累了二先生，要你跟我回去，你是想做博士，还想做军官？”

小兵说：“我不回去。”

“你跟了二先生这么一点日子，就学斯文得没有用处了。你引我的三多到外面玩玩去。你一定懂得到‘白相’了。你就引他到大马路白相去，不要生事，你找个小馆子，要三多请你喝一杯酒，他才得了许多钱。他想买靴子，你引他买去，可不要买像巡捕穿的。”

小兵听到王军官说的笑话，且说要他引带副兵三多到外面去玩，望着我只是笑，不好作什么回答。

王军官又说："你不愿同三多玩，是不是？你二先生现在到大学堂教书，还高兴同我玩，你以为你就是学生，不能同我副兵在一起白相了吗？"

小兵见王军官好像生了气，故意拿话窘着他，不会如何分辩，脸上显得绯红。王军官便一手把他揪过去，"小鬼头，你穿得这样体面，人又这样标致，同我回去，我为你做媒讨老婆，不要读书了吧。"

小兵益觉得不好意思，又想笑又有点怕，望着我想我帮帮他的忙，且听我如何吩咐，他就照样做去。

我见到我这个老同学爽利单纯，不好意思不让他陪勤务兵出去玩，我就说："你熟习不熟习买靴子的地方？"

他望了我半天，大约又明白我不许他出去，又记到我告过他不许说谎，所以到后才说："我知道。"

王军官说："既然知道，就陪三多去。你们是老朋友，同在一堆，你不要以为他的军服就辱没了你的身分。你的样子倒像学生，你的心可不是学生。你莫以为我的勤务兵相貌蠢笨，将军多像猪，三多是有将军的分的。你们就去吧，我同你二先生还要在这里谈话，回头三多请你喝酒，我就要二先生请我喝酒。……"

王军官接着就喊："三多，三多。"那副兵当我们来时到房中拿过烟茶后，出去似乎就正站立在门外边，细听我们的谈话，这时听到营长一叫，即刻就进来了。

这副兵真像一个将军，年纪似乎还不到十六岁，全身就结实得如成人，身体虽壮实却又非常矮短，穿的军服实在小了一点，皮带一束因此全身崩得紧紧的如一木桶，衣服同身体便仿佛永远在那里作战。在一种紧张情形中支持，随时随处身上的肉都会溢出来，衣服也会因弹性而飞去。这副兵样子虽痴，性情却十分好，他把话都听过了，一进来就笑嘻嘻的望着小兵。

王军官一见到自己勤务兵的痴样子，做出十分难受的神情："三大人，我希望你相信我的忠告，少吃喝一点，少睡一点！你到外面去瞧瞧，你的肉快要炸开了。我要你去爬到那个洋秤上去过一下磅，看这半个月来又长了多少，你磅过没有？人家有福气的人肥得像猪，一定是先做官再发体，你的将军还没有得到，在你的职务上就预先发起胖来，将来怎么办？”

那勤务兵因为在我面前被王军官开着玩笑，仿佛一个十几岁处女一样，十分腼腆害羞，说道：“我不知为什么总要胖。”

“沈参谋告你每天喝醋一碗，你试验过没有？”

那勤务兵说不出话来，低下头去，很有些地方像《西游记》上的猪八戒，在痴呆中见出妩媚。我忍不住要笑了，就拈了一枝烟来，他见到时赶忙来刮自来火。我问他，是什么乡下的，今年有了多大岁数？他告我他是ＸＸ的人，搬到城里住，今年还只十六岁。我又问他为什么那么胖，他十分害羞的告我说，是因为家中卖牛肉同酒，小小儿吃肉就发了膘。

王军官告三多可以跟着小兵去玩，我不好意思不让他们去，到后两人就出去了。

我同这个老同学谈了许多很有趣味的话，到后我就说：“营长，你刚才说的你的未来将军请我的未来学士喝酒，我就来做东，只看你欢喜吃什么口味。”

王军官说：“什么都欢喜，只是莫要我拿刀刀叉叉吃盘中的饭，那种罪我受不了。”

…………

第二天我们早约定了要到王军官处去的，因为一去我怕我的“学士”又将为他的“将军”拖去，故告诉他，今天不要出去，就在家中读书，等一会儿一个杜先生同一个孙先生或许还要来。（这些朋友是以到我处看看小兵为快乐的。）我又告他，若是杜教授来了，他可以接待客人到他小房间里去，同客人玩玩。把话嘱咐过后，我就到大中华饭店找寻王军官去了。晚上我们一同到一个电影院去消磨了两个钟头，那时已经快要十二点钟了，我很担心一个人留在家中的小兵，或者还等候着我没有睡觉，所以就同王军官分了手。约好明天我送他上车过南京。回来时，我奇怪得很，怎么不见了小兵。我先以为或者是什么朋友把他带走看戏去了，问二房东有什么朋友来找我，二房东恰恰日里也没有在家，回来时也极晏。我又问到二房东家的用人，才知道下午有一个大块头兵士来邀他出去，出门时还是三点钟以前。我算定这兵士就是王军官处那个勤务兵，来邀他玩，他又不好推辞，以为这一对年轻人一定是到什么热闹场所去玩，所以把回家的时间也忘却了，当时我就很生气，深悔昨天不应该带他到那里去，今天又不该不带他去。

我坐在房中等着，预备他回来时为他开门，一直等过了十二点还毫无消息。我以为不是喝醉了酒，就一定是在外面闯了乱子，不敢回来，住到那将军住处去了，这些事我认为全是那个王军官的副兵勾引成功的，所以非常愤恨那个小胖子。我想我此后可再不同这军官来往了，再玩一天我的学士就会学坏，使我为他所有一切的打算，都将付之泡影。

到十二点后他不回来，我有点疑心，就到他住身的亭子间去，看看是不是留得什么字条，看了一下，却发现了他那个箱子位置有点不同，蹲下去拖出箱子看看，他的军衣都不见了，我忽然明白他是做些什么事了，非常生气，跑回到我自己房中来，检察我的箱子同写字台的抽屉，什么东西都没有动过，一切秩序井然如旧，显然他是独自私逃走去的。我恐怕王军官那边还闹了乱子，拐失了什么东西，赶快又到大中华饭店去，到时正见王军官生气骂茶房，见我来了才不作声，还以为我是来陪他过夜的，就说：

“来的好极了，我那将军这时还不回来，莫非被野鸡捉去了！”

我说：“恐怕他逃了，你赶快清查一下箱子，有些东西失落没有。”

“那里有这事，他不会逃的。”

“我来告你，我的学士也不在家了！你的将军似乎下午三点钟时候，就到我住处邀他，两人一块儿走了！”

王军官一跳而起，拖出箱子一看，一些日前为太太兑换的金饰同钞票，全在那里，还有那枝手枪，也搁在那里，不曾有人动过。他一面搜检其他一个为朋友们代买物件所置的皮箱，一面同我说：“这土匪，我看不出他会逃走！”看到另外一口箱子也没有什么东西失掉，王军官松了一大口气，向我摇着头说：“不会逃走，不会逃走，一定是两人看戏恐怕责罚不敢回来了，一定是被野鸡拉去了，上海野鸡这样多，我这营长到乡下的威风，来到此地为她们一拉也头昏了，何况我那个宝贝。不过那宝贝也要人受，他是不会让别人占多少便宜的，身上油水虽多，可不至于上当。他是那么结实的，在女人面前他不会打下败仗来，只是你那个学士，我真为他担心。她们恐怕放不过他，他会为那些老鸡折磨一整夜，这真是糟糕的事。”

我说：“恐怕不是这样，我那个学士，他把军服也带走了。”

王军官先还笑着，因为他见到东西没有失掉，所以总以为这两个人是被妓女扣留到那里过夜的，所以还露着羡慕的神气，笑说他的将军倒有福气。他听到我说是小兵军服也拿走了，才相信我的话，大声的辱骂着“杂种”，同时就打着哈哈大笑。他向我笑着说：

“你六弟说这小子心野得很，得把他带回去，只有他才管得到这小土匪，不至于多事，我还没有和你好好的来商量，事就发生了。我想不到是我那个将军居然也想逃走，你看他那副尊范，居然在那全是板油的肚子里，也包得有一颗野心。他们知道逃走也去不远，将来终有方法可以知道所去的地方，恐怕麻烦，所以不敢偷什么东西。……”

说到这里，这军官忽然又觉得这事一定另外还有蹊跷了，因为既然是逃走，一个钱不拐去，他们又到什么地方去了呢？若说别处地方有好事情干，那么两个宝贝又没有枪械，徒手奔走去会做什么好事情？

他说：“这个事我可不明白了！我不相信我那个将军，到另外一个地方去比他原来的生活还好！你瞧他那样子，是不是到别的地方去就可以补上一个大兵的名额？他除了河南人耍把戏，可以派他站到帐幕边装傻子收票以外，没有一个去处是他合式的去处！真是奇怪的世界，这种傻瓜还要跳槽！”

我说：“我也想过了，我那一位也不应当就这样走去的。我问你，你那将军他是不是欢喜唱戏？他若欢喜唱戏，那一定是被人骗走了。由他们看来，自然是做一个名角也很值得冒一下险。”

王军官摇着头连说：“绝对不会，绝对不会。”

我说：“既不是去学戏，那真是古怪事情。我们应当赶即写几个航空信到各方面去，南京办事处，汉口办事处，长沙，宜昌，一定只有这几个地方可跑，我们一定可以访得出他们的消息。明天早上我们两人还可到车站上去看看，还可到轮船上去看看。”

“拉倒了吧，你不知道这些土匪的根基是这样的，你对他再好也无益处。你不要理他们算了，这些小土匪有许多天生是要在各种古怪境遇里长大成人的，有些鱼也是在逆水里浑水里才能长大。我们莫理他，还是好好睡觉吧。”

我这个老同学倒真是一个军人胸襟，这件事发生后，骂了一阵，说了一阵到后不久仍然就躺在沙发上睡着了。我是因为告他不能同谁共床，被他勒到一个人在床上睡的。想到这件事情的突然而至，而为我那个小兵估计到这事不幸的未来，又想到或者这小东西会为人谋杀或饿死，到无人知道的什么隐僻地方，心中轮转着辘轳，听着王军官的鼾声，响四点钟了我才稍稍的合了一下眼。

第二天八点，我们就到车站上去，到各个车上去寻找，看到两路快慢车的开去后，又赶忙走到黄浦江边，向每一只本日开行的轮船上去探询。我们又买了好几份报纸，以为或者可以得到一点线索，自然什么结果也没有得到。

当天晚上十一点钟，那个王军官仍然一个人上车过南京去了，我还送他到车上去，开车后，我出了车站，一个人极其无聊，想走到北四川路一个跳舞场去看看，是不是还可以见到个把熟人。因为我这时回去，一定又睡不着，我实在不愿意到我那住处去，我想明天就要另外搬一个家。我心上这时难受得很，似乎一个男子失恋以后的情形，心中空虚，无所依傍。从老靶子路一个人慢慢儿走到北四川路口，站了一会，见一辆电车从北驶来，心中打算不如就搭个车回去，说不定到了家里，那个小兵还在打盹等候着我回来！可是车已上了，这一路车过海宁路口时，虹口大旅社的街灯光明烛照，引起了我的注意，我临时又觉得不如在这旅馆住一夜，就即刻跳下了车。到虹口大旅社，我看了一间小小房间，茶房看见我是单身，以为我或者是来到这里需要一个暗娼作陪的，就来同我说话，到后见我告他不要在房里，只嘱咐他重新上一壶开水就用不着再来时，把事做了出去，他看到我抑郁不欢，一定猜我是来此打算自杀的人。我因为上一晚没有睡好，白天又各处奔走累了一天，当时倒下去就睡着了。

第二天大清早我回到住处，计划搬家的事，那个听差为我开门时，却告我小朋友已经回来了，我听到这个消息，心中说不分明的欢喜，一冲就到三楼房中去，没有见到他，又走过亭子间去，也仍然没有见到他，又走到浴间去找寻，也没有人。那个听差跟在我身后上来，预备为我升炉子，他也好像十分诧异，说：

"又走了吗？"

我以为他或因为害羞躲在床下，还向床下去看过一次。我急急促促的问他："这是怎么回事，他什么时候到这儿来？"

听差说："昨天晚上来的，我还以为他在这里睡。"

我说："他不说什么话吗？"

听差说："他问我你是什么时候出去的。"

"不说别的了吗？"

"他说他饿了，饭还不曾吃，到后吃了一点东西，还是我为他买的。"

"一个人吗？"

"一个人。"

"样子有什么不同吗？"

听差好像不明白我问他这句话的意义，就笑着说："同平常一样长得好看，东家都说他像一个大少爷。"

我心里乱极了，把听差哄出房门，訇的把门一关，就用手抱着头倒在床上睡了。这事情越来越使我觉得奇怪，我为这迷离不可摸捉的问题，把思想弄成纷乱一团。我真想哭了。我真想殴打我自己，我又来深深的悔恨自己，为什么昨天晚上没有回来？我又悔恨昨天我们为了找寻这小兵，各处都到过了，为什么不回到自己住处来看看？

使我十分奇怪的，是这小东西为什么拿了衣服逃走又居然回来？若说不是逃走，那这时又到那里去了呢？难道是这时又跑到大中华去找我们，等一会儿还回来吗？难道是见我不回来，所以又逃走了吗？难道是被那个"将军"所骗，所以逃回来，这时又被逼到逃走了吗？

事情使我极其糊涂，我忽然想到他第二次回来一定有一种隐衷，一定很愿意见见我，所以等着我，到后大约是因为我不回来，这小兵心里吓怕，所以又走去了。我想到各处找寻一下，看看是不是留得有什么信件，以及别的线索，把我房中各处皆找到了，全没有发现什么。到后又到他所住的房里去，把他那些书本通通看过，把他房中一切都搜索到了，还是找不出一点证据。

因为昨天我以为这小兵逃走，一定是同王军官那个勤务兵在一处，故找寻时绝不疑心他到我那几个熟人方面去。此时想起他只是一个人回来，我心里又活动了一点，以为或者是他见我不回来，所以大清早走到我那些朋友处找我去了。我不能留在住处等候他，所以就留下了一个字条，并且嘱咐楼下听差，倘若是小兵回来时，叫他莫再出去，我不久就当回来的。我于是从第一个朋友家找到第二个朋友家，每到一处当我说到他失踪时，他们都以为我是在说笑话，又见到我匆匆忙忙的问了就走，相信这是一个事实时，就又拦阻了我，必得我把情形说明，才能够许我脱身。我见到各处皆没有他的消息，又见到朋友们对这事的关心，还没有各处走到，已就心灰意懒明白找寻也是空事了。先前一点点希望，看看又完全失败，走到教小兵数学的ＸＸ教授家去，他的太太还正预备给小朋友一枝自来水笔，要ＸＸ教授今天下半天送到我住处去，我告他小兵已逃走了，这两夫妇当时的神气，我真永远还可以记忆得到。

各处皆绝望后，我回家时还想或者他会在火炉边等我，或者他会睡在我的床上，见我回来时就醒了。听差为我开门的样子，我就知道最后的希望也完了。我慢慢的走到楼上去，身体非常疲倦，也懒得要听差烧火，就想去睡睡，把被拉开，一个信封掉出来了。我像得到了救命的绳子一样，抓着那个信封，把它用力撕去一角，上面只写着这样一点点话：

> 二先生，我让这个信给你回来睡觉时见到。我同三多惹了祸，打死了一个人，三多被人打死在自来水管上。我走了。你莫管我，你莫同参谋说。你保佑我吧。

为了我想明白这将军究竟因什么事被人打死在自来水管子上，自来水管又在什么地方，被他们打死的另外一个人，又是什么人，因此那一个冬天，我成天注意到那些本埠新闻的死亡消息，凡是什么地方发现了一个无名尸首时，我总远远的跑去打听，但是还仍然毫无结果。只听到一个巡警被人打死的一次消息，算起日子来又完全不对。我还花了些钱，登过一个启事，告诉那个小兵说，不愿意回来，也可以回到湖南去，我想来这启事是不是看得到，还不可知，若见到了，他或者还是不会回湖南去的。

这就是我常常同那些不大相熟爱讲故事的人，说笑话时，说我有一个故事，真像一个传奇，却不愿意写出这原因！有些人传说我有一个希奇的恋爱，也就是指这件事而言的。有了这件事以后，我就再也不同我的六弟通信讨论问题了。我真是一个什么小事都不能理解的人，对于性格分析认识，由于你们好意夸奖我的，我都不愿意接受。因为我连一个十二岁的小孩子，还为他那外表所迷惑，不能了解，怎么还好说懂这样那样。至于一个野蛮的灵魂，装在一个美丽盒子里，在我故乡是不是一件常有的事情，我还不大知道；我所知道的，是那些山同水，使地方草木虫蛇皆非常厉害。我的性格算是最无用的一种型，可是同你们大都市里长大的人比较起来，你们已经就觉得我太粗糙了。

廿年五月十五完于新窄而霉斋

本篇发表于：1931年10月10日《小说月报》第22卷第10号。署名沈从文。

①麻胡，马虎。

医　生

在四川的R市的白医生，是一个有风趣的中年独身外省人，因为俯就一个市镇上新旧市民的信仰起见，医术兼通中西内外各症，上午照规矩到市中心一个小福音医院治病，下午便挟了器械药品满街各处奔跑。天生成的好脾气，一切行为皆像在一种当然情形下为人服务，一个市镇上的人皆知道，谁也不愿意放弃这个麻烦医生的权利，因此生意兴隆，收入却总不能超过一个平常医生。这好人三月来忽然失踪不见了，朋友们皆十分着急，各处找寻皆不能得到一点消息，大江中恰在涨桃花水时节，许多人以为这人一定因为散步掉到江里去，为河伯雇去治病，再不会回到R市来了。医生虽说没有多少田地银钱，但十年来孤身作客，所得积蓄除了一些家事外，自然还有一笔小小产业；正当各处预备为这个人举行一个小小追悼会时节，因为处置这人的一点遗产事情，教会中人同地方绅士，发生了一些不同的意见，彼此各执一说，无从解决。一个为绅士说话常常攻击过当地教会的某通讯社，便造作一种无稽的谣言，说是医生落水并非事实，近来实在住到一个一百里外的地方养息自己的病。这消息且用着才子的笔调，讥评到当地的教会，与当地的贫民，以为医生的病是这两方面献给的酬劳。这其中自然还有一些为外人不能明白的黑幕，总不外处置医生身后产业的纠纷。这消息登出以后，教会即刻派人到所说的地方去找寻，结果自然很是失望，并没有找到医生。但各方面的人都很希望这消息不完全无因，所以追悼会便没有即刻举行。可是，正当绅士同教会为医生遗产事调解分派妥当那一天，许多人皆在医生住处推举委员负责办理追悼会时，医生却悄悄的从门外进来了。

他非常奇怪有那么多的人在他房子里吃酒，好像是知道他今天会回来的一样，十分喜欢。嘍的喊了一声，他就奔向一个主席的座边去抓着了那个为他开追悼会的主席的手只是乱摇，到后在大家的惊讶中，又一一同所有在座的人握手。医生还是好好活着的，虽然瘦了一点，憔悴了一点，肮脏了一点，人仍然是那么精神，在座的人见到医生突如其来，大家都十分骇异，先一时各人在心上所盘算到各人所能得到的好处，因此一来，完全失去了。大家都互相望到不好说话，以为医生已经知道了他们的事情。主席更见得着忙，把那个关于处置医生产业及追悼会的用费议案压到肘子下去，同所有在座诸人用眼睛打知会。医生却十分高兴，以为这样凑巧真是难得的事情。他猜想一定是做主席朋友接到了他的口信，因他只是打量托人带了一个口信来，他以为这口信送到了，算定他在今天回来，这些有义气重感情的朋友，大家才一同约在这里欢迎他的。他告诉在座熟人，今天真是有趣味的一天，应当各人尽醉才许回去。

那个主席，含含混混，顺到医生的意见，催用人把席面摆出。上了席，喝了三杯，各个客人见到医生的快乐脸孔，就把自己心上应抱惭的事情渐渐忘记了。医生便说今天实在难得，当到大家正好把这十几天所经过的一段离奇故事，报告一下。他提议在这故事说出以前，各人应当再喝三十杯。于是众人遵命各尽其量再喝了一些酒，没有一个人好意思推辞。吃了一阵，喝了一阵，大家敷衍了一顿空话，横顺各人心里明白，谁也不愿意先走，因为一走又恐怕留到这里的人说他的坏话。

吃够了，医生说："今天妙极了，我要说我的故事给大家听。"本来大家都无心听这个故事，可是没有一个人口上不赞成。其时那个主席正被厨子请出到外边窗下去，悄悄的问询今天的酒席明天应当开谁的账，主席谎说这是公份，慢慢儿再说，很不高兴的走进去。医生因为平时同主席很熟，就说："仁兄，我同你说一个新聊斋的故事，明天请我吃一席酒，就用在座同人作陪，以为如何？"大家听到有酒吃，全拍手附和这件事，医生于是极其高兴的说他十天来所经过的那件事：

我想同你们说，在最近的日子里，我遇到过一次意外事情，几几乎把这时在这里同我这些最好的朋友谈天的机会也永远得不到了。关于近十天来我的行踪，许多熟人多不知道，一定都很着急。你们不是各处都打听过，各处写过信去探问过，到后还是没有结果吗？不过，我今天可回来了，你们瞧瞧我手臂上这个记号，这个伤痕，就明白它可为我证明十几日前所经过的生活中，一定有了些冒险的不儿戏的事情发生。我让这一处伤痕来说话，让我的脸来说话（因为平常没有那么白），假如它们是会说明一切过去的，那么，我猜想，这故事的重述，一定能够给你们一些趣味。它们如今是不会说话的，正像在沉默的等待我把那个离奇的经过说出给大家听听。我看你们的神气，就有人要说："一个平常人所有的故事，不会是不平常的。"不要那么说！有许多事情全是平常人生活中所遭遇的，但那事情可并不平常。我为人是再平常没有了，一个医生，一个郎中，一个常常为你们用恶意来作嘲笑称呼的"催命鬼"。社会上同我一样过着日子的，谁能够计数得完全。社会上同我一样平庸一样不知本行事业以外什么的，谁能够计算得清楚。我们这种人，总而言之是很多很多的了。我那里能够知道明天的世界？我能明白我明天是不是还可以同你们谈天没有？你们之中谁能够明白回家去的路上，不会忽然被一个疯狗咬伤？总而言之，我们真是不行的。我们都预料不到明天的事。每一个人都有意外事情发生，每一个人都不能打算。事情来了，每一个人都只是把那张吃肉说谎的口张大，露出那种惊讶神气。

我凭这手臂上的伤痕，请你们相信我，这整十天来，曾做了整十天古怪的人物，希奇的囚犯。我认识一个男子，还认识一个妇人，我同他们真是十分熟习，可是他们究竟认识我没有，那妇人她明白我是一个什么人，她那个眼睛，望到我，好像是认得我，可是，我不愿意再想起她，想起她时我心里真难受。我不是在你们面前来说大话，我是一个郎中，成天得这里跑跑那里望望的一个人，我是社会上应分活动不定的一个小点，就因为这身分，我同这个妇人住在一处，有十天守着这样一妇人过日子，多希奇的一件事！

我把话说得有点糊涂了，忘了怎么样就发生了这样事情。听我说吧，不要那么笑我！我不是说笑话，我要告诉你们我为什么同一个妇人住了十天的事，我并不把药方写错，我只把秩序稍稍弄乱而已。

我的失踪是三月十七，这个日子你们是知道的。那天的好天气你们一定还有人记得到的。这个春天来了时，花呀草呀使人看来好像不大舒服，尤其是太阳，晒到人背上真常常使人生气。我又不是能够躲到家里的人，我的职务这四月来派上了多少分差事，人家客客气气的站到我面前说："先生，对不起，X X 又坏了，你来看看吧，对不起，对不起！"或者说："我们的宝宝要先生给他药，同时我们为先生预备得有好酒。"……我这酒那里能始终戒绝？天气是这样暖和，主人又是这样殷勤，莫说是酒，就是一杯醋我也得喝下肚去。就因为那天在上东门余家，喝了那么一杯，同那老太太谈了半天故事，我觉得有点醉意，忽然想起一些做小孩子的情事，我不愿意回转到我的家中等待病人叫唤了。到后我向上东门的街上走了一阵，出了街，又到堤上走了一阵。这个雨后放晴的晚春，给我的血兴奋起来，我忘记了我所走的路有多远。待到我把脚步稍稍停顿留在一家店铺前面时，我有点糊糊涂涂，好像不知不觉，就走了有十里路远近，停脚的一家，好像是十里庄卖洋线最有名的一家。

为什么就到了这里，我真一点不清楚。听到像是很熟耳的一个人喊我的声音，我回头去看时，才见到两个人，却不知道在什么地方曾认识过。他们向我点头，要我进那铺子里去。本来我不想答应的，因为我觉得有了很久不曾到过十里铺来，十里铺像已很热闹许多了，我想沿街走去，看看有什么人在路上害热病没有。

那时从一个小衖里，跑出一个壮实得像厨子模样的年青人来，脸儿红红的似乎等了我许久的样子，见了我就一把揪着衣角不放。我是一个医生，被一个不识面的人当街揪着，原不什么奇怪的事，我因职业的经验，养成惯于应付这些事情的人了。那时这人既揪着我不放手，我知道有什么事情发生了，我说：

"怎么样，我的师傅，是不是热油烧了你那最好帮手的指头？"

好像这句话只是我自己说来玩玩的一句话，他明白医生是常常胡乱估计当前的主顾的，只说着"你来了真好"，就拉着我向一条小巷里走去。我一面走一面望到这厨子大师傅模样的年青人侧面，才明白我有了点糊涂。我认识他是地保一类有身分的人的儿子了。我心想一定是这憨人家里来了客，爸爸嘱咐他请几个熟人作陪，故遇到了我后，就拉着跑回家去了。这酒我并不想喝的，因为陪委员我不高兴，我说："你慢走一点，我要问你，究竟是怎么一回事。你不能把我随便拉去的，我这时不可为你陪什么阔人喝酒，我不能受你家的款待。我还有许多别的事情要即刻去做，我是一个郎中，偷闲不得，李家请我开方子，张家请我开方子，我的事情很多！"

可是这个人一句话也不说，还是把我拖着走过一条有牛粪的肮脏小巷，又从一个园墙缺口处爬进去，经过一个菜园，我记得我脚下踹倒了许多青菜。我们是那么匆忙，全是从菜畦上践踏，毫不知道顾惜这些嫩嫩的菜苗。你们明白的，一个医生照例要常常遇到这类稀奇事情的，人家的儿子中风了，什么太太为一百钱抖气闹玩似的用绳子套到颈项上去了，什么有身分的胖子跌到地下爬不起身了，总而言之，这些事情在这个小城里成天会发生一件两件。出了事的人，第一个记起要找寻的便是医生。照例他们见了你话也不必多说，只要一手捞着你就带着你飞跑，许多人疑心你逃脱，还只想擒你的衣领，因为那么才可以走得更快一点。若不是我胁下常常挟了一个药包，若不是我在这市镇上很有了些年岁，那些妇人家中发生了什么事情时，蓬头散发眼泪汪汪当街一把扭着，不让我分辩，拖着就走，不是有许多笑话了吗？若是这里的警察，全不认识我，他为了执行他那神圣的责任，见到这情形，我不是还得跟他到局里去候质吗？可是我是一个成天在街上走，成天在街上被拉的人，大家对我都认识了，大家都不注意我被人拖拖拉拉是为什么事了，我自己，自然更不能奇怪拉我的人了。如今就正是这样子。这人拖我从菜园里走，我也随了他走，这人拖我从一个农庄人家前门走进又打后门走出，我也毫不觉得奇怪。我听到有些狗对我汪汪的吠，有许多鸡从头上飞过去，心里却想这一定不是喝酒陪客的事，一定出了别的什么岔子，他才那么慌张失措，才那么着急，这人家里或者有一个人快要落气了，或者已经落气我赶去也无济于事了。想到这样还想到那样，我的酒意全失于奔跑中。我走得有点发喘，却很愿意快到一点，看看是不是我还能帮这个人一点忙。一个医生人人都说是没有良心同感情的，你们可不知道当我被一个陌生人拉着不放向前奔窜时，我心里涌着多少同情。我为一点自私，为了一点可以说是不高明的感情，我很愿意有许多人都在垂危情形中，却因为我处治得法回复转来。我要那种自信，就是我可以凭我这经验以及热忱，使我的病人都能化险为夷。可是，经过我的诊治，不拘是害急病的，害痨病的，他一连到过我处有好几回，或是我到过他处一连有好几回，到后当他没有办法死去的时节，我为了病人的病，为了自己的医道，我的寂寞，谁也不曾相信有那么久那么深。我常常到街上遇见一些熟人的脸孔，我从这些脸孔上，想及那人请我为他家里人治病时如何紧张惶遽；到后人要死了他又如何悲哀，人死过一阵了他又如何善忘，我心上真有说不尽的难受。你们看，这就是你们说的没良心的医生的事！他每天就这么想，为这些人事光景暗暗的叹息。他每天还得各处去找那些新的惆怅，每天皆有机会可以碰到一件两件。……让我说正经事情吧，我不是说我被那个人在我不熟习的路上拖走了好一会儿吗？

到后我们到野外了。这人还是毫不把我放松，看情形我们应走的路数还远，我心里有点不安了。我说：

“汉子，你这是怎么啦，你那么忙，我是不愿意再走一步了的。我是上了年纪的人，不如你这样精壮。我们应当歇一会儿，吐吐气。”

他望了我一下，看出我的不中用处了，稍稍把脚步放慢了一点。

因为两人把脚步放慢了一点，我才能够注意一下，望清楚我们是在一条小小的乡路上走，走完了一坪水田，就得上山了。我心里打算这人的家一定是住在山寨堡子里的，家里有媳妇生养儿子，媳妇难产血晕，使他也发疯了。不知为什么我那时却以为把事情猜准了，就问他说：

“她不说话是不是？”

他说：“是的。”

“那无妨，你用水喷过她吗？”

他好像奇怪得很，向我望着：“用水可以喷吗？”

我点点头，又问他："有多久了咧？"

他好像在计算日子，又像计算不清楚，忽然重新想起病人的危险情形，就又拉着我飞跑了。我以为我很明白他的意思，我以为我很理解这个人，因为凭我的经验，我的信心，与对于病人的热心，一定到了地后就能够使病人减少一点痛苦，且可使这男子的心安静，不至于发痫发狂。我一面随了这个年青人奔跑，一面还记到许多做父亲的同做母亲的生养儿子的神气，把一些过去的事当成一种悦目开心的影片，一件两件的回忆着，不明白这从容打那儿方面得到的。

我愿意比他走得更快一点，可是，我实在不行了。他不让我休息一会儿，我就得倒在水田里了。我已经跑了太多的路，天气实在太好了，衣服又穿多了一点，胁下挟的一包又并不轻松，并且脚下的路不是为我这惯于在市中石路散步的医生而预备的，前一些日子的雨使这条路润滑难行。我的皮鞋，我担心到它会要滑滚，我说："不行了，不行了，我要坐到水田里去了。我是医生，充军的匆忙我受不了。我头昏了。……"

我当真已头昏眼花了，我只想蹲下去，只想蹲下去，我不晓得为什么到后来就留在一个人家空房里了。我一切都糊糊涂涂，醒回来时，睁开眼睛，似乎已经天夜了，房中只一点点光，这光还像是从一个很远很远的地方来的，是什么光我也糊糊涂涂不认识不清楚。我想了一会儿，记起先前的事了，我记得我怎么随了一个汉子奔跑，在那水田塍上乱走，我如何想休息，如何想坐，到后就不十分清楚了。我想我难道是做梦吗？摸了一下自己的前额，又似乎完全不是做梦。我因为觉得所在的地方十分清静凉爽，用手摸摸所坐草席以外是些什么东西，抓到一把干爽的细石沙子。我再去回想先前的事，我明白已经无意中跌到路旁的地窟窿下来了。我所在地方若不是一个地窟窿，便应当是一个山峒，因为那些细细的沙子，是除了山峒不会有的。我想喊喊看，是不是还有为人救出的希望，喊了两三声不曾听到什么回声。我住的地方当真不是什么房子，可是也不是什么地眼，因为若果我是无意中掉下的，我不应当恰恰就掉到这草上。并且我摸了一下全身，没有什么伤处。当我手向左边一点闪着微光的东西触着时，我才知道那正是我的一套为人治病的家业，显然我是为人安置到这儿地方来的。

我明白一定是那个人乘我失去知觉时节背来这地方，而且明白这是一个可以住人的干峒里，不过明白了这些事时，我反而惶恐不安了。因为这样子，不正是被人当作财神捉绑，安置到这里来取赎的吗？我真不明白为什么他们计算到我这样一个人的头上来了。想不到我这点点产业，还够得上这样认真。我很纳闷无从知道这地方究竟离我们市上有多远。

当我记起传闻上绑猪撕票的事情时，我知道我的朋友们一定着急得很，因为我只是一个人，一切都得你们照料，真有耗费你们精神的许多事情要做。关于绑票我以为是财主的一分灾难，料不到这事我也有分的。我思索不出这些人对我注意的理由，却相信我已经成为他们的一只肥羊。

因为久了一点，我能把前后事多思索了一下，记忆得到我为什么下乡，为什么碰到这样一个人，为什么被他牵走，并且我们在路上又说了些什么话，我就觉得这事亏他们安排得这样巧妙。这一次，一定是他们打听得出我在 R 市上的地位，想要我的朋友破费了。想起那个土匪假扮的痴人样子时，我就很好笑，因为我从没有想到那种人也会做什么坏事。

既然把我捉来了，什么时候可以见他们的首领？见了他们的首领，万一开口问我要十万五万，我怎么向这个山上大王设词？我打算了好一会，还没有一个好计划可以安然脱身。我只希望出价少一点，把我自己一点积蓄倒出便可以赎身，免得拖累其他熟人。我并且愿意早早出去，也不必惊动官厅，不然派些兵来搜索，土匪走了，他们把我留到这里，军队照规矩又只能到村子里朝天放放空枪，抓了一些鸡鸭，牵了一些猪羊，捉了一些平常农庄人，振队鸣鼓回去报功，我还得饿死在这山峒里，真是无意思的事情。

峒中没有一个人，我也没有被绳子捆缚，可是我心里明白，我被人捉到这里来，被人看作财神，是不轻容易逃走的。峒中无一个人，峒外一定就下得有机关埋伏，表面仿佛很疏忽，实际上可没有我的自由。因为诱骗我到这儿来的本领既然就已不小，那作头目的也就当然早已注意到这些事了。我以为外边一定埋伏得有喽啰，手里拿得有刀，把身隐藏在峒外，若见到我想逃走时，为了执行他的责任起见，这喽啰一定毫不客气就是那么一刀，我从前曾经见过一个想从土匪窠里逃走，到后两只耳朵被刀削去的人，我不愿意挨那么一下。况且这里既是匪窠，离城市一定不近，我逃到什么地方不会被这些人捉回去受罪？

可是我想了很久，又喊了两声，始终没有人回答，我的心可活动一点了。我以为或者他们全到别处吃饭去，把我忘却了，也未可知。就壮了自己的胆，慢慢的走到有光处去。我摸到地下沙子十分干燥，明白不会在半路陷到水里去，便慢慢的爬行过去，才知道前面是一个大石头，外面的光从石罅处透进来，受了转折，故显得极其微弱。从那个石罅里望出去，但望到另外一块黑色石头，还是不知道我究竟在什么地方。离有人家处多远。从那石头上的光线看，我知道天色已经快晚了。我心里着急起来，因为挨饿不是我十分习惯的事情，半天没有水喝，也应当吃一点什么东西才行。如今既不见到一个人，什么事情都不明白，什么时候有人来还不知道，我应当怎么过这一夜？

我有点着急，且有点奇怪，是我究竟从什么地方进到这峒里来。因为那个石罅绝不能容一个人进出，那么一定还有一个别的机关遮掩到这山峒的出入了。我到后就爬在地下各处摸去，这峒并不很宽，纵横不会到十五丈，我即刻就知道了这峒的面积，且明白了这峒里十分干燥。不多久，我摸到一扇用木柱作成的栅门了。我很小心的防备到外面小喽啰那一刀，轻轻的去推动那一扇门。这扇门似乎特别坚固，但似乎没有下杠，我并不十分用力已经就把门推开了。我心跳得很，但是十分欢喜。为了防备那一刀，好久好久没有作声。到后又自言自语说了一句话，证明了门的那一边实在没有什么埋伏了，才把门推开摸过去。我真是一个傻瓜，原来这是一个绝路！这是峒里另外一部分，被人用木门隔开，专为贮藏粮食的仓库。我脚下全是山薯，手又触着了一个大甕，我很小心把手伸进甕里去时，就摸着了许多圆圆的鸡卵。另外我又摸到一件东西，使我欢喜得喊叫起来。

我原来摸到一些纸，我想起只要有一根自来火，就可以搓一个纸捻烛照峒中一切了。我真是傻瓜，这样半天才想起自来火！我真是傻瓜，平常烟也不吸，若是早会吸烟，那么身边一定就有救命的东西了，我记起了自来火的用处，可没有方法找寻得到一根自来火。

我仍然坐在我那草席上面，等候天派给我一分的灾难，如何变化，如何收场，我心想若是上帝不到这峒中来，那我着急也无益。不知又过了多久，忽然听到一点细微的声音像是离得很远，先还以为是耳朵嗡鸣，又过一会，声音像已近了许多，猜想事情快要发生变化了，我心里很镇静，一点不忙，一点不怕，因为我想若是见到那大王，我有许多话可以解释，不至于十分吃亏。等了一会，那声音又渐远渐小，显然是对于我的事没有帮助了，自然十分失望。可是我还能够听到声音，却证明我不至于同有人住的村落很远，不至于同人世隔绝。并且我最担心的不是土匪的苛求，还是被人关到这山峒里饿死。如今无意中发现了仓库，峒中存得有那么多粮食，一时既不至于饿死，那么别的当然不足过虑了。

我糊糊涂涂又睡了，快要睡去时，我想或者我仍然是在做梦，一觉醒来就不同了的。我的情形，不是上帝同魔鬼的试炼，或者是朋友的恶作剧。因为我同几个朋友讨论过峨嵋山隐士道者的存在问题，我曾科学的研究了一会仙人在四川一省迷信的来源，证明一个仙人也不会存在，如今或者就是受这些朋友的作弄也不可知。我不知为什么，又感觉到我再也不会错误了。我觉得既然是这种作弄，三天五天也未可知，我着急还是毫无用处，到了时候，他们会来为我开门，或用另外一种离奇的方法放我回去。我那时稍稍有点不快乐的，就是以为他们同我开玩笑也不要紧，可不要因此耽搁了医院那方面病人的事情。我担心作弄我的只顾及作弄我，却忘了为我向医院告假，使别人着急很不成事。

到后我是梦非梦，见到我身边有一个人，拿了一个灯烛照各处，并且照我的脸，很吓了一跳，便一跃而起，才明白并不是梦。我还是被困留到这个峒里，峒里多了一个人，也不知道他打那儿来的，他似乎来了很有了些时间，他看到我转身了，才拿了灯过来照看，从那种从容不迫的情形上看来，我就明白他是这里的主人了。

他站在我面前，先是把脸躲在灯光后面，我看不清楚这人是什么相貌，到后却忽然明白了。我像忽然发了狂，忘了顾忌，大声的向他说："是的，是的，你干吗关我到这儿受罪？我不答应你！"这就是装作傻瓜拉我来的那个男子，不过先前十分匆促，如今十分镇静罢了。他望到我不作声，还是先前望我那种神气，我从那个人的眼睛里，即刻看出了一点秘密，这是一个疯子，可不是一个喽啰！山寨上的伙计，我还可以同他讲讲道理，讨论一下赎身的价钱，用一些好话启导他，用一些软话哀求他。如今站在我面前的却是一个不管人事的疯子，上帝他也不怕，魔鬼也吓不了他，这一来，我可难于处置了。他把我找来，说不定就是在那古怪的头脑里，有了一种新鲜的计画，我这时不得不打量到在某一种古怪人的脑里古怪的传说，我会不会为这个人煮吃？会不会为这个人杀死？若果免不了这灾难，真是一件冤屈的案子！我借到那灯光察看了一下峒中的情景，还是不明白这个怪人从什么地方忽然而来。借重灯光我看到去我坐处稍远一点，还有一个东西，不知是衣包还是一束被盖，那个怪人见我已经注意到那一边了，忽然一只手像一个铁抓子，扣定了我的膀子，"你看去，你看去"，那声音并不十分凶狠，可是有极大的魔力，我不能自主的站了起来，随同他走过去，才明白那是一个睡着的病人。我懂到他的意思了，心里很好笑我自己先前所作的估计，我错认了人，先还以为他是疯子，现在可明白了。

待到我蹲身到那病人身边时，我才看清楚这是一个女人，身体似乎很长，乌青的头发，腊白的脸，静静的躺在那里不动，正像故事上说的为妖物所迷的什么公主。当我的手触着了那女人的额部时，像中了电一样，即刻就站起来了。因为这是一个死得冰冷的人，不知已经僵了多久，医生早已用不着，用得着的只是扛红棺木的人了。那怪人见我忽然站起身了，似乎还并不什么奇异，我有点生气了，因为人即或再蠢，也不会不知道这件事，把一个死得冰冷的人勒逼到医生，这不是一个玩笑吗？我略显出一点愤慨的神气，带嚷带骂的说：

"不行，不行，这人已经无办法了。你似乎还应该早一点，如今可太迟了！"

“怎么啦？”他说。奇怪的是他还很从容，“她不行吗？你不说过可以用水喷吗？”

我心里想这傻瓜，人的死活还没有知道，真是同我开玩笑！我说：“她死了，你不知道吗？一个死人可以用水喷活，那是神仙的事！”

他说：“我知道她是死了的。”

我觉得更生气了，因为他那种态度使我觉得今天是受了一个傻东西的骗，真是三十年倒绷孩儿，料想不到，心上非常不快乐。我说：“你知道她死了，你就应当请扛棺木的来送葬，请道师和尚来念经，为什么把我带来？我有什么办法！”

“你为我救她！”

“她死了！”

“因为她死才要你救她！”

“不行，不行，我要走了。我不能再同你这样胡缠。你关了我太久，耽搁我多少时间，原来只是要我做这件事。我是一个郎中，可不是一个耶稣。你应当放我出去，我不能同死人作伴，也不欢喜同你住在一处！”

我说了很多的话，可是到后来我又原谅了这个人了，我想起这人不理会我的要求的理由了，年纪青青的忽然死了同伴，这悲哀自然可打倒他，使他失去平常的理知。我若同这种人发牢骚，还是没有什么益处。他这时只知道医生可以帮他的忙，他一定认得我，才把我找来，我若把话说过分了，他当真发了狂，在这峒中扼杀我也做得出。我要离开这个地方，自然还得变更一点计策，才有希望。为了使他安慰起见，我第二次又蹲到那个死尸边旁去，扣着那冰冷的手，就着摇摇不定的一点灯光，检察那死者的脸部同其他各部。我有点奇怪我的眼睛了，因为过细瞧那死人时，我发现这人是个为我从没有看到过的整齐美女人，女人的脸同身四肢都不像一个农庄人家的妻妇，还有使我着骇的，是那一身衣服，式样十分古怪，在衣服上留下有许多黄土，有许多黄土。我抬头望望那个怪人，最先还是望到那一对有点失神却具有神秘性的眼睛。

“我不明白你，这是怎么一回事，你打那儿背她来的？”

“……”

“我要明白她从什么地方来的。”

“我从坟里背她来的。”

“怎么？从什么地方！”

“从坟里！”

“她死了多久你知道吗？……你知道她死了又挖出来吗？……”

他惨惨的笑着，点点头，那个灯像是要坠到我头上的样子，我糊涂而且惊讶，又十分愤怒。“你这人，真奇怪！你从什么地方带来还是带到什么地方好了！你做了犯罪的事还把我来拉在一起，我要告发你，使你明白这些玩笑开得过分了一点！……”不知为什么我想这样说却说不出口，那个固定不移的眼睛，同我相隔不到一丈远近，很有力量的压服了我。我心上忽然又恐怕起来了。

这个疯子，他从坟墓里挖了死尸，带到这峒中来，要我为她起死回生，若是我办不好这件差事，我一定就死在他手中了。我估计了一下，想乘他不注意时节把他打倒，才可以希望从死里逃生。可是他像很懂得我的主意，他像很有把握，知道我不能同他对抗。我的确也注意到他那体魄了，我若是想打什么主意，一定还得考虑一下，若是依靠武力，恐怕我得吃亏，还不如服从命运为妥当。我忽然聪明了许多，明白我已经是这个人的俘虏，强硬也毫无用处了。就装成很镇静，说话极其和平了，我说：“我真糊涂，不知怎么帮忙。你这是怎么啦？你是不是想要我帮助你，才把我带来？你是不是因为要救活她，才用得着我？你是不是把她刚才从土里抱出？”他没有做声，我想了一下，就又说：“朋友，我们应当救她，我懂你意思。我们慢慢的来，我们似乎还得预备一点应用的东西。这是不是你的家里？我要喝一口儿水，有热的可妙极了，你瞧我不是有多久不喝水，应当口渴了吗？”他于是拿灯过去，为我取了一个葫芦来，满葫芦清水，我不知道那水是否清洁，可是也只得喝了一口。

我想套套他的口气，问他我们是不是已经离了市镇有十里路。他不高兴作声。我过一会儿，又变更了一个方法，问他是不是到镇上去办晚饭。他仍然不做声。末后我说我要小便，他不理会我，望到另外一个地方，我悄悄的也顺了他的目光望过去，才看出这峒是长狭的，在另外一端，在与仓库恰相反对的一个角落，有一扇门的样子。我心里清楚，那一定就是峒门，我只装着不甚注意，免得他疑心。我说我实在饿了，一共说了两三次，这怪人，把灯放下，对我做了个警告的一瞥，向那个门边走去。只听到訇的一响，且听到一种落锁的声音，这人很快的就不见了。我赶忙跟过去；才知道是一扇极粗糙的木栅门，已经向外反杠了。从那栅门边隐隐看到天光，且听到极微极远的犬吠声音，我知道这时已经是夜间了。这人一去，不知道是为我去找饭吃，还是去找刀来杀我灭口。他在这里我虽然有点惧怯，但到底还有办法，如今这峒里只是我同这个死尸，我不知道我应当怎么办。若果他一去不再回来，过一天两天，这个尸骸因为天气又发了酵起了变化，那我可非死不可了。这怪人既然走了，我想乘到有一盏灯，可以好好的来检察一下这个尸身，是不是从尸身上可以发现一点线索。

我把灯照到这个从棺木里掏出的尸骸，细细的注意，除了这个仿佛蜡人的尸骸美丽得使我吃惊以外，我是什么也没有得到的。我先是不明白这人的装饰如何那么古怪，到现在可明白了，因为殉葬才穿这样衣裳。幸亏我是一个医生，年纪已经有了那么大，我的冷静使我忘却同一个死尸对面有什么难受。这女人一定死了有两天左右了，很希奇的是这个死人，由我看来却看不出因什么病而死，那神气安静眉目和平仿佛只是好好儿睡着的样子，若不是肢体冰冷，真不能疑心那是一个死人。这个人为什么病死得那么突兀？把她从土里取出的一个是不是她的丈夫？这些事在我成为一种无从解决的符号。假若他是她的丈夫，那么他们是住在什么地方，做些什么的人物？假若这妇人只是他的情人，那么她是谁家的媳妇？许多问题都兜在我的心上不能放下。

我实在有一点儿饿了。这怪男子把我关闭到这幽僻的山峒里，为这个不相识的死尸作伴，还不知道他什么时候才能回来。我同时担心这一盏灯过夜或者油还不够，所以拿了灯到仓库去，照看了一下，是不是还有油瓶，才知道仓库里东西足够我半个月的粮食，油坛，水缸，全好好的预备在那儿。我随手拿了几个山薯充饥，到后把灯放在尸身边，还是坐到我自己那一张草席上，等候事情的变化。我的表已早停了，不知道时间过了多久，等了又等，还是不见那个人来。

我这样说下去，是还得说一整天，要把那一夜的事情说完，如今也还得说一夜。我要节略了一些时间，且说第三次我见到这怪男子，他命令我在那个妇人身上做一个医生所能做的事。我先是不知道向一个疯子同一个尸骸还有什么事可做的，到后才想起皮包里一点儿防腐性药品了，我便把这些药全为注射到死尸身上去，一面安慰他表示我已尽了力，一面免得那尸身发生变化。告他我所能做的事已经完全做过，别的事再无从奉命了，他望到我似乎还很相信。可是当我说出“你放我回去”的话时，我把话一说出口，就知道我说错了，因为我从那两个眼睛里，陡然看到了一些东西，他同时同我说了一句话，使我全身发抖。他说：“要七天才好出去。”这个期限当然是我受不了的，这是全无道理的言语。可是我是一个医生，而他却是一个疯子，他就有他的正当道理了。我当时还以为可用口去解释，就同他分辩了一阵，我说这是做不到的，因为有许多人等着我。我说你放我出去了，我不会向人谈论。我说……这分辩就等于向石头讨论，他不禁止我的说话，听来却只微微的笑着。他的主张就是石头，不可移动，他的手腕又像铁打就的，我绝对不能和他用武力来解决。在毫无办法的情形中，我就想只有等候这个人睡眠时候偷了他的钥匙才好逃走。为我的自卫计，打死一个疯子本来没有什么罪过，我若有机会征服这个人，事到危急是用不着再选择什么手段的。但是在这个怪人面前，我什么小机会也得不到，我逃走吗，他永远不知道疲倦，永远不闭闭眼睛。加灯上的油，给我的东西吃，到了夜里引导我到栅门外去方便，他永远是满有精神。他独自出去时，从不忘记锁门，在峒里时，却守在尸身边，望到尸身目不转睛，又常常微笑，用手向尸身作一种为我所不懂的希奇姿势。若是我们相信催眠术或道术，我以为他一定可以使这个死尸复活的。

他不睡觉，这事就难处置了。我皮包里的安眠药片恰恰又用尽了，想使什么方法迷醉他也无办法。他平常样子并不凶横，到了我蓄意逃走时，只稍稍一举步，他就变了另外一个魔鬼了。他明白我要走，即或是钥匙好好的放在他身边，他也不许我走近栅门的。到后我不知是吓怕得糊涂了，还是为峒中的环境头昏了，把逃走的气概完全失去，忽然安静下来，就把生命听凭天意，也不再想逃走了。

就是那么过了一天，两天，三天，……吃的就是那仓库中的各样东西，口渴了就喝清水，倦了就睡。

当我默默的坐在一个角隅不作声时，我听到他自言自语，总是老说那一句话，“她会活的，”“她会活的。”我一切都失望了，人已无聊极了，听到他这样说时，也就糊糊涂涂的答应他说：“她会活的，”“她会活的。”

我得到一个希奇的经验，是知道人家说的坟墓里岁月如何过去的意思了。我的经验给我一种最好的智慧，因为这是谁也想象不及的。第一天一点钟就好像一年，第二三天便不同了，我不放心的，似乎还不是峒里的自身，却是市上的熟人。我忽然失了踪，长久不见回来，你们不是十分难过吗？你们不是花了许多钱各处去探听，还花了许多钱派人到江边下游去打捞吗？你们一定要这样关心的。可是料不到我就只陪伴一个疯子，一个死人，在山峒里过了那么多日子，过了那么久连太阳也不见到的日子！

既毫无机会可以逃出，我有点耽心那个死人，天气已经不行了，身上虽注射了一点儿药，万一内脏发了肿，组织起了变化，我们将怎么来处置这件事情？这疯子若见到死人变了样子，他那荒唐的梦不能继续再作时，是不是会疑心到我的头上来？

我记得为这点顾虑，我曾同疯子说了许多空话。我用各样方法从各方面去说，希望他明白一点。我的口在这个沉默寡言的疯子面前，可以说是完全无用了。我把话说尽了，他还只是笑。他还知道计算日子，他不忘记这个，同时也不忘记“七天”那种意义。大约这怪人从什么地方，记起了人死七天复生的话，他把死尸从土里翻取出来，就是在试验那七天复活的话可靠不可靠。他也许可我七天再出峒去，一定就是因为那时女人已经再活回来，才用不着我这个医生，若是七天并没有活回的希望，恐怕罪名都屯在我头上，不但不许我走，还得我为他背尸去掩埋，也未可知。

他也可以疑心是我不许这女人复活。在他混乱的头脑里，他就有权利随意凑合一种观念，倘若这观念是不利于我的，我要打过这难关真是不很容易。

他是一个疯子，可疯得特别古怪。他恰恰选到这一天等在那里，我恰恰在那天想到乡下去，我们恰恰碰到一处了，这事就恰恰落在我的头上。一切的凑巧，使我疑心自己还是像梦里的人物。不过做梦不应当那么长久，我计算日子，用那糊乱对上时间的表，细数它的分秒，已经是第四天了。

还有第五天，我听到从那个怪人的口里，反复的说是“只有两天”的一句话时，欢喜的心同忧惧的心合混搅扰在一处，这人只记到再过两天，女人就会复活的，我却担心到两天后我的境遇。他答应我的话很靠不住，一定可以临时改变。向一个疯人讨那人世也难讲究的“信实”，原是十分不可靠的。我不能向他索取一句空话，同时也就无从向他索取一句有信用的话。这人一切的行为，都不是我可以思索理解得到的，用尽了方法试作各种计画，我还是得陪了他，听他同女人谈那些我理解不及的费话，度着这山峒中黯淡的日子。

让我很快的说第六天的事吧。这一天我看到那疯子的眼睛放光，我可着急起来了。他一个人走出去折了许多山花拿到峒里来，自己很细心的在那里把花分开放到死尸身边各处去。他那种高兴神气，在我看来结果却是于我不利，因为除了到时女人当真复活外，我绝对没有好处。

我不得不旧事重提，问他什么时候让我出去。本来我平常为人也就够谦卑了，我用着十分恭顺的态度，向他说：

“同年，我可以去了吗？你现在已经用不着我了。”

他好像不懂这句话的意义，过了一会儿，我又说：

“我想回去了，不要到这里打你的岔。”

“……”

“我贺喜你，很愿意预备一点礼物送你，你明白吗？我想随意为你办一两样礼物，回去就可以买来。”

“……”

“你让我出去一会儿，看看太阳，吹吹风，好不好？我非常欢喜太阳，你说太阳不可爱吗？”

“……”

“我们如今真好像弟兄了，我们应当喝一点酒，庆祝这好事好日子。你不欢喜喝一杯那种辣辣的甜甜的烧酒吗？我实在想得那么一小杯酒。我觉得酒是好的。”

“……”

“你到什么地方折得那么多花？这花真美，不是桃花吗？几天来就开了，我也想去摘一点儿。你不是会爬树吗？我看你那样子一定很有点本领，因为你……我们到外边去取一个鸟窠来玩玩，你说好不好？”

“……”

“你会不会打鸟？你见过洋枪不见过？若欢喜这东西我可以送你一支，到我们那里取来试试，你一定非常满意。那种枪到荆棚里打雉，雪地里打鸠，全很合用。”

“……”

“我们吃的山薯真好，你打那儿来的？你庄上有这个，是不是？你吃鸡蛋不用火烧，本事很好。这鸡蛋是自己家养的鸡从小便处拉下的，因为很新鲜，我看得出。”

“……”

“你看不看戏？我好像在戏场上见到你。”

“……”

我把枚乘《七发》的本领完全用到这个“王子”方面，甜言蜜语的问他这样又问他那样，他竟毫不动心。他虽似乎听我的话，可是我明白这话说来还是费话。但我除了用空话来自救外，无其他方法可以脱去这危险地方，故到后我把方向再转变了一下，同他又来说关于起死回生的故事。我想这些齐东野语一定可以抓着他的想象。我为他说汉武故事，说王母成仙，东方朔偷桃挨打的种种情形，说唐明皇游月宫的情形，说西施洗衣的情形，说桃花源，说马玉龙和十三妹，皇帝、美人、剑仙、英雄，我但凭我所知道的，加上自己的胡诌，全说给这个人听。说去说来我已计穷了，他还是笑笑，不质问我一句话，不赞美，不感疑，就只用一个微笑来报答我的工作。我相信，若果我是正正向一个青年女人求爱，我说话的和气，态度的诚恳，以及我种种要好的表示，女人即或最贞洁也不好意思再绝决我的提议。可是遇到这个怪人，我就再说一年，也仍然完全失败了。

让事情凑巧一点吧，因为一切都原是很凑巧的。我虽然遭了失败，可并不完全绝望。见到他虽不注意我的话，却并不就不高兴我说话。我只有一天的日子了，我断定明天若是女人没有复活，我就得有些不可免的灾难，若不乘到今天想出法子自救，到时恐赶不及了。我的生路虽不是用言语可得来，我的机会还是得靠到一点投机的话。我认清了这是一个重要问题，坐在席上打算了老半天，到后又开了口。我明白先说过那方向不很对，还得找新的道儿，就说……

这可中了。他笑得比先前放肆了一点，他有点惊愕，有点对于我知识渊博的希奇。他虽仍然不让步，当我重新提出意见，以为放我出去可好一点的时候，在摇头中我看出点头的意思。那时还是白天，我请求他许可我到栅门外去望望，他不答应可否，我看到有了让步，就拖了他的手走到栅边去，他到后便为我开了门。

我看到太阳了！看到太阳光下的一切山，尖尖的山峰各处矗起来，如像画上的东西，到后我看到我的脚下，可差一点儿晕了。原来我们的山峒，前面的路是那么陡险，差不多一刀切下的石壁，真是梦境的景致！我一面敷衍到他，望到他的颜色，一面只能把那条下去的路径稍稍注意一下，即刻就被他一拖，随后那扇厚重的栅门訇的一关，我仍然回到地狱魔窟里了。

到了晚上，我们各吃了一点山薯，一些栗子，我估计是我最好的机会来了，我重新把我日里说的那件事，提出来作为题目，向他说着，我并且告他，他应当让我避开一会儿。我见到他向我微笑，误会了他的意思，以为有了转机了，说话得更动人了一点。我形容从那些古怪的路到天堂去的人如何多，我在作撒旦的传教人，心里有点糊涂，不知应当说什么话才是我的活路，口上却离不了要他去试验的谵言。

我以为这样就可以脱身，谁知我把事情完全弄错了，我这手臂，这一只受伤的手臂，即刻就为他扭着，到后头上似乎受了重重的一击，醒回来时，我仿佛做梦，不知为什么却睡在稻草囤上。我是被夜风冷醒的，醒回来时还是非常迷乱，我看到天上的星子，仿佛全要掉下的样子，天角上流星曳着长长的苍白的线儿，远远的又听到狗叫，听到滩声。时间似乎去天亮已经不远了，因为我听到鸡声。我心想，这是我的幻觉，还是我已经仍然活到这世界上来了？

到后我被一个乡下人发现了，因为我告他是市上医院的人，在他家里休息了一天，那时我已衰弱得躺到那草囤上一整日夜了，问这个人，我才知道我已离开市上有了五十里。

你们要知道我今天刚一会儿打那里来，是不是？你们瞧我的脸嘴，我刚从市外一个理发馆里出来，我不是有十天不刮过脸了吗？我恐怕进城来吓了别人，所以才到那里坐坐，还欠了账跑来的，这师傅并不认识，我只告他是街上的先生，他也放得下心，可见得我们这地风气不坏，人心那么朴实。

第二天，一个 R 市都知道了医生的事情，都说医生见了鬼。

二十年，四月，二十四，完成于上海。

本篇发表于 1931 年 8 月 10 日《小说月报》第 22 卷第 8 号。署名沈从文。这是作者以《医生》为篇名的作品之一。

黔小景

三月间的贵州深山里，小小雨总是特别多，快出嫁时乡下姑娘们的眼泪一样，用不着什么特殊机会，也常常可以见到。春雨落过后，大小路上烂泥如膏，远山近树皆躲藏在烟里雾里，各处有崩坏的坎，各处有挨饿后全身黑区区的老鸦，天气早晚估计到时常常容易发生错误，许多小屋子里，都有憔悴的妇人，望到屋檐外的景致发愁了。

官路上，这时节正有多少人在泥里雨里奔走。这些人中有作兵士打扮送递文件的公门中人，有向远亲奔事的人，有骑了马回籍的小官，有行法事的男女巫师，别忘记，这种人有时是穿了鲜明红色缎袍，一旁走路一旁吹他手中所持镶银的牛角，招领到一群我们看不见的鬼神走路的。单独的或结伴的走着。最多的是商人，这些活动的份子，似乎为了一种行路的义务，长年从不休息，在这官路上来往的。他们从前一辈父兄传下的习惯，用一百八十的资本，同一具强健结实的身体，如云南小马一样，性格是忍劳耐苦的，耳目是聪明适用的：凭了并不有十分把握的命运，按照那个时节的需要，三五成群的负扛了棉纱、水银、白蜡、棓子、官布、棉纸，以及其他两地所必需交换的出产，长年用这条长长的官路，折磨到那两只脚，消磨到他们的每一个日子中每人的生命。

因为新年的过去，新货物在节候替移中，有了巨量的出纳，各处春货皆快要上市了，加之雪后的春晴，行路方便，这些人，皆在家中先吃得饱饱的，睡得足足的，选了好的日子上路。官路上商人增加了许多，每一个小站上，也就热闹许多了。

但吹花送寒的风，却很容易把春雨带来。春雨一落后，路上难走了。在这官路上作长途跋涉的人，因此就有了一种灾难。落了雨，日子短了许多，许多心急的人，也不得不把每日应走的里数缩短，把到达目的地的日子延长了。

于是许多小站上的小客舍里，天黑以前都有了商人落脚。这些人一到了站上，便像军队从远处归了营，纪律总不大整齐，因此客舍主人便忙碌起来了。他好为他们预备水，预备火，照料到一切，若客人多了一点，估计到坛中余米不大敷用时，还得忙匆匆的到别一家去借些米来。客人好吃喝时，还得为他们备酒杀鸡。主人为客烧汤洗脚，淘米煮饭，忙了一阵，到后在灶边矮脚台凳上，辣子豆腐牛肉干鱼排了一桌子，各人喝着滚热的烧酒，嚼着粗砺的米饭。把饭吃过后，就有了许多为雨水泡得白白的脚，在火堆边烘着，那些善于说话的人，口中不停说着各样在行的言语，谈到各样撒野粗糙故事。火光把这些饶舌的或沉默的人影，各拉得长短不一，映照到墙上去，过一会，说话的沉默了。有人想到明早上路的事，打了哈欠，有人打了盹，低下头时几几乎把身子栽到火中去。火光也渐渐熄灭了，什么人用火铁箸搅和着，便骤然向上卷起通红的火焰。外面雨声或者更大了一点，或者已结束了，于是这些人，觉得应当到了睡的时候了。

到睡时，主人在屋角的柱上，高高的悬着一盏桐油灯，站到一个凳子上，去把灯芯爬亮了一点，这些人，到门外去方便了一下，因为看到外面极黑，便说着什么地方什么时节豹狼吃人的旧话，虽并不畏狼，总问及主人，这地方是不是也有狼咬人颈项的事情。一面说着，各在一个大床铺的草荐上，拣了自己所需要的一部分，拥了发硬微臭的棉絮，就这样倒下去睡了。

半夜后，或者忽然有人为什么声音吼醒了。这声音一定还继续短而宏大的吼着，山谷相应，谁个听来也明白这是老虎的声音。这老虎为什么发吼，占据到什么地方，生谁的气？这人是不会去猜想的。商人中或者有贩卖虎皮狼皮的人，听到这个声音时，他就估计到这东西的价值，每一张虎皮到了省会客商处，能值多少钱。或者所听到的只是远远的火炮同打锣声音，人可想得出，这时节一定有什么人攻打什么村子，各处是明明的火把，各处是锋利的刀，无数用锅烟涂黑的脸，在各处大声喊着。一定有砍杀的事，一定有妇人，哭哭啼啼抱了孩子，忙匆匆的向屋后竹园跑去的事，一定还有其他各样事情，因为人类的仇怨，使人类作愚蠢事情的机会，实在太多了。但这类事同商人又有什么关系？这事是决不会到他们头上来的。一切抢掠焚杀的动机，在夜间发生的，多由于冤仇而来。听一会，锣声止了，他们也仍然又睡着了。

…………

有一天，有那么两个人，落脚到一个孤单的客栈里。一个扛了一担作账簿用的棉纸，一个扛了一担染色用的棓子。他们因为在路上耽误了些时间，掉在大帮商人后面了几里路，不能追赶上去，落雨的天气照例断黑又极早，年纪大一点的那个人，先一日腹中作泻，这时也不愿意再走路了，所以不到黄昏，两人就停顿下来了。

他们照平常规矩，到了站，放下了担子，等候烧好了水，就脱下草鞋，在灶边一个木盆里洗脚。主人是一个老男子，头上发全是白的，走路腰弯弯的如一匹白鹤。今天是他的生日，这老年人白天一个人还念到这生日，想不到晚上就来那么两个客人了。两个客人一面洗脚，一面就问有什么吃的。

这老人站到一旁好笑，说："除了干红豆，什么也没有了。"

年青那个商人说："你们开铺子，用红豆待客吗？"

"平常有谁肯到我们这里住？到我这儿坐坐的，全是接一个火吃一袋烟的过路人。我这红豆本来留到自己吃的，你们是我这店里今年第一个客。对不起你们，马马虎虎吃一顿吧。我们这里买肉，远得很，这里隔寨子，还有二十四里路，要半天工夫。今天本来预备托人买点肉，落了雨，前面村子里就无人上市。"

"除了红豆就没有别的吗？"客人意思是有没有鸡蛋。

老人说："有红薯。"

红薯在贵州乡下人当饭，在别的什么地方，城里人有时却当菜，两个客人都听到人说过，有地方，城里人吃红薯是京派，算阔气的行为，所以现在听到说红薯当菜就都记起"京派"的称呼，以为非常好笑，两人就很放肆的笑了一阵。

因为客人说饿了，这主人就爬到凳子上去，取那些挂在梁上的红薯，又从一个坛子里抓取红豆，坐到大门边，用力在筛心木板上，轧着那些红豆条。

这时门外边雨似乎已止住了，天上有些地方云开了眼，云开处皆成为桃红颜色，远处山上的烟好像极力在凝聚，一切光景在到黄昏里明媚如画，看那样子明天会放晴了。

坐在门边的主人，看到天气放了晴，好像十分快乐，拿了筛子放到灶边去，像小孩子的神气说着："晴了，晴了，我昨天做梦，也梦到今天会晴。"有许多乡下人，在落春雨时都只梦到天晴，所以这时节，一定也有许多人，在向另一个人说他的梦。

他望到客人把脚洗完了，赶忙走到房里去，取出了两双鞋子来给客人。那个年青一点的客，一面穿鞋一面就说："怎么你的鞋子这样同我的脚合式！"

年长商人说："穿别人的新鞋非常合式，主有酒吃。"

年青人就说："伯伯，那你到了省城一定请我喝。"

年长商人就笑了："不，我不请你喝。这兆头是中在你讨媳妇的，应当喝你的喜酒。"

"我媳妇还在吃奶咧。"同时他看到了他伯伯穿那双鞋也似乎十分相合，就说："伯伯，你也有喜酒吃。"

两个人于是大声的笑着。

那老人在旁边听到这两个客人的调笑也笑着，但这两双鞋子却属于他在冬天刚死去的一个儿子所有的。那时正似乎因为两个商人谈到家庭儿女的事情，年青人看到老头子孤孤单单的在此住下，有点怀疑，生了好奇的心思了。

"老板，你一个人在这里吗？"

"我一个人。"说了又自言自语似的，"嗳，是一个人。"

"你儿子呢？"

这老头子这时节，正因为想到死去的儿子，有些地方很同面前的人相像，所以本来要说"儿子死了，"但忽然又说，"儿子做生意去了。"

那年长一点的商人，因为自己儿子在读书，就问老板，在前面过身的小村子里，一个学塾，是“洋学堂”还是“老先生?”

这事老板是不明白的，所以不作答，就走过水缸边去取瓢，因为他看到锅中的米汤涨腾溢出，应当榨取米汁了。

两个商人趿了鞋子，到门边凳子上坐下，望到门外黄昏的景致。望到天，望到山，望到对过路旁一些小小菜圃，（油菜花开得黄澄澄的，好像散碎金子。）望到踏得稀烂的路，（晴过三天恐怕还不会干。）一切调子在这两个人心中，引起的情绪，皆没有同另外任何时节不同，而觉得稍稍惊讶。到后倒是望到路边屋檐下堆积的红薯藤，整整齐齐的堆了许多，才诧异老板的精力，以为在这方面一个生意人比一个农人不如了。他们于是说，一个商人不如一个农人好，一个商人可是比一个农人高。因为一个商人到老来，生活较好时，总是坐在家里喝酒，穿了庞大的狐皮袄子，走路时摇摇摆摆，气派如一个大官。但乡下人就完全不同了。两叔侄因为望到这干藤，到此地一钱不值，还估计这东西到城里能卖多少钱。可是这时节，黄昏景致更美丽了，晚晴正如人病后新愈，柔和而十分脆弱，仿佛在笑着，仿佛有种忧愁，沉默无言。

这时老板在屋里，本来想走出去，望到那两个客人用手指点对面菜畦，以为正指到那个土堆，就不出去了。那土堆下面，就埋得有他的儿子，是在这人死过一天后，老年人背了那个尸身，埋在自己所挖掘成就的阱里，再为他加上土做成小坟的。

慢慢的夜就来了。

屋子里已黑暗得望不分明物件，在门外边的两个商人，回头望到灶边一团火光，老板却在灶边不动。年青人就喊他点灯，这老人才站起来，从灶边取了一根一端已经烧着的枝子，在空中划着，借到这个光去找取屋角的油瓶，因为这人近来一到夜时就睡觉，不用灯火也有好几个月了。找着了贮桐油的小瓶，把油倒在灯盏里去后，他就把这个烧好的灯，放到灶头上预备炒菜。

吃过晚饭后，这老人就在锅里洗碗，两个商人坐在灶口前，用干松枝塞到灶肚里去，望到那些松枝着火时，訇然一轰的情形，以为快乐的事。

到后，洗完了碗，只一会儿，老头子就说，应当去看看睡处，若客人不睡，他想先睡。

把住处看好了，两个商人仍然坐到灶边，称赞这个老年人的干净，以为想不到床铺比别处大店里还好。

老人说是要睡，已走到他自己那个用木头隔开的一间房里睡去了，不过一会儿，这人却又走出来，说是不想就睡，傍到两个商人一同在灶边坐下了。

几个人谈起话来，他们问他有六十几，他说应当再加十岁去猜。他们又问他住到这里有了多久，他说，并不久，只二十多年。他们问他还有多少亲戚，在些什么地方，他就像为骗哄自己原因的样子，把一些已经毫无消息了的亲戚，一一的数着，且告诉他们，这些人在什么地方，做些什么事。他们问他那个在别处做生意的儿子，什么时候来看他一次，他打量了一下，就说："冬天过年来过一次，还送了他多少东西。"

说了许多他自己都不明白的话，自己为什么有那么多话可说，使他自己也觉得今天有点奇怪。平常他就从没有想到那些亲戚熟人，也从不想到同谁去谈这些事，但今天很显然的，是不必谈到的也谈到，而且谎话也说得很多了。到后，商人中那个年长的，提议要睡了，这侄儿却以为时间太早了一点，所以他还不消化，要再缓一点。因此年长商人睡后，年青商人还坐到那条板凳上，又同老头子谈了许久。

到末了，这年青商人也睡去了，老头子一面答应着明天早早的喊叫客人，一面还是坐在灶边，望到灶口，不即起身。

第二天天明以后，他们起来时，屋子还黑黑的，到灶边去找火媒燃灯，希奇得很，怎么老板还坐在那凳上，什么话也不说。开了大门再看看，才知道原来这人死了。

…………

这两个商人自然到后又上路了。他们已经跑到邻近小村子里，把这件事告给了别人，且在住宿应把的数目以外，加了一点钱。那么老了一个人，自然也很应当死掉了，如今恰恰在这一天死去，幸好有个人知道，不然死后到全身爬得是蛆时，还恐怕才会被人发现。乡下人那么打算着，这两个商人，自然就不会再有什么理由被人留难了。在路上，他们又还有路上的其他新事情，使他们很自然的也就忘掉那件事了。

他们在路上，在雨后崩坍的土坎旁，新新的翻起的土上，印有巨大的山猫的脚迹，知道白天这样是人走的路，晚上却是别的东西走的路，望了一会儿，估计了一下那脚迹的大小，过身了。

在什么树林子里，一个希奇的东西，悬到迎面的大树枝椏上，这用绳索兜好的人头，为长久雨水所淋，失去一个人头原来的式样，有时非常像一个女人的头。但任何人看看因为同时想起这人就是先一时在此地抢劫商人的强盗，所以各存戒心默默的又走开了。

路旁有时躺得有死人，商人模样或军人模样，为什么原因，在什么时候死到这里，无人敢去过问，也无人敢去掩埋。

在这官路上，有时还可碰到二十三十的兵士，或者什么县警备队，穿了不很整齐的军服，各把长矛子同快枪扛到肩膊上，押解了一些满脸菜色受伤了的人走着。同时还有一眼看来尚未成年的小孩子，用稻草扎成小兜，担着四个或两个血淋的人头，若商人懂得这规矩，不必去看那人头，也就可以知道那些头颅就是小孩的父兄，或者是这些俘虏的伙伴。有时这些奏凯而还的武士，还牵得有极肥的耕牛，挑得有别的杂用东西。这些兵士从什么地方来，到什么地方去，奉谁的命令，杀了那么多人，从什么聪明人领教，学得把人家父兄的头割下后，却留下一个活的来服务？这是谁也不明白的。

商人在路上所见的虽多，他们却只应当记下一件事，是到地时怎么样多赚点钱，因为这个理由，所以他们同税局的稽查验票人，在某一种利益相通的事情上，好像就有一种希奇的友谊必须成立，如何成立这友谊，一个商人常常在路上也很费思索的。

本篇发表于1931年11月20日《北斗》第1卷第3期。署名沈从文。

都市一妇人

《都市一妇人》1932年11月由新中国书局初版。

原目：《都市一妇人》、《贤贤》、《厨子》、《静》、《春》、《若墨医生》。

《春》、《若墨医生》见第9卷《短篇选》。

其余诸篇据新中国书局初版本编入。

都市一妇人

一

一九三零年我住在武昌，因为我有个作军官的老弟，那时节也正来到武汉，办理些关于他们师部军械的公事。从他那方面我认识了好些少壮有为的军人。其中有个年龄已在五十左右的老军校，同我谈话时比较其余年青人更容易了解一点，我的兄弟走后，我同这老军校还继续过从，极其投契。这是一个品德学问在军官中都极其稀有罕见的人物，说到才具和资格，这种人作一军长而有余。但时代风气正奖励到一种恶德，执权者需要投机迎合比需要学识德性的机会较多，故这个老军校命运，就只许他在那种散职上，用一个少将参议名义，向清乡督办公署，按月领一份数目不多不少的薪俸，消磨他闲散的日子。有时候我们谈到这件事情时，常常替他不平，免不了要说几句年青人有血气的粗话，他就望到我微笑。“一个军人欢喜庄子，你想想，除了当参议以外，还有什么更适当的事务可作?”他那种安于其位与世无竞的性格，以及高尚洒脱可爱处，一部庄子同一瓶白酒，对于他都多少发生了些影响。

这少将独身住在汉口，我却住在武昌，我们住处间隔了一条长年是黄色急流的大江。有时我过江去看他，两人就一同到一个四川馆子去吃干烧鲫鱼。有时他过江来看我，谈话忘了时候，无法再过江了，就留在我那里住下，我们便一面吃酒，一面继续那个未尽的谈话，听到了蛇山上驻军号兵天明时练习喇叭的声音，两人方横横的和衣睡去。

有一次我过江去为一个同乡送行，在五码头各个小火轮趸船上，找寻那个朋友不着，后来在一趸船上却遇到了这少将，正在趸船客舱里，同一个妇人说话。妇人身边堆了许多皮箱行李，照情形看来，他也是到此送行的。送走的是一男一女，男的大致只二十三四岁，一个长得英俊挺拔十分体面的青年，身穿灰色袍子，但那副身材，那种神气，一望而知这青年应是在军营中混过的人物。青年沉默的站在那里，微微的笑着，细心的听着在他面前的少将同女人说话。女人年纪仿佛已经过了三十岁，穿着十分得体，华贵而不俗气，年龄虽略长了一点，风度尚极动人，且说话时常常微笑，态度秀媚而不失其为高贵。这两人从年龄上估计既不大像母子，从身分上看去，又不大像夫妇，我以为或者是这少将的亲戚，当时因为他们正在谈话，上船的人十分拥挤，少将既没有见到我，我就也不大方便过去同他说话。我各处找寻了一下同乡，还没有见到，就上了码头，在江边马路上等候到少将。

半点钟后，船已开行了，送客的陆续散尽了，我还见到这少将站在趸船头上，把手向空中乱挥，且下了趸船在泥滩上追了几步，船上那两个人也把白手巾挥着。船已去了一会，他才走上江边马路，我望到他把头低着从跑板上走来，像是对于他的朋友此行有所惋惜的神气。

于是我们见到了，我就告给他，我也是来送一个朋友的，且已经见到了他许久，因为不想妨碍他们的谈话，所以不曾招呼他一声。他听我说已经看见了那男子和妇人，就用责备我的口气说：

“你这讲礼貌的人，真是当面错过了一种好机会！你这书呆子，怎么不叫我一声？我若早见到你就好了。见到你，我当为你们介绍一下！你应当悔恨你过分小心处，在今天已经作了一件错事，因为你若果能同刚才那女人谈谈，你就会明白你冒失一点也有一种冒失的好处。你得承认那是一个华丽少见的妇人，这个妇人她正想认识你！至于那个男子，他同你弟弟是要好的朋友，他更需要认识你！可惜他的眼睛看不清楚你的面目了，但握到你的手，听你说的话，也一定能够给他极大的快乐！”

我才明白那青年男子沉默微笑的理由了。我说："那体面男子是一个瞎子吗？"朋友承认了。我说："那美丽妇人是瞎子的太太吗？"朋友又承认了。

因为听到少将所说，又记起了这两夫妇保留到我印象上那副高贵模样，我当真悔恨我失去的那点机会了。我当时有点生自己的气，不再说话，同少将穿越了江边大路，走向法租界的九江路，过了一会，我才追问到船上那两个人从什么地方来，到什么地方去，以及其他旁的许多事情。原来男子是湘南ＸＸ一个大地主的儿子，在广东黄埔军校时，同我的兄弟在一队里生活过一些日子，女人则从前一些日子曾出过大名，现在人已老了，把旧的生活结束到这新的婚姻上，正预备一同返乡下去，打发此后的日子，以后恐不容易再见到了。少将说到这件事情时，夹了好些轻微叹息在内。我问他为什么那样一个年青人眼睛会瞎去，是不是受下那军人无意识的内战所赐，他只答复我"这是去年的事情。"在他言语神色之间，好像还有许多话一时不能说到，又好像在那里有所计划，有所隐讳，不欲此时同我提到。结果他却说："这是一个很不近人情的故事。"但在平常谈话之间，少将所谓不近人情故事，我听到的已经很多，并且常常没有觉得怎么十分不近人情处，故这时也不很注意，就没有追问下去。过ＸＸ路一戏院门前时，碰到了我那个同乡，我们三个人就为别一件事情，把船上两个人忘却了。

回到武昌时，我想起了今天船上那一对夫妇，那个女人在另一时我似乎还在什么地方看到过，总想不出应分在北京还是在上海。因为忘不掉少将所说的这两夫妇对于我的未识面的友谊，且知道这机会错过去后，将来除了我亲自到湘南去拜访他们时，已无从在另外什么机会上可以见到，故更为所错过的机会十分着恼。

过了两天是星期，学校方面无事情可作，天气极好，想过江去寻找少将过汉阳，同他参观兵工厂的内部。在过江的渡轮上，许多人望着当天的报纸，谈论到一只轮船失事的新闻，我买了份本地报纸，第一眼就看到了"仙桃"失事的电报。我糊涂了。"这只船不是前天开走的那只吗？"赶忙把关于那只船失事的另一详细记载看看，明白了我的记忆完全不至于错误，的的确确就是前天开行的一只，且明白了全船四百七十几个人，在措手不及情形下，完全皆沉到水中去，一个也没有救起。这意外消息打击到我的感觉，使我头脑发胀发眩，心中十分难过，却不能向身边任何人说一句话。我于是重新又买了另外一份报纸，看看所记载的这一件事，是不是还有岐出的消息。新买那份报纸，把本国军舰目击那只船倾覆情形的无线电消息，也登载出来，人船俱尽，一切业已完全证实了。

我自然仍得渡江过汉口去，找寻我那个少将朋友！我得告知他这件事情，我还有许多话要问他，我要那么一个年高有德善于解脱人生幻灭的人，用言语帮助到我，因为我觉得这件事使我受了一种不可忍受的打击。我心中十分悲哀，却不知我损失的是些什么。

上了岸，在路上我就很糊涂的想到："假如我前天没有过江，也没有见到这两个人，也没有听到少将所说的一番话，我不会那么难受吧。"可是人事是不可推测的，我同这两人似乎已经相熟，且俨然早就成为最好的朋友了。

到了少将住处以后，才知道他已出去许久了。我在他那里，等了一会，留下了一个字条，又糊糊涂涂在街上走了几条马路。到后忽然又想"莫非他早已得到了消息，跑到我那儿去了吗？"于是才渡江回我的住处。回到住处，果然就见到了少将，见到他后我显得又快乐又忧愁。这人见了我递给他的报纸，就把我手紧紧的撳住握了许久。我们一句话都不说，我们简直互相对看的勇气也失掉了，因为我们都知道了这件事情，用不着再说了。

可是我的朋友到后来笑了，若果我的听觉是并不很坏的，我实在还听到他轻轻的在说："死了是好的，这收场不恶。"我很觉得奇异，由于他的意外态度，引起了我说话的勇气。我问他这是怎么一回事。怎么一回事？只有天知道！这件事可以去追究它的证据和根源，可以明白那些沉到水底去的人，他们的期望，他们的打算，应当受什么一种裁判，才算是最公正的裁判。这当真只有天知道了！

二

一九二七左右时节，X X 师以一个最好的模范军誉，驻防到 X

地方的事，这名誉直到一九三零还为人所称道。某一天师部来了四个年青男子，拿了他们军事学校教育长的介绍信，来谒见师长。这会见的事指派到参谋处来，一个上校参谋主任代替了师长，对于几个年青人的来意，口头上询问了一番，又从过去经验上各加以一种无拘束的思想学识的检察，到后来，四人之中三个皆委充中尉连附，分发到营上去了，其余一个就用上尉名义，留下在参谋处服务。这青年从大学校脱身而转到军校，对军事有了深的信仰，如其余许多年轻大学生一样，抱了牺牲决心而改图，出身膏腴，脸白身长，体魄壮健，思想正确，从相人术方法上看来，是一个具有毅力与正直的灵魂极合于理想的军人。年青人在时代兴味中，有他自己哲学同观念，即在革命队伍里，大众同志之间，见解也不免常常发生分歧，引起争持。即或是错误，但那种诚实无伪的纯洁处，正显得这种年青人灵魂的完美无疵。到了参谋处服务以后，不久他就同一些同志，为了意见不合，发了几次热诚的辩论。忍耐，诚实，服从，尽职，这些美德一个下级军官所不可缺少的，在这年青人方面皆完全无缺，再加上那种可以说是华贵的气度，使他在一般年青人之间，乃如群鸡中一只白鹤，超拔挺特，独立高举。

这年青人的日常办事程序，应受初来时节所见到的那个参谋主任的一切指导。这上校年纪约有五十岁左右，一定有了什么错误，这实在是安顿到大学校去应分比安顿在军队里还相宜的人物。这上校日本士官学校初期毕业的头衔，限制了他对于事业选择的自由，所以一面读了不少中国旧书，一面还得同一些军人混在一处。天生一种最难得的好性情，就因为这性情，与人不同，与军人身分不称，多少同学同事皆向上高升，作省长督办去了，他还是在这个过去作过他学生现在身充师长的同乡人部队里，认真克己的守着他的参谋职务。

为时不久，在这个年青人同老军官中间，便发生了一种极了解的友谊了，这友谊是维持在互相极端尊敬上面的。两人年份上相差约三十岁，却因为知慧与性格有一致契合处，故成了忘年之交。那年长的一个，能够喝很多的酒，常常到一个名为老兵俱乐部去，喝那种高贵的白铁米酒。这俱乐部定名为“老兵”，来的却大多数是些当地的高级军人。这些将军，这些伟人，有些已退了伍，不再作事，有些身居闲曹，事情不多，或是上了点儿年纪，欢喜喝一杯酒，谈谈笑话，打打不成其为赌博的小数目扑克，大都觉得这是一个极相宜的地方。尤其是那些年纪较大一点儿的人物，他们光荣的过去，他们当前的娱乐，自然而然都使他们向这个地方走来，离开了这个地方，就没有更好的更合乎军人身分的去处了。

这地方虽属于高级军人所有，提倡发起这个俱乐部的，实为一个由行伍而出身的老将军，故取命为老兵俱乐部。老兵俱乐部在ＸＸ还是一个极有名的地方，因为里面不谈政治，注重正当娱乐，娱乐中凡包含了不道德的行为，也不能容许存在。还有一样最合理的规矩，便是女子不能涉足。当初发起人是很得军界信仰的人，主张在这俱乐部里不许女人插足，那意思不外乎以为女人常是祸水，同军人常常特别不相宜。这意见经其他几个人赞同，到后便成为规则了。由于规则的实行，如同军纪一样，毫不模糊，故这俱乐部在ＸＸ地方倒很维持到一点令誉。这令誉恰恰就是其他那些用俱乐部名义组织的团体所缺少的东西。

不过到后来，因为使这俱乐部更道德一点，却有一个上校董事，主张用一个妇人来主持一切，当时把这个提议送到董事会时，那上校的确用的是“道德”名义。到后来这提议很希奇的通过了，且即刻就有一个中年妇人来到俱乐部了。据闻其中还保留到一种秘密，便是来到这里主持俱乐部的妇人，原来就是那个老兵将军的情妇。某将军死后，十分贫穷，妇人毫无着落，上校知道这件事，要大家想法来帮助那个妇人，妇人拒绝了金钱的接受，所以大家商量想了这样一种办法。但这种事知道的人皆在隐讳中，仅仅几个年老军官明白一切。妇人年龄已在三十五岁左右，尚保存一种少年风度，性情端静明慧，来到老兵俱乐部以后，几个老年将军，皆对这妇人十分尊敬客气，因此其余来此的人，也猜想得出，这妇人一定同一个极有身分的军人有点古怪关系，但却不明白这妇人便是老兵俱乐部第一个发起人的外妇。

Ｘ师上校参谋主任，对于这妇人过去一切，知道得却应比别的老军人更多一点。他就是那个向俱乐部董事会提议的人，老兵将军生时是他最好的朋友，老兵将军死时，便委托到他照料过这个秘密的情妇。

这妇人在民国初年间，曾出没于北京上层贵族社交界中。她是一个小家碧玉，生小聪明，像貌俏丽，随了母亲往来于旗人贵家，以穿扎珠花，缝衣绣花为生。后来不知如何到了一个老外交家的宅中去，被收留下来作了养女，完全变更了她的生活与命运，到了那里以后，过了些外人无从追究的日子，学了些华贵气派，染了些娇奢不负责任的习惯。按照聪明早熟女子当然的结果，没有经过养父的同意，她就嫁给了一个在外交部办事的年青科长。这男子娶她也是没有得到家中同意的。两人都年青美貌，正如一对璧人，结了婚后，曾很狂热的过了些日子。到后男子事情掉了，两人过上海去，在上海又住了些日子，用了许多从别处借来的钱。那年青男子，不是傻子，他起初把女人看成天仙，无事不遵命照办，到上海后，负了一笔大债，而且他慢慢看出了女人的弱点，慢慢的想到为个女人同家中那方面绝裂实在只有傻子才做的事，于是，在某次小小争持上，拂袖而去，从此不再见面了。他到那儿去了呢？女人是不知道的，可是瞧到女人此后生活看来，这男子是走得很聪明，并不十分错误的。但男子也许是自杀了，因为女子当时并不疑心他有必须走去的理由，且此后任何方面也从不见过这个男子的名姓。自从同住的男子走后，经济的来源断绝了。民国初年间的上海地方住的全是商人，还没有以社交花名义活动的女子，她那时只二十岁，自然的想法回到北京去，自然的同那个养父忏悔讲和，此后生活才有办法。因此先寄信过北京去，报告一切，向养父承认了一切过去的错误，希望老外交家给她一点恩惠，仍然许她回来。老外交家接到信后，即刻寄了五百块钱，要她回转北京，一回北京，在老人面前流点委屈的眼泪，说些引咎自责的话，自然又恢复一年前的情形了。

但女人是那么年青，又那么寂寞，先前那个丈夫，很明显的既不曾正式结婚，就没有拘束她行动的权利，为时不久，她就又被养父一个年约四十岁左右的朋友引诱了去。那朋友背了老外交家，同这女子发生了不正当的关系，女子那么狂热爱着这中年绅士，但当那个男子在议会中被ＸＸ拉入名流内阁，发表为阁员之一后，却正式同军阀 X X 姨妹订了婚，这一边还仍然继续到一种暧昧的往来。女人明白了，十分伤心，便坦白的告给了养父一切被欺骗的经过。由于老外交家的责问，那个绅士承认了一切，却希望用妾媵的位置处置到女子，因为这绅士是知道女人根底，以及在这一家的暧昧身分的。由于虚荣与必然的习惯，女人既很爱这个绅士，没有拒绝这种提议，不久以后就作了总长的姨太太。

X X 事议会贿案发觉时，牵连了多少名人要人，X 总长逃到上海去了。一家过上海以后，X 总长二姨太太进了门，一个真实从妓院中训练出来的人物，女子在名分上无位置，在实际上又来了一个敌人，而且还有更坏的，就是为时不久，丈夫在上海被北京政府派来的人，刺死在饭店里。

老外交家那时已过德国考察去了。命运启示到她，为的是去找一个宽广一些的世界，可以自由行动，不再给那些男子的糟蹋，却应当在某种事上去糟蹋一下男子。她同那个新来的姨太太，发生了极好的友谊，依从那个妓女出身妇人的劝告，两人各得了一笔数目可观的款项，脱离了原来的地位。两人独自在上海单独生活下来，实际上，她就做了妓女。她的容貌和本能都适合于这个职业，加之她那种从上流阶级学来的气度，用到社会上去，恰恰是平常妓女所缺少的，所以她很有些成就。在她那个事业上，她得到了丰富的享乐，也给了许多人以享乐。上海的大腹买办，带了大鼻白脸的洋东家，在她这里可以得到东方贵族的印象回去。她让那些对她有所羡慕有所倾心的人，献上他最后的燔祭，为她破产为她自杀的，也很有一些人。她带了一种复仇的满足，很奢侈很恣肆的过了一些日子，在这些日子中，她成了上海地方北里名花之王。“男子是只配作踏脚石，在那份职务上才能使他们幸福，也才能使他们规矩的。”这话她常常说到，她的哲学是从她所接近的那第一个男子以下的所有男子经验而来的。当她想得到某一人，或愚弄某一人时，她便显得极其热情，终必如愿而偿，但她到后厌烦了，一下就撒了手，也不回过头去看看。她如此过了将近十年。在这时期里，她因为对于她的事业太兴奋了一点，还有，就是在某一些情形中，似乎由于缺少了点节制，得了一种意义含混的恶病，在病院里住了好些日子。

经过一段长期治疗，等到病好了点，出院以后，她明白她当前的事情，应计划一下，是不是从新来立门户，还照样走原来的一条路。她感到了许多困难，无论什么职业的活动，停顿一次之后，都是如此的。时代风气正在那里时时有所变革，每一种新的风气，皆在那里把一些旧的淘汰，把一些新的举起，在她那一门事业上也并不缺少这种推移。更糟处，是她的病已把几个较亲切的人物吓远，而她又实在快老了。她已经有了三十余岁，一切习气皆不许她把场面缩小，她的此后来源却已完全没有把握，照这样情形下去，将来的生活一定十分黯淡。

她踌躇了一些日子，决意离开了上海，到长江中部的 X 镇去，试试她的命运。那里她知道有的是大商人同大傻子，两者之中，她还可以得到机会，较从容的选取其一，自由的把终身交付与他，结束了这青春时代的狂热，安静消磨下半生日子。她的希望却因为到了 X 镇以后事业意外的顺手而把它搁下了，为了大商人与大傻子以外，还有大军人拜倒这妇人的脚下，她的暮年打算，暂时不得不抛弃了。

人世幸福照例是孪生的，忧患也并不单独存在。在生活中我们常会为一只不能目睹的手所颠覆，也常会为一种不能意想的妒嫉所陷害。一切的境遇稍有头绪，一切刚在恢复时，一个大傻子同一个军籍中人，在她住处弄出了流血命案，这命案牵累到她，使她在一个军人法庭，受了严格的质问。这审判主席便是那个老兵将军，在她的供词里，她稍稍提到一点过去诙奇不经的命运。

命案结束后，这老兵将军成了她妆台旁一位服侍体贴的仆人。经过不久时期，她却成了老兵将军的秘密别室。倦于风尘的感觉，使她性情发生了很大的变化。若这种改变是不足为奇的，则简直可以说她完全变了。在她这方面看来，老兵将军虽然人老了一点，却是在上一次命案上帮得有忙的人；在老兵将军方面，则似乎全为了怜悯而作这件事。老兵将军按月给她一笔足支开销的用费，一面又用那个正直节欲的人格，唤起了她点近于宗教的感情。当老兵将军过 X X 作军长时，她也跟了过去，另外住到一个很少有人知道的地方。老兵将军生时，有两年的日子，她很可以说极规矩也极幸福。可是 X X 事变发生，老兵将军死去了。她一定会这样问过自己，

“为什么我不愿弃去的人，总先把我弃下？”这自然是命运！这命运不由得不使她重新来思索一下她自己此后的事情！

她为了一点预感，或者她看得出应当在某一时还得一个男子来补这个丈夫的空缺。但这个妇人外表虽然还并不失去引人注意的魔力，心情因为经过多少爱情的蹂躏，实在已经十分衰老不堪磨折了。她需要休息，需要安静，还需要一种节欲的母性的温柔厚道的生活。至于其他华丽的幻想，已不能使她发生兴味，十年来她已饱餍那种生活，而且十分厌倦了。

因此一来，她到了老兵俱乐部。新的职务恰恰同她的性情相合，处置一切铺排一切原是她的长处。虽在这俱乐部里，同一般老将校常在一处，她的行为是贞洁的。他们之间皆互相保持到尊敬，没有亵渎的情操，使他们发生其他事故。

这一面到这时应当结束一下，因为她是在一种极有规则的朴素生活中，打发了一堆日子的。可是有一天，那个上校把他的少年体面朋友邀到老兵俱乐部去了，等到那上校稍稍感觉到这件事情作错了时，已经来不及了。

还只是那个上尉阶级的朋友，来到 X X 二十天左右，X 师的参谋主任，把他朋友邀进了老兵俱乐部。这俱乐部来往的大多数是上了点年纪的人物，少年军官既吓怕到上级军官，又实在无什么趣味，很少有见到那么英拔不群的年青人来此。两人在俱乐部大厅僻静的角隅上，喝着最高贵的白铁酒同某种甜酒，说到些革命以来年青人思想行为所受的影响。那时节图书间有两个人在阅览报纸，大厅里有些年老军人在那里打牌，听到笑声同数筹码的声音以外，还没有什么人来此。两人喝了一会儿，只见一个女人，穿了件灰色绸缎青皮作边缘的宽博袍子，披着略长的黑色光滑头发，手里拿了一束朱花，走过小餐厅去。那上校见了女人，忙站起身来打着招呼。女人也望到这边两个人了，点了一下头，一个微笑从那张俊俏的小小嘴角漾开去，到脸上同眼角散开了。那种尊贵的神气，使人想起这只有一个名角在台上时才有那么动人的丰仪。

那个青年上尉，显然为这种壮观的华贵的形体引起了惊讶，当他老友注意到了他，同他说第一句话时，他的矜持失常处，是不能隐瞒到他的老友那双眼睛的。

上校将杯略举，望到年青人把眉毛稍稍一挤，做了一个记号，意思像是要说：“年青人，小心一点，凡是使你眼睛放光的，就常常能使你中毒，应当明白这点点！”

可是另一个有一点可笑的预感，却在那上校心中蕴蓄着，还同时混合了点轻微的妒嫉，他想到，“也许一个快要熄灭了的火把，同一个不曾点过的火把并在一处，会放出极大的光来。”这想象是离奇的，他就笑了。

过一刻，女人从原来那个门边过来了，拉着一处窗口的帷幕，指点给一个穿白衣的侍者，嘱咐到侍者好些话，且向这一边望着。这顾盼从上尉看来，却是那么尊贵的，多情的。

“上校，日里好，公事不多吧。”

被称作上校的那一个说：“一切如原来样子，不好也不坏。‘受人尊敬的星子，天保佑你，长是那么快乐，那么美丽。’”后面两句话是这个人引用了几句书上话语的，因为那是一个绅士对贵妇的致白，应当显得谦逊而谄媚的，所以他也站了起来，把头低了一下。

女人就笑了。“上校是一个诗人，应当到大会场中去读 X X 的诗，受群众的鼓掌！”

“一切荣誉皆不如你一句称赞的话。”

“真是一个在这种地方不容易见到的有学问的军官。”

“谢谢奖语，因为从你这儿听来的话，即或是完全恶骂，也使人不易忘掉，觉得幸福。”

女人一面走到这边来，一面注目望到年青上尉，口上却说：“难道上校愿意人称为‘有严峻风格的某参谋’吗？”

“不，严峻我是不配的，因为严峻也是一种天才。天才的身分，不是人人可以学到的！”

“那么有学问的上校，今天是请客了吧？”女人还是望到那个上尉，似乎因为极其陌生，“这位同志好像不到过这里。”

上校对他朋友看看，回答了女人，“我应当来介绍介绍；这是我一个朋友，……郑同志，……这是老兵俱乐部主持人，X X 小姐。”两个被介绍过了的皆在微笑中把头点点。这介绍是那么得体的，但也似乎近于多余的，因为爱神并不先问清楚人的姓名，才射出那一箭。

那上校接着还说了两句谑不伤雅的笑话，意思想使大家自由一点，放肆一点，同时也许就自然一点。

女人望到上校微微的笑了一下，仿佛在说着："上校，你这个朋友漂亮得很。"

但上校心里却俨然正回答着："你咧，也是漂亮的。我担心你的漂亮是能发生危险的，而我朋友漂亮却能产生愚蠢的。"自然这些话他是不会说出口的。

女人以为年青军人是一个学生了，很随便的问："是不是骑兵学校的？"

上校说："怎么，难道我带了马夫来到这个地方吗？聪明绝顶的人，不要嘲笑这个没有严峻风度的军人到这样子！"

女人在这种笑话中，重新用那双很大的危险的眼睛，检察了一下桌前的上尉，那时节恰恰那个年青人也抬起头来，由于一点力量所制服，年青人在眼光相接以后，腼腆的垂了头，把目光逃遁了。女人快乐得如小孩子一样的说："明白了，明白了，一个新从军校出来的人物，这派头我记起来了。"

"一个军校学生，的确是有一种派头吗？"上校说时望到一下他的朋友，似乎要看出那个特点所在。

女人说："一个小孩子害羞的派头！"

不知为什么原因，那上校却感到一点不祥兆象，已在开始扩大，以为女人的言语十分危险，此后不很容易安置。女人是见过无数日月星辰的人，在两个军人面前，那么随便洒脱，却不让一个生人看来觉得可以狎侮，加之，年龄已到了三十四五，应当不会给那年青朋友什么难堪了。但女人即或自己不知自己的危险，便应当明白一个对女人缺少经验的年青人，自持的能力却不怎么济事，很容易为她那点力量所迷惑的。可是有什么方法，不让那个火炬接近这个火炬呢？他记起了从老兵将军方面听来的女人过去的命运，他自己掉过头去苦笑了一下，把一切看开了。

但女人似乎还有其他事情等着，说了几句话却走了。

上校见到他的年青朋友，沉默着没有话说，他明白那个原因，且明白他的朋友是不愿意这时有谁来提到女人的，故一时也不曾作声。可是那年青朋友，并不为他所猜想的那么做作，却坦白的向他老朋友说：“这女人真不坏，应当用充满了鲜花的房间安顿她，应当在一种使一切年青人的头都为她而低下的生活里生活，为什么却放到这里来作女掌柜？”

上校不好怎么样告给他朋友女人所有过去的历史。不好说女人在十六年前就早已如何被人逢迎，过了些热闹日子，更不好将女人目前又为什么才来到这地方，说给年青人知道，只把话说到别方面去：“人家看得出你军校出身的，我倒分不出什么。”

那年青上尉稍稍沉默了一下，像是在努力回想先一刻的某种情景，后来就问：

“这女人那双眼睛，我好像很熟习。”

上校装作不大注意的样子，为他朋友倒了一杯甜酒，心里想说：“凡是男子对于他所中意的眼睛，总是那么说的。再者，这双眼睛，也许在五六年前出名的图书杂志上，就常常可以看到！”

后来谈了些别的话，年青人不知不觉尽望到女人去处那一方，上校那时已多喝了两杯，成见慢慢在酒力下解除了，轻轻的向他朋友说：

“女人老了真是悲剧。”他指的是一般女人而言，却想试试看他的朋友是不是已注意到了先一时女人的年龄。

“这话我可不大同意。一个美人即或到了五十岁，也仍是一个美人！”

这大胆的论理，略略激动了那个上校一点自尊心，就不知不觉怀了点近于恶意的感情，带了挑拨的神气，同他的年青朋友说：“先前那个，她怎么样？她的聪明同她的美丽极相称……你以为……”

年青上尉现出年青人初次在一个好女子面前所受的委屈，被人指问是不是爱那个女子，把话说回来了。“我不高兴那种太……的女子的。”他说了谎，就因为爱情本身也是一种精巧的谎话。

上校说：“不然，这实在是一个希见的创作，如果我是一个年青人，我或许将向她说：‘老板，你真美！把你那双为上帝留心的手臂给了我吧。我的口为爱情而焦渴，把那张小小的樱桃小口给了我，让我从那里得到一点甘露吧。’……”

这笑话，在另一时应当使人大笑，这时节从年青上尉嘴角，却只见到一个微哂记号。他以为上校醉了，胡乱说着，而他自己，却从这个笑话里，生了自己一点点小气。

上校见到他年青朋友的情形，而且明白那种理由，所以把话说过后笑了一会。

“郑同志，好兄弟，我明白你。你刚才被人轻视了，心上难过，是不是？不要那么小气吧。一个有希望有精力的人，不能够在女子方面太苛刻。人家说你是小孩子。你可真……不要生气，不要分辩；拿破仑的事业不是分辩可以成功的，他给我们的是真实的历史。让我问你句话，你说吧，你过去爱过或现在爱过没有？”

年青上尉脸红了一会，并不作答。

“为什么用红脸来答复我？”

“我红脸吗？”

“你不红脸的，是不是？一个堂堂军人原无红脸事情。可是，许多年青人见了体面妇人都红过脸的。那种红脸等于说：别撩我，我投降了！但我要你明白，投降也不是容易事，因为世界上尽有不收容俘虏的女人。至于你，你自然是一个体面俘虏！”

年青上尉看得出他的老友醉了，不好怎么样解释，只说：“我并不想投降到这个女人面前，还没有一个女人可以俘虏我。”

“吓，吓，好的，好的。”上校把大拇指翘起，咧咧嘴，做成“佩服高明同意高见”的神气，不再说什么话。等一会又说：“是那么的，女人是那么的。不过世界上假若有些女人还值得我们去作俘虏时，想方设法极勇敢的去投降，也并不是坏事。你不承认吗？一个好军人，在国难临身时，很勇敢的去打仗，但在另一时，很勇敢的去投降，不见得是可笑的！”

“……”

“……”

说着女人恰恰又出来了，上校很亲昵的把手招着，请求女人过来：

“来来，受人尊敬的主人，过来同我们谈谈。我正同这位体面朋友谈到俘虏，你一定高兴听听这个。”

女人已换了件紫色长袍，像是预备出去的模样，见上校同她说话，就一面走近桌边，一面说：“什么俘虏？”女人虽那么问着，却仿佛已明白那个意义了，就望到年青上尉说，“凡是将军都爱讨论俘虏，因为这上面可以显出他们的功勋，是不是？”

年青上尉并不隐避那个问题的真实，“不是，我们指得是那些为女人低头的……”

女人站在桌旁不即坐下，注意的听着，同时又微笑着，等到上尉话说完后，似乎极同意的点着头，“是的，我明白了。原来这些将军常常说到的俘虏，只是这种意思！女人有那么大能力吗？我倒不相信。我自己是一个女人，倒不知道被人这样重视。我想来或者有许多聪明体面女子，懂得到她自己的魔力。一定有那种人，也有这种人；如像上校所说‘勇敢投降’的。”

把话说完后，她坐到上校这一方，为的是好对了年青上尉的面说话。上校已喝了几杯，但他还明白一切事情，他懂得女人说话的意思，也懂得朋友所说的意思，这意思虽然都是隐藏的，不露的，且常常和那正在提到的话相反的。

女人走后，上校望到他的年青朋友，眼睛中正煜爚一种光辉。他懂得那种光辉，是为什么而燃烧为什么而发亮的。回到师部时，同那个年青上尉分了手，他想起未来的事情，不知为什么觉得有点发愁。平常他并不那么为别的事情挂心，对于今天的事可不大放心得下。或者，他把酒吃多了一点也未可知。他睡后，就梦到那个老兵将军，同那个女人，像一对新婚夫妇，两人正想上火车去，醒来时间已夜了。

一个平常人，活下地时他就十分平常，到老以后，一直死去，也不会遇到什么惊心骇目的事情。这种庸人也有他自己的好处，他的生活自己是很满意的。他没有幻想，不信奇迹，他照例在他那种沾沾自喜无热无光生命里十分幸福。另外一种人恰恰相反。他也许希望安定，羡慕平庸，但他却永远得不到它。一个一切品德境遇完美的人，却常常在爱情上有了缺口。一个命里注定旅行一生的人，在梦中他也只见到旅馆的牌子，同轮船火车。“把老兵俱乐部那一个同师部参谋处服务这一个，像两把火炬并在一起，看看是不是燃得更好点?”当这种想象还正在那个参谋主任心中并不十分认真那么打算时，上帝或魔鬼，两者必有其一，却先同意了这件事，让那次晤谈，在两个人印象上保留下一点拭擦不去的东西。这东西培养到一个相当时间的距离上，使各人在那点印象上扩大了对方的人格。这是自然的，生疏能增加爱情，寂寞能培养爱情，两人那么生疏，却又那么寂寞，各人看到对面最好的一点，在想象中发育了那种可爱的影子，于是，老兵俱乐部的主持人，离开了她退隐的事业，跑到上尉住处，重新休息到一个少壮热情的年青人胸怀里去，让那两条结实多力的臂膀，把她拥抱得如一个处女，于是她便带着狂热羞怯的感觉，作了年青人的情妇了。

当那个参谋上校从他朋友辞职呈文上，知道了这件事情时，他笑着走到他年青朋友新的住处去，用一个伯父的神气，嘲谑到他自己那么说：“这事我没有同意神却先同意了，让我来补救我的过失吧。”他为这两个人证了婚，请这两个人吃了酒，还另外为他的年青朋友介绍了一个工作，让这一对新人过武汉去。

日子在那些有爱情的生活里照例过得是极快的，虽然我住在ＸＸ，实在得过了他们很多的信，也给他们写了许多信。我从他们两人合写的信上，知道他们生活过得极好，我于是十分快乐，为了那个女子，为了她那种天生丽质十余年来所受的灾难，到中年后却遇到了那么一个年青，诚实，富有，一切完美无疵的男子，这份从折磨里取偿的报酬，使我相信了一些平时我决不相信的命运。

女人把上尉看得同神话中的王子，女人近来的生活，使我把过去一时所担心的都忘掉了。至于那个没有同老友商量就作了这件冒险事情的上尉呢？不必他来信说到，我也相信，在他的生活里，所得到的体贴与柔情，应当比作驸马还幸福一点。因为照我想来，一个年纪十九岁的公主，在爱情上，在身体上，所能给男子的幸福，会比那个三十五岁的女人更好更多点，这理由我还找寻不出的。

可是这个神话里的王子，在武汉地方，一个夜里，却忽然被人把眼睛用药揉坏了。这意外不幸事件的来源，从别的方面探听是毫无结果的。有些人以为由于妒嫉，有些人又以为由于另一种切齿。女人则听到这消息后晕去过几次。把那个不幸者抬到天主堂医院以后，请了好几个专家来诊治，皆因为所中的毒极猛，瞳仁完全已失了它的能力。得到这消息，最先赶到武汉去的，便是那个上校。上校见到他的朋友，躺在床上，毫无痛苦，但已经完全无从认识在他身边的人。女人则坐到一旁，连日为忧愁与疲倦所累，显得清瘦了许多。那时正当八点左右，本地的报纸送到医院来了。因为那几天ＸＸ正发生事情，长沙更见得危迫，故我看了报纸，就把报纸摊开看了一下。要闻栏里无什么大事足堪注意，在社会新闻栏内，却见到一条记载，正是年青上尉所受的无妄之灾一线可以追索的光明，报纸载“九江捉得了一个行使毒药的人，只须用少许自行秘密制的药末，就可以使人双眼失明。说者谓从此或可追究出本市所传闻之某上尉被人暗算失明案。”上校见到了这条新闻，欢喜得踊跃不已，赶忙告给失明的年青朋友。可是不知为什么，女人正坐在一旁调理到冷罨纱布，忽然把磁盘掉到地下脸色全变了。不过在这报纸消息前，谁都十分吃惊，所以上校当时并没有觉得她神色的惨怛不宁处，另外还潜伏了别的惊讶。

武汉眼科医生，向女人宣布了这年青上尉，两只眼睛除了向施术者寻觅解药，已无可希望恢复原来的状态。女人却安慰到她的朋友，只告他这里医生已感到束手，上海还应当有较好医生，可以希望有方法能够复元。两人于是过上海去了。

整整的诊治了半年，结果就只是花了很多的钱还是得不到小小结果。两夫妇把上海眼科医生全问过了，皆不能在手术上有何效果。至于谋害者一方面的线索，时间一久自然更模糊了。两人听到大连有一个医生极好，又跑到大连住了两个月，还是毫无办法。

那双眼睛看来已绝对不能重见天日，两人决计回家了。他们从大连回到上海，转到武汉。又见到了那个老友，那个上校。那时节，上校已升任了少将一年零三个月。

三

上面那个故事，少将把它说完时，便接着问我："你想想，这是不是一个离奇的事情？尤其是那女人，……"

我说："为什么眼睛会为一点药粉弄坏？为什么药粉会揉到这多力如虎的青年人眼睛中去？为什么近世医学对那点药物的来源同性质，也不能发现它的秘密？"

"这谁明白？但照我最近听到一个广西军官说的话看来，瑶人用草木制成的毒药，它的力量是可惊的，一点点可以死人，一点点也可以失明。这朋友所受的毒，我疑心就是那方面得来的东西，因为汉口方面，直到这时还可以买到那古怪的野蛮的宝物。至于为什么被人暗算，你试想想，你不妨从较近的几个人去……"

我实在就想不出什么人来。因为这上尉我并不熟习，也不大明白他的生活。

少将在我耳边轻轻的说："你为什么不疑心那个女人，因为爱他的男子，因为自己的渐渐老去，恐怕又复被弃，作出这件事情？"

我望到那少将许久说话不出，我这朋友的猜想，使我说话滞住了。"怎么，你以为会……"

少将大声的说："为什么不会？最初那一次，我在医院中念报纸上新闻时，我清清楚楚，看到她把手上的东西掉到地下去，神气惊惶失措。三天前在太平洋饭店见到了他们，我又无意识的把我在汉口方面听人所说'可以从某处买瑶人毒药'的话告给两夫妇时，女人脸即刻变了色，虽勉强支持到，不至于即刻晕去，我却看得出'毒药'这两个字同她如何有关系了。一个有了爱的人，什么都作得出，至于这个女人，她做这件事，是更合理而近情的！"

我不能对我朋友的话加上什么抗议，因为一个军人照例不会说谎，而这个军人却更不至于说谎的。我虽然始终不大相信这件事情，就因为我只见到这个妇人一面。可是为什么这妇人给我的印象，总是那么新鲜，那么有力，一年来还不消灭？也许我所见到的妇人，都只像一只蚱蜢，一粒甲虫，生来小小的，伶便的，无思无虑的。大多数把气派较大，生活较宽，性格较强，都看成一种罪恶。到了春天或秋天，都能按照时季换上它们颜色不同的衣服，都会快乐而自足的在阳光下过它们的日子，都知道选择有利于己有媚于己的雄性交尾。但这些女子，不是极平庸，就是极下贱，没有什么灵魂，也没有什么个性。我看到的蚱蜢同甲虫，数量可太多了一点，应当向什么方向走去，才可以遇到一种稍稍特别点的东西，使回忆可以润泽光辉到这生命所必经的过去呢？

那个妇人如一个光华眩目的流星，本体已向不可知的一个方向流去毁灭多日了，在我眼前只那一瞥，保留到我的印象上，就似乎比许多女人活到世界上还更真实一点。

本篇发表于1932年7月1日《创化》第1卷第3号。署名沈从文。

贤　贤

贤贤在ＸＸ大学女生中，年纪大致是顶小的一个。身体纤秀异常，脸庞小小的，白白的，圆圆的，似乎极宜于时时刻刻向人很和气的微笑。女同学中见到这女孩子样子很美，面貌带有稚气，自然不免看得轻而易与。但因为另外一种底原因，谁也不会有意使这女孩子下不去。

她住在第七号女生宿舍。当同房间三铺小铁床上，一大堆衣被下面，三个同学还各个张着大嘴打鼾时，贤贤很早的一个人就起身，把一切通通整理好了。那时她正拿了牙刷同手巾从盥洗间走回房里去，就见到新换来替工的那个小脚妇人，把扫帚搁到同学书桌上，却使用到自己桌上那把梳子，对准墙边架上一面铜边大镜，歪了一个大头，调理她的头发。贤贤走进房后，这不自弃的爱好的山东乡下妇人，才忙着放下梳子，抓了扫帚，很用力的打扫脚下的地板，似乎表明她对于职务毫不苟且，一定得极力把灰尘扬起，又才能证明她打扫的成绩。

贤贤一面匆匆忙忙的，用小刷子刷理那为妇人私下用过的梳子，一面就轻轻的说："娘姨，请你洒一点水再扫，轻一点，莫惊吵她们先生！"

这妇人好像一点不明白这些话的意义，又好像因为说话的是贤贤，就不应当认真，又好像记起自己的头发，也应得学小姐们的办法处治一下，才合道理，听到贤贤说话时，就只张开嘴唇，痴痴的望着这女孩子乌青的头发，同一堆头发下那张小小白脸出神。过一会，望到女孩子拉开了抽屉，把梳子收藏到一个小盆子里去后，再才记起了扫地的事，方赶忙把扫帚塞到一个女生床铺下，乱捞了两下，那么一来无意中就碰倒了一个瓶子之类，那空瓶子在地板上滚着，发出很大的声音，这妇人便显得十分忙乱，不知所措，把一个女生的皮鞋，拿到手上，用手掌抹了一下鞋尖同鞋底灰尘，又胡乱放到同学被盖上去。且面对贤贤，用一种下贱的丑相，略微伸了一下舌头。

贤贤一面望着，一面微笑，轻轻的喊着，“娘姨!”

另外一个在床铺上把床铺压得轧轧有声的女生，为床铺下的空瓶子声音闹醒了，半朦胧的说：“不要打扫吧，娘姨，你简直是用扫帚同地板打仗呀!”

另一床铺上另一女生，也在半朦胧中，听到这句话，且似乎感觉到呼吸中有些比空气较粗杂的灰尘了，便轻轻的哼了一声，也把床铺压得轧轧发响，用被头蒙着脑袋，翻了一个身，朝墙壁一面睡去了。

贤贤望到这种情形，又望到几个同学床铺上杂乱的衣服，笑了一笑，忽然忙忙取了一本书，同小獐鹿一样，轻捷的活泼的，出了那宿舍的房门，跑下楼梯到外边去了。

到了外边时，贤贤心想：“这早上空气，多香多甜!”她记起了什么书上形容到的句子，“空气如香槟酒”，就觉得十分好笑。“时间还不过六点半钟，离八点上课，整整的有一点半。空气这样好，只顾看书不顾着一切，那倒真是书呆子了。时间多着哪，与其坐到石堆上读书，还不如爬到山上去，看看海里那一汪咸水，同各处傍到山脚新近建筑完工的大小红瓦房子，这时是什么古怪景象，什么希奇颜色吧。”

她于是过了大坪，向山脚那条路上走去。走过了大坪，绕过了那行将建筑新房子炸出的石堆，再过去一点，却看到那边有个女同学，正坐在石头上读书。贤贤不欲打搅别人，心里打量：不凑巧，碰到这边来乱了别人，就赶忙退回，从另外一处上山的路走去。刚爬到山顶，在那大松树下站定，微微的喘着气，望着那一片浅蓝桃灰的大海，如一片融化的光辉煜煜的宝石颜色，带了惊讶的欢喜，只听到背后有人赶来的脚步声音，同喘息声音。

贤贤回头一看，先前那个女同学的红帽儿，就在白色的枯草后出现了。

“密司贤贤，你早！我看到你上来，怎么不喊我！”

“密司竹子，你真早！我看到你在山下念书，不好意思惊动你。”贤贤说着，稍稍有点不好意思，因为她同这个同学并不单独谈过玩过，这同学还是刚从上海转学来此不久的。

红帽子说：“我见到你上来了，我才敢上来。”

贤贤心想：“难道这种地方也有老虎咬人吗？或者是……？”

日头已从海里浮出来了一会儿，这时又钻进一片浅咖啡色的云层里去了，天上细云皆如薄红的桃花，四山皆成为银红色，近处的海也包围在一层银灰色带一点儿红色的雾里。远远的不知什么地方，有石匠在打石头，敲打得很有秩序。山下的房子都仿佛比平时小了许多，疏疏的，静静的，如排列无数玩具。两个人于是就坐到那松树下，为当前一切出神。

那红帽子女生，傍近贤贤立着，过了一会，便说道：

“密司贤贤，你戴我这顶红帽子，一定更美丽一点，试戴戴吧。”

贤贤正望到红屋，用小孩子天真的也有点儿顽皮的联想，估计到把这同学放到远处一点去，一定也像一个屋顶。听到同学所说的话，就望红帽子同学笑着，一时说不出话来，只是摇头。

红帽子同学，以为贤贤欢喜这顶帽子了，就把那顶帽子从头上摘下来，要亲自为贤贤戴一下。

贤贤说：“我不戴这个。戴到头上去，人家在那边山上望我们，会以为是一栋小房子。一定说：怎么，学校在什么时候，谁出得主意，盖了那么一座难看的亭子吗？”

红帽子同学一面笑着一面还是劝着，贤贤无办法了，就说：“我不欢喜你这顶帽子！”那同学，听到这坦白的话，俨然受了小小侮辱，抓了帽子回过头去，望了好一会后边的山景。

又过了一会，红帽子忽然同贤贤说：

“密司贤贤，有个故事很有趣，我听人说……”

贤贤一面看到海，从薄雾所笼罩的海面上点数小船，一面问：

“是什么故事？”

“是有趣味的故事！”

“故事当然有趣，从谁听来的？”说着，心中却数着“第十九”。

红帽子停了一下，想想如何叙述这个故事。过后才说：“这故事从光华听来的。有一个出名的——或者说做小说出名的人爱了一个女人。”

贤贤正望到海面一点白帆，想着某一次同她哥哥在海边沙里走着，哥哥告她中国旧诗里，提到海上白帆的诗句，十分融和，觉得快乐，故显出欢喜的样子。又正想到这个礼拜盼望天气莫生变化，莫刮风，好同哥哥到海边去晒太阳读书或划小船趁潮玩。

那红帽子同学，以为贤贤专心在听她说故事，就装着为说故事而说故事的神气，先用手抓了一下面前的空气，“呀，这空气多美，我说，你听我说吧。好像是有那么一个人，一个小说家，爱了一个女人，这女人是谁？…是学生啦。”说了望到贤贤，看贤贤神气上这同学以为贤贤正在问“那结果？说下去吧。”于是她就又说：“自然要说下去的。这出名的人很好笑，在做小说很出名，在爱女人很傻气，他为女人写了三年信，说了多少可笑的话！（到这里时又好像答复贤贤一句问话似的，）自然有话说呀，譬如……一个小说家自然要多少空话有多少空话！可是女人怎样？照我想来女人是不会爱她的！为什么女人不爱她？这谁知道。总而言之女人都不爱这种人，这不是女人的过错。谁能说这是女人的过错，知道的人多哪。他爱了这女人不算数，把聪明话说完后还说傻话：他将等十年。为什么等，等些什么，女人也不清楚。理想主义者，可不儿戏！可是这等是什么意思？等等就嫁他吗？谁知道是一种什么打算。他说的等候十年，这原是小说上的事情，这个人不作小说了，自己就来作小说上的人物。还有可笑的，……”

这时天空已不同了，薄薄的云已向天之四垂散去，天中心一抹深蓝，四周较浅较白，有一群雁鹅在高空中排成一条细细的线，缓缓的移动，慢慢的拉直又慢慢的扭曲。贤贤已默数了这东西许久，忽然得意的低低的嚷着笑着：“密司竹子，密司竹子，你看那一条线，一共七十九只！”

红帽子朝到贤贤手所指点处望去，便也看到了天上有些东西，却无从证明贤贤所说出的数目。看了一会，那同学说：“贤贤你会做诗吗？”

贤贤听到这一问就嗤的笑了。“我应当生活到一切可爱的生活里，还不适宜于关到房门，装成很忧愁很严肃的神气，写什么诗！”

过一下，贤贤又说：“密司竹子，你故事怎么了？我没有听到？”

“你不听到我再说一遍吧。”

这时雁鹅已入云中了，海上的白帆也隐了，贤贤就说：“有好故事怎么不说？”

红帽子说：“我说那个小说家爱女人，爱了三年不算傻，还要傻等十年，不知等些什么，你是到过南京北京的，不知你听到有这个故事没有？”

贤贤这次可注意听到了，心中希奇得很，“我不明白你说什么！”

于是红帽子又把那故事详详细细叙了一次。一面说，一面装作完全不知所说到的就是贤贤哥哥的事情那种神情，一面又偷偷的注意到天真烂熳的贤贤，看贤贤究竟知不知道这会事，若明白了，又应当如何说话，如何受窘。

贤贤说：“那男子你知道是谁呢？”

红帽子说：“谁知道？这不过是一个故事，只知道是小说家罢了。”

“那女子呢？”

“大概姓张吧。不是姓张就是姓李，我似乎听到人家那么说过。”

“名字呢？”

红帽子望到贤贤不作声，等一会儿才说：“我不清楚。”

“在什么地方念书？是光华吗？”

“在……不，不，在光华。不，不，我是从交大听来的。不，不，应当发生在别一处。”还想说点别的话又不好说，这红帽子便从贤贤眼色上搜寻了一会，估计这件事如何完结。显然的，在这人语气上稍稍有了点狼狈。她已经愿意另外谈一个题目了。她接着说："天气真好！"说了便轻轻的叹了一口气，仍然同先前一样，伸手抓了一把空气，仿佛空气里有什么东西可捕捉似的。

贤贤说："密司竹子，你的故事从谁人听来的？"

"从旁人听来的，不是同学，是老同学。"

"你同我说这个故事是什么意思？也告我一下。"

"没有什么意思，没有的，没有的，……"

贤贤很坦白的说："这是我哥哥的故事，我不欲人家把哥哥当傻子，因为他的行为不应当为人看成傻子的！爱人难道是罪过吗？"

红帽子不知如何说下去了。从贤贤眼睛里，红帽子望出她自己的傻处，十分害羞，本应在这小女孩子面前开心，反而被人很坦白的样子所窘了，脸红的站起身来，一句话不说就跑了。

见到红帽子跑了，贤贤心想："这人很古怪，为什么今天把哥哥事同我来说，看看不得好结果了，为什么就跑了。"她不过觉得这人古怪罢了，事情即刻也就忘掉了，因为她的年龄同性情，是不许她在这些不易索解的人事上多所追究的。

第一堂下课时，红帽子在甬道上见到了贤贤，脸即刻又绯红起来，着忙退回到那空课堂来。贤贤觉得奇异，走到门边去张望了一下，果然是红帽子，一个人坐在角隅里，低了头看手上抄本，像在默诵一样。

贤贤这女孩完全不明白人家是有意避她的，就走进去，"密司竹子，怎么不下楼去，你躲谁？为什么事情不理我了？"

红帽子头抬起来，害羞的笑着："我下一堂还有课！"

贤贤毫不疑心这是一句谎话，自己就走了。

三月廿七日

本篇发表于1932年3月31日《文艺月刊》第3卷第3号。署名红黑旧人。

厨　子

一

某一年暑假以后，有许多大学教授，怀了冒险的感情，向位置在长江中部一个大学校集中，到地以后，大家才明白那地方街道的肮脏，人心的诡诈，军队的多而邋塌，饮食居处的麻烦，全超乎这些有学问的先生们原来的想象以上。

在我同事中我认识大学校理学院一个高教授，一个从嘴唇，或从眼睛，额头，任何一部分，一望而知平时是性情很正直很厚道的人。可是这人到学校时，对于学生的功课可十分认真，回到家中，则对于厨子的菜饭也十分认真。这种天生的不能于这两件事上协妥的性情，使他到ＸＸ以后，在学校，则懒惰一点的学生，自然而然对他怀了小小反感，照到各处大学校所流行的风气，由其中一个最懒惰的学生领头，用表面看来十分公正的理由，只想把这个人打发走路。回到家中，因为那种认真讲究处，雇来的厨子，又只想自己走路。本来做主人的，就应当知道，每一个厨子在做厨子以前，已经就明白这事情是必得收取什一之利的。遇到主人大方一点时，他们还可以多得一些。遇到他们自己聪明一点时，即或在很严厉的主人手下做事，也仍然可以手续做得极其干净巧妙，把厨房中米、煤、猪油、以及别的什么，搬回自己家里去。一个最好的厨子，能够作出很可口的菜蔬，同时也一定是一个很会揩油的人。这些情形可不能得到高教授的原谅，这种习惯同他的科学家求真态度相反。

因此在半年中这人家一共换了三回厨子，到后来把第三个厨子打发走路以后，就不得不自己上市场，要新太太陪房的小丫头烧火，要高太太掌锅炒菜了。可是这么办理自然不能维持下去，高太太原同许多做新式太太的一样，装扮起来安置在客厅中，比安置到厨房中似乎相称一点。虽最初几天，对于炊事仿佛极有兴味，过不久，终于明白那不是一会事了。后来高教授到处托熟人打听，找一个不是本地生长的厨子，条件只是“人要十分爽直，即或这人是一个军队中的火夫，单会烧火洗菜也行。”大约一个礼拜左右，于是就有一个样子规规矩矩的年青人，随了同事某教授家的老厨子拿了同事某教授的信件，来到公馆听候使唤了。

新来的人似乎稍微笨了一点，一望而知不是本地的人，照到介绍信上所说，这人却才随从一个军官来此不久，军官改进学校念书，这人又不敢跟别一军官作事，所以愿意来作大司务。介绍信上还那么写着：“人没有什么习气，若不嫌他太笨，不妨试用几天看看。”

来的第一天，因为某教授家老厨子的指点，做了一顿中饭，把各样事还办得有条有理。吃饭时，这新来的厨子，一面侍候到桌旁，一面就答复主人夫妇一切的询问，言语清清楚楚，两夫妇都十分满意。他们问他住到什么地方，说并没有固定住处，因此就要他晚上住在厨房隔壁小间里。饭后这厨子就说，应当回去取一点东西，办一下事情，准四点以前回来，请求主人允许。这自然没有什么问题！到后这厨子因为记起上市场来回路倒很方便，且把晚饭菜钱也带走了。

下午在学校我见到了高教授，他就邀我到他家来吃晚饭。且告给我他已经雇了一个新的厨子，从军队中来的，看样子一定还会作红闷狗肉。照规矩说来，他每换一回厨子时，总先要我去吃一顿饭，我没有什么理由，可以拒绝朋友这样一种善意的邀请，于是就答应了。

可是不知出了什么岔子，这大司务到了应当吃晚饭的时候还不见回来，两夫妇因为请了一个客人在家里，不什么好意思，因为他们谈到这大司务是初来ＸＸ不久的，且在军队里住过，我就为他们找寻各样理由来解释，这厨子既来到这里不久，也许走错了路，找不到方向，也许痴头痴恼看街上的匾对，被军马踹伤了。也许到菜市同人打架，打伤了人或被人打伤，宪兵来捉到衙门去了。我们一面谈话一面望到窗外，可不行，窗外天气慢慢的夜下来了。两夫妇都十分不高兴，很觉得抱歉，亲自下厨房去为我煮了些面吃，到后又拿了些点心出来，一面吃一面谈到一些请客的故事，一面等候那个大司务。一直到上灯以后，听到门铃子铛铛的响了一阵，有人自己开栅门横闩的声音，又听到关门，到后却听到有人走进厨房去了。

高教授就在屋里生着气大声问着：

“道清，是你吗？”

小丫头也忙着走出来看是谁。

怎么不是他？这人听到主人喊他，并不作声，一会儿，就同一尾鱼那么溜进房中来了。一眼望去，原来是一个从头到脚都是乡下人的傻小子。这人知道情形不什么好，似乎有点恐惧，怯怯的站到门边，怯怯的问：

“老爷，吃了吗？”

教授板起脸不作声，我猜他意思似乎在说，“吃了锅铲”，不消说他生气了。

太太因为看到先生不高兴，还记到有客，就装着严肃的样子说：“道清，你买一天的菜，到什么地方去了？”

“我因为走到……”他在预备说谎吧，因为先生的神气不大好看，可不能说下去了。

教授说：“道清，你一来我就告你，到我这里做事，第一是不许说谎。你第一天就这种样子，让我们饿了一顿。我等你的菜请客！什么鬼把你留住这样久？你若还打量在我这里做事，全为我说出来。”

这厨子十分受窘，嗫嗫嚅嚅，不知所措。因为听到有客，就望了我一眼，似乎要我说一句话。我心里正想：我今天一句话也不说，看看这三个人怎么办。

教授太太说：“鱼买来了吗？”

“买来了。”

“我以为你同人吵架抓到衙门去了。”教授太太说着，显然想把空气缓和下来，可是望到先生神气，知道先生脾气，厨子不说实话，明天就又得打发走路，所以赶忙接着又说，“道清，这一天你过什么地方去了？全告给先生，不能隐瞒。”

教授说：“想到这里做事，就不能说谎。”

稍稍过了一会，沉静了一会，于是这厨子一面向门边退去，俨然预备逃走的样子一面说着下面的事情，教授太太不欢喜听这些案子，走进卧房去了。

二

下午一点钟，上东门边街上一家小小屋子里，有个男子（有乡下人的相貌），坐到一张短腿结实的木椅子上，昂起那颗头颅，吸了很久的美丽牌香烟，唱了一会革命歌，吹了一会哨子。他在很有耐心的等候一个女人，女人名字叫做二圆。

二圆是一个大脚大手脸子宽宽的年纪十九岁的女人。像她那种样子，许多人都知道是津市的特产。凡明白这个地方妇人的，就相信这些妇人每一夜陪到一个陌生男子做什么丑事情，一颗心仍然永远不会变坏。一切折磨也不能使这个粗制家伙损毁什么，她的身体原是仿照到一种畜生造成的。一株下贱的树，像杨柳那种东西，丢到什么地方就在什么地方生枝发叶，能从一切肥沃的土壤里吸取养料，这个ＸＸ的婊子，就从她的营业上得到养料。这女人全身壮实如母马，精力弥满如公猪，平常时节不知道忧愁，放荡时节就不知道羞耻。

这女人如一般ＸＸ地方边街接客的妇人，说话时爱把头略略向右边一偏，照习气把髻子团成一个大饼，懒懒的贴到后颈窝，眉毛用人工扯得细长成一条线，一双短短的肥手上戴四颗镀金戒子，穿的常是印花洋布衣服，照流行风气大袖口低领，衣襟上长悬挂一串牙签挖耳，裤头上长悬挂一把钥匙和到一串白铜制钱。平生会唱三五十个曲子，客来时就选出所爱听的曲子随意唱着，凡是流行的军歌，革命歌，党歌，无一不能上口。从那个元气十足的喉咙里，唱出什么时，字音不含糊处，常常得到许多在行的人称赞。按照ＸＸ地方规矩，从军界中接来熟客，每一个整夜，连同宵夜酒面杂项，两块钱就可以全体打发了事。从这个数目上，二圆则可以得到五毛钱。有时遇到横蛮人物，走来房里一坐，大模大样的吃烟剥瓜子，以后还一定得把所要作的事完全作过，到后开了门拔脚跑了，光着身子睡在床上的二圆，震于威势，抱了委屈，就拥了被头大声哭着，用手按到胸脯上，让那双刚才不久还无耻的放光的眼睛，流泻无量屈辱的眼泪。一直等到坐在床边的老娘，从那张干瘪的口中，把所有用为诅咒男子的话语同一切安慰的话说尽，二圆就心里想想，“当真是被狗咬了一口”，于是才披了衣爬起床来，光着下身坐到那床边白木马桶上面去。每逢一个宽大胸膛压到她胸膛上时，她照例是快乐的，可是为什么这件事也有流泪的时候？没有什么道理，一切都成为习惯，已经不知有多久，做这件事都得花钱才行：若是霸蛮不讲规矩，她们如何吃饭，如何送房租，如何缴警捐？关于警察捐，她们敢欠账么？谁都知道，这不是账，这是不能说情的。

二圆也有亲戚朋友，常常互相来往，发生什么事情时，便按照轻重情分，送礼帮会，这时还不回来，就因为到一个亲属家贺喜去了。

年青男子，等候了很久，还不见到二圆回来，望到坐在屋角较暗处的妇人，正想说话。这是一个干瘪皱缩了的老妇人，一身很小，似乎再缩小下去就会消灭的样子。这时正因为口里含了一小粒冰糖，闭着双目，坐在一个用大木桶改造而成的靠椅上，如一只垂死的母狗，半天来丝毫不动。远处正听到什么人家还愿，吹角打鼓，声音十分动人。那妇人似乎忽然想到派出去喊叫二圆的五桂丫头，一定留到人家做法事的场坪里，观看热闹，把一切正经事都忘掉了，就睁开了那双小小枯槁的眼睛，从天窗上望望天气，又偷偷的瞅了一下那个年青的客人。她原来还是活的，她那神气，是虽为上天所弃却不自弃的下流神气。

“大爷，”那妇人声音像从大瓮中响着的一种回声，“我告诉你我要的那个东西，怎么总得不到。”

“你要什么？”

妇人把手掏出了口中的冰糖狡猾的噫着气。“你装不明白，你装忘记。”

那男子说：“我也告过你，若果你要的是胆，二圆要的是心，就叫二圆用刀杀了我，一切都在这里！你可以从我胸膛里掏那个胆，二圆可以从我胸膛掏那颗心，我告诉你作的事，为什么不勒追到二圆下我的手？”

妇人说：“我听人说你们杀人可以取胆，多少大爷都说过！你就不高兴做这件好事，这些小事情就麻烦了你。你不知道老年人心疼时多难受。天下人都明白治心疼的好药是什么；他们有钱人家用熊胆，轮到我们，自然只有就方便用点人胆。河码头不是成天杀人吗？你同那些相熟的副爷打打商量，为我花两百钱，请他们喝一碗酒，在死人身上，取一个胆算什么事。”

“你听谁说这是药？”

“要说出姓名吗？这又不是招供。我不是小孩子，我已活了七十七岁。就是小孩子，你回头问五桂，她就知道这是一种药！”

那男子笑了，觉得要变一个方法，说得别的事情才行了，“老娘，我可是只知二圆是一种好药！伤风，头痛，同她在一块，出一点汗，一会儿就会好的！”

“哼，你们害病就不必二圆也会好的！”

“你是不是说长官的皮靴同马鞭，照例就可以使我们出汗？”

“你那么说，我倒不大相信咧。”

“可是我现在改行了。”

“怎么，你不是在杨营副那里吗？”

“他进了高级军官班读书，我做了在大学堂教书先生的厨子。”

“为什么你去做厨子，不到营上求差事。”

男子不作声，因为他没有话可答应，一会儿妇人又说：

“你营副是个标致人，将来可以升师长！”

“你说了三次。”

“我说一百次也不是罪过。”

“你是不是又要我为你传话，说是住在边街上一妇人，有点儿小名，也夸奖称赞过他很美。是不是？”

“我赌你这样去说吧。你就说：住在河街刘五娘，向人称扬他，夸奖他，也不是辱没他什么的一件事！”

“谁说你辱没他？谁不知道刘五娘的名字？谁不会……”

妇人听着，在枯瘦如拳头大小的脸下，小小的鼻子掀动不已。男子望到这样子十分好笑，就接着说：“我告他，还一定可以得一笔奖赏吧。”

妇人这时正把那粒冰糖塞进口里，又忙着挖出来。“当然的，他会奖赏你！”

“他会赏我一顿马鞭。”

“这更是你合用的。我就听到一个大爷说过，当下人的不常常挨一顿打，心里就一定不习惯。”

两人都笑了，因此男子就在这种很亲切的戏谑中，喊了一声“老婊子”。妇人像从这种称呼上触动了些心事，自己也反复说“老婊子”好几次。过后，自言自语的神气说：

“老婊子五十年前，在大堤上时，你去问问住在药王宫里面那个更夫，他会告你老婊子不老时，如何过的日子！”

男子就说：“从前让别人骑，如今看别人骑罢了。”

“可是谁个女子不做这些事？运气好做太太，运气不好就是婊子，有什么奇怪？你莫说近来住到三分里的都督总统了不起，我也做过状元来的！”

“我不相信你那种无凭无据的瞎凑。”

“要凭据吗？又不是欠债打官司。我将告你几十年前的白日同晚上，目前天上的日头和月亮帮我做见证，那些官员，那些老板，骑了大黑马到我的住处，如何跳下马来，把马系在门前杨柳树下，走进我房里来问安！如何外面的马嘶着闹着，屋里双台重台的酒摆来摆去。到后水师营标统来了，在我底袖上题诗，用官太太的轿子，接我到黄鹤楼上去赏月，……”

“老娘，真看不出这样风头过来。”

“你不相信，是不是？我先要好好的赌一个大咒，再告你那些阔老对我要好的事情。我记不了许多，仍然还记到那个候补道从自己腰上解下那条绣花腰带围到我身上，为我燃蜡烛的事。我赌咒我不忘记一个字。”

男子因为看到这妇人发着喘，好像有一千句话同时争到要从那一张枯瘪的口中出来，就说：“我信你了！我信你了！”希望老娘莫因为自己的话嗌死。

“我要你明白，我要你明白，”说时这老妇人就勉强的站了起来，想走到里间二圆平时陪客烧烟睡觉的房间里去，一站起身时，就绊着一张小小墪脚凳，身向左右摇摆了许久，男子心想说：“老娘你不要摔死，送终也没有一个人”，可是这时从那妇人干缩了的脸嘴上，却看出一点笑容，因这笑容也年青了。男子这时正把手中残烟向地上一抛，妇人望到了，忙走过去用脚乱蹂乱踹，踹了几下，便转到里间取证据去了。

过了一会，只听到里边妇人咯咯的痰嗽声音，好像找了半天，还找不出什么东西。男子在外边很难受的说道：“都督，将军，司令官，算了吧。鬼要知道你的履历！我问你的话，你来呀！我问你，我应当在这里等到什么时候？你家小婊子过了江还是过了湖？我不是水师营统领，我不能侍候她像侍候钦差！”

老妇人还在喘着，像不曾听到这些话，忽然发现了金矿似颤的，一面咯咯咳着，一面颠声喊叫：“呀，呀，老婊子要你知道这个东西！”

原来她把那条绣花腰带找到了，正从一堆旧东西里拉那条腰带的一头，想把它拉出来，却已没有力气。

那时门外腰门铃子响了，男子站起身子来走到门罅看了一下，见是五桂伴同二圆回来了，就跑去开门。女人刚一进门，就为男子抱着了，因为望到女人的头发乱乱的，就说：“二圆婊子，你大白天陪谁睡觉，头发乱到这样子？”

二圆说：“陪谁睡觉……砍头的！说前天来又不来，害娘杀了鸡，生了半天气！”

“我不是说不能来吗？”这时已到房里了，“来，老娘，要五桂拿壶去茂昌打酒来，买一点花生，快一点！”

“五桂，五桂，”二圆忙走到门边去，看五桂还在不在门外，可是五桂把事做完，屋中用不着她，早已跑到街头看迎会去了。二圆回头来，“丫头像鬼迷了她，生起翅膀飞，看巫师捉鬼去了！”

“五桂手心该每天打五十，”男子把二圆拉着，粗率的，不甚得体的，嗅着二圆的发髻，轻轻的说：“还有一个人的嘴唇该每天亲五十。”

两人站在房门边很响的亲了一个嘴，那个老妇人半秃的头，从里间肮脏帘子角上现出来了。“二圆，乖女儿，你来，帮到我一手，抬抬……”二圆不知作什么事，故走进里房去，男子也就跟着进去，却站到帘帷边眺望。

因为那条腰带还压在许多东西下面，总拖不出来，故要二圆帮她一下忙。二圆进去时，妇人带点抱怨神气说：“怎么等了你半天，你过什么地方去了呢？打牌输了，是不是？你为我取这个送大爷看看，他要看的。”正因为自己本来今天不打量出门，被老娘催到去，过去以后到那边玩得正好，又被五桂叫回来，没甚好气，如今却见到要取这条旧腰带，弄得箱箧很乱，二圆有点冒火了。

二圆说：“老娘你做什么胡涂事，把一房都弄乱了！”

“我取这个！”

“你取这东西有什么用处？回头你又要我来清理！”

“为什么我不能把它取出来？我同大爷说到我年青的故事，说了半天，我让他看看这样东西，要他明白我过去的那些事情。”

“老娘，你真是……得了够了，谁都不要明白你过去的那些事情！除了你自己一个人记着，在白日里闭了眼睛来温习，谁都不要。”

妇人好像要说，“二圆，我不同你吵架”，因为怕这话不得体，就只道：“你为我做好事，取一取，莫管谁要谁不要。”

二圆很厌烦的样子走到床边去，从一些杂乱的物件里，拉取那一条腰带，拉了一阵，也取不出来。男子看到好笑，就走来帮着作这件事，站到二圆身后，把手从女人胁下伸过去，只轻轻一拖，就拖出来了，因为女人先是用着力的，这一来，二圆就跌到男子身上了。老娘看到好笑，却明白这是二圆故意做成的计策就不过去扶二圆，只在旁边背过了脸去，好让年青人亲嘴。

男子捏到这条脏而且旧已经失去了原来形色的丝质腰带，放到鼻子边闻了一下，“老娘，宝物。”

二圆也凑趣似的说：“真是宝贝咧。”

妇人大致因为这种趣话受了点屈辱，如一般有可纪念东西的人，把东西给人看时，被人奚落以后同一神情，就抢了那条长长的带子，围到自己身上，现出年轻十岁的模样。“这东西再坏一点，它还是帮我保留到一段新鲜记忆。如今我是老货了，我是旧货了，让你们去说吧。一个老年人，自然从年青人的口里讨不到什么好处，可是这条带子比你们待我好多了！它在这里，它就给我一种自信，使我相信我也像你一样生龙活虎活到这个世界上过了一些日子。不止这点点，它有时还告我留下这条带子的人，比你们还更活得尊贵体面！”

妇人显然是在同年青人赌气，二圆懂到她的意思，当到客面前不好生气，便不发作，只是一味好笑。笑够了，就说：“老娘，你说这话有什么用处？谁敢轻视你？”

那男子也说：“老娘莫多心，去打一点酒来吧，你可以多喝一杯。”

“我不希罕你的酒。我老了，酒不是灌到我们这种老年人嘴里的药了。”

“你可以买点糖，买点红枣，买点别的什么吧！圣母娘娘的供桌前，不是也得放有这两样东西吗？”这时男子从汗衣里掏出一块钱，热热的放到妇人手心里，并且把妇人的手掌合拢去，要她捏着那洋钱。“老娘，就去吧，回来时我听你说腰带的故事，我将来还得把这故事告给那个营副，营副还会告给师长！”

二圆说：“娘你生我的气了。”因为二圆声音很和平，好像在道歉，又好像在逗哄一个小孩子，妇人心软了，气平了，同时，一个圆形的东西挤在手心，使她记起了她的地位，她的身分了，就仍然恢复了老鸨的神气，谄媚的向男子望着，好像也在引疚自责的样子。到后却说：“买酒吗，什么酒？”

二圆于是把酒壶递给了妇人，走到了门前，又才记起身上所缠的那条腰带不大合式，赶忙解下来，抛到二圆手上，要说什么话，又不说出，忽然对男子做了一个无耻的放荡的姿势，才战摇摇的出去了。

妇人走后，二圆把那腰带向自己身上一围，又即刻解除了，就在手腕上打成一个大结子，向空中抛着，笑着说："这宝贝，老娘总舍不得丢掉，我猜想什么时候我跟人走了时，她会用这个悬梁吊颈吧。"

"她什么时候一定会呛死，来不及做这种费力的事！"

"你不应当又让她喝酒！"

"她不是说不喝酒了吗？"

"她是这样说吧？她并不同你赌得有咒。你不要看她那样子，以为自己当真服老了！她尽是说梦到水师营统领骑白马黑马来拜访她。前一阵，还同一个后山营房看马的夫子，做了比喝酒还坏的事情。我只说了她一句话，就同我嚷，说又并不占我的一份。"

"真是一个老鬼！"

"你骂她，说不定她会在酒里下毒药毒死你！"

二圆一面同男子说着这些粗野的笑话，一面尽把那腰带团儿向空中抛去，一下不小心，这东西为梁上一个钩子挂着了，这女人就放肆的笑着，靠到男子怀里去。因此一双那么粗糙的，似乎当时天上的王帝造就这个人时十分草率而成的臂膀，同一张卤莽的嘴唇，使二圆宽宽的脸子同结实的腰肢，都受了压迫。

"二圆，我的亲娘，不见你时多使人难受！"

"你的亲娘在即墨县推磨！"

"你是个妖怪，使我离你不开！"

"我做了妖怪，我得变男子到南京做官去，南京不是有多少官无人做吗？"

"你听谁说的？"

"人人都是这样说，报上什么官又不负责了，什么人又害病不能负责了，我想，我若是男子，我就去负责！"

"你妈妈的鬼，有这样好机会？"

二圆就咬着自己的下唇点着头。

这时男子记起听到妇人为他说到的关于二圆的故事，正想问二圆平生遇到不讲规矩的男子，一共有多少回，妇人回来了。

妇人把酒买来后，本来剩下的钱应当找角票，一定是因为别有用心，觉得换铜子合算一点，便勒迫到铺中人找铜子。回来时把一封双铜子放到男子手上去，“大爷，我不认识票子真假，所以找回来是现钱。”

“老娘，你拿回那么多钱，是不是存心把我压死？”

二圆可懂到老娘的心思了，就说：“娘，你真是……快拿回去换换吧。”

男子说：“谁要为这点小事派老娘走路呢？老娘，不要去换，把钱收下吧。”

妇人在二圆面前无以自解，“我换去，我换去。”拿了一封铜子，就想往外走去。

可是男子认为这事情太麻烦了老娘，就说：“老娘，你不收这个钱，等一会五桂毛丫头回来时，我就把给她买鞭炮放了。”

妇人到这时，望到二圆，二圆不敢说什么，抿了嘴巴回过去笑着，因为记起梁上那条腰带了，走出取叉子去了。妇人心想，你疑心我要这个钱，我可以当到日头赌咒。

他们喝酒时，男子便装成很有耐心很有兴致的样子，听妇人说那条绣花腰带的故事，说到后来五桂回家了，男子要她到裁缝铺去看看钟，到了什么时候。五桂一会儿就转身了，忙忙匆匆的，像被谁追赶似的，期期艾艾的说：“裁缝铺出了命案，妇人吞烟死了，万千人围到大门前看热闹，裁缝四处向人作揖，又拿熨斗打人！”

妇人似乎不甚相信这件事，匆匆遽遽的站起身来，同五桂看热闹去了。二圆就低低的带点忧愁神气说：“这个月衖子里死了四个妇人，全不是一块钱以上的事情。”

男子说：“见你妈的鬼，你们这街上的人，生活永远是猪狗的生活，脾气永远是大王的脾气。”

女人唱着叹烟花的曲子，唱了三句低下头去，想起什么又咕咕的笑着，可是到后来，不知不觉眼睛就湿了。

三

厨子把供状全部都招出了，话说到后来，不能再说了，就低下头去在大腿上搓着自己的左手，不知主人怎么样发落他。

我们应当不要忘记那个对于下人行为不含糊的高教授。他听到这小子自己还在用大爷名义，到那些下等土娼处鬼混，先是十分生气的。可是听到后来，我看到他不知不觉就严肃起来了。这时听到厨子不作声了，便勉强向我笑着，又勉强装成还在生气的样子问那厨子：

“那么，你就把买菜烧饭的事完全忘记了，是不是？”

那厨子忙说：“先生，老爷，我没有忘记。可是我得哄她莫哭才好走开！”

“就哄了半天！”

本来似乎想说明哄一个女人种种困难的理由，这时教授太太听到先生已经大声说话，以为问案业已完事了，所以从内房正走出来，因此一来这厨子不敢说野话了。等一会儿，望了太太一下，望了我一下，才怯怯的说：

“先生，菜买来了，两个鲫鱼还是活的，今晚上要不要用？”

教授先生望到年轻太太，很古怪的笑了一下，轻轻的叹着，便吩咐厨子：“好，你去休息，我们什么也不要吃了。”

我看看，非轮到我作主人不行了，因此就勒迫到这两夫妇，到前街一个小馆子里去吃了一顿。高太太看到我同他先生都不什么快乐，就问我刚才厨子说了些什么话。我对于这句质问不作答复，却向他们夫妇提议，不要赶走这个厨子。教授望到我惨然一笑，我就重复说明我的意见，“你应当留他，因为他是一个不说谎的人，至于我，我同你说我对于这个大司务，是感到完全满意的！”

廿一年五月卅一改稿

本篇发表于1932年2月28日《文艺月刊》第3卷第2号。署名沈从文。

静

春天日子是长极了的。长长的白日，一个小城中，老年人不向太阳取暖就是打磕睡，少年人无事作时皆在晒楼或空坪里放风筝。天上白白的日头慢慢的移着，云影慢慢的移着，什么人家的风筝脱线了，各处便皆有人仰了头望到天空，小孩子皆大声乱嚷，手脚齐动，盼望到这无主风筝，落在自己家中的天井里。

女孩子岳珉年纪约十四岁左右，有一张营养不良的小小白脸，穿着新上身不久长可齐膝的蓝布袍子，正在后楼屋顶晒台上，望到一个从城里不知谁处飏来的脱线风筝，在头上高空里斜斜的溜过去，眼看到那线脚曳在屋瓦上，隔壁人家晒台上，有一个胖胖的妇人，正在用晾衣竹竿乱捞。身后楼梯有小小声音，一个男小孩子，手脚齐用的爬着楼梯，不久一会，小小的头颅就在楼口边出现了。小孩子怯怯的，贼一样的，转动两个活泼的眼睛，不即上来，轻轻的喊女孩子。

“小姨，小姨，婆婆睡了，我上来一会儿好不好?”

女孩子听到声音，忙回过头去。望到小孩子就轻轻的骂着：“北生，你该打，怎么又上来?等会儿你姆妈就回来了，不怕骂吗?”

“玩一会儿。你莫出声，婆婆睡了!”小孩重复的说着，神气十分柔和。

女孩子皱着眉吓了他一下，便走过去，把小孩援上晒楼了。

这晒楼原如这小城里所有平常晒楼一样，是用一些木枋，疏疏的排列到一个木架上，且多数是上了点年纪的。上了晒楼，两人倚在朽烂发霉摇摇欲堕的栏杆旁，数天上的大小风筝。晒楼下面是斜斜的屋顶，屋瓦疏疏落落，有些地方经过几天春雨，都长了绿色霉苔。屋顶接连屋顶，晒楼左右全是别人家的晒楼。有晒衣服被单的，把竹竿撑得高高的，在微风中飘飘如旗帜。晒楼前面是石头城墙，可以望到城墙上石罅里植根新发芽的葡萄藤。晒楼后面是一道小河，河水又清又软，很温柔的流着。河对面有一个大坪，绿得同一块大毡茵一样，上面还绣得有各样颜色的花朵。大坪尽头远处，可以看到好些菜园同一个小庙。菜园篱笆旁的桃花，同庵堂里几株桃花，正开得十分热闹。

日头十分温暖，景象极其沉静，两个人一句话不说，望了一会天上，又望了一会河水，河水不像早晚那么绿，有些地方似乎是蓝色，有些地方又为日光照成一片银色。对岸那块大坪，有几处种得有油菜，菜花黄澄澄的如金子。另外草地上，有从城里染坊中人晒得许多白布，长长的卧着，用大石块压着两端。坪里也有三个人坐在大石头上放风筝，其中一个小孩，吹一个芦管唢呐，吹各样送亲嫁女的调子。另外还有三匹白马，两匹黄马，没有人照料，在那里吃草，从从容容，一面低头吃草一面散步。

小孩北生望到有两匹马跑了，就狂喜的喊着：“小姨，小姨，你看！”小姨望了他一眼，用手指指楼下，这小孩子懂事，恐怕下面知道，赶忙把自己手掌掩到自己的嘴唇，望望小姨，摇了一摇那颗小小的头颅，意思像在说：“莫说，莫说。”

两个人望到马，望到青草，望到一切，小孩子快乐得如痴，女孩子似乎想到很远的一些别的东西。

他们是逃难来的，这地方并不是家乡，也不是所要到的地方。母亲，大嫂，姊姊，姊姊的儿子北生，小丫头翠云一群人中就只五岁大的北生是男子。糊糊涂涂坐了十四天小小篷船，船到了这里以后，应当换轮船了，一打听各处，才知道ＸＸ城还在被围，过上海或过南京的船车全已不能开行。到此地以后，证明了从上面听来的消息不确实。既然不能通过，回去也不是很容易的，因此照妈妈的的主张，就找寻了这样一间屋子权且居住下来，打发随来的兵士过宜昌，去信给北京同上海，等候各方面的回信。在此住下后，妈妈同嫂嫂只盼望宜昌有人来，姊姊只盼望北京的信，女孩岳珉便想到上海一切。她只希望上海先有信来，因此才好读书。若过宜昌同爸爸住，爸爸是一个军部的军事代表。哥哥也是个军官，不如过上海同教书的第二哥哥同住。可是ＸＸ一个月了还打不下。谁敢说定什么时候才能通行？几个人住此已经有四十天了，每天总是要小丫头翠云作伴，跑到城门口那家本地报馆门前去看报，看了报后又赶回来，将一切报上消息，告给母亲同姊姊。几人就从这些消息上，找出可安慰的理由来，或者互相谈到晚上各人所作的好梦，从各样梦里，卜取一切不可期待的佳兆。母亲原是一个多病的人，到此一月来各处还无回信，路费剩下来的已有限得很，身体原来就很坏，加之路上又十分辛苦，自然就更坏了。女孩岳珉常常就想到："再有半个月不行，我就进党务学校去也好吧。"那时党务学校，十四岁的女孩子的确是很多的。一个上校的女儿有什么不合式？一进去不必花一个钱，六个月毕业后，派到各处去服务，还有五十块钱的月薪。这些事情，自然也是这个女孩子，从报纸上看来，保留到心里的。

正想到党务学校的章程，同自己未来的运数，小孩北生耳朵很聪锐，因恐怕外婆醒后知道了自己私自上楼的事，又说会掉到水沟里折断小手，已听到了楼下外婆咳嗽，就牵小姨的衣角，轻声的说："小姨，你让我下去，大婆醒了！"原来这小孩子一个人爬上楼梯以后，下楼时就不知道怎么办了的。

女孩岳珉把小孩子送下楼以后，看到小丫头翠云正在天井洗衣，也就蹲到盆边去搓了两下，觉得没什么趣味，就说："翠云，我为你楼上去晒衣吧。"拿了些扭干了水的湿衣，又上了晒楼。一会儿，把衣就晾好了。

这河中因为去桥较远，为了方便，还有一只渡船，这渡船宽宽的如一条板凳，懒懒的搁在滩上。可是路不当冲，这只渡船除了染坊中人晒布，同一些工人过河挑黄土，用得着它以外，常常半天就不见一个人过渡。守渡船的人，这时正躺在大坪中大石块上睡觉，那船在太阳下，灰白憔悴，也如十分无聊十分倦怠的样子，浮在水面上，慢慢的在微风里滑动。

“为什么这样清静?”女孩岳珉心里想着。这时节，对河远处却正有制船工人，用钉锤敲打船舷，发出砰砰庞庞的声音。还有卖针线飘乡的人，在对河小村镇上，摇动小鼓的声音。声音不断的在空气中荡漾，正因为这些声音，却反而使人觉得更加分外寂静。

过一会，从里边有桃花树的小庵堂里，出来了一个小尼姑，戴黑色僧帽，穿灰色僧衣，手上提了一个篮子，扬长的越过大坪向河边走来。这小尼姑走到河边，便停在渡船上面一点，蹲在一块石头上，慢慢的卷起衣袖，各处望了一会，又望了一阵天上的风筝，才从容不迫的，从提篮里取出一大束青菜，一一的拿到面前，在流水里乱摇乱摆。因此一来，河水便发亮的滑动不止。又过一会，从城边岸上来了一个乡下妇人，在这边岸上，喊叫过渡。渡船夫上船抽了好一会篙子，才把船撑过河，把妇人渡过对岸。不知为什么事情，这船夫像吵架似的，大声的说了一些话，那妇人一句话不说就走去了。跟着不久，又有三个挑空箩筐的男子，从近城这边岸上唤渡，船夫照样缓缓的撑着竹篙，这一次那三个乡下人，为了一件事，互相在船上吵着，划船的可一句话不说，一摆到了岸，就把篙子钉在沙里。不久那六只箩筐，就排成一线，消失到大坪尽头去了。

洗菜的小尼姑那时也把菜洗好了，正在用一段木杵，捣一块布或是件衣裳，捣了几下，又把它放在水中去拖摆几下，于是再提起来用力捣着。木杵声音印在城墙上，回声也一下一下的响着。这尼姑到后大约也觉得这回声很有趣了，就停顿了工作，尖锐的喊叫：“四林，四林，”那边也便应着“四林，四林。”再过不久，庵堂那边也有女人锐声的喊着“四林，四林，”且说些别的话语，大约是问她事情做完了没有。原来这就是小尼姑自己的名字！这小尼姑事作完了，水边也玩厌了，便提了篮子，故意从白布上面，横横的越过去，踏到那些空处，走回去了。

小尼姑走后，女孩岳珉望到河中水面上，有几片菜叶浮着，傍到渡船缓缓的动着，心里就想起刚才那小尼姑十分快乐的样子。“小尼姑这时一定在庵堂里把衣晾上竹竿了！……一定在那桃花树下为老师傅捶背！……一定一面口下念佛，一面就用手逗身旁的小猫玩！……”想起许多事都觉得十分可笑，就微笑着，也学到低低的喊着“四林，四林。”

过了一会。想起这小尼姑的快乐，想起河里的水，远处的花，天上的云，以及屋里母亲的病，这女孩子，不知不觉又有点寂寞起来了。

她记起了早上喜鹊，在晒楼上叫了许久，心想每天这时候送信的都来送信，不如下去看看，是不是上海来了信。走到楼梯边，就见到小孩北生正轻脚轻手，第二回爬上最低那一级梯子。

“北生你这孩子，不要再上来了呀！”

下楼后，北生把女孩岳珉拉着，要她把头低下，耳朵俯就到他小口，细声细气的说：“小姨，大婆吐那个……”。

到房里去时，看到躺在床上的母亲，静静的如一个死人，很柔弱很安静的呼吸着，又瘦又狭的脸上，为一种疲劳忧愁所笼罩。母亲像是已醒过一会儿了，一听到有人在房中走路，就睁开了眼睛。

“珉珉，你为我看看，热水瓶里的水还剩多少。”

一面为病人倒出热水调和库阿可斯，一面望到母亲日益消瘦下去的脸，同那个小小的鼻子，女孩岳珉说：“妈，妈，天气好极了，晒楼上望到对河那小庵堂里桃花，今天已全开了。”

病人不说什么，微微的笑着。想起刚才咳出的血，伸出自己那只瘦瘦的手来，摸了摸自己的额头，自言自语的说着，我不发烧。说了又望到女孩温柔的微笑着。那种笑是那么动人怜悯的，使女孩岳珉低低的嘘了一口气。

“你咳嗽不好一点吗？”

“好了好了不要紧的，人不吃亏。早上吃鱼，喉头稍稍有点火，不要紧的。”

这样问答着，女孩便想走过去，看看枕边那个小小痰盂。病人明白那个意思了，就说：“没有什么。”又说：“珉珉你站到莫动，我看看，这个月你又长高了！”

女孩岳珉害羞似的笑着，“我不像竹子吧，妈妈。我担心得很，人太长高了要笑人的！”

静了一会。母亲记起什么了。

“珉珉我作了个好梦，梦到我们已经上了船，三等舱里人挤得不成样子。”

其实这梦还是病人捏造的，因为记忆力乱乱的，故第二次又来说着。

女孩岳珉望到母亲同蜡做成一样的小脸，就勉强笑着，“我昨晚当真梦到大船，还梦到三毛老表来接我们，又觉得他是福禄旅馆接客的招待，送我们每一个人一本旅行指南。今早上喜鹊叫了半天，我们算算看，今天会不会有信来。”

“今天不来明天应来了！”

“说不定自己会来！”

“报上不是说过，十三师在宜昌要调动吗？”

“爸爸莫非已动身了！”

“要来，应当先有电报来！”

两人故意这样乐观的说着，互相哄着对面那一个人，口上虽那么说着，女孩岳珉心里却那么想着：“妈妈病怎么办？”病人自己也心里想着：“这样病下去真糟。”

姊姊同嫂嫂，从城北卜课回来了，两人正在天井里悄悄的说着话。女孩岳珉便站到房门边去，装成快乐的声音：“姊姊，大嫂，先前有一个风筝断了线，线头搭在瓦上曳过去，隔壁那个妇人，用竹竿捞不着，打破了许多瓦，真好笑！”

姊姊说：“北生你一定又同姨姨上晒楼了，不小心，把脚摔断，将来成跛子！”

小孩北生正蹲到翠云身边，听姆妈说到他，不敢回答，只偷偷的望到小姨笑着。

女孩岳珉一面向北生微笑，一面便走过天井，拉了姊姊往厨房那边走去，低声的说：“姊姊，看样子，妈又吐了！”

姊姊说：“怎么办？北京应当来信了！”

“你们抽的签？”

姊姊一面取那签上的字条给女孩，一面向蹲在地下的北生招手，小孩走过身边来，把两只手围抱着他母亲：“娘，娘，大婆又咯咯的吐了，她收到枕头下！”

姊姊说：“北生我告你，不许到婆婆房里去闹，知道么？”

小孩很懂事的说："我知道。"又说，"娘娘，对河桃花全开了，你让小姨带我上晒楼玩一会儿，我不吵闹。"

姊姊装成生气的样子："不许上去，落了多久雨，上面滑得很！"又说，"到你小房里玩去，你上楼，大婆要骂小姨！"

这小孩走过小姨身边去，捏了一下小姨的手，乖乖的到他自己小卧房去了。

那时翠云丫头已经把衣搓好了，且用清水荡过了，女孩岳珉便为扭衣裳的水，一面作事一面说："翠云我们以后到河里去洗衣，可方便多了！过渡船到对河去，一个人也不有，不怕什么吧。"翠云丫头不说什么，脸儿红红的，只是低头笑着。

病人在房里咳嗽不止，姊姊同大嫂便进去了。翠云把衣扭好了，便预备上楼。女孩岳珉在天井中看了一会日影，走到病人房门口望望。只见到大嫂正在裁纸，大姊姊坐在床边，想检察那小痰盂，母亲先是不允许，用手拦阻，后来大姊仍然见到了，只是摇头。可是三个人皆勉强的笑着，且故意想从别一件事上，解除一下当前的悲戚处，于是说到一个很久远的故事。到后三人又商量到写信打电报的事情。女孩岳珉不知为什么，心里尽是酸酸的，站在天井里，同谁生气似的，红了眼睛，咬着嘴唇。过一阵，听到翠云丫头在晒楼说话：

"珉小姐，珉小姐，你上来，看新娘子骑马，快要过渡了！"

又过一阵，翠云丫头于是又说：

"看呀，看呀，快来看呀，一个一块瓦的大风筝跑了，快来，快来，就在头上，我们捉它！"

女孩岳珉抬起来了头，果然从天井里也可以望到一个高高的风筝，如同一个吃醉了酒的巡警神气，偏偏斜斜的滑过去，隐隐约约还看到一截白线，很长的在空中摇摆。

也不是为看风筝，也不是为看新娘子，等到翠云下晒楼以后，女孩岳珉仍然上了晒楼了。上了晒楼，仍然在栏杆边傍着，眺望到一切远处近处，心里慢慢的就平静了。后来看到染坊中人在大坪里收拾布匹，把整匹白布折成豆腐干形式，一方一方摆在草上，看到尼姑庵里瓦上有烟子，各处远近人家也都有了烟子，她方离开晒楼。

下楼后，向病人房门边张望了一下，母亲同姊姊三人皆在床上睡着了。再到小孩北生小房里去看看，北生不知在什么时节，也坐在地下小绒狗旁睡着了。走到厨房去，翠云丫头正在灶口边板凳上，偷偷的用无敌牌牙粉，当成水粉擦脸。女孩岳珉似乎恐怕惊动了这丫头的神气，赶忙走过天井中心去。

这时听到隔壁有人拍门，有人互相问答说话。女孩岳珉心里很希奇的想到："谁在问谁？莫非爸爸同哥哥来了，在门前问门牌号数吧？"这样想到，心便骤然跳跃起来，忙匆匆的走到二门边去，只等候有什么人拍门拉铃子，就一定是远处来的人了。

可是，过一会儿，一切又都寂静了。

女孩岳珉便不知所谓的微微的笑着。日影斜斜的，把屋角同晒楼柱头的影子，映到天井角上，恰恰如另外一个地方，竖立在她们所等候的那个爸爸坟上一面纸制的旗帜。

（萌妹述，为纪念姊姊亡儿北生而作。）

廿一年三月三十日

本篇发表于1932年5月1日《创化》第1卷第1号。署名沈从文。

阿黑小史

《阿黑小史》1933年3月由新时代书局初版。

原目依次为：《油坊》、《秋》、《雨》、《病》、《婚前》。

现补入《（阿黑小史）序》。据1934年大东书局《沫沫集》所载文本。其余诸篇据新时代书局初版本编入。因原目顺序与其情节发展不尽相合，编入全集时作了调整。

《阿黑小史》序

若把心沉静下来，则我能清清楚楚的看一切世界。冷眼的作旁观人，于是所见到的便与自己离得渐远，与自己分离，仿佛便有希望近于所谓艺术了。这不过是我自己所觉到的吧。其实我是无从把我自己来符合一种已具的艺术典型的，可证明的是有些人以为我文法不通俗。

这一本小小册子，便是我纯用客观写成，而觉得合乎自己希望的，文字则似乎更拙更怪，不过我却正想在这单纯中将我的风格一转，索性到我自己的一条路上去。其不及大家名家善于用美丽漂亮生字长句，也许可以藉此分别出我只是一个乡巴老吧。我原本是不必在乡巴老的名称下加以否认的。思想与行为与衣服，仿佛全都不免与时髦违悖，这缺陷，是虽明白也只有尽其缺陷过去，并不图设法补救，如今且有意来作乡巴老了。

或者还有人，厌倦了热闹城市，厌倦了眼泪与血，厌倦了体面绅士的古典主义，厌倦了假扮志士的革命文学，这样人，可以读我这本书，能得到一点趣味。我心想这样人大致总还有。

十七年十月末序于上海

油　坊

若把江南地方当全国中心，有人不惮远，不怕荒僻，不嫌雨水瘴雾特别多，向南走，向西走，走三千里，可以到一个地方，是我在本文上所说的地方。这地方有一个油坊，以及一群我将提到的人物。

先说油坊。油坊是比人还古雅的，虽然这里的人也还学不到扯谎的事。

油坊在一个坡上，坡是泥土坡，像馒头，名字叫圆坳。同圆坳对立成为本村东西两险隘的是大坳。大坳也不过一土坡而已。大坳上有古时峒楼，用四方石头筑成，峒楼上生草生树，表明这世界用不着军事烽火已多年了。在坳峒上，善于打岩的人，一岩打过去，便可以打到圆坳油坊的旁边，原来这乡村，并不大。圆坳的油坊，从大坳方面望来，望这油坊屋顶与屋边，仿佛这东西是比峒楼还更古。其实油坊是新生后辈。峒楼是百年古物，油坊不过一半而已。

虽说这地方是平静，人人各安其生业，无匪患无兵灾，革命也不到这个地方来，然而五年前，曾经为另一个大县分上散兵扰了一次，加了地方人教训，因此若说村落是城池，这油坊已似乎关隘模样的东西了。油坊是本村关隘这话不错的，地方不忘记散兵的好处，增加了小心谨慎，练起保卫团有五年了。油坊的墙原本也是石头筑成，墙上打了眼，可以打枪，预备来了不好风声时保卫团就来此放枪放炮。实际上是等于零，地方不当冲不会有匪，地方不富，兵不来。这时正三月，是油坊打油当忙的时候，山桃花已红满了村落，打桃花油时候已到，工人换班打油，还是忙，油坊日夜不停工，热闹极了。

虽然油坊忙，忙到不开交，从各处送来的桐子，还是源源不绝，桐子堆在油坊外面空坪简直是小山。

来送桐子的照例可以见到油坊主人，见到这个身上穿了满是油污邋塌衣衫的汉子，同到他的帮手，忙到过斛上簿子，忙到吸烟，忙到说话，又忙到对年青女人亲热，谈养猪养鸡的事体，看来真是担心到他一到晚就会生病发烧。如果如此忙下去，则这汉子每日吃饭睡觉有不有时间，也仿佛成了问题。然而成天这汉子还是忙。大概天生一个地方一个时间，有些人精力就特别可惊起来，比如另一地方另一种人的懒惰一样，所以关心到这主人的村中人，看到主人忙，也不过笑笑，随即就离了主人身边，到油坊中去了。

初到油坊才会觉得这是一个怪地方！单是那圆顶的屋，从屋顶透进的光，就使我们陌生人见了惊讶。这团光帮我们认识了油坊的内部一切，增加了我们的神奇。

先从四围看，可以看到成千成万的油枯。油枯这东西，像饼子，像大钱，架空堆码高到油坊顶，绕屋全都是。其次是那屋正中一件东西，一个用石头在地面砌成的圆碾池，对径至少是三丈，占了全屋内部四分之一空间，三条黄牛绕大圈子打转，拖着那个薄薄的青钢石磨盘，盘磨是两个，一大一小，碾池里面是晒干了的桐子，桐子在碾池里卧，经碾盘来回的碾，便在一种轧轧声音下碎裂了。

把碾碎了的桐子末来处置，是两个年青人的事。他们是同在这屋里许多做硬功夫的人一样，上衣不穿，赤露了双膊。他们把一双强健有力的手，在空气中摆动，这样那样的非常灵便的把桐子末用一大方布包裹好，双手举起放到一个锅里去，这个锅，于时则正沸腾着一锅热水。锅的水面有凸起的铁网，桐末便在锅中上蒸，上面还有大的木盖。桐末在锅中，不久便蒸透了，蒸熟了，两个年青人，看到了火色，便快快用大铁钳将那一大包桐子末取出，用铲铲取这原料到预先扎好的草兜里，分量在习惯下已不会相差很远，大小则有铁箍在。包好了，用脚踹，用大的木榧敲打，把这东西捶扁了，于是抬到榨上去受罪。

油榨在屋的一角，在较微暗的情形中，凭了一部分屋顶光同灶火光，大的粗的木柱纵横的罗列，铁的皮与铁的钉，发着青色的滑的反光，使人想起古代故事中说的处罚罪人的“人榨”的威严。当一些包以草束以铁，业已成饼的东西，按了一种秩序放到架上以后，打油人，赤着膊，腰边围了小豹之类的兽皮，挽着小小的发髻，把大小不等的木劈依次嵌进榨的空处去，便手扶了那根长长的悬空的槌，唱着简单而悠长的歌，訇的撒了手，尽油槌打了过去。

反复着，继续着，油槌声音随着悠长歌声，荡漾到远处去。一面是屋正中的石磨盘，在三条黄牯牛的缓步下转动，一面是熊熊的发着哮吼的火与沸腾的蒸汽弥满的水，一面便是这长约三丈的一段圆而且直的木在空中摇荡；于是那从各处远近村庄人家送来的小粒的桐子，便在这样行为下，变成稠粘的，黄色的，半透明的流黄，流进地下的油糟了。

油坊中，正如一个生物，嚣杂纷乱，与伟大的谐调，使人认识这个整个的责任是如何重要。人物是从主人到赶牛小子，一共数目在二十以上，这二十余人在一个屋中，各因了职务的不同作着各样事情，在各不相同的工作上各人运用着各不相同的体力，又交换着谈话，表示事情的暇裕，这是一群还是一个，也仿佛不是用简单文字所能解释清楚。

但是，若我们离开这油坊一里两里，我们所能知道这油坊是活的，是有着人一样的生命，而继续反复制作一种有用的事物的，将从什么地方来认识？一离远，我们就不能看到那山堆的桐子仁，也看不到那形势奇怪的房子了。我们也不知道那怪屋里是不是有三条牯牛拖了那大石碾盘打转。也不知灶中的火还发吼没有。也不知那里是空洞死静的还是一切全有生气的。是这样，我们只有一个办法，说是听那打油人唱歌，以及跟了歌声起落仿佛作歌声的拍的宏壮的声音。从这歌声，与油榧的打击的大声上，我们就俨然看出油坊中一切来了。这歌声与打油声，有时五里以外还可以听到，是山中庄严的音乐，庄严到比佛钟还使人感动，能给人气力，能给人静穆与和平，就是这声音。从这声音可以使人明白严冬的过去，一个新的年份的开始，因为打油是从二月开始。且可以知道这地方的平安无警，人人安居乐业，因为地方有了警戒是不能再打油的。

油坊，是简单的，疏略的介绍过读者了。与这油坊有关系的，还有几个人。

要说的人，并不是怎样了不得的大人物。我们已经在每日报纸上，把一切于历史上有意义的阔人要人脸貌，生活，思想，行为，看厌了。对于这类人永远感生兴趣的，他不妨去作小官，设法同这些人接近。所以我说的人只是那些不逗人欢喜，生活平凡，行为庸碌，思想扁窄的乡下人。然而这类人，是在许多人生活中比起学问这东西一样疏远的。

领略了油坊，就再来领略一个打油人生活，也不为无意义——我就告你们一个打油的一切吧。

这些打油人，成天守着那一段悬空的长木，执行着类乎刽子手的职务，手干摇动着，脚步转换着，腰儿钩着扶了那油槌走来走去，他们可不知那一天所作的事是出了油出了汗以外还出了什么。每天到了应换班时节，就回家。人一离开了打油槌，歌也便离开口边了。一天的疲劳，使他觉得非喝一杯极浓的高粱酒不可，他于是乎就走快一点。到了家，把脚一洗，把酒一喝，或者在灶边编编草鞋，或者到别家打一点小牌。有家庭的就同妻女坐到院坝小木板凳上谈谈天，到了八点听到砦上起了更就睡。睡，是一直到第二天五更才作兴醒的，醒来了，天还不大亮，就又到上工时候了。

一个打油匠生活，不过如此如此罢了。不过照例是这职业为专门职业，所以工作所得，较之小乡村中其他事业也独多，四季中有一季作工便可以对付一年生活，故这类人在本乡中地位也等于绅士，似乎比考秀才教书还合算。

可是这类人，在本地方真是如何稀少的人物啊！

天黑了，在高空中打团的鹰之类也渐渐的归林了，各处人家的炊烟已由白色变成紫色了，什么地方有妇人尖锐声音拖着悠长的调子喊着阿牛阿狗的小名回家吃饭了，这时圆坳的油坊停工了，从油坊中走出了一个人。这个人，行步匆匆像逃难，原来后面还有一个小子在追赶。这被追赶的人踉踉跄跄的滑着跑着在极其熟习的下坡路上走着，那追的小子赶不上，就在后面喊他。

“四伯，四伯，慢走一点，你不同我爹喝一杯，他老人家要生气了。”

他回头转望那追赶他的人黑的轮廓，随走随大声的说：

“不，道谢了。明天来。五明，告诉你爹，我明天来。”

“那不成，今天是炖得有狗肉！”

“你多吃一块好了。五明小子你可以多吃一块，再不然帮我留一点，明早我来吃。”

“那他要生气！”

“不会的。告你爹，我有点小事，要到西村张裁缝家去。”

说着这样话的这个四伯，人已走下圆坳了，再回头望声音所来处的五明，所望到的是仿佛天是真黑了。

他不管五明同五明爹，放弃了狗肉同高粱酒，一定要急于回家，是因为念着家中的女儿。这中年汉子，唯一的女儿阿黑，是有病发烧，躺在床不能起来，等他回家安慰的。他的家，去油坊是上半里路，已属于另外一个村庄了，所以走到家时已经是五筒丝烟的时候了。快到了家，望到家中却不见灯光，这汉子心就有点紧。老老远，他就大声喊女儿的名字。他意思是或者女儿连起床点灯的气力也失掉了。不听到么，这汉子就更加心急。假若是，一进门，所看到的是一个死人，则这汉子也不必活了。他急剧的又忧愁的走到了自己家门前，用手去开那栅栏门，关在院中的小猪，见有人来以为是喂料的阿黑来了，就群集到那边来。

他暂时就不开门，因为听到屋的左边有人行动的声音。

“阿黑，阿黑，是你吗？”

“爹，不是我。”

故意说不是她的阿黑，却跑过来到她爹的身边了，手上拿的是一些仿佛竹管子东西，爹是见了阿黑又欢喜又有点埋怨的。

“怎么灯也不点，我喊你又不应？”

“饭已早煮好了。灯我忘记了。我不听见你喊我的声音，因为在后面园里去了。”

经过作父亲的用手摸过额角以后的阿黑，把门一开，先就跑进屋里去了，不久这小瓦屋中有了灯光。

又不久，在一盏小小的清油灯下，这中年父亲同女儿坐在一张小方桌边吃晚饭了。

吃着饭，望到脸上还是发红的病态未尽的阿黑，父亲把饭吃过一碗也不再添。被父亲所系念的阿黑，是十七八岁的人了，知道父亲发痴的理由，就说："一点儿病已全好了，这时人并不吃亏。"

"我要你规规矩矩睡睡，又不听我说。"

"我睡了半天，是因为到夜了天气真好，天上有霞，所以起来看，就便到后园去砍竹子，砍来好让五明作箫。"

"我担心你不好，所以才赶忙回来。不然今天五明留我吃狗肉，我那里就来。"

"爹你想吃狗肉我们明天自己炖一腿。"

"你那里会炖狗肉？"

"怎么不会？我可以问五明去。弄狗肉吃就是脏一点，费神一点。爹你买来拿到油坊去，要烧火人帮烙好刮好，我必定会办到好吃。"

"等你病好了再说吧。"

"我好了，实在好了。"

"发烧要不得！"

"发烧吃一点狗肉，以火攻火，会好得快一点。"

乖巧的阿黑，并不怎样想狗肉吃，但见到父亲对于狗肉的倾心，所以说狗肉自己来炖的话。但不久，不必自己亲手，五明从油坊里却送了一大碗狗肉来了。被他爹说了一阵是怎不把四伯留下的五明，退思补过，所以赶忙拿了一大青花海碗红焖狗肉来。虽说是送狗肉来，来此还是垂涎另外一样东西，比四伯对狗肉似乎还感到可爱。五明为什么送狗肉一定要亲自来，如同做的大事一样，不管天晴落雨，不管早夜，这理由只有阿黑心中明白！

"五明，你坐。"阿黑让他坐，推了一个小板凳过去。

"我站站到也成。"

"坐，这孩子，总是不听话。"

"阿黑姐，我听你的话，不要生气！"

于是五明坐下了。他坐到阿黑身边驯伏到像一只猫。坐在一张白木板凳上的五明，看灯光下的阿黑吃饭，看四伯喝酒挟狗肉吃，若说四伯的鼻子是为酒糟红，使人见了仿佛要醉，那么阿黑的小小的鼻子，可不知是为什么如此逗人爱了。

“五明，再喝一杯，陪四伯喝。”

“我爹不准我喝酒。”

“好个孝子，可以上传。”

“我只听人说过孝女上传的故事，姐，你是传上的。”

“我是说你假，你以为你真是孝子吗？你爹不许你作许多事，似乎都背了爹作过了，陪四伯吃杯酒就怕爹骂，装得真俨然！”

“冤枉死我了，我装了些什么？”

四伯见五明被女儿逼急了，发着笑，动着那大的酒糟鼻，说阿黑应当让五明。

“爹，你不知道他，小虽小，顶会扯谎。”

大约是五明这小子的确在阿黑面前扯过不少的谎，证据被阿黑拿到手上了，所以五明虽一面嚷着冤枉了人，一面却对阿黑瞪眼，意思是告饶。

“五明你对我把眼睛做什么鬼？我不明白。”说了就纵声笑。五明真急了，大声嚷。

“是，阿黑姐，你这时不明白，到后我要你明白呀！”

“五明，你不要听阿黑的话，她是顶爱窘人的，不理她好了。”

“阿黑，”这汉子又对女儿说，“够了。”

“好，我不说了，不然有一个人眼中会又有猫儿尿。”

五明气突突的说：“是的，猫儿尿，有一个人有时也欢喜吃人家的猫儿尿！”

“那是情形太可怜了。”

“那这时就是可笑——”说着，碗也不要，五明抽身走了。阿黑追出去，喊小子。

“五明，五明，拿碗去！要哭就在灯下哭，也好让人看见！”

走去的五明不做声，也不跑，却慢慢走去。

阿黑心中过意不去，就跟到后面走。

“五明，回来，我不说了。回来坐坐，我有竹子，你帮我作箫。”

五明心有点动就更慢走了点。

“你不回来，那以后就……什么也完了。”

五明听到这话，不得不停了脚步了。他停顿在大路边，等候追赶他的阿黑。阿黑到了身边，牵着这小子的手，往回走，这小子泪眼婆娑，仍然进到了阿黑的堂屋，站在那里对着四伯勉强作苦笑。

“坐！当真就要哭了，真不害羞。”

五明咬牙齿，不作声，四伯看了过意不去，帮五明的忙，说阿黑。

“阿黑，你就忘记你被毛朱伯笑你的情形了，让五明点吧，女人家不可太逞强。”

“爹你袒护他。”

“怎么袒护他？你大点，应当让他一点才对。”

“爹以为他真像是老实人，非让他不可。爹你不知道，有个时候他才真不老实！”

“什么时候？”作父亲的似乎不相信。

“什么时候么？多咧多！”阿黑说到这话，想起五明平素不老实的故事来，就笑了。

阿黑说五明不是老实人，这也不是十分冤枉的。但当真若是不老实人，阿黑这时也无资格打趣五明了。说五明不老实者，是五明这小子，人虽小，却懂得许多事，学了不少乖，一得便，就想在阿黑身上撒野，那种时节五明决不能说是老实人的，即或是不缺少流猫儿尿的机会。然而到底不中用，所以不规矩，到最后，还是被恐吓收兵回营，仍然是一个在长者面前的老实人。这真可以说，虽然想不老实，又始终作不到，那就只有尽阿黑调谑一个办法了。

五明心中想的是报仇方法，却想到明天的机会去了。其实他不知不觉用了他的可怜模样已报仇了，因为模样可怜使这打油人有与东家作亲家的意思，因了他的无用，阿黑对这被虐待者也心中十分如意了。

五明不作声，看到阿黑把碗中狗肉倒到土钵中去，看到阿黑洗碗，看到阿黑……到后是把碗交到五明手上，另外塞了一把干栗子在五明手中，五明这小子才笑。

借口说怕院坝中猪包围的五明，要阿黑送出大门，出了大门却握了阿黑的手不放，意思还要在黑暗中亲一个嘴，算抵销适间被窘的账。把阿黑手扯定，五明也觉得阿黑是在发烧了。

“姐，干吗，手这么热？”

“我有病，发烧。”

“怎不吃药？”

“一点儿小病。”

“一点儿，你说的！你的全是一点儿，打趣人家也是，自己的事也是。病了不吃药那怎么行。”

“今天早睡点，吃点姜发发汗，明早就好了。”

“你真使人担心！”

“鬼，我不要你假装关切，我自己会比你明白点。”

本篇发表于1933年1月1日《新时代》第3卷第5、6期合刊，新年号。署名沈从文。

病

包红帕子的人来了，来到阿黑家，为阿黑打鬼治病。

阿黑发烧的病更来到不儿戏了，一个月来发烧，脸庞儿红得像山茶花，终日只想喝凉水。天气渐热，井水又怕有毒，害得老头子成天走三里路到万亩田去买杨梅。病是杨梅便能止渴。但杨梅对于阿黑的病也无大帮助。人发烧，一到午时就胡言乱语，什么神也许愿了，什么药也吃过了，如今是轮到请老巫师的最后一着了。把巫师从十里外的高坡塘赶来，时间是下午烧夜火的时候。来到门前的包红帕子的人，带了一个徒弟，所有追魂捉鬼用具全在徒弟背上扛着，老师傅站在阿黑家院坝中，把牛角放在嘴边，吹出了长长的悲哀而又高扬的声音，惊动了全村，也惊动了坐在油坊石碾横木玩着的五明。他先知道了阿黑家今天有师傅来，如今听出牛角声音，料到师傅进屋了，赶忙喝了一声，把向前的牛喝住，跑下了横木，迈过碾槽，跑出了油坊，奔到阿黑这边山来了。

五明到了阿黑家时老师傅已坐在坐屋中喝蜜水了，五明就走过去问师傅安。他喊这老师傅做干爹因为三年前就拜给这人作干儿子了。他蹲到门限上去玩弄老师傅的牛角。这是老师傅的法宝，用水牛角作成，颜色淡黄，全体溜光，用金漆描有花纹同鬼脸，用白银作哨，用银链悬挂，五明欢喜这东西，如欢喜阿黑一样。这时不能同阿黑亲嘴，所以就同牛角亲嘴了。

“五明孩子，你口洗了不洗，你爱吃狗肉牛肉，有大蒜臭，是粘不得法宝的！”

“那里呢？干爹你嗅。”

那干爹就嗅五明的嘴，亲五明的颊，不消说，纵是刚才吃过大蒜，经这年高有德的人一亲，也把肮脏洗净了。

喝了蜜水的老师傅吃吸烟，五明就献小殷勤为吹灰。

那师傅，不同主人说阿黑的病好了不曾，却同阿黑的爹说：

“四哥，五明这孩子将来真是一个好女婿。”

“当真呢不知谁家女儿有福气。”

“是呀！你瞧他！年纪小虽小，多乖巧。我每次到油坊那边见到他爹，总说我这干儿子有屋里人了没有，这作父亲的总摇头，像我是同他在讲桐子生意，故意稿价手。哥，你……”

阿黑的爹见到老师傅把事情说到阿黑事情上来了，望一望蹲在一旁玩牛角的五明，抿抿嘴，不作声。

老师傅说：“五明，听到我说的话了么？下次对我好一点，我帮你找媳妇。”

“我不懂。”

“你不懂吧，说到真像。我看你样子是懂得比干爹还多！”

五明于是红脸了，分辩说：“干爹冤枉人。”

“我听说你会唱一百多首歌，全是野的，跟谁学来？”

“也是冤枉。”

“我听萧金告我你做了不少大胆的事。”

“萧金呀，这人才坏，他同巴古大姐鬼混，人人都知，谁也不瞒，有资格说别个么？”

“但是你到底作过坏事不？”

五明说：“听不懂你的话。”

说了这话的五明，红着脸，望了望四伯，放下了牛角，站起身来走到院坝中逐鸡去了。

老师傅对这小子笑，又对阿黑的爹笑。阿黑的爹有点知道五明同阿黑的关系了。然而心中却不像城里作父亲的偏狭，他只忧愁的微笑。

小孩子，爱玩，天气好，就到坡上去玩玩，只要不受凉，不受惊，原不是什么顶坏的事。两个人在一块，打打闹闹并不算大不了事体。人既在一块长大，懂了事，互相欢喜中意，非变成一个不行，作父亲的似乎也无取缔理由。

使人顽固是假的礼教与虚空的教育，这两者都不曾在阿黑的爹脑中有影响，所以这时逐鸡的五明，听到阿黑嚷口渴，故不怕笑话，即刻又从干爹身边跑过，走到阿黑房中去了。

阿黑家的房是旧瓦房，一栋三开间，以堂屋作中心，则阿黑住的是右边一间。旧的房屋一切全旧了，楼板与地板，颜色全失了原有黄色，转成浅灰色，窗用铁条作一格，又用白纸糊木条作一格，又用木板门：平时大致把木门打开，放光进来。怕风则将糊纸的一格放下，到夜照例是关门。如今却因为是阿黑发烧，虽按照病理，应避风避光，然而阿黑脾气坏，非把窗敞开不行，所以作父亲的也难于反对，还是照办了。

这房中开了窗子，地当西，放进来的是一缕带绿色的阳光。窗外的竹园，竹子被微风吹动，竹叶率率作响。真仿佛与病人阿黑成其调和的一幅画。带了绿色的一线阳光，这时正在地板上，映出一串灰尘返着晶光跳舞，阿黑却伏在床上，把头转侧着。

用大竹筒插了菖蒲与月季的花瓶，本来是五明送来摆在床边的，这时却见到这竹筒里多了一种蓝野菊。房中粗粗疏疏几件木器，以及一些小钵小罐，床下一双花鞋。伏在床上的露着红色臂膀的阿黑，一头黑发散在床沿，五明不知怎样感动得厉害，却想哭了。

昏昏迷迷的阿黑，似乎听出有人走进房了，也不把头抬起，只嚷渴。

“送我水，送我水……”

“姐，这壶里还有水！”

似乎仍然听得懂是五明的话，就抱了壶喝。

“不够。”

五明于是又为把墙壁上挂的大葫芦取下，倒出半壶水来，这水是五明小子尽的力，在两三里路上一个洞里流出的洞中泉，只一天，如今摇摇已快喝到一半了。

第二次又得了水又喝，喝过一阵，人却稍稍清醒了，待到五明用手掌烫到她额上时，阿黑瞪了眼睛望到床边的五明。

“姐，你好点了吧？”

“嗯。”

“你认识我么?”

阿黑不即答，仿佛来注意这床边人，但并不是昏到认人不清，她是在五明脸上找变处。

“五明，怎么瘦许多了?”

“那里，我肥多了，四伯才还说!”

“你瘦了。拿你手来我看。”

五明就如命，交手把阿黑，阿黑拿来放在嘴边。她又问五明，是不是烧得厉害。

“姐，你太吃亏了，我心中真难过。”

“鬼，谁要你难过?自己这几天玩些什么?告我刚才做了些什么?告我。”

“我坐到牛车上，赶牛推磨，听到村中有牛角叫，知道老师傅来了，所以赶忙来。”

“老师傅来了吗?难怪我似乎听到人说话，我烧得人糊涂极了。”

五明望这房中床架上，各庙各庵黄纸符咒贴了不少，心想纵老师傅来帮忙，也恐怕不行，所以默然不语了。他想这发烧原由，或者倒是什么时候不小心的原故，责任半多还是在自己，所以自己心中总非常不安，又不敢把这意思告阿黑的爹。他怕阿黑是身上有了小人。他知识只许可他对于睡觉养小孩子心事憧憬恍惚，他怕是那小的人在肚中作怪，所以他觉得老师傅也是空来。然而他还不曾作过做丈夫应作的事，纵作了也不算认真。

五明呆在阿黑面前许久，才说话。

“阿黑姐，你心里难过不难过?”

“你呢?”

这反问，是在另一时节另一情形另一地方的趣话。那时五明正努过力，泄了气，不负责任压在阿黑身上，问阿黑，阿黑也如此这般反问他。同样的是怜惜，在彼却加了调谑，在此则成了幽怨，五明眼红了。

“干吗呢?”

五明见到阿黑注了意，又怕伤阿黑的心，所以忙回笑，说眼中有刺。

“小鬼，你少流一点猫儿尿好了，不要当到我假慈悲。”

“姐，你是病人，不要太强了，使我难过！”

“我使你难过！你是完全使我快活么？你说，什么时候使我快活？”

“我不能使你快活，我知道。我人小力小，就第一样不够格。第二是……”

话被阿黑打断了，阿黑见五明真有了气，拉他倒在床上了。五明压倒阿黑。摸阿黑全身，像是一炉炭，一切气全消了，想起了阿黑这时是在病中了，再不能在阿黑前说什么了。

五明不久就跪到阿黑床边，帮阿黑拿镜子让阿黑整理头发，因老师傅在外面重吹起牛角，在招天兵天将了。

因为牛角五明想起吹牛角的那一个干爹口中说的话来了，他告与阿黑。他告她：“干爹说我是好女婿，但我只愿作这一家人的女婿。谁知道女婿是早作过了。”

“爹怎么说？”

“四伯笑。”

“你好好防备他，有一天一油槌打死你这坏东西，若是他老人家知道了你的坏处。”

“我为什么坏？我又不偷东西。”

“你不偷东西，你却偷了……”

“说什么？”

“说你这鬼该打。”

于是阿黑当真就顺手打了五明一耳光，轻轻的打，使五明感到打的舒服。

五明轮着眼，也不生气，感着了新的饥饿，又要咬阿黑的舌子了。他忘了阿黑这时是病人，且忘了是在阿黑的家中了，外面的牛角吹得呜呜喇喇，五明却在里面同阿黑亲嘴半天不放。

到了天黑，老师傅把红缎子法衣穿好，拿了宝刀和鸡子吹着牛角，口中又时时刻刻念咒，满屋各处搜鬼，五明就跟到这干爹各处走，因为五明是小孩子，眼睛清，可以看出鬼物所在。到一个地方，老师傅回头向五明，要五明随便指一个方向，五明用手一指，老师傅样子一凶，眼一瞪，脚一顿，把鸡蛋对五明所指处掷去，于是俨然鬼就被打倒了，捉着了。鸡蛋一共是打了九个，五明只觉得好玩。

五明到后问干爹，到底鬼打了没有，那老骗子却非常正经说已打尽了鬼。

法事做完后，五明才回去，那干爹师傅因为打油人家中不便留宿，所以到亲家油坊去睡，同五明一路。五明在前打火把，老师傅在中，背法宝的徒弟在后，他们这样走到油坊去。在路上，这干爹又问五明，在本村里看中意了谁家姑娘，五明不答应，老师傅就说回头将同五明的爹做媒，打油匠家阿黑姑娘真美。

大约有道法的老师傅，赶走打倒的鬼是另外一个，却用牛角因此拈来了其他一个他意料不到的鬼，就是五明，所以到晚上，阿黑的发烧，只有增无减。若要阿黑好，把阿黑心中的五明歪缠赶去，忌忌油，发发汗，真是容易事！可惜的是打油人只会看油的成色，除此以外全无所知，捉鬼的又反请鬼指示另一种鬼的方向，糟蹋了鸡蛋，阿黑所以病就只好继续三十天了。

阿黑到后怎样病就有了起色呢？却是五明要到桐木寨看舅舅接亲吃酒，一去有十天，十天不见五明，使阿黑不心跳，不疲倦，因此到作成了老师傅的夸口本事，鬼当真走了，病才慢慢退去，人也慢慢的复原了。

回到圆坝吃酒去的五明，还穿了新衣，就匆匆忙忙跑来看阿黑。时间是天已快黑，天上全是霞。屋后已有纺织娘纺车，阿黑包了花帕子，坐到院坝中石碌碡上，为小猪搔痒。阿黑身上也是穿得新浆洗的花布衣，样子十分美，五明一见几乎不认识，以为阿黑是作过新嫁娘的人。

“姐，你好了！”

阿黑抬头望五明，见五明穿新衣，戴帽子，白袜青鞋，知道他是才从桐木寨吃酒回来，就笑说：“五明，你是作新郎来了。”

这话说错了，五明听的倒是“来此作新郎”不是“作过新郎来”，他忙跑过去，站到阿黑身边。他想到阿黑的话要笑，忘了问阿黑是什么时候病好的。

在紫金色薄暮光景中，五明并排坐到阿黑身边了。他觉阿黑这时可以喊作阿白，因为人病了一个月，把脸病白了，他看阿黑的脸，清瘦得很，不知应当如何怜爱这个人。他用手去摸阿黑下巴，阿黑就用口吮五明的手指，不作声。

在平时，五明常说到阿黑是观音，却是说了也无多大意义，只不过是想赞美阿黑，找不出好句子，借用来表示自己，低首投降甘心情愿而已，此时五明才真觉得阿黑是观音！那么慈悲，那么清雅，那么温柔，想象观音为人决不会比这个人更高尚又更近人情。加以久病新瘥，加以十天远隔，五明觉得为人幸福像做皇帝了。

本篇发表于1932年11月1日《新时代》第3卷第3期。署名沈从文。后经改写以《捉鬼》为篇名发表于1946年11月26日天津《益世报》。

秋

到了七月间，田中禾苗的穗已垂了头，成黄色，各处忙打谷子了。

这时油坊歇憩了，代替了油坊打油声音的是各处田中打禾的声音。用一二百铜钱，同到老酸菜与臭牛肉雇来的每个打禾人，一天亮起来到了田中，腰边的镰刀像小锯子，下田后，把腰一钩，齐人高的禾苗，在风快的行动中，全只剩下一小桩，禾的束全卧在田中了。

在割禾人后面，推着大的四方木桶的打禾人，拿了卧在地上的禾把在手，高高的举起快快的打下，把禾在桶的边沿上痛击，于是已成熟的谷颗便完全落到桶中了。

打禾的日子是热闹的日子，庄稼人心中有丰收上仓的欢喜，一面有一年到头的耕作已到了休息时候的舒畅，所有人，全是笑脸！

慢慢的，各个山坡各个村落各个人家门前的大树下，把稻草堆成高到怕人的巨束，显见的是谷子已上仓了。这稻草的堆，各处可见到，浅黄的颜色，伏在叶已落去了的各种大树下，远看便像一个庞大兽物。有些人家还将这草堆作屋，就在草堆上起居，以便照料到那晚熟的山谷中黍类薯类。地方没有人作贼，他们怕的是野猪，野猪到秋天就多起来了。

这个时候五明家油坊既停了工，五明无可玩，五明不能再成天守到碾子看牛推磨了，牛也须要放出去吃草了，就是常上山去捡柴。捡柴不一定是家中要靠到这个卖钱，也不是烧火乏柴，五明的家中剩余的油松柴，就不知有几千几万。五明的捡柴，一天捡回来的只是一捆小枯枝，一捆花，一捆山上野红果。这小子，出大门，佩了镰刀，佩了烟管，还佩了一枝短笛，这三样东西只有笛子合用。他上山，就是上山在西风中吹笛子给人听！

把笛子一吹，一匹鹿就跑来了。笛子还是继续吹，鹿就呆在小子身边睡下，听笛子声音醉人。来的这匹鹿是有一双小小的脚，一个长长的腰，一张黑黑的脸同一个红红的嘴。来的是阿黑。

阿黑的爹这时不打油，用那起着厚的胼胝的扶油槌的手在乡约家抹纸牌去了。阿黑成天背了竹笼上山去，名义也是上山捡柴爬草，不拘在什么地方，远虽远，她听得出五明笛子的声音。把笛子一吹，阿黑就像一匹小花鹿跑到猎人这边来了。照例是来了就骂，骂五明坏鬼，也不容易明白这坏意义究竟是什么一会事。大约是，五明吹了笛，唱着歌，唱到有些地方，阿黑虽然心欢喜，正因为欢喜，就骂起“五明坏鬼”来了。阿黑身上并不黑，黑的只是脸，五明唱歌唱到——

娇妹生得白又白，情哥生得黑又黑。
黑墨写在白纸上，你看合色不合色!?

阿黑就骂人。使阿黑骂人，也只怪得是五明有嘴。野猪有一张大的嘴巴，可以不用劲就把田中大红薯从土里掘出，吃薯充饥。五明嘴不大，却乖劣不过，唱歌以外不单是时时刻刻须用嘴吮阿黑的脸，还时时刻刻想用嘴吮阿黑的一身。且嗜好不良，怪脾气顶多，还有许多说不出的铺排，全似乎要口包办，都有使阿黑骂他的理由。一面骂是骂，一面要作的还是积习不改，无怪乎阿黑一见面就先骂“五明坏鬼”作为“预支数”了。

五明又怪又坏，心肝肉圆子的把阿黑哄着引到幽僻一点稻草堆下去，且别出心裁，把草堆中部的拖出，挖空成小屋，就在这小屋中为阿黑解衣纽绊同裤带子，又谄媚又温柔同阿黑作那顶精巧的体操。有时因为要挽留阿黑，就设法把阿黑衣服藏到稻草堆的顶去，非到阿黑真有生气样子时不退。

阿黑人虽年纪比五明大，知道“伤食”那类名词，知道秋天来了，天气冷，“着凉”也是应当小心注意，可是就因为五明是“坏鬼”脾气坏，心坏，嗜好的养成虽日子不多也是无可救药。纵有时阿黑一面说着“不行”“不行”的话，到头仍然还是投降，已经也是有过极多例了。

天气是当真一天一天冷下来了，中秋快到，纵成天是大太阳挂到天空，早晚是仍然有寒气侵人，非衣夹袄不可了。在这样的天气下，阿黑还一听到五明笛子就赶过去，这要说是五明罪过也似乎说不出！

八月初四是本地山神的生日，人家在这一天都应当用鸡用肉用高粱酒为神做生。五明的干爹，那个头缠红帕子作长毛装扮的老师傅，被本地当事人请来帮山神献寿谢神祝福，一来就住到亲家油坊里。来到油坊的老师傅，同油坊老板挨着烟管吃烟，坐到那碾子的横轴上谈话，问老板的一切财运，打油匠阿黑的爹也来了。

打油匠是听到油坊中一个长工说是老师傅已来，所以放下了纸牌跑来看老师傅的。见了面，话是这样谈下去：

“油匠，您好！”

“托福。师傅，到秋天来，你财运好！”

“我财运也好，别的运气也好，妈个东西，上前天，到黄砦上做法事，半夜里主人说请师傅打牌玩，就架场动手。到后作师傅的又作了宝官庄家，一连几轮庄，撇十遇天罡，足足六十吊，散了饷。事情真做不得，法事不但是空做，还倒贴。钱输够了天也不亮，主人倒先睡着了。”

“亲家，老庚，你那个事是外行，小心是上了当。”油坊老板说，喊老师傅做亲家又喊老庚，因为他们又是同年。

师傅说：“当可不上。运气坏是无办法。这一年运像都不大好。”

师傅说到运气不好，就用力吸烟，若果烟气能像运气一样，用口可以吸进放出，那这位老师傅一准赢到不亦乐乎了。

他吸着烟，仰望着油坊窗顶，那窗顶上有一只蝙蝠倒挂在一条椽皮上。

“亲家，这东西会作怪，上了年纪就会成精。”

“什么东西?”老板因为同样抬头却见到两条烟尘的带子。

“我说檐老鼠，你瞧，真像个妖。”

“成了妖就请亲家捉它。”

“成了妖我恐怕也捉不到，我的法子倒似乎只能同神讲生意，不能同妖论本事!”

“我不信这东西成妖精。”

“不信呀，那不成。”师傅说，记起了一个他也并不曾亲眼见到的故事，说：“真有妖。老虎峒的第二层，上面有斗篷大的檐老鼠，能做人说话，又能叫风唤雨，是得了天书成形的东西，幸好是它修炼它自己，不惹人，人也不惹它，不然可了不得。”

为证明妖精存在起见，老师傅不惜在两个朋友面前说出丢脸的话，他说他有时还得为妖精作揖，因为妖精成了道也像招安了的土匪一样，不把他当成副爷款待可不行的。他又说怎么就可以知道妖精是有根基的东西，又说怎么同妖精讲和的方法。总之这老东西在亲家面前就是一个喝酒的同志，穿上法衣才是另外一个老师傅！其实，他做着捉鬼降妖的事实已有二三十年，却没有遇到一次鬼。他遇到的倒是在人中不缺少鬼的本领的，同他赌博，把他打斤斗唱神歌得来的几个钱全数掏去。他同生人说打鬼的法术如何大，同亲家老朋友又说妖是如何凶，可是说的全是鬼话，连他自己也不明白自己法术究竟比赌术精明多少。

这个人，实在可以说是好人，缺少城中法师势利习气，唱神歌跳舞磕头全非常认真，又不贪财，又不虐待他的徒弟，可是若当真有鬼有妖，花了钱的他就得去替人降伏，他的道法，究竟与他的赌术那样高明一点，真是难说的事!

谈到鬼，谈到妖，老师傅记起上几月为阿黑姑娘捉鬼的事，就问打油匠女儿近来身体怎样。

打油匠说：“近来人全好了，或者是天气交了秋，还发了点胖。”

关于肥瘦，渊博多闻的老师傅，又举出若干例子，来说明鬼打去以后病人发胖的理由，且同时不嫌矛盾，又说是有些人被鬼缠身反而发胖，颜色充实。

那老板听到这两种不同的话，就打老师傅的趣，说："亲家，那莫非这时阿黑丫头还是有鬼缠到身上！"

老师傅似乎承认这话，点着头笑。老师傅笑着，接过打油匠递来的烟管，吸着烟，五明同阿黑来了。阿黑站到门边，不进来，五明就走到老师傅面前去喊干爹，又回头喊四伯。

打油人说："五明，你有什么得意处，这样笑。"

"四伯，人笑不好么？"

"我记到你小时爱哭。"

"我才不哭！"

"如今不会哭了，只淘气。"作父亲的说了这样话，五明就想走。

"走那儿去？又跑？"

"爹，阿黑大姐在外面等我，她不肯进来。"

"阿黑丫头，来哎！"老板一面喊一面走出去找阿黑，五明也跟到去。

五明的爹站到门外四望，四望望不到阿黑。一个大的稻草堆把阿黑隐藏，五明清白，就走到草堆后面去。

"姐，你躲到这里做什么？我干爹同四伯他们在谈话，要你进去！"

"我不去。"

"听我爹喊你。"

的确那老板是在喊着的，因为见到另一个背竹笼的女人下坡去，以为那是走去的阿黑了，他就大声喊。

五明说："姐，你去吧。"

"不。"

"你听，还在喊！"

"我不耐烦去见那包红帕子老鬼。"

为什么阿黑不愿意见包红帕子老鬼？不消说，是听到五明说过那人要为五明做媒的原故了。阿黑怕得是一见那老东西，又说起这事，所以不敢这时进油坊。五明是非要阿黑去油坊玩玩不可的，见阿黑坚持，就走出草堆，向他父亲大声喊，告他阿黑藏在草后。

阿黑不得不出来见五明的爹了，五明的爹要她进去，说她爹也在里面，她不好意思不进油坊去。同时进油坊，阿黑对五明鼓眼睛，作生气神气，这小子这时只装不看见。

见到阿黑几乎不认识的是那老法师。他见到阿黑身后是五明，就明白阿黑其所以肥与五明其所以跳跃活泼的理由了。老东西对五明独做着会心的微笑。老法师的模样给阿黑见到，使阿黑脸上发烧。

“爹，我以为你到萧家打牌去了。”

“打牌又输了我一吊二，我听到师傅到了，就放手。可是正要起身，被团总扯着不许走，再来一牌，却来一个回笼子青花翻三层台，里外里还赢了一吊七百儿。”

“爹你看买不买那王家的蹁脚猪？”

“你看有病不有。”

“病是不会，脚是有一只蹁了，我不知好不好。”

“我看不要它，下一场要油坊中人去新场买一对花猪好。”

“花猪不行，要黑的，配成一个样子。”

“那就是。”

阿黑无话可说了，放下了背笼，从背笼中取出许多带球野栗子同甜萝葡来，又取出野红果来，分散给众人，用着女人的媚笑说请老师傅尝尝。五明正爬上油榨，想验看油槽里有无蝙蝠屎，见到阿黑在俵分东西，跳下地，就不客气的抢。

老师傅，冷冷的看着阿黑的言语态度，觉得干儿子的媳妇再也找不出第二个了，又望望这两个作父亲的人，也似乎正是一对亲家，他在心中就想起作媒的第一句话来了。他先问五明，说：

“五明小子，过来我问你。”

五明就走过干爹这边来。

老师傅附了五明的耳说：“记不记到我以前说的那话。”

五明说：“记不到。”

“记不到，老子告你，你要不要那个人做媳妇？说实话。”

五明不答，用手掩两耳，又对阿黑做鬼样子，使阿黑注意这一边人说话情景。

“不说我就告你爹，说你坏得很。”

“干爹你冤枉人。”

“我冤枉你什么？我老人家鬼的事都知道许多，岂有不明白人事的道理。告我实话，若欢喜要干爹帮忙，就同我说，不然打油匠有一天会用油槌打你的狗头。”

“我不作什么那个敢打我，我也会回他。”

“我就要打你，”老师傅这时可高声了，他说，“亲家，我以前同你说那事怎样了？”

“怎么样？干爹这样担心干吗。”

“不担心吗？你这作爹的可不对。我告你小孩子是已经会拜堂了的人，再不设法将来会捣乱。”

五明的爹望五明笑，五明就向阿黑使眼色，要她同到出去，省得被窘。

阿黑对她爹说：“爹，我去了。今天回不回家吃饭？”

五明的爹就说：“不回去吃了，在此陪师傅。”

“爹不回去我是不必煮饭的，早上剩得有现饭。”阿黑一面说，一面把背笼放到肩上，又向五明的爹与老师傅说，“伯伯，师傅，请坐。我走了。无事回头到家里吃茶。”

五明望到阿黑走，不好意思追出去。阿黑走后干爹才对打油人说道：“四哥，你阿黑丫头越发长得好看了。”

“你说那里话，这丫头真不懂事。一天只想玩，只想上天去。我预备把她嫁到个远乡里去，有阿婆阿公，有妯娌弟妹，才管教得成人，不然就只好嫁当兵人去。”

五明听阿黑的爹说的话心中就一跳。老师傅可为五明代问出打油人的意见了，那老师傅说：“哥，你当真舍得嫁黑丫头到远乡去吗？”

打油人不答，就哈哈笑。人打哈哈笑，显然是自己所说的话是一句笑话，阿黑不能远嫁也分明从话中得到证明了。进一步的问话是阿黑究竟有了人家没有，那打油人说还不曾。他又说，媒人是上过门有好几次了，因为只这一个女儿，不能太马虎。一面问阿黑，阿黑也不愿，所以事情还谈不到。

五明的爹说：“人是不小了，也不要太马虎，总之这是命，命好的先不到后会好。命坏的好也会变。”

“哥，你说的是，我是作一半儿主，一半听丫头自己；她欢喜我总不反对的。我不想家私，只要儿郎子弟好，他日我老了，可以搭他们吃一口闲饭，有酒送我喝，有牌送我打，就算享福了。”

“哥，把事情包送我办好了，我为你找女婿。——亲家，你也不必理五明小子的事，给我这做干爹的一手包办。——你们就打一个亲家好不好？”

五明的爹笑，阿黑的爹也笑。两人显然是都承认这提议有可以商量继续下去的必要，所以一时无话可说了。

听到这话的五明，本来不愿意再听，但想知道这结果，所以装不明白神气坐到灶边用砖头砸栗球吃。他一面剥栗子壳一面用心听三人的谈话，旋即又听到干爹说道：

“亲家，我这话是很对的。若是你也像四哥意思，让这没有母亲的孩子自己作一半主，选择自己意中人，我断定他不会反对他干爹的意见。”

“师傅，黑丫头年纪大，恐怕不甚相称吧。”

“四哥，你不要客气，你试问问五明，看他要大的妻还是要小的妻。”

打油人不问五明，老师傅就又帮打油人来问。他说：“喂，不要害羞，我同你爹说的话总已经听到了。我问你，愿不愿意把阿黑当做床头人喊四伯做丈人？”

五明装不懂。

“小东西，你装痴，我问你的是要不要妻，要时就赶快为干爹磕头，干爹好为你正式做媒。”

“我不要。”

“你不要那就算了，以后再见你同阿黑在一起，就教你爹打断你的腿。”

五明不怕吓，干爹大话说不倒五明，那是必然的。虽然愿意阿黑有一天会变成自己的妻，可是口上说要什么人帮忙，还得磕头，那是不行的。一面是不承认，一面是逼到要说，于是乎五明只有走出油坊一个办法了。

五明走出了油坊，就跑到阿黑家中去。这一边，三个中年汉子，亲家作不作倒不甚要紧，只是还无法事可作的老师傅，手上闲着发鸡爪风，所以不久三人就邀到团总家去打“丁字福”的纸牌去了。且说五明，钻着阿黑的房里去时是怎样情景。

阿黑正怀想着古怪样子的老师傅，她知道这个人在已经翻斤斗以外总还有许多精神谈闲话，闲话的范围，一推广，则不免就会到自己身上来，所以心正怔忡着。事情果不出意料以外，不但是谈到了阿黑，且谈到一事，谈到五明与阿黑有同意的必然的话了，因为报告这话来到阿黑处的五明，一见阿黑的面就痴笑。

“什么事，鬼？”

“什么事呀！有人说你要嫁了！”

“放屁！”

“放屁放一个，不放多，我听到你爹说预备把你嫁到黄罗寨去，或者嫁到麻阳吃稀饭去。”

“我爹是讲笑话。”

“我知道。可是我干爹说要帮你做媒，我可不明白这老东西说的是谁。”

“当真不明白吗？”

“当真不，他说是什么姓周的。说是读书人，可以做议员的，脸儿很白，身个儿很高，穿外国人的衣服，是这种人。”

“我不愿嫁人，除了你。”

“他又帮我做媒，说女人……”

“怎样说？”阿黑有点急了。

“他说道女人生长得像观音菩萨，脸上黑黑的，眉毛长长的，名字是阿黑。”

“鬼，我知道你是在说鬼话。”

“岂有此理！我明白说吧，他当到我爹同你爹说你应当嫁我了，话真只有这个人说得出口！”

阿黑欢喜得脸上变色了。她忙问两个长辈怎么说。

“他们不说。他们笑。”

“你呢？”

“他问我，我不好意思说我愿不愿，就走来了。”

阿黑歪头望五明，这表示要五明亲嘴了，五明就走过来抱阿黑。他又说：“阿黑，你如今是我的妻了。”

“是你的，你也是我的夫！”

“我是你的丈夫，要你做什么你就应当做。”

“我信你的话。”

“信我的话，这时解你的那根带子，我要同那个亲嘴。”

“放屁，说呆话我要打人。”

“你打我我就告干爹，说你欺侮我小，磨折我。”

阿黑气不过，当真就是一个耳光。被打痛了五明，用手擦抚着那颊，一面低声下气认错，要阿黑陪他出去看落坡的太阳以及天上的霞。

站在门边望天上，天上是淡紫与深黄相间。放眼又望各处，各处村庄的稻草堆，在薄暮的斜阳中镀了金色，全仿佛是诗。各个人家炊烟升起以后又降落，拖成一片白幙到坡边。远处割过禾的空田坪，禾的根株作白色，如用一张纸画上无数点儿。

在这光景中的五明与阿黑，倚在门前银杏树下听晚蝉，不知此外世界上还有眼泪与别的什么东西。

本篇发表于1932年9月《新时代》第3卷第1期。署名沈从文。

婚　前

五明一个嫁到边远地方的姑妈，是个有了五十岁的老太太，因为听到五明侄儿讨媳妇，带了不少的礼物，远远的赶来了。

这寡妇，年纪有一把，让同丈夫所生的那一个儿子独自住到城中享福，自己却守着一些山坡田过日子。逢年过节时，就来油坊看一次，来时总用背笼送上一背笼吃的东西给五明父子，回头就背三块油枯回去，用油枯洗衣。

姑妈来时五明父子就欢喜极了。因为姑妈是可以作母亲的一切事，会补衣裳，会做鞋，会制造干菜，会说会笑，这一家，原是需要这样一个女人的！脾气奇怪的毛伯，是常常因为这老姊妹的续弦劝告，因而无话可说只说是请姑妈为五明的妻留心的。如今可不待姑妈来帮忙，五明小子自己倒先把妻拣定了。

来此吃酒的姑妈，是吃酒以外还有做媒的名分的。不单是做媒，她又是五明家的主人。她又是阿黑的干妈。她又是送亲人。因此这老太太，先一个多月就来到五明油坊了。她虽是在一个月以前来此，也是成天忙，还仿佛是来了迟一点的。

因为阿黑家无女人作主，这干妈就又移住到阿黑家来，帮同阿黑预备嫁妆。成天看到这干女儿，又成天看到五明，这老太太时常欢喜得流泪。见到阿黑的情形，这老太太却忘了自己是五十岁的人，常常把自己作嫁娘时的蠢事情想起好笑。她还深怕阿黑无人指教，到时无所措手足，就用着长辈的口吻，指点了阿黑许多事，又背了阿黑告给五明许多事。这好人，她那里明白近来的小男女，这事情也要人告才会，那真是怪事了。

在另一时阿黑五明在一起，就把姑妈说过的蠢话谈来取乐，这一对坏人，还依照姑妈所指示的来试习，结果是姑妈的话全不适用，两人就更觉到秘密的趣味了。

当到姑妈时，这小子是规矩到使老人可怜的。姑妈总说，五明儿子，你是像大人了，我担心你有许多地方不是一个大人所有。这话若是另一个知道这秘密的人说来，五明将红脸。因为这话说到“不是大人”，那不外乎指点到五明不懂事，但“不懂事”这句话是不够还是多余。天真到不知天晴落雨，要时就要，饿了非吃不行，吃够了又分手，这真不算是大人！一个大人他是应当在节制，以及悭吝上注意的，即或是阿黑的身，阿黑的笑和到泪，也不能随便自己一要就拿，不要又放手。

姑妈在一对小人中，看阿黑是老成比五明为多的。这个人在干妈面前，不说蠢话，不乱批评别人，不懒，不对老辈缺少恭敬，一个乖巧的女人是常常能把自己某一种美德显示给某种人，而又能把某一种好处显示给另外一种人，处置得当，各处都得到好评的。譬如她，这老姑妈以为是娴静，中了意，五明却又正因为她有些地方不很本分，所以爱得像观音菩萨了。

日子快到了，差十天。这几天中的五明，倒不觉得欢喜。虽说从此以后阿黑是自己家里的人，要顽皮一点时，再不能借故了，再不能推托了，可是谁见到有人把妻带到山上去胡闹过的事呢。天气好，趣味好，纵说适宜于在山上玩一切所要玩的事情，阿黑却不行，这也是五明看得出的。结了婚，阿黑名分上归了五明，一切好处却失去了。在名分与事实上方便的选择，五明是并不看重这结婚的。在未做喜事以前的一月以来，五明已失去了许多方便，感到无聊，真是运气。距做喜事的日子一天接近一天，五明也一天惶恐一天了。

今天在阿黑的家里，他碰到了阿黑，同时有姑妈在身边。姑妈见五明来，仿佛以为是五明不应当。她说“五明孩子你怎么不害羞。”

“姑妈，我是来接你老人家过油坊的，今天家里杀鸡。”

“你爹为什么不把鸡煮好了送到这边来?”

“另外有的，接伯伯也过去，只（指阿黑）她在家中吃。”

“那你就陪到阿黑在一块吃饭，这是你老婆，横顺过十天半月总仍然要在一起！”

姑妈说的话，意思是五明未必答应，故用话把小子窘倒，试小子胆量如何。其实巴不得，五明意思就正是如此。他这几日来，心上痒，脚痒，手痒，只是无机会得独自同阿黑在一处。今天则天赐其便，正是好机会。他实在愿意偷偷悄悄乘便来在做新郎以前再做几回情人，然而姑妈提出这问题时他看得出姑妈意思，他说：“那怎么行。”

姑妈说：“为什么不行？”

小子无话答，是这样，则显然人是顶腼腆的人，甚至于非姑妈在此保镖，连过阿黑的门也不敢了。

阿黑对这些话不加一点意见，姑妈的忠厚把这个小子仿佛窘到了。五明装痴，一切俨然，只使阿黑在心上好笑。

谁知姑妈还有话说，她又问阿黑：“怎么样，要不要一个人陪。”阿黑低头笑。笑在姑妈看来也似乎是不好意思的，其实则阿黑笑五明着急，深怕阿黑不许姑妈去，那真是磕头也无办法的一件事。

可不然，姑妈说了。她说不去，因为无人陪阿黑。

五明看了阿黑一会，又悄悄向阿黑努嘴，用指头作揖。阿黑装不见到，也不说姑妈去。也不说莫去。阿黑是在做一双鞋，低头用口咬鞋帮上的线，抬头望五明，做笑样子。

“姑妈，你就去吧，不然……是要生气的。”

“什么人会生我的气？”

“总有人吧。”说到这里的五明，被阿黑用眼睛吓住了。其实这句话若由阿黑说来，效用也一样。

阿黑却说：“干妈，你去，省得他们等。”

“去自然是去，我要五明这小子陪你，他不好意思！不好意思我偏不去。”

“你老人家不去，或者一定把他留到这里，他会哭。”阿黑说这话，头也不抬，不抬头正表明打趣五明。“你老人家就同他去好了，有些人，脾气生来是这样，劝他吃东西则摇头，说不饿，其实，他……”

五明不愿意听下去了，大声嘶嚷，说非去不行，且拖了姑妈手就走。

姑妈自然起身了，但还要洗手，换围裙。“五明你忙什么，有什么事情在你心上，不愿在此多呆一会？”

“等你吃！还要打牌，等你上桌子！”

“姑妈这几天把钱已经输完了，你借吧。”

“我借。我要账房去拿。”

“五明，你近来真慷慨了，若不是新娘子已到手的今天，我还疑心你是要姑妈做媒，所以这样殷勤讨好！”

“做媒以外自然也要姑妈。”阿黑说了仍不抬头。五明装不听见。

姑妈说：“要我做什么？姑妈是老了，只能够抱小孩子，别的事可不中用。”姑妈人是好人，话也是好话，只是听的人也要会听。

阿黑这时轮到装成不听见的时候了，用手拍那新鞋，作大声，五明则笑。

过了不久剩阿黑一个人在家中，还是在衲鞋想一点蠢事。想到好笑时又笑，一个人，忽然像一匹狗跳进房中来，吓了她一跳。

这个人是谁，不必说明也知道的。正是如阿黑所谓“劝他吃摇头，无人时又悄悄来偷吃”的。她的一惊不是别的，倒是这贼来得太快。

头仍然不抬，只顾到鞋，开言道：

“鬼，为什么就跑来了？”

“为什么？你不明白么？”

“鬼肚子里的事我那里明白许多。”

“我要你明白的。”

五明的办法，是扳阿黑的头，对准了自己，眼睛对眼睛，鼻子对鼻子，口对口。他做了点呆事，用牙齿咬阿黑的唇，被咬过的阿黑，眼睛斜了，望五明的手，手是那只右手，照例又有撒野的意思了，经一望到，缩了转去，摩到自己的耳朵。这小子的神气是名家画不出的。他的行为，他的心，都不是文字这东西写得出。说到这个人好坏，或者美丑，文字这东西已就不大容易处置了，何况这超乎好坏以上的情形。又不要喊，又不要恐吓，凡事见机，看到风色，是每一个在真实的恋爱中的男子长处，这长处不是教育得来，把这长处用到恋爱以外也是不行的，譬如说，要五明，这时来做诗，自然不能够。但他把一个诗人呕尽心血写不成的一段诗景，表演来却恰恰合式，使人惊讶。

“五明，你回去好了，不然他们不见到你，会笑。”

“因为怕他们笑，我就离开你？”

“你不怕，为什么姑妈要你留到这里，又装无用，不敢接应？”

“我为什么这样蠢，让她到爹面前把我取笑。”

“这时他们那里会想不到你在这里？”

“想！我就让他们想去笑去，我不管！”

到此，五明把阿黑手中的鞋抢了，丢到麻篮内去，他要人搂他的腰，不许阿黑手上有东西妨碍他。把鞋抢去，阿黑是并不争的，因为明知争也无益。“春官进门无打发是不走路的。米也好，钱也好，多少要一点。”而且例是从前所开，沿例又是这小子最记性好的一种，所以凡是五明要的，在推托或慷慨两种情形下，总之是无有不得。如今是不消说如了五明的意，阿黑的手上工作换了样子，她在施舍一种五明所要的施舍了。

五明说：“我来这里你是懂了。我这身上要人抱。”

“那就走到场上去，请抱斗卖米的经纪抱你一天好了。为什么定要到这里来？”

“我这腰是为你这一双手生的。”

阿黑笑，用了点力。五明的话是敷得有蜜，要通不通，听来简直有点讨嫌，所谓说话的冤家。他觉到阿黑用了力，又说道，“姐，过一阵，你就不会这样有气力了，我断定你。”

阿黑又用点力。她说：“鬼，你说为什么我没有力？”

“自然，一定，你……”他说了，因为两只手在阿黑的肩上，就把手从阿黑身后回过来摸阿黑的肚子。“这是姑妈告我的。她说是怎么怎么，不要怕，你就变妇人了。——她不会知道你已经懂了许多的。她又不疑我。她告我时是深怕有人听的。——她说只要三回或四回（五明屈指），你这里就会有东西长起来，一天比一天大，那时你自然就没有力气了。”

说到了这里，两人想起那在梦里鼓里的姑妈，笑做一团。也亏这好人，能够将这许多许多的好知识，来在这个行将作新郎的面前说告！也亏她活了五十岁，懂得到这样多！但是，记得到阿黑同五明这半年来日子的消磨方法的，就可明白这是怎么一种笑话了。阿黑是要五明做新郎来把她变成妇人吗？五明是要姑妈指点，才会处治阿黑吗？

“鬼，你真短命！我是听她也听不完一句，就打了岔的。”

“你打岔她也只疑是你不好意思听。”

“是呀，她还告我这个是要有点……”

“鬼！你这鬼仅仅是只使我牙齿痒，想在你脸上咬一口的！”

五明不问阿黑是说的什么话，总而言之脸是即刻凑上了，既然说咬，那就请便，他一点不怕。姑妈的担心，其实真是可怜了这老人，事情早是在各种天气下，各种新地方，训练得像采笋子胡葱一样习惯了。五明那里会怕，阿黑又那里会怕。

背了家中人，一人悄悄赶回来缠阿黑，五明除了抱，还有些什么要作，那是很容易明白的。他的坏想头在行为上有了变动时，就向阿黑用着姑妈的腔调说：“这你不要怕。”这天才，处处是诗。

这可不行啊！天气不是让人胡闹的春天夏天，如今是真到了只合宜那规矩夫妇并头齐脚在被中的天气！纵不怕，也不行。不行不是无理由，阿黑有话。

“小鬼，只有十天了！”

“是呀！就只十天了！”

阿黑的意思是只要十天，人就是五明的人了，既然是五明的人，任什么事也可以随意不拘，何必忙。五明则觉得过了这十天，人住在一块，在一处吃，一处做事，一处睡，热闹倒真热闹，只是永远也就无大白天来放肆的兴趣了。

他们争持了一会。不规矩的比平常更不规矩，不投降的也比平常更坚持得久，决不投降。阿黑有更好的不投降理由，一则是在家中，一则是天冷。本来一种出汗的事，是似乎应当不畏天冷的，然而姑妈在另一意义上告给阿黑的话，阿黑却记下来了。在家中则总不是可以放肆的地方，有菩萨，有神，有鬼，不怕处罚，倒像是怕笑。瞒了活人瞒不了鬼神，许多女人是常常因了这念头把自己变成更贞洁了的。

“阿黑，你是要我生气，还是要我磕头呢？”

“随你的意：欢喜怎么样就怎么样；生气也好，磕头也好。”

“你是好人，我不能生你的气！”

“我不是好人，你就生气吧。”

“你‘不要怕’，姑妈说的，你是怕……”

“放狗屁。小鬼你要这样，回头姑妈回来时，我就要说，说你专会谎老人家，背了长辈做了不少坏事情。”

五明讪讪的说不怕，总而言之不怕，还是歪缠。说要告，他就说：

“要告，就请。但是她问到同谁胡闹，怎样闹法，我要你也说与她听。你不说，我能不打自招，就告她第一，第二，第三，……‘或者三，或者四，就有东西长起来’，你为什么又不有？我还要问她！”

五明挨打了，今天嘴是特别多，处处引证姑妈的话拿来当笑话说。究竟其实则阿黑在做正式新娘以前，会不会有慢慢长起来的东西，阿黑不告他，他也不知道。虽说有些事，是并不像姑妈说的俨然大事了，然而要问五明，懂到为什么就有孩子，他并不比他人更清楚一点的。他只晓得那据说有些人怕的事，是有趣味、好玩、比爬树、泅水、摸鱼、偷枇杷吃，还来得有趣味好玩而又费劲倦人而已。春天的花鸟，太阳当然不是为住在大都会中的诗人所有，像他这样的人才算不虚度过一个春天。好的春天是过去了，如今是冬了，不知天时是应当打一两下哩。

被打的五明，生成的骨头，在阿黑面前是被打也才更快活的。不能让他胡闹，非打他两下不行；要他闹，也得打。又不是被打吓怕，因此就老实了，他是因为被打，就俨然可以代替那另一件事的。他多数时节还愿意阿黑咬他，咬得清痛，他就欢喜。他不能怎样把阿黑虐待，除了阿黑在某一种情形下闭了眼睛发喘时。至于阿黑，则多数是先把五明虐待一番，再来尽这小子处治的。为了最后的胜利，为了把这小子的心搅热，都得打他骂他。

在嘴上得到的利害已经得到以后，他用手，把手从虚处攻击。一面口上是议和的话，一面并不把已得的权利放失，凡是人做的事他都去做。他是饿了。年青人，某一种嗜好，是常常比成年人吃大烟嗜好积习还深的。

姑妈来了一月，这一月来天气又已从深秋转到冬，一切的不方便倒怪谁也不能！天冷了是才作兴接亲的，姑妈的来又原是帮忙，五明在天时人事下是应当欢喜还是应当抱怨？真无话可说！

类乎磕头的事五明是作过了，作了无效，他只得采用生气一个方法。生气到流泪，则非使他生气的人来哄他不行，但哄是哄，哄的方法也有多种，阿黑今天所采用来对付五明眼泪的也只是那次一种。见到五明眼睛红了，她只放了一个关隘，许可一只手，到某一处。

过一阵。五明不够。觉得这样是不行。

阿黑又宽松了一点。

过了一阵。仍不够。

“我的天，你这怎么办？”

“天是要做‘天’的本分，在上头。”

“你要闹我就要走了，让你一个在这里。”

像是看透了阿黑，话是不须乎作答，虽说要走，然而还要闹。他到了这里来就存心不是给阿黑安静的。再断定走也不能完事。使五明安静的办法只是尽他顶不安静一阵。知道这办法又不作，只能怪阿黑的年纪稍长了。懂得节制的情人，也就是极懂得爱情的情人。然而决不是懂得五明的情人！今天的事在五明说来，阿黑可说是不“了解”五明的。五明不是“作家”，所以在此情形中并无多话可说，虽然懊恼，很少发挥。他到后无话可说了，咬自己下唇，表示不欢。

幸好这下唇是被自己所咬，这当儿，油坊来了人，喊有事。找五明的人会一直到这地方来，在油坊的长辈心目中，五明的“鬼”

是空的也是显然的事。

来人说："有事，要回去。"

平常极其听话的五明，这时可不然了，他向来人说："告家中，不回来，等一会儿。"

没有别的，只好把来人出气，赶走了这来人以后的五明，坐到阿黑身边只独自发笑，像灶王菩萨儿子"造孽"，怪可怜。

阿黑望到这个人好笑，她说："照一照镜，看你那可怜样儿！"

"你看到我可怜就罢了，我何必自己还要来看到我可怜样子呢？"

她当真就看，看了半天，看出可怜来了，她到后取陪嫁的新枕头给五明看。

今天的天气并不很冷。

本篇发表于1932年12月1日《新时代》第3卷第4期。署名沈从文。1929年3月10日曾以《结婚以前》为篇名发表于《新月》第2卷第1号。署名沈从文。收入1930年1月由中华书局初版的《旅店及其他》时篇名为《结婚之前》。

雨

全说不明白，雨就落了这样久。乡村里打过锣了，放过炮了，还是落。落到满田满坝全是水，大路上更是水活活流着像溪，高崖处全挂了瀑布，雨都不休息。

因为雨，各处涨了水，各处场上的生意也做不成了，毛伯成天坐在家中成天捶草编打草鞋过日子。在家中，看到颠子五明的出出进进，像捉鸡的猫，虽戴了草笠，全身湿得如落水鸡公，一时唱，一时哭，一时又对天大笑，心中难过之至。

老人说："颠子，你坐到歇歇吧，莫这样了！"

"你以为我不会唱吗？"说了就放声唱："娇家门前一重坡，别人走少郎走多，铁打草鞋穿烂了，不是为你为那个？"唱了又问他爹，"爹，你说我为那一个？说呀！我为那一个？喔，草鞋穿烂了，换一双吧。"于是就走到放草鞋的房中去，从墙上取下一双新草鞋来，试了又试，也不问脚是如何肮脏，套上一双新草鞋，又即刻走出去了。

老人停了木槌，望到这人后影就叹气，且摇头。头是在摇摆中，已白了一半了。

他为颠子想，为自己想，全想不出办法。事情又难于处置，与落雨一样，尽此下去谁知道将成什么样子呢？这老人，为了颠子的事，很苦得有了。颠子还在颠下去，不知道什么时候才会好。不好也罢，不好就死掉，那老人虽更寂寞更觉孤苦伶仃，但在颠子一方面，大致是不会有什么难过了。然而什么时候是颠子死的时候？说不定，自己还先死，此后颠子就无人照料，到各村各家讨东西吃，还为人指手说这是报应。老人并不是作坏事的人，这眼前报应，就已给老人难堪了，那里受得下那更刻酷的命运呢？

望到五明出去的毛伯，叹叹气，摇摇头，用劲打一下脚边的草把，眼泪挂在脸上了。像是雨落到自己头上，心中已全是冷冰冰的。他其实胸中已储满眼泪了，他这时要制止它外溢也不能了。

颠子五明这时到什么地方去了呢？他到了油坊，走到油坊的里面去，坐到那冷湿的废灶上发痴。谁也不知道这颠子一颗心是为什么跳，谁也不知颠子从这荒凉了的屋宇器物中要找些什么，又已经得到了什么。

这地方，如此的颓败，如此的冷落，并非当年见到这一切热闹兴旺的人，到此来决不会相信这里曾经是有人住过且不缺少一切的大地方，可是如今真已不成地方了。如今只合让蛇住，让蝙蝠住，让野狗野猫街小孩子死尸来聚食，让鬼在此开会。地方坏到连讨饭的也不敢来住，所以地上已十分霉湿，且生了白毛，像《聊斋》中说的有鬼的荒庙了，阴气逼人的情形，除了颠子恐怕谁也当不住，可是颠子全不在乎。

颠子五明坐到灶头上，望四方，望椽皮和地下，望那屋角阴暗中矗然独立如阎王殿杀人架的油榨，望那些当年装油的破坛，望了又望仿佛感了极大兴味。他心中涌着的是先前的繁华光荣，为了这个回忆，他把目下的情形都忘了。

他大声的喊：“朋友，伙计，用劲！”这是对打油人说的。

他又大声的喊，向另一处，如像那拖了大的薄的石碾，在那屋的中心打大的圆圈的牛说话。他称呼那牛为懂事规矩的畜生，又说不准多吃干麦秆草，因为多吃了发喘。他因记起了那规矩的畜生有时的不规矩情形，非得用小鞭子打打不可，所以旋即跳下地来，如赶牛那么绕着屋子中心打转，且咄咄的命令牛，且扬手说打。

他又自言自语，同那烧火人叙旧，问那烧火人可不可以出外去看看溪边鱼罶。

“哥，鱼多呀！我看到他板上了罶。我看到的是鲫鱼。我看得分明，敢打赌。我们河里今年不准毒鱼，这真是好事，愿意那乡约菩萨保佑他，他命令保全了我的运气。我看你还是去捉他来吧。我们晚上喝酒，我出钱。你去吧，我可以帮你看火。我对于你这差事是办得下的，你放心吧。……咄，弟兄，你怕他干什么，我说是我要你去，我老子也不会骂你。得了鱼，你就顺它破了，挖去那肠肚，这几天鲫鱼上了子，吃不得。弟兄，信我话，快去，你不去，我就生气了！”

说着话的颠子五明，为证明他可以代替烧火人作事，就走到灶边去，捡拾着地上的砖头碎瓦，尽量丢到灶眼内去。虽然灶内是湿的冷的，但东西一丢进去，在颠子看来，就觉得灶中因增加了燃料，骤然又生着熠熠火焰了，似乎同时因为加火，热度也增了，故又忙于退后一点，站远一点。

他高高兴兴在那里看火，口头吹着哨子。在往时，在灶边哨吹子，则火可以得风，必发哮。这时在颠子眼中，的确火是在发哮发吼了。灶中火既生了脾气，他乐得只跳。

他不止见到火哮，还见到油槌的摆动，见到黄牛在屋中打圈，见到高如城墙的油渣饼，见到许多人全穿小牛皮制造的衣裤，在屋中各处走动！

他喊出许多人的名字，在这仿佛得到回答的情形下，他还俏皮的作着小孩子的眉眼，对付一切工人，算是小主人的礼貌。

天上的雨越落越大，颠子五明却全不受影响。

…………

可怜悯的人，玩了大半天，一双新草鞋在油坊中印出若干新的泥踪，到自己发觉草鞋已不是新的时候，又想起所作的事实来了。

他放声的哭，外面是雨声和着。他哭着走到油榨边去，把手去探油槽，油槽中只是一窝黄色像马尿的积水。

为什么一切事变得如此风快，为什么凡是一个人就都得有两种不相同的命运，为什么昨天的油坊成了今天的油坊，颠子人虽糊涂，这疑问还是放到心上。

他记起油坊，是已经好久好久不是当年的油坊的情形来了，他记起油坊为什么就衰落的原因，他记起同油坊一时衰败的还有谁。

他大声的哭，坐到一个破坛子上面，用手去试探坛中。本来贮油的坛子，也是贮了半满的一坛脏水，所以哭得更伤心了。

这雨去年五月落时，颠子五明同阿黑正在五家坡石洞内避雨。为避雨而来，还是为避别的，到后倒为雨留着，那不容易从五明的思想上分出了。那时，雨也有这么大，只是系初落，还可以在天的另一方见到青天，山下的远处也还看得出太阳影子。雨落着，是行雨，不能够久留，如同他两人不能够久留到这石洞里一样。

被五明缠够了的阿黑姑娘，两条臂膊伸向上，做出打哈欠的样子。五明怪脾气，却从她臂膀的那一端望到她胁下的毛。那生长在不向阳地方的，转弯地方的，是细细的黄色小草一样的东西，这东西比生长在另一地方的小草一样长短一样柔软，所以望到这个就使五明心痒，像被搔，很不好受。

五明不怕唐突，对这东西出了神，到阿黑把手垂下，还是痴痴的回想撒野的趣味，就被阿黑打了一掌。

“你为什么要打我？”

“因为你痴，我看得出，必定是想到裴家三巧去了。”

“你冤死了人了。”

“你赌咒你不是这样。”

“我敢赌！跑到天王面前也行，人家是正……”

“是什么，你说。”

“若不是正想到你，我明天就为雷打死。”

“雷不打在情人面前撒小谎的人。”

“你气死我了。你这人真……”五明仿佛要哭了，因为被冤，又说不过阿黑，流眼泪是这小子的本领之一种。

“这也流猫儿尿！小鬼！你一哭，我就走了。”

“谁哭呢，你冤了人，还不准人分辩，还笑人。”

“只有那心虚的人才爱洗刷，一个人心里正经是不怕冤的。”

“我咬你的舌子，看你还会说话不。”

五明说到的事是必得做的，做到不做到，自然还是权在阿黑。但这时阿黑为了安慰这被委屈快要哭的五明小子，就放松了点防范，且把舌子让五明咬了。

他又咬她的唇，咬她的耳，咬她的鼻尖，几乎凡是突出的可着口的他都得轻轻咬一下。表示这小子可以坐吃得下阿黑的勇敢。

“五明，你说你真是狗，又贪，又馋，又可怜，又讨厌。”

“我是狗！”五明把眼睛轮着，做呆子像。又擢擢舌头，咽咽口水，接着说，“姐，你上次骂我是狗，到后就真做了狗了，这次可——”

“打你的嘴！”阿黑就伸手打，一点不客气，这是阿黑的特权。

打是当真被打了，但是涎脸的五明，还是涎脸不改其度。一个男人被女人的手掌掴脸，这痛苦是另外一种趣味，不能引为被教书先生的打为同类的。这时被打的五明，且把那一只充板子的手掌当饼了，他用舌子舔那手，似乎手有糖。

五明这小子，在阿黑一只手板上，觉得真是有些感觉到同枇杷一样的，故诚诚实实的说道：

“姐，你是枇杷，又香又甜，味道真好！”

“你讲怪话我又要打。”

“为什么就这样凶？别人是诚心说的话？”

“我听你说过一百次了。”

“我说一百次都不觉得多，你听就听厌了吗！”

“你的话像吃茶莓，第二次吃来就无味。”

“但是枇杷我吃一辈子也有味，我要吃你的水。”

“鬼，口放干净点。”

“这难道脏了你什么？我说吃，谁教你生来比糖还甜呢？”

阿黑知道驳嘴的事是不有结果的，纵把五明说倒，这小子还会哭，作女人来屈服人，所以就不同他争论了。她笑着，望到五明笑，觉得五明一对眼睛真是也可以算为吃东西的器具。五明是饿了，是从一些小吃上，提到大的欲望，要在这洞里摆桌子请客了，她装成不理会到的样子，扎自己的花环玩。

五明见到阿黑无话说，自己也就不再唠叨了，他望阿黑。望阿黑，不只望阿黑的脸，其余如像肩，腰，胸脯，肚脐，腿都望到。五明的为人，真不是规矩，他想到的是阿黑全身脱光，一丝不挂，在他的身边，他好来放肆。但是人到底是年青人，在随时都用着大人身分的阿黑行动上，他怕是侮了阿黑，两人绝交，所以心虽横蛮行为却驯善得很，在阿黑许可以前，他总不会大胆说要。

他似乎如今是站在一碗菜面前，明知是可口，他不敢伸手蘸它放到口边。对着菜发痴是小孩通常的现象，于是五明沉默了。

两人不作声，就听雨。雨在这时已过了。响的声音只是岩上的点滴。这已成残雨，若五明是读书人，就会把雨的话当雅谑。

过一阵，把花环作好，当成大手镯套到腕上的阿黑，忽然向五明问道：

“鬼！裴家三巧长得好！”

答错了话的五明，却答应说“好”。

阿黑说：“是的啰，这女人腿子长，屁股大，腰小，许多人都欢喜。”

“我可不欢喜。”虽这样答应，还是无机心，因为前一会见的事这小子已忘记了。

“你不欢喜你为什么说到她好！”

“难道说好就是欢喜她吗？”

“可是这时你一定又在想她。”这话是阿黑故意难五明的。

“又在，为什么说又？方才冤人，这时又来，你才是‘又’！”

阿黑何尝不知道是冤了五明。但方法如此用，则在耳边可以又听出五明若干好话了。听好话受用，是女人一百中有九十九个愿意的，只要这话男子方面出于诚心。从一些阿谀中，她可以看出俘虏的忠心，他可以抓定自己的灵魂，阿黑虽然是乡下人，这事恐怕乡下人也懂，是本能的了。逼到问他说是在想谁，明知是答话不离两人以外，且因此，就可以“坐席”是阿黑意思。阿黑这一月以来，她的需要五明，实在比五明要她还多了。她不是饱过的人，纵有好几次，是真饱过了，但消化力强，过一阵，又要男子的力了。爱情能够增加性欲的消化，所以虽然欲望表现来得慢一点，可是在需要方面，还可以说来得馋了。在另一方面是她为了顾到五明身体，所以不敢十分放纵。

她见到五明急了，就说那算她错，赔个礼。

说赔礼，是把五明抱了，把舌放到五明口中去。

五明笑了。小子在失败胜利两方面，全都能得到这类赏号的，吃亏倒是两人有说有笑时候。小子不久就得意忘形了，睡倒在阿黑身上，不肯站起，阿黑也无法。坏脾气实在是阿黑养成的。

阿黑这时是坐在干稻草作就的垫子上，草是五明喊长工背来，拿到这里来已经是半个月，半月中阿黑把草当床已经有五次六次了。这柔软床上，还撒得有各样的野花，装饰得比许多洞房还适用，五明这小子若是诗人，不知要写几辈子诗。他把头放到阿黑腿上，阿黑坐着他却翻天睡。作皇帝的人，若把每天坐朝的事算在一起，幸福这东西又还是可以用秤称量得出，试称量一下，那未必有这时节的五明幸福！

五明斜了眼去看阿黑，且闭了一只右眼。顽皮的孩子，更顽皮的地方是手顶不讲规矩。五明的手不单是时时有侵犯他人的希望，就是侵犯到他自己身上某部分时，用意也是不好的。他不知从谁处又学来用手作种种表情的本事——两只手——两只干干净净的手，偏偏会作好些肮脏东西的比拟。就是每次都得被阿黑带嗔的说是不要脸，仿佛这叱责也不生多效力，且似乎阿黑在别的一笑的情形下还鼓励了这孩子，因此“越来越坏”了。

“鬼，你还不够吗？”这话是对五明一只手说的，这手正旅行到阿黑姑娘的胸部，徘徊留连不动身。

“这怎能说够？永久是，一辈子是梦里睡里还不够。”说了这只手就用了力，按了按。

“你真缠死人了。”

“我又不是妖精。别人都说你们女人是妖精，缠人人就生病！”

“鬼，那么你怎不生病？”

“你才说我缠死你，我是鬼，鬼也生病吗！”

阿黑咬着自己的嘴唇不笑，用手极力掐五明的耳尖，五明就做鬼叫。然而五明望到这一列白牙齿，像一排小小的玉色宝贝，把舌子伸出，做鬼样子起来了。

“菩萨呀，救我的命。”

阿黑装不懂。

“你不救我我要疯了。”

“那我们乡里人成天可以逗疯子开心！”

“不管疯不疯，我要，……”

“你忘记吃伤食了要肚子痛的事了。”

“这时也肚子痛！”说了他便呻吟，装得俨然。其实这治疗的方法在阿黑方面看来，也认为必需，只是五明这小子，太不懂事了，只顾到自己，要时嚷着要，够了就放下筷子，未免可恶，所以阿黑仍不理。

“救救人，做好事啰！”

“我不知道什么叫做好事。”

“你不知道？你要我死我也愿意。”

“你死了与我有什么益处？”

“你欢喜呀，你才说我疯了乡里人就可以成天逗疯子开心！”

“你这鬼，会当真有一天变疯了吗？”

“你看吧，别个把你从我手中抢去时，我非疯不可。”

“嗨，鬼，说假话。”

“赌咒！若是假，当天……”

“别呆吧……我只说你现在决不会疯。”

五明想到自己说的话，算是说错了。因为既然说阿黑被人抢去才疯，那这时人既在身边，可见疯也疯不成了。既不疯，就急了阿黑，先说的话显然是孩子气的呆话了。

但他知道阿黑脾气要作什么，总得苦苦哀求才行。本来一个男子对付女子，下蛮得来的功效是比请求为方便，然其气力渺小的五明，打也打不赢阿黑，除了哀恳是无法。在恳求中有时知道用手帮忙，则阿黑较为容易投降。这个，有时五明记得，有时又忘记，所以五明总觉得摸阿黑脾气比摸阿黑身上别的有形有迹的东西为难。

记不到用手，也并不是完全记不到，只是有个时候阿黑颜容来得严重些，五明的手就不大敢撒野了。何况本来已撒下一小时的野，力量消磨到这类乎“点心”“小吃”的行为上面早去了一半，说是非要不可也未必，说是饥到发慌也未必吧。

五明见阿黑不高兴，心就想，想到缠人的话，唱了一只歌。他轻轻唱给阿黑听，歌是原有的往年人唱的歌。

天上起云云起花，
包谷林里种豆荚；
豆荚缠坏包谷树，
娇妹缠坏后生家。

阿黑笑，自己承认是豆荚了，但不承认包谷是缠得坏的东西。可是被缠的包谷，结果总是半死，阿黑也觉得，所以不能常常尽五明的兴，这也就是好理由！五明虽知唱歌却不原谅阿黑的好意，年纪小一点的情人可真不容易对付的。唱完了歌的五明，见阿黑不来缠他，却反而把阿黑缠紧了。

阿黑说："看啊，包谷也缠豆荚！"

"横顺是要缠，包谷为什么不能缠豆荚？"

强词夺理的五明，口是只适宜作别的事情，在说话那方面缺少那天才，在另外一事上却不失其为勇士，所以阿黑笑虽是笑，也不管，随即在阿黑脸上作呆事，用口各处吮遍了。阿黑于是把编就的花圈戴到五明头上去。

若果照五明说法，阿黑是一坨糖，则阿黑也应当融了。

阿黑是终于要融的，不久一会儿就融化了。不是为天上的日头，不是为别的，是为了五明的呆，阿黑躺到草上了。

…………

为什么在两次雨里给人两种心情，这是天晓得的事。五明颠子真颠了。颠了的五明，这时坐在坛子上笑，他想起阿黑融了化了的情形，想起自己与阿黑融成一块一片的情形，觉得这时是又应当到后坡洞上去了。（在那里，阿黑或者正等候他。）他不顾雨是如何大，身子缩成一团，藏到斗笠下，出了油坊到后坡洞上去。

本篇发表于1928年11月10日《新月》第1卷第9期。署名沈从文。1932年10月《新时代》第3卷第2期。署名沈从文。这是作者以《雨》为篇名的作品之一。按本章情节属《婚前》之后故事。

凤子

新编集。其中1~9章发表于1932年4月30日、6月30日《文艺月刊》第3卷第4号，第5~6号合刊。署名沈从文。1933年7月曾以《凤子》为集名由杭州苍山书店初版。原目：《一　寄居某地的生活》、《二　一个黄昏》、《三　隐者朋友》、《四　某一个晚上绅士的客厅里》、《五　一个被地图所遗忘的一处被历史所遗忘的一天》、《六　矿场》、《七　去矿山的路上》、《八　在栗林中》、《九　日与夜》。

1934年北平立达书局再版《凤子》时，增加了《〈凤子〉题记》。1937年7月作者又发表了《神之再现——凤子之十》一章。

现全部据原发刊物文本编入，仍以《凤子》为集名。

《凤子》题记

近年来一般新的文学理论，自从把文学作品的目的，解释成为“向社会即日兑现”的工具后，一个忠诚于自己信仰的作者，若还不缺少勇气，想把他的文字，来替他所见到的这个民族较高的智慧，完美的品德，以及其特殊社会组织，试作一种善意的记录，作品便常常不免成为一种罪恶的标志。

这种时代风气，说来不应当使人如何惊奇。王羲之书翰的高雅，周文矩画幅的精妙，华丽的锦绣，名贵的磁器，虽为这个民族由于一大堆日子所积累而产生的最难得的成绩，假若它并不适宜于作这个民族目前生存的工具，过分注意它反而有害，那么，丢掉它，也正是必需的事。实在说来，这个民族如今就正似乎由于过去种种文化所拘束，故弄得那么懦弱无力的。这个民族种种的恶德，如自大，骄矜，以及懒惰，私心，浅见，无能，就似乎莫不因为保有了过去文化遗产过多所致。这里是一堆古人吃饭游乐的用具，那里又是一堆古人思索辨难的工具，因此我们多数活人，把“如何方可以活下去的方法”也就完全忘掉了。明白了那些古典的名贵的与庄严，救不了目前四万万人的活命，为了生存，为了作者感到了自己与自己身后在这块地面还得继续活下去的人，如何方能够活下去那一点欲望，使文学贴近一般人生，在一个俨然“俗气”的情形中发展；然而这俗气也就正是所谓生气，文学中有它，无论如何总比没有它好一些！

不过因为每一个作者，每一篇作品，皆在“向社会即日兑现”意义下产生，由于批评者的阿谀与过分宽容，便很容易使人以为所有轻便的工作，便算是把握了时代，促进了时代，而且业已完成了这个时代的使命；——简单一点说来，便是写了，批评了，成功了。同时节自然还有一种认目前事功作为梯子，向物质与荣誉高峰爬去的作家，在迎神赶会凑热闹情形下，也写了，批评了，成功了。虽时代真的进步后，被抛掷到时代后面历史所遗忘的，或许就正是这一群赶会迎神凑热闹者。但是在目前，把坚致与结实看成为精力的浪费，不合时宜，也就很平常自然了。

本书的写作与付印，可以说明作者本人缺少攀援这个时代的能力，而俨然还向罪恶进取，所走的路又是一条怎样孤僻的小路，故这本书在新的或旧的观点下来批判，皆不会得到如何好感。这个作品从一般读者说来，则文字又太奢侈了一点。惟本人意思，却以为目前明白了把自己一点力量搁放在为大众苦闷而有所写作的作者，已有很多人，——我尊敬这些人。也应当还有些敢担当罪恶，为这个民族理智与德性而来有所写作的作者——我爱这些人！不吓怕与罪恶为缘的读者，方是这一卷书最好的读者。

二十三年五月二十七《凤子》一卷付印题记

本篇发表于1934年5月30日天津《大公报·文艺副刊》。署名沈从文。

凤　子

留北京地方三月时，连翘花黄得如金子，清晨在湿露中向人微笑，春假刚还开始，园游会，男女交谊会，艺术同志远行团，……一切一切由于大学校年青大学生，同那种不缺少童心的男女教授们，合作组织的集会，聚集了无数青年男女，互相用无限热情消磨到这有限春光。多少年轻男子，皆莫不在一种与时俱来的机会上，于沉醉狂欢情形中，享受到身边年青女子小嘴长臂的温柔。同一时节，青年男子璇着，怀了与世长辞的心情，一个人离开了北京地方，上了 X X 每早向南远远开去的火车。恰如龙朱故事所说：民族中积习，常折磨到天才与英雄；不是在事业上粉骨碎身，便应在爱情上退位落伍。这年轻男子，纯洁如美玉，俊拔如白鹤，为了那种对于女人方面的失意，尊重别人，牺牲自己，保持到一个有教育的男子的本分，便毫无言语，守着沉默，离开了 X X 学校同北京地方。这年青人为龙朱的同乡，原来生长的地方，同后来转变的生活，形成了他的性格，那种性格，在知慧某一方面，培养了一种特殊处，在生活某一方面，便自然而然造成了一点悲剧。为了免避这悲剧折磨到自己，毁灭了自己，且为了另一人的安静与幸福设想，他用败北的意义而逃遁，向 X X 省的地方走了。

一　寄居某地的生活

到了 X X 省的 X 岛地方，借用了一个别名，作为 X 岛的长期寄居者后，除了一个在 X X 地方的哲学教授某某代理到他本人，常常过某处去为他取那一点固定的收入，汇寄给这个人生败北的逃亡者，知道他的行踪外，其余就再也无一个人知道他的去处。既离开ＸＸ地方，已有那么远，所在的地方，又那么陌生，世界上一切皆仿佛正在把他忘却，每日继续到发生无数新鲜事情，一切人忘了他，他慢慢的便把一切也同样忘去了。这一点，对于他自然是一种适当的改变。同一切充满了极难得的亲切友谊离远，也便可同一切由于那种友谊而来的误会与痛苦离远：这正是他所必须的一件事。一个新的世界，将使他可以好好休息一阵。Ｘ岛地方不值钱的阳光，同那种花钱也不容易从别处买到的海上空气，治疗到他那一颗倦于周旋人事思索爱憎的心。过了一阵日子以后，在十分单纯寂寞生活里，间或从朋友那一方面，听到一点别处传来关于他离开ＸＸ以后的流言，那种出于人类无知与好奇的创作，在他看来，也觉得十分平淡，正如所谈的种种，不大像是自己事情一样。从这些离奇不经传说上，大都只给了他一个微笑的机会。一堆日子悠悠的过去，Ｘ岛上的空气同日光，把他的性格开始加以改变，这年轻人某种受损害了的感情，为时不久就完全恢复过来了。

这年青人住的地方去海并不很远。他应感谢的，是他所生长那个ＸＸ野蛮地方，溪涧同山头无数重叠，养成了在散步情形中，永远不知疲倦的习惯。为了那一片大海，有秩序的荡动，可以调整到他的呼吸。为了海边一片白色的沙滩，那么平坦，在潮水退过的湿砂，留下无数放光的东西，全是那么美丽，因此这个人，差不多每一天总到那里去，在那边将留下一列长长的足印。无边的大海，扩张了他思索的范围，使他习惯了向人生更远一处去瞭望。螺蚌的尸骸，使他明白了历史，在他个人本身以外，作过了些什么事情。贴到透蓝天上的日头，温暖到这年青人的全身；血在管子里流得通畅而有秩序。在这种情形下，这年青人的心情，乃常如大海柔和，如沙滩平净。

默思的朴素的生活的继续，给他一种知慧的增益，灵魂的光辉。

他所住的地方，在一个坡上。ＸＸ岛上的房子，原来就多位置在坡上的。那是一个孤独的房子，但离一堆整齐的建筑，ＸＸ区立大学的校址，距离却并不很远。房子不大，位置极为适当。从外面看去，具备了ＸＸ岛住宅区避暑游息别墅的一切条件。整齐的草坪，宽阔的走廊，可以接受充足阳光的窗户，以及其附近的无刺槐树林，同加拿大白杨林，皆配置得十分美丽。从内面看来，则稍稍显得简单朴素了一点。房东是一个单身男子，除了六月时从北方接回那个在女子大学念书的唯一女儿，同住两个月外，没有其他亲眷也没有其他朋友。到后不知如何，把楼下六个房间全租给了ＸＸ大学的教授们住下，因此一来，便仿佛成为一个寄宿舍了。他的住处同房东在楼上一层，东家一个年老仆人，照料到他饮食同一切，和照料他的主人一样的极有条理。作客人的又十分清闲，无人往来，故主客十分相安。从他住处的窗户望出去，可以眺望到远远的海，每日无时不在那里变化颜色。一些散布在斜坡下不甚整齐的树林，冬天以来，落尽了叶子，矗着一片银色的树枝，在太阳下皆十分谧静安详。连同那个每日皆不缺少华洋绅士打高尔夫球的草坪一角，与无数参差不等排列在山下的红瓦白墙小房子，收入到这个人窗户时，便俨然一幅优美的图画。

自从住处成为ＸＸ大学宿舍后，那房子里便稍稍热闹了一点。在甬道上或楼梯边，常常有炒菜的油气，同煤炉的硫磺气，还有咖啡气味，有烟卷气味。若照房东的仆人，自己先申明到他是“尊重他官能的感觉”的言语，“说得全不是谎话”，那么，甬道上另外还有一种气味，便应当是从那些胖大一点的教授们身体上留下来的。这里原住得有六个教授，一切的气味，不必说，自然是从那些编了号的房中溢出，才停顿到甬道上的。这些人似乎因为具有一种极高的知识，各人还都知道注意安静。冬天来时，各人无事，大致皆各关着房门，蹲守到自己房中火炉边，默思人生最艰深的问题，安静沉着如猫儿。在冬天，从甬道出去那个公共大门铜钮上头，被不知谁某，贴上了一个小小字条，很工整的写着：“请您驾把门带上的”，那样客气的字句，于是大家都极小心的，进出时不忘却把门带上。因此一来，住到楼上的他，初初从外面进门时，在那甬道间，为了一种包含了各样味道的热气，不免略略感觉到一点头昏。

但冬天不久就过去了。种种情形，已被春天所消灭，同时他渐渐的也觉得习惯了。故本来预备在春天搬一个家，到后来，反而以为同这些哲人知人住在一个大房子里，别人对于他不着意，为很有意思了。

他住到这里也快有一年了。那个唯一朋友，因为听到他在这边日子过得很好，所以来信总赞助他到第二年再离开此地。且对于他完全放下所学的艺术，来在默思里读 X X 哲学，尤加赞美。X X 哲学可以治疗到这年青人对男女爱情顽固的痼疾，故一面同意他的生活，一面还寄了不少关于 X X X 的书来。

春天来时，不单通甬道那个门可以敞开，早晚之间，那些先生们的房子里一切，也间或可以从那些编了号的房间边，望得很清楚了。有些房里，一些书，几几乎从地板上起始，堆积将到楼顶，这显然是一个不怕压坏神经的教授房子。另外一些房里，又只随便那么几本书，用一种洒脱的风度，搁在桌头上，一张铁床斜斜的铺着，对准了床头，便挂了一幅月份牌。（月份牌上面，画一时装美人，红红的脸庞，像是在另外一些地方，譬如县公署的收发处，洗染公司的柜台里，小医院男看护的房间里，都曾经很适当的那么被人悬挂着，且被人极亲切的想象着，一到了梦中，似乎这画中人，就会盈盈走下，傍近床边。）此外，间或也可以听到这些先生们元气十足的朗朗笑声，同低唱高歌声音了。那住处楼下一层，春天来仿佛已充满了人情，凡属所见所闻，同时令还不什么十分违悖，所以他一面算到他来此的日子，一面也似乎才憬然明白，虽说逃亡到了这里，无一个熟人，清静无为如道士，可仍然并没有完全同人间离开。

良好米饭可以增补人的气力，适当运动可以增加人的体重，书本能够使一个人知慧，金钱能够给世界上女人幸福：可是，大海同日光，并没有把人类某一种平庸与粗俗减少一点，这个年青人初初注意发现它时很惊讶的。不过这并不是人的错处。一切先生们，全是从别一个地方聘请来的！一切人都从那个俗气的社会里长大，“莲花从脏泥里开莲花，人在世界上还始终仍然是人。”X X 哲学对于他有所启示。年青人既然有一双健康的脚，可以把他身体每天带到海边去，而那种幻想，又可以把他的灵魂带到大海另一端更远处去，关于人的种种问题，也就不必注意，骚扰到这个平静的心了。

二 一个黄昏

他的住处既然在山上，去海边时，若遵照大路走去，距离就约有一里远近。若放弃了那条大路的方便，行不由径，从白杨林一直下去，打一些人家的屋后，翻过一道篱笆，钻过一个灌木树林，再遵小道走下去，也可以走到海边。从这条道路走去，距离似乎还近了一点。这年青人为了一种趣味，一点附在年青人身上的孩子心情，总常常走那条小路。另外一个理由，便是因为从那条捷径走去，则应当由一家房子的围墙边过身，从低低的围墙上，可以望到一个布置得异常精美的庭园。同时那人家有两只黑色巨獒，身体庞大，却和气异常，一种很希奇的原因，这年青人同那两只狗在他同它的主人相熟以前，就先同它成为朋友了。他每次走那人家墙外过身时，两只狗若在园中，必赶忙跑到墙边来，轻轻的吠着，好像在说，“你进来，看看我们这个花园，这里并没有什么人。”两只狗似乎是十分寂寞的。那屋里当真就没有什么人，永远只是一个老年绅士，穿了宽博的白衣，沉默的坐在屋前，望到那两只狗，在花园里跑着闹着，显得十分快乐的样子。似乎任何一天，这人都不离开那小屋同花园。似乎所有的亲人，就只身边那两只狗。

这隐士的生活，给了年青人一种特别的印象。有时候停顿在围墙外，那老绅士正在墙内草坪上，同那只黑狗玩着，互相皆望到时，便互相交换一度客气的微笑。但因为某种原因，这种善意的微笑，在ＸＸ地方的住居者看来，也早成为一种普遍的敬礼，算不得什么希奇了。从这机会上，到成为两个朋友，还隔了一种东西，这一点年青人是明白的。

下面一件事，还应当把时间溯回去一点，发生到去年九月末十月初边。

有一天，一个黄昏里，落日如人世间巨人一样，最后的光明烧红了整个海面，大地给普遍镀成金色，天上返照到薄云成五色明露，一切皆如为一只神的巨手所涂抹着，移动着，即如那已成为黑色了的一角，也依然具一种炫耀惊人的光影。年青人在海滩边，感情上也俨然镀了落日的光明，与世界一同在沉静中，送着向海面沉坠的余影。

年青人幻想浴了黄昏的微明，驰骋到生活极辽远边界上去。一个其声低郁来自浮在海上小船的角声正掠着水面，摇荡在暮气里。沙滩上远近的人物，在紫色暮气中，已渐次消失了身体的轮廓。天上一隅，尚残留一线紫色，薄明媚人。晚潮微有声息，开始轻轻的啮咬到边岸。……

那时节残秋已尽，各处来此的人皆多数已离开了此地，黄昏中到海滨沙滩上来消磨那个动人黄昏的，人数已不如半月前那么拥挤。因为舍不得这海边，故远远的山岨上，海军学校兵营喇叭声音飘来时，他反而向更远一点的地方走去。他旋即休息到一只搁在沙滩上的小游艇边，孤独的眺望到天边那一线残余云彩。

只听到身近边，有一个低低的中年男子的声音："你瞧，凤子。你瞧，天上的云，神的手腕，那么横横的一笔！"

一个女人一面笑着，一面很轻的说了一句话。没有听清楚说的是什么，但从那个情形里看来，两人是正向那一线紫色注意，年青人所注意的地方，同时另外还有四只眼睛望过的。

那两人似乎还刚从什么地方过来，坐到砂上不久，女人第二次很轻的说了一句话，就听到那男子又说："年青人的心永远是热的，这里的砂子可永远是凉爽的。"

女人仍然笑着。稍过一阵，那男子接着又说："先前一时，林杪斜阳的金光，使一个异教徒也不能不默想到上帝。这一线紫色，这一派角色，这一片海，无颜色可涂抹的画，无声音可摹仿的歌，无文字可写成的诗！"

那女人，听到这个学究风度的描画，就又轻轻的笑了。从这种稍稍显得放肆了一点快乐笑声里，可以知道女人的年龄，还不应当过二十岁。

女人似乎还故意那么反复的说着："无文字的诗，无颜色的画，这是什么诗？我永远读不熟！"

那男子说："凤子，你是小孩子。这种诗原不是为你们预备的，这理由就是因为你们年轻了一点。一个人年轻并不是罪过，不过你们认识世界，就只用得着一双眼睛，所以我成天听到你说，这个好看，那个不好看。年青人的眼睛，中意一切放光热闹的东西，就因为自己也是一种放光热闹的东西！可是……”

“你要我承认一切是美的，我已承认了！”

男子就说：“你把一切自然的看得太平常，这不是一件很公平的事。”

女人仿佛仍然笑着，且从砂地站起来，距离是那么近，白色的衣服，在黑暗中便为女人身体画出一个十分苗条的轮廓。因为站起了身子，所以说话声音也清楚多了，女人说：“我承认一切都是美的。甚至于你所称赞到的，那船上人吹的角声，摇荡在这空气里，也全是美的。可是什么美会成为惊人的东西？任什么我也不至于吃惊。一切都那么自然，都那么永远守着一种秩序，为什么要吃惊？”

男子声音：“一切都那么自然，就更加应当吃惊！为什么这样自然？匀称，和谐，统一，是谁的能力？……是的，是的，是自然的能力。但这自然的可惊能力，从神字以外，还可找寻什么适当其德性的名称？凤子，你是年青人，你正在生活，你就不会明白生活。你自己那么惊人的美丽，就从不会自己吃惊！你对着镜子会觉得自己很美，但毫不出奇。你觉得一切都要美一点，但凡属于美的，总不至于使你惊讶。你是年青人，使你惊讶的，将是一种噩梦，或在将来一个年青男子的爱情，或是夏天柳树叶上的毛毛虫，这一切都并不同，可同样使你惊讶！”

女人说：“我不明白，为什么原因，我们要惊讶我们成天看到的东西。”

男人便重复的说：“凤子，你是小孩子，你不会明白的。”

女人没有再说什么，重新坐下去，说了几句话，声音太低，听不清楚，最后只听到“浮在海上的小船，有一个人拉篷，那个小灯，却挂在桅上”，似乎正在那里，指点海面一切，给男子知道。坐在两丈以内的年青人，同意了那中年男子对于女人的“小孩子”称呼，在暗中独自微笑了。

可是听到女人报告海面一切时，那中年男子，却似乎轻轻的叹息了一声，稍稍沉默了。过了一阵，才听到那男子换了一个方向，低低的说："你们年青人的眼睛，神的手段！"

女人一面笑着，一面便低低的喊叫起来："天啊，什么神的手段，被你来解释！"

男人说："为什么不是一件奇迹呢？老年人的眼睛，一种多么可怜的东西，枯竭的泉水，春天同夏天还可以重新再来，人一老去，一切官能都那么旧了。一切都得重新另作，一切却不在那个原来位置上重显奇迹。把老年人全都收回去，把年青人各安置一颗天真纯朴的心，一双清明无邪的眼睛，一副聪明完全的耳朵，以及一个可以消化任何食物的强健胃口，这一切一切，不容人类参加任何意见的自然，归谁来支配，归谁来负责？……"

女人说："我们自己在那里支配自己，这解释不够完全了么？"

男人说："谁能够支配自己？凤子。……是的，哲学就正在那里告给我们思索一切，让我们明白：谁应当归神支配，谁应当由人支配。科学则正在那里支配人所有的一部分。但我说得是另外一件东西，你若多知道一点，便可以明白，我们并无能力支配自己。一切都还是有一只看不见的手在捉弄，一切都近于凑巧。譬如说，我这样一个人，应当怎么样？能够怎么样？我愿意我年青一点，愿意同你一样，对一切都十分满意，日子过得快乐而康健，一个医生可以支配我吗？我愿意死了，因为你的存在，就不能死。……有一样东西就不许可我，即或我自己来否认我是一个老人，有一样东西……"

女人似乎不说什么话，只傍到男子微笑，同时也就正永远用这种微笑否认着。男子把话说来，引起了一种灵魂上的骚扰，到后自己便沉默了。

一会，女子开始说着别一种话，男子回答着，听到几句以后，再说下去，又听不清楚了。

到后又听到那男子说："……我不久就应当死了，就应当交卸了一切人事的恩怨，找寻一个地方，安安静静的，躺到那个湿湿的土坑里去，让小小虫子，吃我的一切。在我被虫子吃完以前，人家就已经开始忘掉我了。这是自然的。这是人人皆不能够推辞的义务。历史上的巨人，无双的霸王，美丽如花的女子，积钱万钱的富翁，都是一样的。把这些巨人名人，同那些下贱的东西，安置到一个相同的结局，这种自然的公平与正直，就是一种神！还有，我要说得是还不应当收回去的，被收回去，愿意回去了的，还没有方法可以回去：这里有一种不许人类知慧干涉的东西存在。凤子，你是小孩子，你不知道。”

女人回答得很轻，男子接着又说：“是的，是的，你说得不错。生活过来的人思索到的事情，不应当要那些正在生活的人去明白。生活是年青人一种权利，而思索反省却是一个再没有生活权利了的老年人的义务。可是我正想到另外一件事情。……”

女人似乎问到那男子，男子便略带着长年人的口吻，“凤子，你是小孩子，你不会知道的。”

两人大致还继续在说到那一件事情，另一处过来了两个俄国妇人，一面豪纵的笑着，一面说着俄语，这一边的言语便混乱了。等到那俄国妇人走过去后，这一边两人也沉默了。那时海面小船上的角声，早已停止，山岨上一个外国人饭店里，却遥遥的送了一片音乐过来。

经过了一些时间，只听到女人仍然那么快乐的笑着，轻轻的说：“回去了吧，我饿了！”两个人于是全站起来，男子走近水边，望了一会，两人就向东边走去了。

两人关系既完全不像夫妇，又不大像父女，年龄思想皆极不相称，却同两个最好的朋友一样那么亲切的谈到一切。而且各带了这样一种任性的神气，说及各样问题，这种少见的友谊，引起了默坐在船旁的年青人一种注意，等到两个人走后，就无意中也跟到后面走去。他估量到在那边大路灯下，一定可以看清楚两人的脸貌。到了出口处，女人正傍到那个肩背微偻的男子走着，正因为从背后望去，在路灯下，那个女人身体背影异常动人，且行走时风度美极，这年青男子忽然感到一种不可言说的惆怅，便变更了计画，站定在路旁暗处，让那两个人走去了。

回到住处以后，为了一点古怪的原因，那女人的风度，竟保留到这个逃亡者记忆上没有擦去。同时，他觉得“凤子”这个名字，好像在耳朵边，不久就已十分熟习了。但这女人是谁？那中年男子是谁？他是无从知道的。好在X岛地方避暑的游人，自从八月以来，就渐渐的在减少。十月以后，每到黄昏时节，两人比肩来到海滩上，消磨这个黄昏的，人数已极有限了。他心里就估量着："第一次为黄昏所迷的人，第二次决不会忘记了这海滨。"他便期待着那个孪生的巧遇。

那一对不相识的男女，一点谈话引起了他一种兴味，这年青人希望认识那个有趣味的中年男子的欲望，似乎比想看看那年青女人的心情还深切。X岛上十月以来，每一个黄昏，落日依然那么燃烧到海上同天空，使一切光景十分庄严华丽，眩人心目。可是同样的事，第二次始终没有机会得到。一点印象如一粒小小白石，投在他平静的心上，动荡成一个圆圆的圈儿，这圆圈，便跟随了每一个日子而散开，渐渐的平静下来。于是，一堆日子悄悄过去了。于是，冬天把雪同风从海上带来，接着新的春天也来了。

三　隐者朋友

四月的清晨，一切爽朗柔和。每个早晨日头从海面薄雾里浮出后，便有一万条金色飘带，在海上摇动。薄媚浅红的早霞，散布在天上成一片。远近小山同树林，皆镀上银红色的早雾。新生的草木，在清新空气里，各湿湿的蒸发一种香气，且静静的立着，如云石镇上的妇人，等候男巫的样子，各在沉默里等待日头的上升。年青人拿了一枝竹枝，一路轻轻的鞭打到身旁左右的灌木，从那条小路向山下走去。走过了那一片树林，转过一片草地，从那孤单老绅士家矮围墙边过身时，正看到那个老绅士，穿了一件短短的条子绒汗衫，裸了一双臂膀，蹲到一株花树下面，用小铲撮土。那个方法一望而知就有了错误。那株花树应当照到原来的方向位置，那绅士并没安置得适当，照例这一株树是不会活的。那个时节那两只狗正在园中追逐，见到了墙外的年青人了，就跑过来，把前脚搭在墙上，同他表示亲昵。同时且轻轻的吠着，好像同他那么批评到它的主人："你瞧，花应当那么栽吗？你瞧，这花值几块钱吗？"年青人同时心里也就正那么想着："这花实在不应当那样栽的。"他便那么立着停顿不动了。他等候一个机会，将向这个主人作一种善意的建议。

那主人见到这一边情形了。他的狗对外人那么和气亲切，似乎极其满意，便对墙外的年青人和善的笑着，点了一下头。“先生，天气真好！你说，空气不同很好的酒一样吗？”

年青人说：“是的，先生，这早上空气当真同酒一样。不过我是一个平时不大喝酒的人，请你原谅，容许我另外找寻一个比喻。”但一时并没有较好的比喻可找寻，所以他接着就说：“这空气比酒应当还好一点，我觉得它有甜味。”

“那么，蜜酒你觉得怎么样？”

“好吧，算它是蜜酒吧。先生，您这两只狗不坏，雄壮得简直是两只豹子。”

“这狗有豹子的身分，具绵羊的灵魂。”接着便站了起来，“我看你倒很早，每天你都……你精神倒真是一只豹子！”

“老先生，你也早！你不觉得你很像一个年青人吗？”

那老绅士听到人家对于他的健康，加以风趣的批评，就摇头笑了。“你应当明白你是豹子呀！”那时正有一群乌鸦在空中飞过去，引起了他的仰首，“不过，你瞧，老鸹比我们都早，这东西还会飞！”

一点放肆的，稍稍缺少庄重，不大合乎平常规矩的谈话，连接了两个人的友谊。不到一会，墙外那一个，便被主人请进花园里了。第一次作客，就是从那一道围墙跳进去的，这种主客洒脱处，证明了某种琐碎的礼节，不适用于他们此后的交谊。到了花园以后，那两只黑色巨獒，也显得十分快乐，扑到客人身上来，闹了一会，带了一种高兴的神气，满园各处跑去。他们已经谈到栽花的事情了，这客人一面说到一种栽移果树的规矩，说明那株花树应当取原来方向的理由，一面便为动手去改动。那绅士对于客人所说到的经验颔首不已，快乐的搓着两只手，带一点儿轻微的嘲弄的神气，轻轻的说：

“我看你是一个农业大学的学生。”

这话似乎并不是预备同客人说的。客人却说：“叫我做农夫，我以为较相宜一点。”

老绅士就说：“这是我的错误，因为把一个技师当成了学徒。”

“没有的，你这是把我估计错了。我并不是技师。”

因为绅士正像想到什么话，微笑着，没有说下去，客人又说：“我是一个砍了许多大树，却栽过许多小树的人。……”

绅士把手很快乐的摇着，制止到客人言语的继续。“那莫管吧。你不作这件事，一定就作那件事。你不像一个平常人，也正如我不像一个更夫一样。你不要再说下去，我倒看出你是什么地方的人了。”这绅士随即就用一种确定的神气，说明了客人的籍贯。且接着那么说着：“你并不谎我，你的确是一个农人，因为你那地方，除了这一种人没有别的职业。你是那地方生长的。可是，为什么原因，那地方会产出那么体面的手臂，体面的眼睛，和那不可企及的年青人的风度!？……”

忽然听到一个陌生人，很冒昧的也很坚定的说到他是什么地方的人，且完全没有说错，这年青人为了一种意外的惊讶，显得有一点儿呆板了。他回答说：“先生，这是我难于相信的，因为你并没有说错！我听到你用我那地方人的言语，说我们那里的一切，我疑心是一个梦。”

绅士见到面前的人承认了，也显得十分快乐。“这应当是一个梦的，因为在此地我能碰到你！ＸＸ山的银角，大枧头的芦管，你的声音，同这些东西一样，听到时使我兴奋!”

“我听人提到我那里一切，似乎……”

“是的，那是一样的，所生长的乡下，蚂蚁也比别处的美丽，托尔斯泰先就为我们说过了!”

“可是，我得问你，不许你推辞，你把我带走了五千里路，带回了十五年岁月，你得说明这个古怪地方，你从什么方面知道!”

“你瞧，你脸色全变了。一句话不如一个雷，值不得惊讶到这样子!”

绅士于是微微的笑着，把客人拉到屋前廊下，安置那年青人到一个椅子上坐上，自己就站在客人的面前。“用ＸＸ地方的比喻来说吧，我从一堆桃子里，检出一颗桃子，就明白它是我屋后树上的桃子。你会不会相信，我从你十句话里，听到了一个熟习的字眼，就知道你是 X X 的人?”

“可是你不是我那里的人，你说话的文法并不全对!”

“你的，猜想并不错误，我并非生长在那地方的树，却是流过那小河的鱼。我到过你那里，吃过那地方井水，睡过那地方木床，这一切我都不能忘记!”

主人到后进屋里拿了一些水果出来，一面用一把小刀削去大梨的外面，一面就赞美 X X 地方的水果。

客人说：“先生，你明白我意思，我正在恭恭敬敬听你告给我那地方的一切，我离开了那个地方有了十五年。我这怀乡病者的弱点，是不想瞒你也不能瞒你的!”

那绅士说：“我盼望你告诉我的，是十五年以前一切的情形。多可怜的事，我二十年不见那个地方了！谁知道在梦里永远不变的，事实上将变成什么样子呢?好的风俗同好的水果，会不会为这个时代带走呢?假若你害的是一种怀乡病，我这一尾从那小河里过道的鱼，应当害得是一种什么样的疾病呢?”

一种希奇的遇合，把海滩上两粒细砂子粘合到了一处。一切不可能的，在一个意外的机会上，却这样发生了。当两人把话尽兴的说下去，直到分手时，两人都似乎各年轻了十岁。为了纪念这一种巧遇，客人临走时节，那绅士，摘了屋前一朵黄色草花，一面插到年青客人帽子上去，一面却说：“照你们 X X 的习惯，我们从此是同年了。这是一个故事，别忘了这故事是应当延长下去的。所以你随时都不妨到我这里来，任何时节你都是一位受欢迎的朋友。你若果觉得是一个 X X 人，等不及我来为你开门，就仍然得从墙上跳进来。我这大门原是为那些送牛奶人同信差预备的，接待你并不相称!”

那时候两只黑色大狗，正站在他们的身旁，听到大门边门铃响动，忙跑过去，瞻望了门边一下，就把邮差搁到石阶级上两封信同一卷报纸，衔到主人身边来了。那绅士把信件接到手上，吩咐那只较大的狗：“傩送，去开门吧。以后不要忘记，一见了这个客人，就应当开门把客人接进来，知道了么?”那狗好像完全懂得到主人的意思，向客人望着，低低的吠了一声，假若它是会说话，将那么说：“我全知道。”接着即刻就很敏捷的跑过去，咬着那大门前的铁把手，且用力一撞，把栅栏门便撞开了。

“难道这个有风趣的老人，是去年十月，在海边黄昏中说话那一个吗?”一个过去的影子，如一只黑色的鸟儿，掠过年青人的心头，在回家的路上，他不大相信他今天所遇见的事情。

四　某一个晚上绅士的客厅里

因为一个感觉使他心上温暖起来，所以他就想从这老绅士方面，知道去年海边那两个人，那一件事。但这个机会，似乎被年青人自己一种虚心所阻拦了。一点不可解释的心情，使这年青人同这老绅士接近时，好一些日子，竟只能谈到两人皆念念不忘的那个边疆僻地。各人皆仿佛为了某样忌讳，只能数说到过去，却对于如何就成了目前的种种，皆不大提及。并且说到过去，也多数是提到那一个地方，关于风俗与人情的美丽移人处，皆有意避开其他事情。照ＸＸ地方人的习惯看来，这种交情并不妨碍友谊的诚实。两人把愿意说到的说去，互相都缺少都会上人那种探寻别人一切而自己却不开口的恶习。两人一切话语皆由自己说出，不说到的对方从不侦察，不欲说的即或对方无意中道及，也不妨不理。两人因为那一个ＸＸ人的习惯，因此把年龄的差别忘掉，把友谊在另一同契下，极亲切的成立了。

但由于诚实的自白，两人不久却都知道了对方皆是孤独的住在此地，都不必作事，各凭了一点固定的入款，很从容的支持到生活。这一点点了解，把年青人另一种疑心除去了。

那老绅士的确不出大门的。一切生活皆为一男仆处置。那男仆穿了干净的衣服，从不说话，按照规矩作一切事情，白天无事时，把屋外花园整理得如块精美地毯，不到花园作事，就在各处窗户边徘徊，把各个窗户里外，揩拭得异常洁净。即或主人要他作什么买什么时，也不见这男仆说话，只照到主人吩咐去做，因此使人疑心，这人上街买什么时，一定也只是用手指指，不须乎说话。但从各方面看来，这主仆二人是毫无芥蒂过着日子的。老绅士生活，除了每天在太阳下走走，坐到屋前廊下，吃一点白水，命令那两只大狗，作一点可笑的动作以外，就在自己卧房里，看看旧书，抄些所欢喜的东西。那个布置得极其舒服的客厅，长年似乎就从无一个客人惠临，一间小书房，无数书籍重叠的堆积，用黄色绸子遮掩着。壁间空处挂一些古铜戈和古匕首，近窗书桌上陈列无数精致异常的笔墨同几件希有的磁器，附带的说明到这一家之主，对于本国艺术古物的鉴别力，如何超人一等。但这寂寞的人，年龄不可欺骗已过了五十以上的岁数，心情和外表皆似乎为了一种过去的生活，磨折到成了一个老人。一种长时间的隐居生活，更使他同人世一切取了一种分离态度，与这个世界日益相远。但自从与年青人相熟以后，在这个绅士感情上，却见出仍然有一种极厚的人间味。这个绅士由他年青的友人看来，仍然不缺少一个年轻男子的精神。生命的光焰虽然由于体质上的衰老，不能再产生那种对于人生固执的热力，已转成为一种风趣而溢出，但隐藏在那个中年的躯壳中的，依然是一颗既不缺少幻想也不倦于幻想的心。长时间的隐居，正似乎是这个绅士，有意把他由于年龄而来的不可免避的拘束，减少一点的手段，却在隐逐情形中，打量生活到那个过去已经生活了的年青时代里去的。从这件新的友谊上，恰证明了年青人对于他老友所加的观察，并没有如何错误。

绅士的沉默，只似乎平时无人可以说话的原因。他所需要的，是同一个人，来说他年轻时代的种种。最好还要这个人能有ＸＸ地方人民的风格，每一只脚不必穿一只合式的鞋子，每一句话却不能缺少一个恰当的比喻。这个人现在已于无意中得到，因此他自然忽然便年青起来，他的朋友，也自然而然把年龄为人所划出的界线，一同忘掉了。既然两人把友谊成立到那另一个世界里的一切，慢慢的，这被世人所不知的地方，被历史所遗忘的民族，两人便不能顾忌，渐渐的都要提到了。……

稍后一点日子里，某一个晚上，便轮到那老年绅士，在他那布置得十分舒服的客厅中，柔软的灯光下，向年青人坦白的提到那个眷念ＸＸ地方的理由了！

那时节老年绅士坐到年青人的对面，正在用刀为他的朋友割剥一个橘子。一面把剥好了的橘子，亲热的递给了他的朋友，一面望到那年青人华丽优雅的仪表。绅士眼睛中有一种只应当在年青人眼睛中燃烧的光辉。绅士轻轻的几乎是无声的说："真是怎样一个神的手段！"年青人没有听到，因为所吃的橘子十分佳美，只称赞到X岛的橘子。

绅士便说："ＸＸ地方壮大新鲜长年无缺的瓜果，养成我这种年龄的人有童心的嗜好。二十年来若每天没有一点水果伴到我，竟比没有书籍还似乎难于忍受。"

年青人说："这种嗜好也同读ＸＸ差不多，不算一件坏事情。"

"是的，在一个大图书馆里去，看书是一件多么方便的事。到ＸＸ去，瓜果并不值钱。可是这种嗜好在ＸＸ为一种童心，在别处则常常为一种奢侈。正如用丰富的比喻说话一样，在ＸＸ可以连接两人的友谊，在别处则成为一种浪费。ＸＸ地方山中的桃李橘柚，与蕴藏在每一个人口中的甜蜜知慧言语，同到这里海边的鱼蟹盐砂，原是同样不能论价的东西！"

年青人微笑着，同意了这个比拟。他不愿意用这十余年来日子，所加于每一个人身上的变化，联想到这些日子在其他物质上的改革。他自己所梦想到的，一切也仍然是那么一个野蛮粗暴的世界。在那一片野蛮粗暴的地方，有若干精悍、朴厚、热情的灵魂，生气泼刺的过着每一个日子。二十年来新的一页历史，正消灭到中国旧的一切，然而这隐藏在天的一角，黑石瘦确群山之中，参天杉树与有毒草木下面，一点残余的人民，因为那种单纯，那种忍耐，那种多年来的由于地方所形成的某种固执，这时候已成了什么样的变化，谁能知道谁能说明呢？

因为提到了嗜好，绅士到后忽然叹喟起来，显然为那个嗜好的来源，略略感到惆怅了。绅士说："ＸＸ地方的栗树，为我留下一个不可磨灭的印象。"

年青人说："ＸＸ栗树并不很美，正如ＸＸ野猪并不很美。ＸＸ最美的树当是杉树，常年披上深绿鸟羽形的叶子，凝静的立定，作成一种向天空极力伸去的风度。那种风度是那么雅致，那么有力，同时还那么高尚不可企及。按照ＸＸ的山歌：情人为人中之杉，杉树为树中之王。那称呼毫不觉得溢美。”

绅士接到说：“是的，我见到那种杉树，熟习那个名言。谁有能力来否认，身在那种大树面前，不感觉到自己的卑小与猥俗？我并不称扬栗树，以为那胜过杉树。我想起的是那栗树上所结的无数带刺圆球。八月九月，焦黄的日头，疏疏地泼了一林阳光，在一切沉静里，山头伐树人的歌声，懒散的唱着，调节到他斧斤的次数。就是那种枝叶倔强朴野的栗树，带刺的球体，自动继续爆炸，半圆形的硬壳果实，乌金色的光泽，落地时微小的声音。这是一种圣境！自然在成熟一切，在创造一切，伐树人的歌声，即在赞美这自然意义中，长久不歇。这境界二十年来没有被时间拭去，可是，我今年已五十五岁了，就记到这个，多明朗的一个印象！”

“时间使树木长大，江河更改，天地变色，少壮如狮子的人为尘为土，这个我们不能不承认。不过有多少事情，在其他方面极易消失的，在我们记忆上，却永远年青。譬如一个女人，不仅只能在钟情于她的男子心中，永远年青，且留到诗人的诗歌上面以后，这女人在一组文字上，也永远有青春的光辉，如一朵花，如一片霞，照耀人的眼目……”

老年绅士听到这个议论，因为正提到他心中所思量到的一个问题，似乎稍稍受了一点寒气，望到他年青朋友，把那个斑白的端整的头颅摇动不已，带点抗议性质说道：“这是一件事实，我的朋友。只是这一句话不是你年青人有权利能说的。这是为老年来而有所钟情的人一个说明。你是一个年青人，你不适宜于说这句话。”

年青人承认了这一点，显露谦虚和坦白微笑，解释到这句话的来源。“这是从一本书上记下的。这话或者我将来还有用处，等到将来看去。至于现在，假若这句话适用于事实，我想象在我面前的老友，一定就一点事情，行将同我说到。”

绅士瞥望到天花板，好像找寻一种帮助，“可惜得很，当我年青一点儿的时节，天并不吝惜给我一些机会，安置我到一种神奇故事里去，不过郭景纯那一枝生花妙笔，并没有借给过我，故诗人的才气于我无分。一些不可忘却的印象，如今只能埋葬在那么一个敝旧的躯壳里，再过不久，这敝旧躯壳，便又将埋葬到黄土里了。”

“若我有幸福可以从老友口中听到这个故事，这故事行将同样的纯洁的保留到这一个年青一点的心上，重新放出一种光辉。”

“我愿意把它安置到一个年青人心上去，我愿意作这件事。而且没有比你更适当的一个人，使我极方便的说到这件事。不过杉树的叶子因对生而显得完美，我担心我的言语，不能如一首有韵的诗那么整齐。”

“对生的皂角未必比松树还美，松树的叶子，生来就十分紊乱，缺少秩序。”

“这松树老了，已经为岁月人事把心蚀空了。”

“为了位置一个与日俱增的经验，长江大河也正在让流水淘蚀。”

“可是一切改变皆使人不欢，秋天来时草木也十分忧郁。”

“假若草木能有知觉，它在希望或追忆里，为未来或过去那个春天，它应当是快乐的。”

绅士对于这个对白发生了一种思索的兴味，他愿意接续到这一点问题，思想徘徊逍遥。他承认了年青人的议论，同时又有所否认。他说：“是的，草木应当快乐，因为它有第二个春天可以等待。这一方面我们可仍然看出了人类的悲惨处，因为人类并没有未来。一个年青人在爱情中常常悬想到未来，便极胡涂的打发了现在。到了老年，明白未来永远不会来到了，想象的营养，便只好从过去那个仓库里支取他的储蓄。我就是只能取用昨天储蓄却不能希望明天的一个人。”

年青人在这个储蓄比喻上，放下另外一个意见。“一个有面粉同金块储蓄的人，永远不至于为生活艰难所困，一个不缺少人生经验的人，他那取之不竭的智慧，值得一切人给他一种最大的尊敬。”

“我的朋友，你说得对。从你的言语上，老年人应当得一种知足的慰藉。不过应当有一个转语，找回我们那个原来的问题。人和草木不能相同，我还有一点意见。就是草木既有过去，也有未来，同时还大都明白现在。阳光同雨露使它向人微笑，它常常是满意现在，而尽量享受现在。我们在今天这个日子里，所要谈到的，思索的，工作的，就常常只是为了明天或昨天，使我们过这一个日子。我明天是什么呢？我问你。”

“我的老友，这是一个平安的休息。”年青人答复他老朋友的询问，同时记起了东方哲人胡大圣，曾经以一种最东方的感情，对这休息所发的一番明论，便复述出来。“若果一个人在今天还能用他的记忆，思索到他的青春，这人的青春，便于这个人身上依然存在，没有消失。我的老友，这个格言值得我们深思。我请你相信，在我眼睛里，你的雄辩，已证明了你的少壮，你的叙述，也行将把你青春恢复转来。万里的长江，当每次春水发后，那古旧的河床，洋洋洒洒挟巨流而东下时，它便依然是有力而年青的。我希望让一道回忆的河流经过你那个衰弱的心上，在这温柔的灯光下，我还可以有那种荣幸，重新瞻仰你一度青春的风仪。”

老绅士低低的自言自语的说了一句“又是一个凤子”。年青人听到，脸色全变了。年青人显得十分激动，一点回忆激动了他的血流，却谨慎的节制到自己的冒失。因为从老绅士神色上看来，这一句话原不是为他而说，与年青人无关系的。但年青人却从这句话上，把去年十月来那个黄昏中人，认清楚就是对面的一个了。

那种新的发现，使年青人不免稍稍矜持起来了，他将手无目的的伸出了一会儿又缩回来，“我有点冒昧，想将一个隐藏在心中有半年了的印象，询问到我的朋友。去年十月里，一个体面的黄昏中，大海为落日所焚烧后，天边残余了一线微紫，在那个海边沙滩上，我曾经于无意中听到一个年高有德的人，对黄昏作过了一段描绘，对人生阐发了一种哲理。同时还有一个女人，倘若我的记忆力并不十分坏，这人的名字，应是凤子。……”

老绅士听到这个话时，不即作答，只望到年青人微微的笑着，带一点儿惊愕，仍然似乎自言自语的说：“啊，有一个凤子，那应当是一件真实的事情了。”接着稍稍沉静了一点，若果年青人过细注意一下，还可以看到绅士是为了这个询问，把要说的话给紊乱了的。那时绅士带一点长者的神气轻轻的说：“……你用不着骗我，这女人你一定觉得很美。”说了望到年青人，又说：“你坐过来一点，我将告你一些事情，使你明白一切。我们从另一个题目上说去，慢慢的会说到栗子，说到凤子，结束到你所不忘记的那个黄昏里。我们慢慢儿来说，让这一道行将枯竭的河流，愉快的重新再流一次。”

这老绅士把话说到这里止住了，站起了身子，按了一下电铃，顷刻之间，那个沉默的仆人，就恭恭敬敬的站到门边了。绅士吩咐到他：“把那一篓柑子拿来，取一瓶 X X 甜酒，另外煮一点极浓的咖啡……”

“这一道枯竭的河流，行将流一个整夜”，年青人想到这一点，看着绅士，正斜斜的躺到沙发一边去，脸儿红红的，蒸发了一种青春的热力。两人在暂时的沉默中，互相交换了一个亲切的微笑。

五　一个被地图所遗忘的一处
被历史所遗忘的一天

一个好事的人，若从一百年前某种较旧一点的地图上去找寻，当可在黔北，川东，湘西，一处极偏僻的角隅上，发现了一个名为“镇箪”的小点。那里同别的小点一样，事实上应有一个城市，在那城市中，安顿了无数人口的。不过一切城市的存在，大部分皆在交通，物产，经济的情形下面，成为那城市荣枯的因缘。这一个地方，却以另外一个意义无所依附而独立存在。将那个用粗糙而坚实的巨大石头砌成的圆城，作为其地的中心，向四方展开，围绕了这边疆僻地的孤城，约有四千到七千左右的碉堡，五百以上的营汛。碉堡各用大石堆成，位置在山上，随了山岭的脉络蜿蜒各处走去，营汛各位置在驿路上，布置得极有秩序。这些东西在一百七十年前，是按照了一种精密的计画，保持到相当距离，在周围数百里内，平均分配下来，解决了退守一隅常作蠢动的边苗叛变的。两世纪来满清人的暴政，以及因这暴政而引起的反抗，血染赤了每一条官路同每一个碉堡。到如今，一切完事了，碉堡多数业已毁掉了，营汛多数成为民房了，人民已大半同化了。落日黄昏时节，站到那个巍然独在万山环绕的孤城高处，望到那些远近残毁碉堡，还可依稀想象到当时角鼓火炬传警告急的光景。这地方到今日此时，因为另一军事重心，一切皆以一种迅速的姿式，在改变，在进步，同时这种进步也就正在消灭到过去一切。

凡是有机会，追随了屈原溯江而行那条常年澄清的辰河，向上走去的旅客和商人，若打量由陆路入黔入川，不经古夜郎国，不经永顺龙山，皆应明白“镇筸”是一个可以安顿他的行李，最可靠也最舒服的地方。那里土匪的名称是不习惯于一般人的耳朵的。兵皆纯善如平民，与人无侮无扰。农民皆勇敢而安分，且莫不敬神守法。商人各负担了花纱同货物，洒脱的向深山村庄里走去，同平民作有无交易，谋取什一之利。地方统治者分数种，最上为天神，其次为官，又其次才为村长同执行巫术的神的侍奉者。人人洁身信神，守法爱官。每家皆有兵役，每家皆可从官中领取二百年前被政府所没收的公田播种。城中人每年各按照家中有无，杀猪，宰羊，磔狗，献鸡献鱼，求神保佑五谷的繁殖，六畜的兴旺，儿女的长成，以及疾病婚丧的禳解。人人皆很高兴担负官府所分派的捐款，又自动的捐钱与庙祝或单独执行巫术者。一切皆保持到一种淳朴遵从古礼：春秋二季农事起始与结束时，照例有年老人向各处人家敛钱，为社稷神唱木傀儡戏。旱暵祈雨，便有小孩子各抬了活狗，带上柳条，或扎成草龙，各处走去。春天尚有春官，穿黄衣各处念农事歌词。年末则居民装饰红衣傩神于家中正屋，捶大鼓如雷鸣，巫者穿鲜红如血衣服，吹镂银牛角，拿铜刀，踊跃歌舞娱神。城中的住民，多当时派遣移来的戍卒屯丁，此外则有江西人在此卖布，福建人在此卖烟，广东人在此卖药。地方由少数读书人与多数军官，在政治上与婚姻上两面的结合，产生一个上层阶级，这阶级一方用一种保守稳健的政策，长时期处置到政治，一方支配了大部属于私有的土地；而这阶级的来源，却又仍然出于当年的戍卒屯丁。地方山坡上产桐树杉树，矿坑中有朱砂水银，松林里生菌子，山洞中多硝。城乡皆不缺少勇敢忠诚适于理想的兵士，与温柔耐劳适于家庭的妇人。在军校阶级厨房中，出异常可口的菜饭，在伐树砍柴人口中，出热情优美的歌声。

地方东南四十里后近大河，一道河流肥沃了平衍的两岸，多米，多橘柚。西北二十里后，即已渐入高原，近抵苗乡，万山重叠。大小重叠的山中，大杉树以常年深绿逼人的颜色，蔓延各处。一道小河从高山绝涧中流出，汇集了万山细流，沿了两岸有杉树林的河沟奔驶而过，农民皆就河边编缚竹子作成水车，引河中流水，灌溉高处的山田。河水长年清澈，其中多鳜鱼，鲫鱼，鲤鱼，大的比人脚板还大。河岸上那些人家里，常常可以见到白脸长身见人善作媚笑的女子。

一个旅行的人，若沿了进苗乡的小河，向上游走去，过ＸＸ，再离开河流往西，在某一时，便将发现一个村落，位置一带壮丽山脉的结束处，这旅行者就已到了边境上的矿地了。三千年来中国方士神仙所用作服食的宝贝，朱砂同水银，在那个地方，是以一个极平常的价值，在那里不断的生产和贸易的。

那个自己比作“在ＸＸ河中流过的一尾鱼”的绅士，在某一年中，为了调查这特殊的矿产，用一个工程师的名分，的的确确曾经沿了这一道河流，作过一次有意义的旅行。在这一次旅行中，他发现了那个地方，地下蕴藏了如何丰富的矿产，人民心中，却蕴藏更其如何丰富的热情。

历史留给活人一些记忆的义务，若我们不过于善忘，那么辛亥革命那一年，国内南方某一些地方，为了政局的变革，旧朝统治者与民众因对抗而起的杀戮，以及由于这杀戮而引起的混乱，应多少有一种印象，保留到年龄二十五岁以上的人们记忆中。这种政变在那个独立无依市民不过一万的城市里，大约前后有七千健康的农民，为了袭击城池，造反作乱，被割下头颅，排列到城墙雉堞上。然而为时不久，那地方也同其他地方一样，大势所趋，一切无辜而流的血还没有在河滩上冲尽，城中军队一变，统兵官乘夜挟了妻小一逃，地方革命了。当各地方资议局参政局继续出现，在省政府方面，也成立了矿政局农矿厅一类机关后，隐者绅士，因为同那地方一个地主有一科友谊，就从那种建设机关方面，得到了一种委托，单独的深入了这个化外地方。因这种理由，便轮到下面的事情了。

某一日下午三点钟左右，在去“镇筸”已有了五十里左右的新寨苗乡山路上，有两匹健壮不凡的黑色牲口，驮了两个男子，后面还跟了两个仆人。那两匹黑马配上镂银镶牙的精美鞍子，赭色柔软的鞯皮，白铜的嚼口，紫铜的足镫。牲口上驮了两个像不同的男子，默默的向边境走去。两匹马先是前后走着，到后来路宽了一点，后边那匹马便上前了一点，再到后来两匹便并排走了。

稍前一个马头，在那小而性醇耐劳的云南种小马背上，坐得是一个红脸微胖中年男子，年纪约五十岁上下，从穿着上，从派头上，从别的方面，譬如说，即从那搁在紫铜马足镫上两只很体面的野猪皮大靴子看来，也都证明到这个有身分的人物，在任何聚落里，皆应是一地之长。稍后一点，是一个年在三十左右的城中绅士。这人和他的同伴比起来显得瘦了一些，骑姿式却十分优美在行。这人一望而知就是个城里人，生活在城中很久，故ＸＸ高原的风日，在这城里人的脸上同手上，皆以一种不同颜色留下一个记号，脸庞和手臂，反而似乎比乡下人更黑了一点。按照后面这个人物身分看来，则这男子所受的教育，使他不大容易有机会，到这边僻地方来，和另一位有酋长风范的人物同在一处。ＸＸ的军官是常常有下乡的，这人又决不是一个军官。显然的，这个人在路上触目所见，一切皆不习惯，皆不免发生惊讶，故长途跋涉，疲劳到这个男子的身心，却因为一切陌生，触目成趣，常常露出微笑，极有兴致似的，去注意听那个同伴谈话。

那时正是八月时节，一个山中的新秋，天气无风而晴。地面一切皆显得饱满成熟。山田的早稻已经割去，只留下一些白色的短桩。山中枫树叶子同其他叶子尚未变色。遍山桐油树果实大小如拳头，美丽如梨子。路上山果多黄如金子红如鲜血，山花皆五色夺目，远看成一片锦绣。

路上的光景，在那个有教育的男子头脑中，不断的唤起惊讶的印象。曲折无尽的山路，一望无际的树林，古怪的石头，古怪的山田，路旁斜坡上的人家，以及从那些低低屋檐下面，露出一个微笑的脸儿的小孩们，都给了这个远方客人崭新的兴味。

看那一行人所取的方向，极明白的，他们今天一早是从大城走来，却应当把一顿晚饭同睡眠，在边境矿场附近安顿的。

这种估计并没有多少错误，这个一方之长的寨主，是正将接待他的朋友，到他那一个砦上去休息的。因为两匹马已并排走去，那风仪不俗的本地重要人物说话了。

“老师，你一定很累了！”

另一个把头摇摇，却微笑着。

那人便又接到说：“老师，读佛家所著的书，走××地方的路，实在是一种讨厌的事，我以为你累了！”

城里那一个人回答这种询问：“总爷，我完全不累。在这段长长的路上，看到那么多新鲜东西，我眼睛是快乐的，听到你说那么多知慧言语，我耳朵是快乐的。”说过后自己就笑了，因为对比的言语，一种新的风格的谈话，已给这城市里人清新的趣味，同伴说了很久，自己却第一次学到那么说了。

在他们的谈话中，一则因为从远处来，一则因为是一地之长，那么互相尊敬到对面的身分，被称作“老师”同“总爷”，却用了异常亲切的口吻说到一切。那个城市中人，大半天来就对于同伴的说话，感到最大的兴味，第一次摹仿并不失败，于是第二次摹仿那种口吻，说到关于路的远近。他说：

“总爷，你是到过京里的，北京计算钱的数目，同你们这一边计算路程，都像不大准确。”

那个总爷对这问题解释了下面的话：“老师，你说得对，这两处的两样东西，都有点儿古怪。这原因只是那边为皇帝所管，我们这边却归天王所管。都会上钱太重要，所以在北京一个钱算作十个；这乡下路可太多了一点，所以三里路常常只算作一里。……另外说来，也是天王要我们‘多劳苦少居功’的意思。这意思我完全同意！我们这里多少事皆由神来很公正的支配，神的意思从不会和皇帝相同的！”

“你那么说来，你们这里一切都不同了！”

“是的，可以说有许多事常常不同。你已经看过很多了。再说，”那总爷说时用马鞭指到路旁一堆起虎斑花纹红色的草，“老师，你瞧，这个就将告给你野蛮地方的意义。这颜色值得称赞的草，它就从不许人用手去摸它折它。它的毒会咬烂一个人的手掌，却美丽到那种样子。”

“美丽的常常是有毒的，这句格言是我们城中人用惯了的。”

“是的，老师，我们也有一句相似的格言，说明到这种真理。”

“这原是一句城里人平常话，恰恰适用到总爷所说的毒草罢了。至于别的……譬如说，从果树上摘下的果子，从人口中听到的话，决不会成为一种毒药！”

总爷最先就明白了城里人对于谈话，无有不为他那辞令拜倒的。听到这种大胆的赞美，他就笑了一下。这个在ＸＸ六十里内极有身分的人物，望到年纪尚青的远客，想起另外一点事情了。“老师，你的说明不很好。我仍然将拥护那一句格言。照我的预感，你到了那边，你会自己否认你这个估计的不当。言语实在就是一样有毒的东西！你那么年青，一到了那里，就不免为一些女孩子口里唱出的歌说出的话中毒发狂。我ＸＸ堡子上的年轻女人，恰恰是那么美丽，也那么十分有毒的！”

城市中人听到这个稍带夸张的叙述，就在马上笑着，“那好极了！好烧酒能够醉人，好歌声也应当使人大醉；这中毒是理所当然的。”

“好看草木不通咬烂手掌，好看女人可得咬烂年青人心肝。”

“总爷，这个不坏。到了这儿，既然已经让你们这里的高山阔涧，劳动到我这城市中人的筋骨，自然也就不能拒绝你们这地方的女孩子，用白脸红唇困苦到我的灵魂！”

“是的，老师。我相信你是有勇气的，但我担心到你的勇气只能支持一时。”

“乡下人照例不怕老虎，城里人也照例不怕女人：我愿意有一个机会，遇到那顶危险的一个。”

“是的，老师。假若存心打猎，原应当打那极危险的老虎。”

“不过她们性情怎么样？”

“垄上的树木，高低即或一样，各个有不相同的心。”

“她们对于男子，危险到什么情形，我倒愿意听你说说。”

“爱你时有娼妓的放荡，不爱你时具命妇的庄严。”

“这并不危险！爱人时忘了她自己，不爱人时忘了那男子，多么公平和贞洁！”

“是的，老师，这是公平的。倘若你的话可以适用到这些女孩子方面，同时她们还是贞洁的。但一个男子，一个城里人，照我所知，对于这种个性常常不能同意。”

“我想为城里人而抗议，因为在爱情方面，城里人也并就不缺少那种尊敬女子自由的习惯。”

“是的，一面那么尊敬，一面还是不能忍受。照龙朱所说，X X 女子是那么的：朱华不觉得骄人，白露不能够怜人。意思是有爱情时她不骄傲，没有爱情时她不怜悯。女孩子们对于爱情的观念，容易苦恼到你们年青男子。”

“总爷，我觉得十分荣幸，能够听到你引用两句如此动人的好诗。其实这种 X X 女子的美德，我以为就值得用诗歌来装饰的。我是一个与诗无缘的人，但我若有能力，我就将作这件事。”

“是的，老师。把一个 X X 的女孩子聪慧和热情，用一组文字来铺叙，不会十分庸俗丑看。X X 女孩子，用爱情装饰她的身体，用诗歌装饰她的人格，这似乎也是必需的。作这件事你是并不缺少这种能力的，我却希望你有勇气。不过假若这种诗歌送给城市中先生小姐们去读，结果有什么益处？他们将觉得稀奇，那是一定的，但完全没有益处！”

“总爷，我不同意这个推测。我以为这种诗歌，将帮助他们先生小姐们思索一下，让他们明白他们以外还有些什么东西，尽他们多知道一点。”

“是的，老师。我先向你告罪，当到你城里人我要说城里人几句坏话。我以为城里人是要礼节不要真实的，要常识不要知慧的，要婚姻不要爱情的。城市中的女子仍然是女子，同样还是易于感动富于幻想，那种由于男子命运为命运的家婆观念，或者并不妨碍到对她对这种诗歌的理解。但实在说来，她们只需要一本化妆同烹饪的书，这种诗歌并不是她们最需要的。至于男子，大家不是都在革命么？那是更不需要的！并且我同你说，你若和一个广东人描写冰雪，那是一种极费力的说明，他们不相信的。你同城市中人说到我们这里一切，也不能使他们相信。一切经验才能击碎人类的顽固，因为直到此时为止，你就还不十分相信我所说的女人热情有毒的意义，就因为你到如今还不曾经验那种女子。”

那时节，城里人被那个总爷说到的几句话，稍稍害羞起来了，就只回答着："是的，我承认你一切的话语。我希望有一种机会，让我发现蕴藏在 X X 地下矿产以前，就能发现蕴藏在 X X 女人胸中的秘密。"

那总爷说："是的，老师，一到了这里，自然不会缺少机会。宝石矿许可我们随时发现宝石。你看看，上了那个小坡，前面就可以到一个小小客店里歇歇了，我们或者就可以发现一点东西。"

两人一面说着一面把马加快了一点，不到一会就上了那个小坡，进抵一个小村庄的街头了。到了客店，下了马，跟到马后的用人，把马牵到街外休息去了，他们于是进了一个客店的堂屋里，接受了一个年老妇人的款待。

客店里另外还有一个过路的少妇，也在那休息，年纪约二十二三岁，一张黑黑的脸庞，一条圆圆的鼻子，眉眼长长的尾稍向上飞去，穿了一身蓝色布衣，头上包了一块白布。两个人进去时，那妇人正低下头坐到一条板凳上吃米糕。见到了两个新来的客人，从总爷的马认识了这一方之主，所以糕饼还不吃完，站起了身来就想走去。那客店老妇人就说："天气还早，为什么不稍歇歇？日头还不忙到下山，你忙什么？"那妇人听到客店主人说的话，微微的一笑，就又坐下了。

妇人相貌并不如何美丽，五官都异常端整秀气，看来使人十分舒服。惟神气微带惨怛，好像居丧不久的样子。

那总爷轻轻的向城里人说："老师，的确宝石矿是随处可拾宝石的。照 X X 地的礼仪，凡属远方来客，逢到果树可以随意摘取果子，逢到女人可以随意问讯女人：你不妨问问那个大嫂，有什么忧愁烦扰到她。"

城里人望到妇人，想了一会，才想出两句极得体的话，问到那个妇人，因什么事情，神气很不高兴。

按照 X X 地方的规矩，一个女子不能拒绝远方客人善意的殷勤。妇人听到城里人的问候，把头稍稍抬起，轻轻的说："芝兰不易再开，欢乐不易再来。"说后恐怕客人不明白所说的意思，又把手指着悬挂在门外那个红布口袋，望到客人，带了一点害羞的神气，“这是一个已经离开了世界的人，在那个布口袋里，装得是他的骨灰，在一个妇人的心胸里，装得是他的爱情。”说过后，低下头凄凉的笑着，眼睛却潮湿了。

总爷就说：“玫瑰要雨水灌溉，爱情要眼泪灌溉：不知为什么事情，年纪轻轻的就会死去?”

“……”

妇人便告着这男子生前的一切。才知道这男子是一个士兵，在ＸＸＸ无意中被一个人杀死的，死时年龄还不到二十五岁，妇人住在ＸＸ附近，听到了这事，赶过ＸＸＸ去，因为不能把死尸带回，才把男子烧成灰，装在一个口袋里。话说到末尾，那妇人用一种动人的风度，望到两个男子，把这个叙述结束到下面句子里：

“流星太捷，他去的不是正路，

虹霓极美，可惜他性命不长!”

说完后，重复把头低下去，用袖口擦到眼角。

那客店妇人，见到这情形，便把两只手互相捏着，走过来了一点，站在他们的中间，劝慰到那个年青妇人：“一切皆属无常：谁见过月亮长圆，谁能要星子永远放光?好花终究会谢，记忆永远不老。”可是那年青妇人，听到那个话，正因为被那种“在一切无常中永远不老”的记忆所苦，觉得十分伤心，就哭了。

过一会儿后，这妇人背了门外那个口袋走了，客店人站到门边向妇人所去一方，望了许久，才回过身来，向两个客人轻轻的吁着，还轻轻的念着神巫传说一个歌词上的两句歌：

“年青人，不是你的事你莫管，你的路在前途离此还远。”

那个城里人沉默了半天没有说话。

到后这一行人又重新上路了。

他们当天落黑时，还应当赶到总爷那个位置在ＸＸ山一片嘉树成阴的石头堡寨上，同在一个大木盆里，用滚热的水洗脚，喝何首乌泡成的药酒，用手拉蒸鹅下酒，在那血梼木作成的大床上，拥了薄薄的有干果香味的新棉被睡觉，休养到这一整天的疲乏的。

六 矿 场

边境地方一地之主的城堡，位置在边境山岭的北方支脉上，由发源于边境山中那一道溪流，弯弯的环抱了这个石头小城。城堡前面一点，下了一个并不费力的斜坡，地形渐次扩张，便如一把扇子展开了一片平田。秋天节候华丽了这一片大坪，农事收获才告终结，田中各处皆金黄颜色的草积，同用白木作成的临时仓库，这田坪在阳光下便如一块东方刺绣。城堡后面所依据的一支山脉，大树干章，葱茏郁合，王杉向天空矗去，远看成一片墨绿。巨松盘旋空际，如龙蛇昂首奋起。古银杏树木叶，已开始变成黄色，艳冶动人，于众树中如穿黄袍之贵人。城堡前有平田，后依高山，边境大山脉曲折蜿蜒而西去，堡墙上爬满了薜萝与葡萄藤，角楼上竖一高桅，角楼旁安置了四尊古铜炮，一切调子庄严而兼古朴。这城堡是常常在一些城市中人想象中，却很少机会为都会市民目击身经的。

这城堡一望而知是有了年龄的。这是一个古土司的宫殿所在地。一个在历史上有了一点儿声名的“王杉堡垒”。山后的杉树，各有五百年以上的岁数。堡主从祖父的祖父就有了这边境的土地和农夫，第七世才到了昨天那一位陪了城市中人下乡的有仪貌善辞令的总爷。这总爷除了在堡内据了那个位置略南的古宫殿，安置他的一家外，围绕了这古宫殿，堡内尚住下了一百家左右的农户，每一家屋子里各有他的牲畜家禽和妇人儿女，各人皆和平安分的住下，按照农夫的本分，春天来把从堡主所分配得到的田亩播种，夏天拔草，秋时收获，冬天则一家十分快乐的过一个年。每一家皆有相当的积蓄，这积蓄除了婚丧所耗以外没有用处。就常常买下用大铁筒装好的水银，负了上城去换取银器首饰同生活所必需的棉纱。每家皆有一张机床，每一个妇人皆能织棉布同麻布。凡属在这古堡表面所看到的古典的美丽处，每一个农户的生活与观念，每一个农人的灵魂，都恰恰与这古堡相调合一致。

矿场去堡上约有二里左右，从堡上过矿场，只沿了那条绕过堡垒的小河而东走，过一山岨，经过四个与王杉城堡成犄角形势的小石峒，在最后一个石峒下斜坡上，就可望到那一片荒山乱石下面的村落了。

堡内农户房屋，多黑色屋顶，黄泥墙垣，且秩序井井有条，远远望去显明如一种图案。矿场村落却恰恰相反，一切房子多就了方便，用荒石砌成，墙壁是石头的，屋顶不是石头的也压上无数石块，且房屋地位高下不等，各据了山地作成房屋的基础，远看不会知道那里有多少人家。矿场除了一些小商人以外，其余就多数是依靠了那一带石山为生活的人。远远望去，只见各处皆堆积荒石成小阜，各处皆是制汞灶炉的白烟，各处皆听到有一种锤子敲打石头的声音，间不久时候，又可以听到訇的一声炮响。一个陌生的人，到了这种地方，见到此种情景，他最先就将在他自己感觉上发生一个问题："这就是那个产生宝贝，供给神仙粮食的所在地方吗？"他会不大相信这个地方，朱砂同水银，是那么吓人平常的一种东西，但他只要下去一点，他就可以见到那些人，用大秤钩挂了竹筐同铁筒所称量的，就正是朱砂和水银。这实在是一个古怪地方，隐藏在地下，同靠到了那地下的东西而生存的人，全是古怪的。

这矿还是在最近不久才恢复过来的。当各处革命兴起时节，矿场中因为官坑占了一部分，曾驻了一连军队，保护到矿场的秩序，正当城中杀戮紧急时，这一面边境上游民和工人也有了一次暴动。一千余游民工人集合在一处，夺取兵士的枪械，发生了一种战争。结果死了一些人，烧去了无数小屋同草棚，所有官坑私坑也就完全炸毁了。革命结束以后，一切平定了，城中军队经过改编，皆改驻其他地方，官私坑既已炸毁，官家一时不能顾及这点矿地，私人方面各存观望不敢冒险来此，商人则因为下游尚未知道消息，货物即有来源也无去路，因此地方人心秩序恢复以后，矿地种种一时还无从恢复。这件事除了堡上的总爷来努力以外，别无可希望了。这总爷因此到城中去商洽，把新军请来，且保证到军民之间的无事，又向城中商人接洽，为他们物质方面的债务作一种信用担保，在一极短时期中，用魄力与金钱恢复了矿地原来的秩序。到后官坑重新开了工，私人的小山头也渐次开了工，一切都恢复了原来的旧观，各处皆可以听到炮声同敲打石头的声音，石工也越来越多，山下作朱砂水银交易的市集，也恢复了五日一集的习惯，于是许多被焚烧过的地方，有人重新斫了树木搭盖茅棚，预备复兴家室。有人重新砌墙打灶，预备烧锅制酒。有人从各处奔来做生意，小商人也敢留住在场上小客店里放账作期货交易了。

因为官方有大坑，在场积上住得有军队，同一个位置不大收入可观的监督，且常常可见到从城中骑马来的小官员了。那些收砂买水银的小商人，有些住在矿地自己的小店里，有时住到本地人所开的客店里，照例同厂方同官吏都得有一种交谊，相互的酬酢，因此按照风气，在矿地方面，还开了一间很值得城市中人试试的馆子，这馆子里的一切必需用品，全从城中带来的，那一位守在锅边的大司务，烹调手段也是不下于城中军校厨房中人物的。

矿地有些是露坑，有些又是地下坑，因为开采的时间已极久远，故各处碎石皆堆积如山陵。大部分男子多按照一定价格为矿坑所有人作工，小部分男子，同那些妇人小孩，便提了竹篮，每日到正在开采的矿坑边上荒石所在处，爬找荒砂。矿坑除了划定区域的正坑以外，任何地方的荒石，皆尚有残砂可得。这些人从荒石中检出有砂的石头，回到家中踞坐到屋门前，用锤子扎出那些红色的颗粒，再把这些东西好好的装到竹筒中去。这些零碎的货物，同到正坑里工人私自带出的货物，另外一时，自然就有那种收荒的商人，排家去收买，收买这种东西时，自然比应当得到价钱要少一点，有时用钱收买，有时用一点糖，或一点妇人所需要的东西，就可以把它掉换到手了。

制汞处多用泥灶，上面覆盖一个锅子，把成色较差的砂石，用泥瓶装好放到灶中去烧炼，冷却后，就从泥瓶同锅上以及作灶的泥砖里得到那种白色流动的毒物。制汞工人脸色多是苍白的，都死得很早，但这种工人因为必不可少的技术，照例收入也比较多，地位也比较好。

当那个城市中人来到矿场时，X X 地方的矿场，刚恢复了三个月，但去年来的一切焚杀痕迹皆不可找寻，看到那种热闹而安静的情形，且使人不大相信这地方也有过这类事情发生了。

七　去矿山的路上

王杉古堡的总爷，安置了他的城中朋友在一间小而清静的房间，使他的朋友在那有香草同干果味道的新棉被里极舒服的睡了一晚，第二天，先打发了人来看看，见朋友已醒了，就走了过来，问候这朋友，晚上是不是还好。那时城市中人正从窗口望到堡外的原野，朝日金光映照到一切，空气清新而滋润。

那城市中人望到总爷笑着：“总爷，一切都太好了，我有生以来，还是第一次睡得那么甜熟舒适，第一次醒来那么快乐。”

总爷说：“安静同良好空气，使老师觉得高兴，我这作主人的倒太容易作主人了。乡下一切都是那么简陋，不比城中方便，你欢喜早上吃点什么？请你告给我。”

“随便一点吧……”

“是的，就随便作一点，ＸＸ地方的神就是极洒脱的，让我去告他们预备一点东西，吃过后我们到矿场去看看那个地方吧。”

总爷今天把身上的装束同口中的言语皆换了一下，因为他明白了他的朋友在那种谈话风格上，有些费事费力。

两人把早饭吃过后，骑了马过矿场去，一出堡外，为了那种天气太好，实在不好意思骑到马上了，就要跟身的人把马牵到后面跟着，两人缓缓的沿了下坡的路步行走去。早晨的美丽，照例不许形容的，因为人世的文字，还缺少描写清晨阳光下一切的能力。单只路旁草尖上，蛛网上，露水所结成的珠子，在晨光中闪耀的五色，那种轻盈与灵活，是微笑，是羞怯，是为谁作成又为谁而作？这个并不止不许人去描写，连想象也近于冒失的。这东西就只许人惊讶，使人感动。那个一地之长的总爷，对这件事有了一个最好的说明。当两人皆注意到那露珠时，总爷就说：

“老师，神是聪明的，他把一切创造得那么美丽，却要人自己去创造赞美言语。即或那么一小点露水，也使我们全历史上所有诗人容于言语来阿谀。从这事上我们可以见出人类的无能，与人类的贫乏。人类固然能够酿造烧酒，发明飞机，但不会对自然的创作，有所批评，说一句适当的话。”

那城市中人说：“创造一切美，却不许人用恰当的言语文字去颂扬，那么说来神是自私的了！”

“老师，我不能承认你这点主张。神不是自私的。因为他创造一切，同时在人类中他也并不忘记创造德性颜貌一切完全的人。但在这种高尚的灵魂同美丽的身体上，却没有可安置我们称誉的地方。这不是神的自私，却是神的公正。由于人力以外而成的东西，原用不着赞美而存在的。一切美处使人无从阿谀，就因为神不须乎赞美。”

“这样说来，诗人有时是一种罪人了。因为每一个诗人，皆是用言语来阿谀美丽诋毁罪恶的。”

“老师，很抱歉，我不大明白诗也不大尊敬诗人，因为我是一个在自然里生活的人。但照到你所说的诗人，我懂得你对于这种人的意思。在人类刑法中，有许多条款使人犯罪，作诗现在还不是犯罪的一种。但毫无可疑，他们所作的事，却实在是多数人同那唯一的神都无从了解的。由于他们的冒失，用一点七拼八凑而成的文字，过分的大胆去赞美一切，说明一切，所以他们各得了他们应得的惩罚，就是永远孤独。但社会在另一方面又常常是尊重他们鼓励他们的，就因为他们用惯了那几千符号，还能保存一点历史的影子，以及为那些过分愚蠢的人，过分褊狭的人，告给一些自然的美同德性的美。这些事在一个乡下人可有可无，一个都市中人是十分需要的。一个好诗人像一个神的舌人，他能用贫乏的文字，翻出宇宙一角一点的光辉。但他工作常常遭遇失败，甚至于常常玷污到他所尊敬的不能稍稍凝固的生命，那是不必怀疑了的。”

“你这种神即自然的见解，会不会同你对科学的信仰相矛盾？”

“老师，你问得对。但我应当告你，这不会有什么矛盾的。我们这地方的神不像基督教那个上帝那么顽固的。神的意义想我们这里只是‘自然’，一切生成的现象，不是人为的，由于他来处置。他常常是合理的，宽容的，美的。人作不到的算是他所作，人作得的归人去作。人类更聪明一点，也永远不妨碍到他的权力。科学只能同迷信相冲突，或被迷信所阻碍，或消灭迷信。我这里的神并无迷信，他不拒绝知识，他同科学无关。科学即或能在空中创造一条虹霓，但不过是人类因为历史进步聪明了一点，明白如何可以成一条虹，但原来那一条非人力的虹的价值还依然存在。人能模仿神迹，神应当同意而快乐的。”

“但科学是在毁灭自然神学的。”

“老师，这有什么要紧？人是要为一种自己所不知的权力来制服的，皇帝力量不能到这偏僻地方，所以大家相信神在主宰一切。在科学还没有使人人能相信自己以前，仍然尽他们为神所管束，到科学发达够支配一切人的灵魂时候，神慢慢的隐藏消灭，这一切都不须我们担心。但神在ＸＸ人感情上占的地位，除了他支配自然以外，只是一个抽象的东西，是正直和诚实和爱：科学第一件事就是真，这就是从神性中抽出的遗产，科学如何发达也不会抛弃正直和爱，所以我这里的神又是永远存在不会消灭的。”

那城市中人在这理论上，显然同意了那个神的说明，却不愿意完全承认完全同意的，在朋友说完以后，他接着就说：“总爷，从另外一个见解上看来，科学虽是求真的事情，他的否认力量和破坏力量，在以神为依据的民族上面所生的影响，在接受时，转换时，人民的感情上和习惯上，是会发生骚乱不安的。我想请你在这一点上，稍稍注意一下。我对这问题在平时缺少思索，我现在似乎作着抛砖引玉的事情。”

那总爷说：“老师，你太客气了点。你明白，这些空话，是只有你来到这里，才给我一个机会谈到的。平常时节，我不作兴把思想徘徊到这个理论上面。你意思是以为我们聪明了一点，从别个民族进步上看来，已到了不能够相信神的程度，但同时自己能力却太薄弱了，又薄弱得没有力量去单独相信我们自己，结果将发生一点社会的悲剧，结果一切秩序会因此而混乱，结果将有一时期不安：老师，这是一定的，不可免的。但这个悲剧，只会产生于都会上，同农村无关。预言是无味的，不可靠的，但这预言若根据老师那个理由，则我们不妨预言，中国的革命，表面上的统一不足乐观。中国是信神的，少数受了点科学富国强种教育的人，从国外回来，在能够应用科学以前，先来否认神的统治，且以为改变组织即可以改变信仰，社会因此在分解，发生不断的冲突，这种冲突，恐怕将给我们三十年混乱的教训，这预言我大胆的同你谈到，我们可以看看此后是什么样子。”

城市中人微笑着，总爷从他朋友的微笑上，看得出那个预言，是被“太大胆了一点的假定”那种意思否认到的，他于是继续了下面的推理。

“老师，照这预言看来，农村的和平自然会有一日失去的。农民的动摇不是在信仰上，应当是在经济上。可是这不过我们一点预言，这预言从一点露水而来，我们不妨还归到露水的讨论吧。请你注意那边，那一丛白色的禾梗旁，那点黄花，如何惊人！是谁说过这样体面的言语：自然不随意在一朵花上多生一根毫毛。你瞧，真是……”

两人合并起来应有八十年的寿命，但却为那点生命不过数日在晨光积露中的草花，颜色与配置，吸引了过去，徘徊了约十分钟左右。两人一面望到这黄花作了一些愉快而又坦白的谈话，另外远处一个女人的歌声，才把他们带回到“人事”上来。

歌声如一线光明，清新快乐浮荡在微湿空气中，使人神往情移。

城市中人说：“总爷，ＸＸ地方使人言语华丽的理由，我如今可明白了，因为你们这地方有一切，还有这种悦耳的歌声！”

总爷微微笑着，望到歌声所在一方，“老师，你这句话应当留下来说给那些唱歌人听的，这是一句诚实的话。可是你得谨慎一点，因为每一滴放光的露珠，都可以湿了你的鞋子，莫让每一句歌声，在你情感上中毒，是一件要紧的事。”

城市中人说：“我盼望你告我在这些事上，神所持的见解。”

“神对此事毫无成见，神之子对此事却有一种意见，当ＸＸ族神巫独身各处走去替边境上人民禳鬼悦神时节，走过我们这里的长岭，在岭上却说下了那么两句话：好烧酒醉人三天，好歌声醉人三年。这个稍嫌夸张的形容，增加了本地的光荣。但这是一个笑话，因为那体面人并没有被歌声所醉，却爱上了哑子的。”

“我愿意明白这个神巫留在王杉堡上的一切传说。”

于是总爷把这个神巫的一切，为他的朋友一一述说，到后他们上了长坂，便望到矿山一切，且听到矿山方面石工的歌声同敲打石头声音了，他们不久就进到那个古怪地方，让一个石洞所吞灭了。

八　在栗林中

秋天为一切圆熟的时节。从各处人家的屋檐下，从农夫脸上，从原野，从水中，从任何一处，皆可看到自然正在完成种种，行将结束这一年，用那个严肃的冬来休息这全世界。但一切事物在成熟的秋天，凝寒把温露结为白霜以前，反用一种动人的几乎是妩媚的风姿，照耀人的眼目。春天是小孩一般微笑，秋天近于慈母一般微笑。在这种时节，照例一切皆极华丽而雅致，长时期天气皆极清和干爽，蔚蓝作底的天上，可常见到候鸟排成人字或一字长阵写在虚空。晚来时有月，月光常如白水打湿了一切：无月时繁星各依青天，列宿成行有序。草间任何一处皆是虫声，虫声皆各如有所陈诉，繁杂而微带凄凉。薄露湿人衣裳，使人在“夏天已去”的回忆上略感惆怅。天上纤云早晚皆为日光反照成薄红霞彩，树木叶子皆镀上各种适当其德性的颜色。在这种情形下，在ＸＸ堡墙上，每日皆可听到ＸＸ人镂银漆朱的羊角，芦叶卷成的竖笛，应和到ＸＸ青年男女唱歌的声音，这声音浮荡在绣了花朵的平原上，徘徊在疏疏的树林里。

用那么声音那么颜色装饰了这原野，应是谁的手臂？华丽了这原野，应是谁所出的主意？

若按照矿地那个一方之主的言语说来，ＸＸ一切皆为镇筸地方天神所支配，则这种神的处置，是使任何远方来客皆只有赞美和感谢言语的。

各处歌声所在处，皆有大而黑的眼睛，同一张为日光所炙颜色微黑的秀美脸庞。各处皆不缺少微带忧郁的缠绵，各处却泛溢到欢乐与热情。各处歌声所在处，到另一时节，皆可发现一堆散乱的干草，草上撒满了各色的野花。

年岁去时没有踪迹，忧愁来时没有方向。城市中人在这种情形中，微觉得有种不安，扰乱到这个端谨自爱的城市中人的心情。每日骑了马到ＸＸ附近各处去，常常就为那个ＸＸ地方随处可遇的现象所摇动，先是常常因此而微笑，到后来却间或变成苦笑了。这个远方客人他缺少什么呢？没有的，这城市中人并不缺少什么，不过来到此间，得到些不当得到的与平时不相称的环境，心中稍稍不安罢了。

在新寨路上同总爷所说的话，有些地方他没有完全忘记，但这个一地之长原有一半当成笑话同他朋友说到的。他知道他朋友的为人，正直而守分，不大相信ＸＸ的女人会扰乱这个远客的心绪，也不担心那种笑话有如何影响。一个城里绅士，在平时常常行为放荡言语拘谨，这种人平时照例不说女人的。但另外还有一种人，常常在某一时，言语很放肆随便，照那种陌生人看来，还几几乎可以说是稍轻佻一点，但这种人行为却端谨自爱，是一个无折无扣的君子。ＸＸ的堡上的主人，把他的朋友的身分，在安置较后一种人的身分上。正因为估计到这城里人不会有什么问题，故遇到并辔出游时，总指点到那些歌声所在处，带着笑谑，一一告给他的朋友，这里那里全是有放光的眼睛同跳动的心的地方。或者遇到他朋友独自从外边骑马散步归来时，总不免带了亲切蕴藉的神气，问到这个朋友：

“从城里来打猎的人，遇到有值得你射一箭的老虎没有？”

城里这一个，便微微笑着，把头摇摇，作了一个比平常时节活泼了点的表示，也带了点诙谐神气，回答他的朋友：

“在出产宝石的宝石坑边，这人照例是空手的。因为他还不能知道那一颗宝石比其余宝石更好！”

那寨主便说：“花须用雨水灌溉，爱须用爱情培养：在这里，过分小心是不行的，过分拘持则简直是一种罪过。”

“我记到你前一次在路上所引那两句诗：朱华不觉得骄人，白露不能够怜人。胆小心怯的理由，便是还不忘记这两句诗。”

“是的，老师，龙朱说过的两句话，画出了ＸＸ女人灵魂的轮廓。可是照到他另一个歌上的见解，却有下面的意思：爱花并不是爱花的美，只为自己年青；爱人不徒得女人的爱，还应当把你自己的青春赠给她。爱是权利同义务相纠结揉杂的。凡打量逃避这义务的人，神不能保佑他。”

“可是宝石是五色的，谁应当算最好的一颗？”

“一切你觉得好的，照到这里规矩，你都可以用手去拾取！”

“我不知道如何……”

“是的，老师，我明白你的意思，在城市里你应当用谦卑装饰你女人的骄傲，用绫罗包裹你女人的身体，这是城里的规矩。你得守到这种规矩，方可以得到女人。可是这里一切都用不着！这是边境地方，是ＸＸ，是神所处置的地方。这里年青女人，除了爱情以及因爱情而得的知慧和真实，其余旁的全无用处的。你不妨去冒一次险，遇到什么好看的脸庞同好看的手臂时，大胆一点，同她说说话，你将可以有福气听到她好听的声音。只要莫忘了这地方规矩，在女人面前不能说谎；她问到你时，你得照到她要明白的意思一一答应，你使她知道了你一切以后，就让她同时也知道你对于她的美丽所有的尊敬。一切后事尽天去铺排好了。你去试试吧，老师，让那些放光的手臂，燃烧你的眼睛吧。不要担心明天，好好处置今天吧。你在城市时，我不反对你为过去的历史和未来的希望而生活，到这里却应当为生活而生活。一个读书人只知道明天和昨天，我要你明白今天。”

城中人听到这种说教，就大笑了。“这种游戏，可不成了……”

那寨主不许他的朋友有说下去的机会就忙说：“老师，我问你，猎虎是什么？猎虎也是游戏！一切游戏都只看你在那个情形中，是不是用全生命去处置。忠于你的生命，注意一下这一去不来的日子，春天时对花赞美，到了秋天再去对月光惆怅吧。一切皆不能永远固定，证明你是个活人，就是你能在这些不固定的一小点上，留下你自己的可追忆的一点生活，别的完全无用！”

两人虽那么热烈的讨论到这件事情，但两人仍然是当作一种笑话，并不希望这事将成为一种认真事件的。但在另一时，却因此有些小问题，使城里这一个费了些思索。笑话不会有多少偏见，却并不缺少某种真理。当寨主的笑话，到城里那一个独自反复想到时，这些笑话在年青人感情上发了酵，起了小小中毒的现象。一面听到ＸＸ人的歌声，一面就常在自己的灵魂上，听到一种呼唤，“学科学的人，你是不行的。你不能欣赏历史，就应当自己造成一点历史！”一个人为了明白自己将来还有一段长长的寂寞日子，就为了这点原因，在他年青时忽然决定了他自己，在自己生活中造作出一种惊人的历史，这样事情应当是可能的。

可是这历史如何去创造呢？谁给他那点狂热，谁能使他在一个微笑上发抖，谁够得上占领这个从城市里来的年青人的尊贵的心？

“一切草木皆在日光下才能发育，X X 人的爱情也常存在日光中。”城市中人怀了一种期待，上了 X X 石堡的角楼上，眺望原野的风光。一片温柔的歌声摇撼到这个人的灵魂，这歌声不久就把他带出了城堡，到山下栗林去了。

栗林位置在石堡前面坡下约半里，沿了那一片栗林，向南走去，便重新上了通过边界大岭的道路。向东为去矿场的路。向西为大岭一支脉，斜斜的拖成长陇，约有二里左右。陇坂上有桐茶漆梓，有王杉，有分成小畦栽种红薯同黍米的山田。大岭那一面，遍岭皆生可以造纸的篁筱，长年作一片深绿，早晚在雾里则多变成黑色。堡前平田里，有穿了百衣背负稻草的女人，同家中的狗慢慢走着，这女人是正在预唱的。在陇坂山田上，同大岭篁筱里，皆有女人的歌声。栗林里有人吹羊角，声音低郁温柔如羊鸣。

城市中人到了栗林附近，为那个羊角声音所吸引，所感动，便向栗林走去。黄黄的日头，把光线从叶中透过去，落叶铺在地下有如一张美丽的毡毯。在栗林里，一个手臂裸出的小孩子，正倚着一株老栗树边，很快乐的吹他那个漆有朱红花纹的羊角，应和到远处的歌声，一见了生人，便用一种小兽物见生人后受惊的样子，望到这个不相识的人一笑，把角声止住了。城市中人说：

“小同年，你吹得不坏。”

小孩子如一个山精神气，对到陌生人狡猾的摇着头，并不回答。

城市中人就说：“你把那个给我看看。”小孩子仍然不说什么，只望到这生人，望了一会，明白这陌生人不可怕了，就把手上的羊角递给了他。原来这羊角的制作是同巫师用的牛角一样的，形制玲珑精巧，刮磨得十分光滑，在羊角下部，还用朱红漆绘了极美丽的曲线和鱼形花纹。角端却用芦竹作成的簧，角上较前一部分还凿了三个小孔，故吹来声音较之牛角悦耳。城市中人见到这美丽东西，放在自己口上去吹出了几个单音，小孩见到就笑了。小孩“哪、哪、哪”的喊着笑着，把羊角攫回来，很得意的在客人面前吹了起来。且为了陇上的歌声变了调子，又在那个简单乐器上，用一只手捂到小孔，一只手捂了角底，很巧妙的吹出一个新鲜拍子，应和到那远处的歌声。

一会儿，一样东西从头上掉落下来，吓了城市中人一跳，小孩子见到这个却大笑了。原来头上掉下的是自己爆落的栗子，小孩子见到这个，记起对于客人的尊敬了，把羊角塞到腰间，一会儿就爬上了栗树，摘了好些较嫩的刺球从树上抛下来，旋即同一只小猴子一般溜下来，为客人用小石槌出刺球中半褐半白的栗子，捧了一手献给客人，且用口咬着栗子，且告给客人：“这样吃，这样吃，你会觉得有桂花味道哪。”

城市中人于是便同小孩坐到树下吃那有桂花风味的栗子，一面听陇坂上动人的歌声。过一会，却见到小孩忙把羊角取出，重新吹了几下，另外地方有人喊着，小孩锐声回答着，“呦……来了！”到后便向客人笑了一下，同一只逃走的小獐鹿一样，很便捷的跑去，即刻就消失了。

栗林中从小孩走后，忽然清静了。城市中人便坐下来，望到树林中那个神奇美妙的日光，微笑着，且轻轻叹息着。

忽然近处一个女子的歌声，如一只会唱的鸟，啭动了它清丽的喉咙。这歌声且似乎越唱越近，若照他的估计没有错误，则这女人应是一个从陇上回到矿场的人，这时正打量从栗林中一条捷路穿过去，不到一会儿就应当从他身边走过的。他便望到歌声泛溢的那一方，不过一刻，果然就见到一条蓝色的裙同一双裸露着长长的腿子，在栗林尽头灌木丛中出现了。再一会儿全身出现后，城市中人望到了她，她也望到了城市中人，就陡然把歌声止住，站定不动了。一个ＸＸ天神的女儿，一个精怪，一个模型！那种略感惊讶的神情，仍然同一只獐鹿见了生人神情一样。但这个半人半兽的她并不打量逃跑，略迟疑了一下，就抿了嘴仍然走过来了。

城市中人立起挡着了这女人的去路，因为见到女子手腕上挂了一个竹篮，篮内有些花朵同一点紫色的芝菌，就遵守了ＸＸ人语言的习惯，说：

“你月下如仙日下如神的女人，你既不是流星，一个远方来的客人，愿意知道你打那儿来，打那儿去，并且是不是可以稍稍停住一下？”

女孩子望到面前拦阻了她去路的男子，穿着一种不常见的装束，却用了异方人充满了谦卑的悦耳声音，向自己致辞，实在是一点意外的事，因此不免稍稍显得惊愕，退了两步，把一双秀美宜人的眼睛，大胆的固执的望到面前的男子，眼光中有种疑问的表情，好像在那么说着：“你是谁，谁派你来到这地方，用这种同你身分不大相称的言语，来同一个乡下女人说话？”可是看到面前男子的神气，到后忽然似乎又明白了，就露出一排白白的细细的牙齿笑了。

因为那种透明的聪慧，城市中人反而有些腼腆了，记起了那个一地之长所说的种种，重新用温柔的调子，说了下面几句话。

“平常我只听说有毒的菌子，

今天我亲自听到有毒的歌……”

他意思还要那么说下去的，“有毒的菌子使人头眩，有毒的歌声使人发抖。”

女孩子用ＸＸ年青女孩特有的风度，把头摇摇作了一个否认的表示，就用言语截断了他的空话：

“好菌子不过湿气蒸成，谁知道明后日应雨应晴？

好声音也不过一阵风，风过后这声音留不了什么脚踪。”

城市中人记起了酒的比喻，就说：

“好烧酒能够醉人三天，

好歌声应当醉人三年。”

女孩子听到这个，把三个指头伸出，似乎从指头上看出三年的意义，望到自己指头好笑，随口接下去说：

“不见过虎的人见猫也退，

不吃过酒的人见糟也醉。”

说完时且大笑了。这笑声同丽态在一个男子当前，是危险的，有毒的，这一来，城市中人稍稍受了一点儿窘，仿佛明白这次事情要糟了，低下头去，重新得到一个意思，便把头抬起，对到女孩，为自己作了一句转语：

“我愿作朝阳花永远向日头脸对脸，

你不拘向那边我也向那边转。”

一线日光在女孩脸上正作了一种神奇的光辉，女孩子晃动那个美丽的头颅，听到这个话后，这边转转，那边转转，逃避到那一线日光，到后忽然就停住了，便轻轻的说：

“风车儿成天团团转，

风过后它也就板着脸。”

说了又自言自语的说：

“朝阳花可不容易作，

风车儿未免太活泼。”

但一切事情却并不那么完全弄糟，女孩子的机知和天真是同样在人格上放光的东西，一面那么制止到这个客人对于她的荒唐妄想，一面却依照了陌生人的要求，在那栗树浮起的根上，很安静的坐下了。她坐在陌生人面前，神气也那么见得十分自然，毫不慌张，因此使城中人在说话的音调上，便有一点儿发抖。等到这陌生男子把话说过后，不能再说了，就把嘴角缩拢，对陌生的客人作了一个有所惑疑的记号。低低的说道：

“好看的云从不落雨，

好看的花从不结实。”

见陌生人不作声，以为不大明白那意思了，就解释着：

“好听的话使人开心，

好听的话不能认真。”

城市中人便作了一些年青男子向一个女子的陈诉；这陈诉带了ＸＸ人所许可的华丽与夸张，自然是十分动人的。他把女人比作精致如美玉，聪明若冰雪，温和如棉絮。他又把女人歌声比作补药，眼光比作福祐。女人在微笑中听完了这远方人混和热情与聪明的陈诉，却轻轻的说：

“客人口上华丽的空话，

豹子身上华丽的空花；

一面使人承认你的美，
一面使人疑心你有点儿诡。”

说到末了时，便又把头点点，似乎在说：“我明白，我一切明白，我不相信！”这种情形激动了城市中人的血流，想了一会，他望到天，望到地，有话说了。他为那个华丽而辩护：

“若华丽是一种罪过，
天边不应挂五彩的虹；
不应有绿草，绣上黄色的花朵；
不应有苍白星子，嵌到透蓝的天空！”

女孩子不问断的把头摇着，表示异议。那个美丽精致的头颅，在细细的纤秀颈项上，如同一朵百合花在它的花柄上扭动。

“谁见过天边有永远的虹？
问星子星子也不会承认。
我听过多少虫声多少鸟声，
谎话够多了我全不相信。”

城市中人说：

“若天上无日头同雨水，
五彩虹自然不会长在眼前，
若我见到你的眼睛和手臂，
赞美的语言将永远在我的口边。”

女孩子低声的说了一句“呵，永远在口边，也不过是永远在口边！”自己说完了，又望望面前陌生客人，看清楚客人并不注意到这句话，就把手指屈着数下来，一面计数一面说：

“日头是要落的，花即刻就要谢去，
脸儿同嘴儿也容易干枯。”

数完了这四项，于是把两只圆圆的天工制作的美丽臂膀摊开，用一个异常优美风度，向陌生人笑了一下，结束了她的意见，说了下面的话：

“我明白一切无常，一切不定，
无常的谎谁愿意认真去听？”

一个蜂子取了直线由西向东从他们头上飞过去，到后却又飞回来，绕了女孩子头上盘旋一会，停顿在一旁竹篮的花上了。这蜂子帮助了城市中人的想象。

“正因为一切无常，一切在成，一切要毁。

一个女人的美丽，最好就是保存在她朋友的记忆里。

不管黄花朱花，从不拒绝蜂子的亲近，

不拘生人熟人，也不应当拒绝男子的尊敬。”

女孩子就说：

“花朵上涂蜜想逗蜂子的欢喜，

言语上涂蜜想逗女子的欢喜；

可惜得很——

大屋后青青竹子它没有心，

四月里黄梅天气它不会晴。”

城市中人就又引了龙朱的一些金言，巫师的一些歌词，以及从那个一地之长的总爷方面听来的ＸＸ人许多成语，从天上地下河中解释到他对于她所有的尊敬，这种动人的诉说，却只得到下面的反响。

“菠菜茼蒿长到田坪一样青，

这时有心过一会儿也就没有心。”

把话说过后，乘到陌生人低下头去思索那种回答的言语时，这女孩子站了起来，把篮子挂在手腕上，好像一枝箭一样，轻便的，迅速的，向栗林射去，一会儿便消灭了。

城市中人望到那个女孩子所去的方向，完全痴了。可是他到后却笑了，他望过无数放光的星子，无数放光的宝石，今天却看到了一个放光的灵魂。他先是还坐到栗林里渗透了灿烂阳光的落叶上面，到后来却到那干燥吱吱作响的落叶上面了。

“家养的鸟飞不远。”这句话使他沉入深邃的思索里去。

九　日与夜

那个从城市中来此的人，对于王杉古堡总爷口说的神，同他自己在栗林中眼见的人，皆给他一种反省的刺激，都市的脉搏，很显然是受了极大影响的。这边境陌生的一切，正有力的摇动他的灵魂。即或这种安静与和平，因为它能给人以许多机会，同一种看来仿佛极多的暇裕，尽人思索自己，也可以说这要安静就是极怕人的。边境的大山壮观而沉默，人类皆各按照长远以来所排定的秩序生活下去。日光温暖到一切，雨雪覆被到一切，每个人民皆正直而安分，永远想尽力帮助到比邻熟人，永远皆只见到他们互相微笑。从这个一切皆为一种道德的良好习惯上，青年男女的心头，皆孕育到无量热情与知慧，这热情与知慧，使每一个人感情言语皆绚丽如锦，清明如水。向善为一种自然的努力，虚伪在此地没有它的位置。人民皆在朴素生活中长成，却不缺少人类各种高贵的德性，城市中人因此常常那么想着：若这里一切一切全是很好的，很对的，那么，在另外许多地方，是不是有了一点什么错误？这种思想自然是无结果的，因为一个城市中人来过分赞美原始部落民族生活的美德，也仍然不免成为一种偏见！

到了这地方后，暂时忘了都市那一面是必须的。忘掉了那种生活，那种习气，那种道德，但这个城市中人，把一切忘掉以后，还不能忘记一个住在都市的好友。那朋友是一个植物学者，又对于自然宗教历史与仪式这种问题发生了极大的兴味，这城市中人还没有到ＸＸ地方以前，就听到那个知识品德皆超于一切的总爷，谈到许多有毒的草木，以及ＸＸ地方信神的态度，以及神与人间居间者的巫觋种种仪式，因此在一点点空闲中，便写了一个很长的信，告给他朋友种种情形。在这个信里述说到许多琐碎事情，甚至于把前些日子在栗林中所发生的奇遇也提到了。那信上后面一点那么说：

……老友，我们应当承认我们一同在那个政府里办公厅的角上时，我们每个日子的生活，都被事务和责任所支配；我们所见的只是无数标本，无量表格，一些数目，一堆历史：在我们那一群同事方面的脸上，间或也许还可以发现一个微笑，但那算什么呢？那种微笑实在说来是悲惨的，无味的，那种微笑不过说明每一个活人在事务上过分疲倦以后，无聊和空虚的自觉罢了。在那种情形下，我们自然而然也变成一个表格，和一个很小的数目了。可是这地方到处都是活的，到处都是生命，这生命洋溢于每一个最僻静的角隅，泛滥到各个人的心上。一切永远是安静的，但只需要一个人一点点歌声，这歌声就生了无形的翅膀各处飞去，凡属歌声所及处，就有光辉与快乐。我到了这里我才明白我是一个活人，且明白许多书上永远说得胡涂的种种。

老友，我这报告自然是简单的，疏略的，就因为若果容许我说得明白一点，这样的叙述，没有三十页信纸是说不够的。王杉堡上的总爷说得不错，照他意思，文字是不能对于神所统治神所手创的一切，加以谀词而得其当的。我现在所住地方，每一块石头，每一茎草，每一种声音，就不许可我在文字中找寻同它们德性相称的文字。让我慢慢的来看吧，让我们候着，等一会儿再说。我住到这里，请你不必为我担心，因为照到我未来此以前，我们原是为了这里的一切习俗传说而不安的，但这不安可以说完全是一件无益的事。还请你替我告给几个最好的同事，不妨说我正生活在一个想象的桃源里。

那个矿洞我同那个总爷已看过了，这是一个旧矿，开采的年代，恐怕应当在耶稣降生前后。照地层大势看来，地下的埋藏量还十分可观。不过他们用得全是一种土法开采，迟缓而十分耗费，这种方法初初见到使我发笑，这方法，当汉朝帝王相信方士需用朱砂水银时，一定就应当已经知道运用了。他们那种耗费说来实在使我吃惊。可是，在这里我却应当告给我的老友，这地方耗费矿砂，可从不耗费生命。他们比我们明白生命价值，生活得比我们得法。他们的身体十分健康，他们的灵魂也莫不十分健康。在知慧一方面，譬如说，他们对于生命的解释，生活的意义，比起我们的哲学家来，似乎也更明慧一点。

…………

这完完全全是一个投降的自白！使这城市中来人那么倾心，一部分原因由于自己的眼见目及，一部分原因却是那个地位高于一切代表了ＸＸ地方知慧与德性发展完全的总爷。数日来ＸＸ地方环境征服了这个城市中人，另外那一个人，却因为他的言语，把城市中人观念也改造了。

他们那次第一回看过了矿坑以后，又到过了许多矿工家中去参观了一会的。末了且在那荒石堆上谈了许久，才骑了牲口，从大岭脚下，绕了一点山路，走过王杉古堡的后面树林中去。在大岭下他们看了本地制纸工厂，在树林中欣赏了那有历史记号的各种古树。两人休息到一株极大的杉树下面大青石板上时，王杉古堡的总爷，就为他的朋友，说到这树林同城堡的历史，且同时极详尽的指点了一下各处的道路。这城市中人，因此一到不久，堡上附近地方就都完全熟习了。

可是在矿地他遇见了一件新鲜事情。

矿地附近的市集是极可观的，每逢一六两日，这地方聚集了边境二十五里以内各个小村落的人民，到这里来作一切有无交易。一到了那个日子，很早很早就有人赶来了，从这里就可以见到各色各样的货物，且可以认识各色各样的人物。来到集上的，有以打猎为生的猎户，有双手粗大异常的伐树人，有肩膊上挂了扣花搭裢从城中赶来的谷米商人，有穿小牛皮衣裤的牛羊商人，有大胆宽脸的屠户，有玩狗熊耍刀的江湖卖艺人——还有用草绳缚了小猪颈项，自己颈项手腕却带了白银项圈同钏镯，那种长眉秀目的苗族女子；有骑了小小烟色母马，马项下挂了白铜铃铛，骑在马上进街的小地主。总之各样有所买卖的人，到了时候莫不来此，混在一个大坪里，各作自己所当作的事情。到了时候，这里就成为一个畜生与人拥挤扰嚷混杂不分的地方，一切是那么纷乱，却有一种鲜明的个性，留在一个异乡人印象上。

场坪内作生意的，皆互相大声吵闹着，争论着，急剧的交换到一种以神为凭的咒语。卖小猪的商人，从大竹笼里，拉了小猪耳朵，或提起小猪两只后脚，向他的主顾用边境口音大声讨论到价钱，小猪便锐声叫着，似乎有意混淆到这种不利于己的讨论。卖米的田主太太，包了白色首帕，站到篱前看经纪过斗。卖鸡的妇人，多蹲到地上，用草绳兜了母鸡公鸡，如卖儿卖女一样，在一个极小的价钱上常常有所争持，做出十分生意的神气。卖牛的卖去以后皆把头上缠一红布。牲畜场上经纪人，皆在肚前挂上极大的麂羊皮抱兜，成束的票据，成封的银元，皆尽自向抱兜里塞去，忙到各处走动，忙到用口说话，忙到用手作势，在一种不可形容的忙碌里处置一切。在成交以后，大家就喘着，嚷着，大笑着，向卖烧酒的棚子里走去，一面在那地方交钱，一面就在那里喝酒。

场坪中任何一处，还可以见到出色的农庄年青姑娘们，生长得苗条洁白，秀目小口，两乳高肿，穿了新浆洗过的浅色土布衣裳，背了黔中苗人用极细篾丝织成的竹笼，从这里小商人摊上，购买水粉同头绳，又从那里另一个小摊上，购取小剪刀同别的东西。

一切一切皆如同一幅新感觉派的动人的彩色图画，由无数小点儿，无数长片儿，聚集综合而成，是那么复杂，那么眩目，同时却又仍然那么和谐一致，不可思议。

还有一个古怪处所，为了那些猎户，那些矿工，那些带耳环的苗子，以及一些特殊人们而预备的，就是为了决斗留下的一个空坪。

X X 地方照边境一地之长的堡上总爷说来，似乎是从无流血事情的。但这个总爷，当时却忘记告给他朋友这一件事了。堡内外农民，有家眷的矿工，以及伐竹制纸工人，多数是和平无争的。但矿地从各处飘流而来的独身工人，大岭上的猎户，各苗乡的强悍苗人，却因了他们的勇敢、真实、以及男性的刚强，常常容易发生争斗。横亘边境一带大岭上的猎户，性格尤其不同平常，一个男子生下来就似乎只有两件事情可作，一是去深山中打猎，二是来场集上打架。当打猎时节，这些人带了火枪、地网、长矛子、解首刀、绳索、竹弩、以及分量适当的药物同饮食，离了家中向更深的山里走去，一去就十天八天，若打得了虎豹，同时也死去同伴时，就把死去的同伴掘坑埋好，却扛了死虎死豹还家。另一时，这些人又下了大岭来到这五日一集的场上，把所得到的兽皮同大蛇皮卖给那些由城里赶来收买山货的商人。仍然也是叫嚷同无数的发誓，才可以把交易说好。交易作成以后，得到了钱，于是这些人，一同跑到可以喝一杯的地方去，各据了桌子的一角，尽量把酒喝够了，再到一个在场头和驻军保护下设立的赌博摊上去，很豪迈也极公正的同人来开始赌博。再后一时，这些豪杰的钱，照例就从自己的荷包里，转移到那些穿了风浆硬朗衣服，把钱紧紧的捏着，行为十分谨慎的乡下人手上去了。等到把钱输光以后，一切事都似乎业已作过，凭了一点点酒兴，一点点由于赌博而来的愤怒，使每一个人皆在心上有一个小小火把，无论触着什么皆可燃烧。猎户既多数是那么情形，单身工人中不乏身强力大嗜酒心躁的份子，苗人中则多有部落的世仇，因此在矿山场坪外，牛场与杂牲畜交易场后面，便不得不转为这些人预备下一片空地，这空地上，每一场也照例要发生一两次流血战争了。

这战争在此是极合理的，同时又实在极公正的。猎户的刀无时不随身带上，工人多有锤子同铁凿，苗人每一只裹腿上常常就插有一把小匕首。有时这流血的事为两种生活不同的人，为了求得其平，各人放下自己的东西，还可以借用酒馆中特为备妥分量相等的武器，或是两把刀，或是两条扁担。这些事情发生时，凡属对于这件事情关心注意，希望看出结果的，都可以跑到那一边去看看。人尽管站到一个较高较远地方去，泰然坦然，看那些放光的铦利的刀，那么乱斫乱劈，长长的扁担，那么横来斜去，为了策略一类原因，两人有时还跑着追着，在沉默里来解决一切，他们都有他们的规矩，决不会对于旁边人有所损害。这些人在这时血莫不是极热的，但头脑还是极清楚的。在场的照例还有保正甲长之类，他们承认这种办法，容许这种风气，就为得是地方上人都认为在法律以外的争持，只有在刀光下能得其平，这种解决既然是公正的，也就应当得到神的同意。

照通常情形，这战争等到一个人倒下以后，便应当告了结束。那时节，甲长或近于这一类有点儿身分的人物，见到了一个人已倒下，失去了自主防御能力时，就大声的喊着，制止了这件事情，于是一切人皆用声音援助到受伤者：“虎豹不吃打下的人，英雄也不打受伤的虎豹!”照ＸＸ风气，向一个受伤的东西攻击，应是自己一种耻辱，所以一切当然了事了。大家一面喊着一面即刻包围拢去，救护那个受伤的人，得胜的那一个，这时一句话不说，却慢慢的从容的把刀上的血在草鞋底上擦拭，或者丢下了刀，走到田里去浣洗手上血污。酒馆中主人，平常时节卖给这些人最酽冽的烧酒，这时便施舍给他们最好的药。他有一切合用的药和药酒，还大多数在端午时按了古方制好的，平时放到小口磁瓶中，挂到那酒馆墙壁上，预备随时可以应用。一个受刀伤的人，伤口上得用药粉，而另外一点，还得稍稍喝一杯压惊！在这件事情上，那酒馆主人显得十分关心又十分慷慨，从不向谁需索一个小钱。到后来受伤者走了，酒馆主人无事了，把刀提回来挂好，就一面为主顾向大坛中舀取烧酒，一面同主顾谈到使用他那刀时的得失，作一种纯然客观无私的批评，从他那种安适态度上看来，他是不忘记每一次使用过他那两把刀的战争，却不甚高兴去注意到那些人所受的痛苦的。

这种希奇的习俗，为这个城市中人见到以后，他从那小酒馆间明白了一切。回到堡上吃晚饭时，见到了ＸＸ堡上总爷，就说给那个总爷知道，在那城市中人意见上看来，过分的流血，是一件危险事情，应当有一种办法，加以裁判。

“老师，我疏忽得很，忘了把这件事先告给你，倒为你自己先发现了。”总爷为他朋友说明那个习俗保存的理由。“第一件事，你应当觉得那热心的老板是一个完美无疵的好人；因为他不借此取利。其次你应当承认那种搏击极合乎规矩；因为其中无取巧处。……是的，是的，你将说：既然ＸＸ地方神是公平的，为什么不让神来处置呢？我可以告你他们不能因为有即无流血的理由。ＸＸ的神是能主持一切的，但若有所争持，法律不得得其平，把这个裁判委托于神，在神前发誓，需要一只公鸡，测验公理则少不了一锅热油。这些人有许多争持只是为了一点名誉，有些争持价值又并不比一只鸡或一锅油为多，老师，你想想，除了那么很公平来解决两方的愤怒，还有什么更好方法没有？按照一个猎户，或一个单身工人，以及一个单纯直率的苗人男性气质而言，他们行为是很对的。”

那城市中人说：“初初见到这件事情时，我不能隐藏我的惊讶。”

“那是当然的，老师。但这件事是必然的，我已经说过那必然的道理了。”

城市中人对于那两把备好的武器，稍稍显出了一点城市中人的气分，总爷望到他的朋友，有可嘲笑的弱点，所以在谈话之间，略微露了一点怜悯神气。城市中人明白这个，却毫不以为侮，因为他就并不否认这种习惯。他说："若我们还想知道一点这个民族业已消灭的固有的高尚和勇敢精神，这种习俗原有它存在的价值。"

"老师，我同意你这句话。这是决斗！这是种与中国一切原始的文明同时也可称为极美丽的习俗，行将一律消灭的点点东西！都市用陷害和谋杀代替了这件事，所以欧洲的文明，也渐少这种正直的决斗了。"

"总爷，你的意见我不能完全相同，谋杀同陷害是新发明的吗？绝对不是。中国的谋杀和陷害，通行到有身分那个阶级中，同中国别方面文明一样极早的就发达了，所有历史，就充满了这种记载。还有，若果我们对这件事还不缺少兴味，这件事……喔，喔，我想起来了，X X 地方的蛊毒，一切关于边地的记载，皆不疏忽到这一点，总爷，你是不是能够允许我从你方面知道一点详细情形？"

"关于这件事，我不明白应当用什么话来答复你了，因为我活到这里五十年，就没有见到过一次这样以毒人为职业的怪物，从一些旅行者以及足迹尚不经过 X X 地方的好事者各样记载上，我却看了许多荒唐的叙述。那些俨然目睹的记录，实在十分荒唐可笑。但我得说：毒虫毒草在这里是并不少的。那些猎户装在小小弩机竹箭上的东西，需要毒药方能将虎射倒的，那些生在路旁的草，可以死人也可以生人。但这些天生的毒物，决不是款待远客而预备的！"

"我的朋友之一，曾说过这不可信的传说，应溯之于历史'反陷害'谣言那方面去。江充用这方法使一个皇帝杀了一个太子，草蛊的谣言，则在另一时，或发生过不少民族流血的事情。"

"老师，贵友这点意见我以为十分正确，使我极端佩服。不过我们既不是历史专家，说这个不能得到结果吧。我相信蛊毒真实的存在，却是另外一种迷惑，那是不可当的，无救药的。因为据我所知，边界地方女孩子的手臂同声音，对于一个外乡年青人，实在成为一种致命的毒药。"

"总爷，一切的水皆得向海里流去，我们的问题又转到这个上面来了。我不欲向你多所隐瞒，我前日实在遇了一件希奇事情。"这城市中人就为他的朋友，说到在栗林中所见所闻，那个女子在他印象上，占了一个如何位置。他以为极可怪处，并不因为那女子的美丽，却为了那女子的聪明。由于女子的影响，他自己也俨然在那时节知慧了许多，这是他所不能理解的。

他说得那么坦白，说到后来，使那个堡上总爷忍不住了他的快乐的笑容。

总爷说……

那时两个人正站到院落中一株梧桐下面，还刚吃完了晚饭不久，一同昂首望到天空。白日西匿，朗月初上，天空青碧无际。稍前一时，以堡后树林作为住处的鹰类同鸦雀，为了招引晚归的同伴，凭了一种本能的集群性，在王杉古堡的高空中，各用身体作一流动小点，聚集了无数羽禽，画了一个极大圆圈，这圆圈向各方推动，到后皆消灭到树林中去了。代替了这密集的流动黑点的，便是贴在太空浅白的星宿。总爷询向他的朋友，是不是还有兴味，同到堡外去走走。

不久他们就出了这古堡，下了斜坡，到平田一角的大路上了。

平田远近皆正开始昆虫的合奏，各处皆有乳白色的薄雾浮动，草积上有人休憩，空气中有一种甜香气息。通过边地大岭的长坂上，有从矿地散场晚归乘了月色赶过大岭的商人，马项下铜铃声音十分清澈。平田尽头有火光一团，火光下尚隐约可听到人语。边界大岭如一条长蛇，背部极黑，岭脚镶了薄雾成银灰色。回过头去，看看那个城堡，月光已把这城堡变了颜色，一面桃灰，一面深紫，背后为一片黑色的森林，衬托出这城堡的庞大轮廓，增加了它的神秘意味，如在梦中或其他一世界始能遇到的境界。

一切皆证明这里黄昏也有黄昏的特色。城市中人把身体安置到这个地方，正如同另一时把灵魂安顿到一片音乐里样子，各物皆极清明而又极模糊，各事皆如存在如不存在，一面走着一面不由得从心中吐出一个轻微叹息。这不又恰恰是城市中人的弱点了吗？总爷已注意到他的朋友了。

“老师，你瞧，这种天气，给我们应是一点什么意义！”

“从一个城市中人见地说来，若我们装成聪明一点，就应当作诗，若我们当真聪明，就应当沉默。”

“是的，是的，老师。你记起我上一次所说那个话，你同意我那种解释了。在这情形下面，文字是糟粕之糟粕。在这情形里口上沉默是必需的，正因为口上沉默，心灵才能欢呼。（他望了一下月光）不过这时还稍早了一点，等一等，你会听到那些年青喉咙。对于这良夜诉出的感谢，与因此而起爱悦。若果我们可以坐到前面一点那个草积上去，我们不妨听到二更或三更。在这些歌声所止处，有得是放光的眼睛，柔软的手臂，以及那个同夜一样柔和的心。我们还应当各处走去，因为可以从各种鸟声里，停顿在最悦耳那一个鸟身边。”

“在新鲜的有香味的稻草积上，躺下来看天上四隅抛掷的流星，我梦里曾经过那么一次。”

“老师，快乐是孪生的，你不妨温习一下旧梦。”

两人于是就休息到平田中一个大草积上面，仰面躺下了。深蓝而深静的天空，嵌了一些稀稀的苍白色星子，覆在头上美丽温柔如一床绣花的被盖，月光照及地方与黑暗相比称，如同巧匠作成的图案。身旁除草虫合奏外，只听到虫类在夜气中振翅，如有无数生了小小翅膀的精灵往来。

那城市中人说：“总爷，恢复了你ＸＸ人的风格，用你那华丽的语言，为这景色下的传说，给一张美丽图画吧。”

堡上总爷便为他的朋友，说了一些ＸＸ人在月光下所常唱的歌，以及这歌的原来产生传说。那种叙述是值得一听的，叙述的本身同时就是一首诗歌，城市中人听来忘了时间的过去。若不为了远处那点快乐而又健康的男子歌声截断了谈话，两个人一定还不会急于把这谈话结束。

我不问乌巢河有多少长。
我不问萤火虫能放多少光：
你要去你莫骑流星去，
你有热你永远是太阳。
你莫问我将向那儿飞，
天上的岩鹰鸦雀都各有窠归。

既是太阳时候也应回山后，
你只问月亮“明夜里你来不来？”

这歌声只是一片无量无质滑动在月光中的东西，经过了堡上总爷的解释，城市中人才明白这是黄昏中男女分手时节对唱的歌，才明白那歌词的意义。总爷等候歌声止了以后，又说：“老师，你注意一下这歌尾曳长的‘些’字，这是跟了神巫各处跑去那个仆人口中唱出的，三十年来歌词还鲜明如画！这是楚辞的遗音，足供那些专门研究家去讨论的。这种歌在ＸＸ农庄男女看来是一点补剂，因为它可以使人忘了过分的疲倦。”

城市中人则说因了总爷的叙述，使听者实在就忘了疲倦。且说他明白了一种真理，就是从那些吃肉喝酒的都会人口里，只会说出粗俗鄙俚的言语，从成日吃糙米饭的人口中，听出缠绵典雅的歌声，这种巧妙的处置，使他为神而心折。

他们离开草积后，走过了上次城市中人独自来过的栗林，上了长垅，在陇脊平路上慢慢的走着，游目四瞩，大地如在休息，一匹大而飞行迅速的萤火虫，打两人的头上掠过去，城市中人说：

“这个携灯夜行者，那么显得匆忙。”

总爷说：“这不过是一个跑差赶路的萤火虫罢了。你瞧那一边，凤尾草同山栀子那一方面，不是正有许多同我们一样从容盘桓的小火炬吗？它们似乎并不为照自己的路而放光，它们只为得是引导精灵游行。”

两人那么说着笑着，把长垅已走尽了，若再过去，便应向堡后森林走去了，城市中人担心到在那些大树下面遇着大蛇，故请求他的朋友向原来的路走回。他们在栗林前听到平田内有芦管奏曲的声音，两人缓缓的向那个声音所在处走去，到近身时在月光下就看到一个穿了白色衣裤的农庄汉子，翻天仰卧在一个草积上，极高兴的吹他那个由两枝芦竹做成的管，两人不欲惊动这个快乐的人，不欲扫他的兴，就无声无息，站到月光下，听了许久。

月光中露水润湿了一切，那个芦管声音，到半夜后，在月下似乎为露水所湿，向四方飞散而去，也微微沉重一点。

十　神之再现

那个城里来的客人，拥着有干草香味的薄棉被，躺在细麻布帐子里，思索自己当前的地位。觉得来到这个古怪地方，真是一种奇遇。人的生活与观念，一切和大都市不同，又恰恰如此更接近自然。一切是诗，一切如画，一切鲜明凸出，然而看来又如何绝顶荒谬！是真有个神造就这一切，还是这里一群人造就了一个神？本身所在既不是天堂，也不像地狱，倒是一个类乎抽象的境界。我们和某种音乐对面时，常常如同从抽象感到实体的存在，综合兴奋，悦乐，和一点轻微忧郁作成张无形的摇椅，情感或灵魂，就俨然在这张无形椅子上摇荡。目前却从实现中转入迷离。一切不是梦，惟其如此，所得正是与梦无异的迷离。

感官崭新的经验，仿佛正在启发他，教育他。他漫无头绪这样那样的想：

……是谁派定的事？倘若我当真来到这个古怪地方，爱上了一个女孩子，我是留在这里享受荒唐的热情，听这个神之子支配一生，还是把她带走，带她到那个被财富，权势，和都市中的礼貌，道德，成衣人，理发匠，所扭曲的人间去，虐待这半原始的生物肉体与灵魂？

他不由得不笑将起来，因为这种想象散步所走的路似乎远了一点，不能不稍稍回头。一线阳光映在木条子窗格上。远处有人打水摇轴轳，声音伊伊呀呀，犹如一个歌者在那里独唱，又似乎一个妇人在那里唤人。窗前大竹子叶梢上正滴着湿露。他注意转移到这些耳目所及的事实上来了。明白时候不早，他应当起床了。

他打量再去矿山看看，单独去那里和几个厂家谈谈，询问一下事变以前矿区的情形。他想“下地”也不拒绝“上天”。因为他估计栗林中和他谈话那个女孩子应当住在矿区附近，倘若无意中再和那女孩子碰头，他愿意再多知道一点点那女人的身世。这憧憬与其说是恋爱，不如说是好奇。一个科学家的性格是在发掘和发现，从发掘到发现过程中就包含了价值的意义。他好像原谅了他自己，认为这种对于一个生物的灵魂发掘，原是一点无邪的私心。

起床后有个脸庞红红的青年小伙子给他提了一桶温水，侍候他洗脸。到后又把早饭拿来，请他用饭。不见主人。问问那小伙子，才知道天毛毛亮时已出发，过长岭办事去了，过午方能回来。城里来客见那侍候他的小伙子，为人乐观而欢喜说话，就和那小伙子谈天。问他乡下什么是顶有趣的东西，他会些什么玩意儿。小伙子只是笑。到不能不开口时，却说他会唱点歌逗引女子，也会装套捕捉山猫和放臭屁的黄鼬鼠。他进过两次城，还在城中看过一次戏，演的是武松打虎。又说二三月里乡下也有戏，有时从远处请人来唱，有时本地人自己扮演，矿上卖荞麦面的老板扮秦琼，砦子里一个农户扮尉迟恭，他伏在地下扮秦琼卖马时那匹黄骠马。十冬腊月还愿时也有戏，巫师起腔大家和声，常常整晚整夜唱，到天亮前才休息。且杀猪宰羊，把羊肉放在露天大锅里白煮，末了大家就割肉蘸盐水下酒，把肉吃光，把羊头羊尾送给巫师。……

城市里的来客很满意这个新伙伴，问他可不可以陪过矿场去走走。小伙子说总爷原是要他陪客人的。

两人过矿场去时，从堡后绕了一点山路走去。从松林里过身，到处有小毛兔乱窜。长尾山雉谷谷的在林中叫着。树林同新洗过后一样清爽。

小伙子一路走一路对草木人事表示他的意见，用双关语气唱歌给城里客人听，一首歌俨然可得到两首歌的效果。

小伙子又很高兴的告给客人，今年满十五岁，过五年才能够讨媳妇。媳妇倒早已看妥了，就是砦子里那个扮尉迟恭黑脸农户的女儿。女的今年也十五岁，全砦子里五十六个女孩子，惟她辫子黑，眼睛亮，织麻最快，歌声最柔软。到成家时堡上总爷会送他一只母黄牛，四只小猪，一套做田的用具，以便独立门户。因为他无父无母，尉迟恭意思倒要他招赘，他可不干。他将来还想开油坊。开油坊在乡下是大事业，如同城里人立志要做督抚兵备道，所以说到这里时，说的笑了，听的也笑了。

城里人说："凡事有心总会办好。"

小伙子说："一个是木头，一个是竹子，你有心，他无心，可不容易办好。”

“别说竹子，竹子不是还可以作箫吗？”

“尉迟恭是个什么样的人你可不知道。”

山脚下一个小牧童伏在一只大而黑的水牯牛背上唱歌，声音懒懒的。小伙子打趣那牧童接口唱道：

你歌没有我歌多，
我歌共有三只牛毛多，
唱了三年六个月，
（唱多少？）
刚刚唱完我那白水牛一只牛耳朵！

小牧童认识那小伙子，便呼啸着，取笑小伙子说：“你是黄骠马，不是白毛牛。”

小伙子快快乐乐的回答说：“我不是白毛牛，过三年我就要请你看我那只水牯牛了。我不许你吃牛屎，不许牛吃李子。”

小牧童笑着说：“担短扁担进城，你撇你自己。”吼着牛走下水田去了。

城里客人问：“不许牛吃李子是什么意思？”

小伙子只是笑。过了一会却说：“太上老君姓李，天地间从无牛吃主人儿子的道理。”

到得矿场山脚下那条小街上时，只见许多妇女们坐在门前捶石头敲荒砂，各处是钉钉铛铛声音。且有矿工当街拉风箱，烧淬钢钻头。（这些钻头照例每天都得烧淬一次。）前几天有人在被焚烧过的空地上砍木头建造新屋，几天来已完功了。一切都显得有一种生气，但同时使城里人看来也不可免发生一点感慨。因为朱砂水银已从两千年前方士手中转入现代科学家手中，延寿，辟邪，种种用途也转变作精细仪器作猛烈炸药，不料从地下石头里采取这个东西的人，使用的工具和方法，以及生活的情况，竟完全和两千年前的工人差不多。

看过矿山，天气很好。城里客人想，总爷一时不会回来，不如各处走走。就问那随身小伙子，附近还有什么地方，譬如大庙，大洞穴，可带他去看看。小伙子说这地方几个庙都玩过了，只有岭上还有几个石头砌的庙，不过距离远，来回要大半天。要去最好骑马去，山洞倒不少，大一点有意思一点的也在岭上，来回十多里路，同样得骑马去。洞穴里说不定有豹子，因为山上这些洞穴，照例不是有人住就是有野兽住，去时带一枝枪方便些。

小伙子想了一阵，问城里客人愿不愿看水井。井在矿山西头，水从平地沙里涌出，长年不冻不干，很有意思。于是他们到水泉边去看水井。

两人到得井边时，才知道原来水源不小。接连三个红石砌就的方井，一个比一个大，最小的不过方桌大，最大的已大到对径两丈左右。透明的水从白沙里向上泛，流出去成一道小溪。（这溪水就是环绕总爷堡砦那个小溪！）井边放了七八个大木桶，桶上盖着草垫，一个老头子不断的浇水到桶中去，问问才知道是做豆芽菜，因为水性极好，豆芽菜生长得特别肥嫩。溪岸两旁和井栏同样是用本地产大红石条子砌就的。临水有十来株大柳树，叶子泛黄了，细狭的叶子落满溪上，在阳光下如同漂浮无数小鱼。柳树下正蹲了十多个年轻妇女，头包青绸首帕，带着大银耳环，一面洗衣洗菜一面谈笑。一切光景都不坏。

妇女们中有些前几天在矿区小街上见过他，知道是城里来的“委员”，就互相轻轻的谈说，且把一双一双黑光光的眼睛对来人瞅着。他却别有用意，想在若干宝石中检出一颗宝石。几个年纪轻的女子，好像知道他的心事，见他眼睛在众人中搜寻那面善的人，没有见到，就相互低声笑语。城里客人看看情形不大妥，心想，这不成，自己单独一人，对面倒是一大群，谈话或唱歌，都不是敌手，还是早早走开好。一离开那井泉边，几个年事极青的女子就唱起歌来了。小伙子听这歌声后，忍笑不住。

“她们唱什么？”

“她们歌唱得很好。井边杨柳多画眉鸟也多。”

城里客人要小伙子解释一下，他推说他听不懂唱的是什么歌。

井边女子的歌原来就是堡上总爷前不久告给他那个当地传说上

的情歌。那歌辞是——

笼中畜养的鸟它飞不远，
家中生长的人可不容易寻见。
我若是有爱情交把女子的人，
纵半夜三更也得敲她的门。

城里客人知道这歌有取笑他的意思，就要小伙子唱个歌回答她们。小伙子不肯开口，因为知道人多口多，双拳难敌四手，还是走路好。可是那边又唱了一个歌，有点取笑小伙子意思。小伙子喉咙痒痒的，走到一株大樟树下坐着，放喉咙唱了一个歌：

水源头豆芽菜又白又多，
全靠挤着让井水来浇灌，
受了热就会瘦瘪瘪，
看外表倒比一切菜好看。

所说的虽是豆芽菜，意思却在讽刺女人。女的回答依然是一支旧歌，箭是对小伙子而发的。

跟随凤凰飞的小乌鸦，你上来，你上来，
让我问问你这件事情的黑白。
别人的事情你不能忘，不能忘。
你自己的女人究竟在什么地方？

小伙子笑着说："她笑起我来了，再来一回吧。"他于是又唱了一个，把女的比作画眉鸟，只能在柳树下唱歌，一到冬天来，就什么也不成了。女的听过后又回答了一个，依然引用传说上的旧歌。

小伙子从结尾上知道这里有"歌师傅"，不敢再接声下去，向城里客人说："好汉不吃眼前亏，我战不过她们。"

两个人于是向堡垒走去，翻过小山时，水泉边歌声还在耳边。

两人坐在一株针叶松树下听歌，字句不甚清楚，腔调却异常优美。城里客人心想："这种骂人笑人，那能使人生气?"又问小伙子跑开不敢接口回唱的理由，才知道这地方有个习惯，每年谁最会唱歌，谁最会引用旧歌，就可得到歌师傅的称呼。他听出了先前唱歌的声音正是今年歌师傅的声音，所以甘愿投降。末了却笑着说："罩鱼得用大鸡笼，唱歌还让歌师傅，不走不成!"

回转堡中，两人又爬上那嵎楼玩了一会，谈论当地唱歌的体裁，城里客人才从小伙子方面知道这里有三种常用的歌，一种是七字四句头或五句一转头的，看牛，砍柴，割猪草小孩子随意乱唱。一种骈偶体有双关意思或引古语古事的，给成年男女表示爱慕时唱。一种字少音长的，在颂神致哀情形下唱。第一种要敏捷，第二种要热情，第三种要好喉咙。

将近日午时，远远的听得马项下串铃响，小伙子说是总爷的马串铃声。两人到堡下溪边去看，总爷果然回来了。

总爷一见他的朋友，就跳下马表示歉意。"老师，对不起你，我有事，大清早就出了门。你到不到那边去了?"总爷说时把马鞭梢向矿山方面指指，指的恰好是矿山前水源头那个方向!

城里客人想起刚才唱歌事情，脸上不免有点发烧。向总爷说："你们这地方会唱歌的雀鸟可真多!"

总爷明白朋友意思指的是什么，笑着说道："蜂子有刺才会酿蜜，神把这两样东西放在一块也有它的用意。不过，老师，有刺的不一定用它螫人，吃蜜的也不会怕刺，——你别心虚!"

"我倒并不存心取什么蜜。"

"那就更用不着心虚了。我们这小地方一切中毒都有解药，至于一个女孩的事情那又当别论。不过还是有办法，蛇咬人有蛇医，歌声中毒时可用歌声销解。"

总爷看看话也许说玄远了一点，与当前事实不合，又转口说："老师，你想看热闹吗?今晚上你不怕远，我们骑了马走五里路，往黄狗冲一个庄子上去看还愿去。我刚从那边过身，那里人还邀我吃饭，我告他们有客，道谢了。你高兴晚半天我陪你去看看。"

城里客人说："我来到这里，除了场上那个流血决斗，什么都高兴看！”

晚饭后两人果然就骑了马过黄狗冲，到得庄子前面大松树下时，已快黄昏。只见庄前一片田坪里，打扫得干干净净，许多人正在安排敬神仪式的场面：有人用白灰画地界，出五方八格；有人缚扎竹竿，竖立拱形竹门；有人安斗，斗中装满五谷；有人劈油柴缚大火燎。另外一方面还有人露天烧了大锅沸水，刮除供祭品用的猪羊毛，把收拾好了的猪羊挂在梯子上，开膛破腹，掏取内脏。大家都为这仪式准备而忙碌着。一个中年巫师和两个助手，头上裹缠红巾，也来回忙着。庄主人是个小地主，穿上月蓝色家机布大衫，青宁绸短褂，在场指挥。许多小孩子和妇人都在近旁谈笑。附近大稻草堆积上，到处都有人。另外还有好几条狗，也光着眼睛很专心似的蹲在大路上看热闹。

预备的原来是一种谢土仪式。等待一切铺排停当时，已将近戌刻了。那时节从总爷堡砦里和矿山上邀约来的和歌帮手，也都换了新浆洗过的裤褂，来到场上了。场中火燎全点燃时，忽然显得场面庄严起来。

巫师换上了鲜红如血的缎袍，穿上青绒鞋，拿一把铜剑，一个牛角，一件用杂色缯帛作成的法物，（每一条彩帛代表一个人名，凡拜寄这个神之子作义父的孩子，都献上那么一条彩帛，可望延寿多祜。）助手擂鼓鸣金，放了三个土炮，巫师就全幅披挂的上了场。起始吹角，吹动那个呼风唤雨召鬼乐神的镂花牛角，声音凄厉而激扬，散播原野，上通天庭。用一种缓慢而严肃的姿式，向斗坛跪拜舞蹈。且用一种低郁的歌声，应和洪壮的金鼓声，且舞且唱。

第一段表演仪式的起始，准备迎神从天下降，享受地上人旨酒美食，以及人民对神表示敬意的种种娱乐。大约经过一点钟久，方告完毕。法事中用牛角作主要乐器，因为角声不特是向神呼号，同时事实上还招邀了远近村庄男女老幼约三百人，前来参加这个盛会！

法事完毕时主人请巫师到预定座位上去休息。参加的观众越来越多，人语转嘈杂，在较黑暗地方到处是青年女子的首帕，放光的眼睛，和清朗的笑语声。王杉堡的主人和城里客人，其时也已经把马匹交给随从，坐在田坪一角，成为上宾，喝着主人献上的蜜糖茶了。城里客人觉得已被他朋友引导到了一个极端荒唐的梦境里，所以对当前一切都发生兴味。就一切铺排看来，准知道这仪式将越来越有意思，所以兴致很好的等待下去。

第二趟法事是迎神，由两个巫师助手表演。诸神既从各方面前来参加，所以两个助手各换上一件短短绣花衣服，象征天空云彩，在场中用各种轻便优美姿式前后翻着筋斗，表示神之前进时五彩祥云的流动。一面引喉唱歌娱神，且提出种种神名。（多数是历史上的英雄贤士，每提出一个名字时，场坪四隅和声的必用欢呼表示敬意。）又唱出各种灵山胜境的名称，且颂扬它的好处，然而归结却以为一切好处都不及当地人对神的亲洽和敬爱，乘好天良夜来这里人神同悦更有意思。歌辞虽不及《楚辞》温雅，情绪却同样缠绵。乐器已换上小铜钹和小小鼗鼓，音调欢悦中微带凄凉。慢慢的，男女诸神各已就位，第二趟法事在一阕短短和声歌后就结束了。

休息一阵，坛上坪中各种蜡烛火燎全着了火，接连而来是一场庄严的法事。献牲，奠酒，上表。大巫师和两个助手着上花丽法服，手执法宝，用各种姿式舞蹈。主人如架上牺牲一样，覆在巫师身后，背负尊严的黄表。场中光明如昼。观众静默无声。到后巫师把黄表取上，唱完表中颂歌，用火把它焚化。

上表法事完毕，休息期间较长。时间已过子夜，月白风清，良夜迢迢。主人命四个壮实男子，抬来两大缸甜米酒，来到场坪中，请在场众人解渴。吃过甜米酒后，人人兴致转豪，精神奋发。因为知道上表法事过后，接着就是娱神场面，仪式由庄严转入轻快，轻快中还不缺少诙谐成分。前三趟法事都是独唱间舞蹈，这一次却应当是戏剧式的对白。由巫师两个助手和五个老少庄稼汉子组成，在神前表演。意义虽是娱神，但神在当前地位，已恰如一贵宾，一有年龄的亲长，来此与民同乐。真正的对象反而由神转到三百以上的观众方面。

这种娱神戏剧第一段表演爱情喜剧，剧情是老丈人和女婿赌博，定下口头契约，来赌输赢。若丈人输了，嫁女儿时给一公牛一母牛作妆奁；若女婿输了，招赘到丈人家，不许即刻成亲，得自己铸犁头耕完一个山，种一山油桐，四十八根树木，等到油桐结子大树成荫时，就砍下树木做成一只船，再提了油瓶去油船，船油好了，一切要用的东西都由女婿努力办完备了，老丈人才笑嘻嘻的坐了船顺流而下，预备到桃源洞去访仙人，求延年益寿之方。到得桃源洞时，见所有仙人都皱着双眉，大不快乐。询问是何因缘，才知道事情原来相同，仙人也因为想作女婿，给老丈人派了许多办不了的事，一搁下来就是大几千年！这表演扮女儿的不必出场，可是扮女婿的却照例是当真想作女婿，是被老丈人耽搁下来的青年男子。

第二段表演小歌剧，由预先约定的三对青年男女参加，男的异口同声唱情歌，对女子表示爱慕，致献殷勤，女的也同样逃避，拒绝，而又想方设法接近这男子，诱引男子，使男的不至于完全绝望。到后三个男子在各种不同机会下不幸都死掉了。（一个是水中救人死掉的，一个是仗义复仇死掉的，一个是因病死掉的。）女子就轮流各用种种比喻唱出心上的忏悔和爱情，解释自己种种可原谅处，希望死者重生；希望死者的爱在另外一方面重生。

第三段表演的是战争故事，把战士所有勇气都归之于神的赐予，但所谓神也就恰恰是自己。战争的对方是愚蠢，自私，和贪得；与人情相违反的贪得。结果对方当然失败灭亡。

三个插曲完毕后，巫师重新穿上大红法服，上场献牲献酒，为主人和观众向神祈福。用白米糍粑象征银子，小米糍粑象征金子，分给所有在场者。众人齐唱“金满仓，银满仓，尽地力，繁牛羊”，颂祝主人。送神时，巫师亢声高唱送神曲，众人齐声相和。

歌声止了，火燎半熄，月亮已沉，冷露下降。荒草中寒蛩齐鸣，正如同在努力缀系先前一时业已消失的歌声，重组一部清音复奏，准备遣送归客。蓝空中嵌上大而光芒有角的星子，美丽流星却曳着长长的悦目线路，消失在天末。场坪中人语杂乱，小孩子骤然发觉失去了保护人，锐声呼喊起来。观众四散，陆续还家，远近大路上，田塍上，到处有笑语声。堡中雄鸡已作第三次啼唤，人人都知道，过不久，就会天明了。

总爷见法事完毕，不欲聒吵主人，就拉他的朋友离开了田坪，向返回王杉堡大路走去。一面走一面问城里客人是不是累了一点。

两人走到那大松树下后，跟来的人已把两匹马牵到，请两人上马，且燃了两个长大火炬，预备还家。总爷说："骑马不用火炬，吹熄了它，别让天上星子笑人！"城里来客却提议不用骑马，还是点上火把走路有意思些。总爷自然对这件事同意。火把依旧燃着，爆炸着，在两人前后映照着。两人一面走一面谈话。

城里的客人耳朵边尚嗡嗡咿咿的响着平田中的鼓声和歌声。总爷似乎知道他的朋友情感还迷失在先前一时光景里，就向他说：

"老师，你对于这种简单朴实的仪式，有何意见？让我听听。"

城里客人说："我觉得太美丽了。"

"美丽也有许多种，即便是同样那一种，你和我看来也就大大不同。药要蜜炙，病要艾（爱）灸；这事是什么一种美？此外还有什么印象？"

城里的客人很兴奋的说：

"你前天和我说神在你们这里是不可少的，我不无惑疑，现在可明白了。我自以为是个新人，一个尊重理性反抗迷信的人，平时厌恶和尚，轻视庙宇，把这两件东西外加上一群到庙宇对偶像许愿的角色，总拢来以为简直是一出恶劣不堪的戏文。在哲学观念上，我认为神之一字在人生方面虽有它的意义，但它已成历史的，已给都市文明弄下流，不必需存在，不能够存在了。在都市里它竟可说是虚伪的象征，保护人类的愚昧，遮饰人类的残忍，更从而增加人类的丑恶。但看看刚才的仪式，我才明白神之存在，依然如故。不过它的庄严和美丽，是需要某种条件的，这条件就是人生情感的素朴，观念的单纯，以及环境的牧歌性。神仰赖这种条件方能产生，方能增加人生的美丽。缺少了这些条件，神就灭亡。我刚才看到的并不是什么敬神谢神，完全是一出好戏；一出不可形容不可描绘的好戏。是诗和戏剧音乐的源泉，也是它的本身。声音颜色光影的交错，织就一片云锦，神就存在于全体。在那光景中我俨然见到了你们那个神。我心想，这是一种如何奇迹！我现在才明白你口中不离神的理由。你有理由。我现在才明白为什么两千年前中国会产生一个屈原，写出那么一些美丽神奇的诗歌，原来他不过是一个来到这地方的风景纪录人罢了。屈原虽死了两千年，九歌的本事还依然如故。若有人好事，我相信还可从这口古井中，汲取新鲜透明的泉水！"

总爷听着城里客人的一番议论，正如同新征服一个异邦人，接受那坦白的自供，很快乐的笑着。

“你一定不再反对我们这种对于神的迷信了。因为这并不是迷信！以为神能够左右人，且接受人的贿赂和谄谀，因之向神祈请不可能的福祐，与不可免的灾患，这只是都市中人愚夫愚妇才有的事。神在我们完全是另一种观念，上次我就说过了。我们并不向神有何苛求，不过把已得到的——非人力而得到的，当它作神的赐予，对这赐予作一种感谢或崇拜表示。今夜的仪式，就是感谢或崇拜表示之一种。至于这仪式产生戏剧的效果，或竟当真如你外路人所说，完全是戏，那也极自然。不过你说的神的灭亡，我倒想重复引申一下我的意见，我以为这是过虑。神不会灭亡。我们在城市向和尚找神性，虽然失望，可是到一个科学研究室里去，面对着那由人类耐心和秩序产生的庄严工作，我以为多少总可以发生一点神的意念。只是那方面旧有的诗和戏剧的情绪，恐怕难于并存罢了。”

“总爷，你以为那是神吗？”

“我以为神之一字我们如果还想望把它保存下去，认为值得保存下去，当然那些地方是和神性最接近的。神的对面原是所谓人类的宗教情绪，人类若能把‘科学’当成宗教情绪的尾闾，长足进步是必然的。不幸之至却是人类选上了‘政治’寄托他们的宗教情绪，即在征服自然努力中，也为的是找寻原料完成政治上所信仰的胜利！因此有革命，继续战争和屠杀，他的代价是人命和物力不可衡量的损失，它的所得是自私与愚昧的扩张，是复古，政体也由民主式的自由竞争而恢复专制垄断。这不幸假若还必需找个负责者，我认为目前一般人认为伟大人物都应当负一点责。因为这些人思索一切，反抗一切，却不敢思索这个问题，也不敢反抗这个现象。”

城里客人说：“真是的！目前的人崇拜政治上的伟人，不过是偶像崇拜情绪之转变。”

总爷说：“这种崇拜当然也有好处，因为在人方面建造神性，它可以推陈出新，修正一切制度的谬误和习惯的惰性，对一个民族而言未尝不是好事。但它最大限度也必然终止于民族主义，再向前就不可能。所以谈世界大同，一句空话。原因是征服自然的应分得到的崇敬，给世界上野心家全抢去了。挽救它唯一办法是哲学之再造，引导人类观念转移。若求永生，应了解自然和征服自然，不是征服另一种族或消灭另一种族。”

一颗流星在眼前划空而下，消失在虚无里。城里客人说：“总爷你说的话我完全同意！可是还是让我们在比较近一点的天地内看看吧。改造人类观念的事正如改造银河系统，大不容易！”

王杉堡的主人知道他朋友的意思，转移了他的口气：

“老师，慢慢的来！你看过了我们这里的还愿，人和自然的默契。过些日子还可上山去看打大虫，到时将告给你另外一件事，就是人和兽的争斗。你在城市里看惯了河南人玩狗熊，弄猴子，不妨来看看这里人和兽在山中情景。没有诗，不是画，倒还壮丽！”

照习惯下大围得在十月以后，因此总爷邀请他的朋友在乡下多住些日子，等待猎虎时上山去看看。且允许向猎户把那虎皮购来，赠给他朋友作为纪念。

因为露水太重，且常有长蛇横路，总爷明白这两件东西对于他的朋友都不大受用，劝他上了马。两人将入堡砦时，天忽转黑，将近天明那一阵黑。等到回归住处，盥洗一过，重新躺进那细麻布帐子里闭上眼睛时，天已大明了。

城里的客人心里迷迷胡胡，似乎先前一时歌声火燎都异样鲜明的留在印象上，弄不分明这一夜看到的究竟是敬神还是演戏。

他想，怎不见栗林中那女孩子？他有点希奇。他又想，天上星子移动虽极快，一秒钟跑十里或五十里，但距离我们这个人住的世界实在太远，所以我们要寻找它时，倒容易发现。人和人相处太近，虽不移动也多间阻；一堵墙或一个山就隔开了，所以一切碰头都近于偶然，不可把握的偶然。……

他嘴角酿着微笑，被过度疲倦所征服，睡着了。

《神之再现》发表于1937年7月1日《文学杂志》第1卷第3期。署名沈从文。

后又以《梐魇》为篇名发表于1946年1月15日《时与潮文艺》第5卷第4期和1946年8月《春秋》第3卷第2期。署名均为沈从文。

现据《文学杂志》文本编入。